A.J.
Finn

kobieta
w
oknie

A.J.
Finn

kobieta w oknie

przełożył Jacek Żuławnik

wydawnictwo wab

Tytuł oryginału: *The Woman in the Window*

Wydanie I
Warszawa MMXVIII

Dla George'a

Czuję, że jest w tobie coś, o czym nikt nie wie.

Cień wątpliwości (reż. A. Hitchcock, 1943)

Niedziela, 24 października

1

Jej mąż lada moment wróci do domu. Tym razem ją przyłapie.

W oknach domu pod numerem 212 nie ma nawet skrawka zasłonki ani piórka żaluzji. To miejski segment w rdzawym kolorze. Mottsowie zamieszkali w nim po ślubie i zajmowali go, dopóki, całkiem niedawno, nie postanowili zerwać przysięgi małżeńskiej. Nie poznałam Mottsów osobiście, ale od czasu do czasu sprawdzam w sieci, co u nich słychać. Wchodzę na jego profil na LinkedIn i na jej stronę na Facebooku. W zakładce na witrynie Macy's wciąż jeszcze wisi ich lista prezentów ślubnych. Nadal mogę kupić im sztućce.

Tak więc w oknach domu pod numerem 212 brak jakichkolwiek ozdób. Czerwonawy, surowy budynek spoziera pustym wzrokiem, a ja podchwytuję to spojrzenie i przyglądam się, jak pani domu prowadzi jakiegoś mężczyznę do pokoju gościnnego. O co chodzi z tym domem, że jest jak cmentarz miłości?

Pani domu to piękna kobieta, naturalny rudzielec, ma oczy zielone jak trawa, a na plecach archipelag malutkich pieprzyków. Jest znacznie milsza dla oka niż jej mąż, doktor John Miller, psychoterapeuta – owszem, prowadzi również poradnię małżeńską – jeden z czterystu trzydziestu sześciu tysięcy Johnów Millerów, których można znaleźć w sieci. Ten konkretny osobnik pracuje niedaleko skweru Gramercy i nie jest zainteresowany ubezpieczeniem. Jak wynika z aktu własności, za dom pod numerem 212 zapłacił trzy miliony sześćset tysięcy dolarów. Widać biznes się kręci.

O jego żonie wiem zarówno mniej, jak i więcej. Raczej kiepska z niej gospodyni; Millerowie wprowadzili się dwa miesiące temu, a okna wciąż gołe (oj, nieładnie). Trzy razy w tygodniu ćwiczy jogę. Wkłada bardzo obcisłe legginsy, bierze pod pachę zrolowaną matę we wzór perskiego dywanu i pomyka po schodach. I chyba pracuje jako wolontariuszka, bo w poniedziałki i piątki wychodzi z domu kilka minut po jedenastej, akurat jakoś tak, kiedy wstaję, a wraca pomiędzy piątą a wpół do szóstej, akurat kiedy szykuję się do wieczornego seansu. (Dziś po raz nie wiem który padło na *Człowieka, który wiedział za dużo*. Jestem kobietą, która oglądała za dużo).

Zauważyłam, że tak jak ja lubi się napić po południu. Czy lubi też się napić przed południem? Bo ja – owszem.

Jej wiek jest dla mnie zagadką, na pewno jest wyraźnie młodsza (a także bardziej gibka) od doktora Millera, i trochę ode mnie. Jeśli chodzi o imię, to mogę jedynie zgadywać. W myślach nazywam ją Ritą, ponieważ wygląda jak Hayworth w *Gildzie*. „Wcale mnie to nie interesuje" – uwielbiam tę kwestię.

Mnie natomiast interesuje, i to bardzo. Nie jej ciało – blada linia grzbietu, łopatki niczym zdeformowane skrzydła, piersi, które opina jasnoniebieski biustonosz; odwracam wzrok, ilekroć któraś z tych części zamajaczy mi przed oczami – lecz życie, które ona prowadzi. Życia. O dwa więcej, niż mam ja.

Jest kilka minut po dwunastej. Przed paroma chwilami zamknęła drzwi wejściowe i pociągnęła za sobą mężczyznę. Jej mąż właśnie wyszedł zza rogu, zbliża się. To nietypowe, w niedzielę doktor Miller niezawodnie wraca do domu dopiero kwadrans po trzeciej.

Ale oto on: doktorek idzie sprężystym krokiem, trzymając w ręce teczkę, z jego ust dobywa się mgiełka oddechu, a na palcu lśni obrączka. Robię zbliżenie na jego stopy; włożył lśniące od pasty czerwonobrunatne półbuty, od których z każdym krokiem odbijają się promienie jesiennego słońca.

Podnoszę aparat i spoglądam na głowę doktora. Mam nikona D5500 z obiektywem firmy Opteka, toteż niewiele szczegółów mi umyka. Widzę zmierzwione włosy, cienkie i tanie okulary, wysepki kilkudniowego zarostu w płytkich wgłębieniach policzków. Bardziej dba o buty niż o fizys.

Pod numerem 212 Rita i mężczyzna prędko pozbywają się ubrań. Mogłabym zadzwonić do informacji, zdobyć numer do domu, ostrzec ją. Nie zrobię tego. Podglądanie jest jak fotografowanie przyrody. Nie ingeruje się w naturę.

Doktora Millera dzieli od domu pół minuty drogi. Usta jego żony prześlizgują się po szyi fachowca. Właśnie zdjęła bluzkę.

Trzy, cztery kroki. Pięć, sześć, siedem. Nie więcej niż dwadzieścia sekund.

Rita szarpie zębami krawat mężczyzny i się szczerzy. Szarpie guziki koszuli. On muska ustami jej ucho.

Doktor daje susa nad wybrzuszoną płytą chodnikową. Piętnaście sekund.

Dałabym głowę, że słyszę, jak krawat wysuwa się z kołnierzyka koszuli. Rita odrzuca go za siebie.

Dziesięć sekund. Kolejne zbliżenie. Obiektyw niemal drży z podniecenia. Doktor wkłada dłoń do kieszeni i wyławia klucze. Siedem sekund.

Rita rozpuszcza włosy, które spadają jej na ramiona.

Trzy sekundy. Doktor wchodzi po schodkach.

Rita obejmuje mężczyznę i składa na jego ustach głęboki pocałunek.

Doktor wkłada klucz do zamka i przekręca.

Zbliżenie na twarz Rity. Otwiera szeroko oczy. Usłyszała.

Pstryk. Robię zdjęcie.

Wtedy teczka doktora Millera sama się otwiera.

Wysypuje się z niej plik kartek i daje się porwać wiatrowi. Najeżdżam na usta doktora, na krótkie: „A niech to!", które się z nich dobywa. Miller stawia teczkę przed drzwiami, przydeptuje kilka kartek tymi swoimi lśniącymi butami, a parę innych udaje mu się złapać. Jeden wyjątkowo narwany karteluszek uleciał aż na drzewo i zawisł na nim. Doktor go nie zauważa.

Tymczasem Rita pospiesznie wkłada bluzkę i związuje włosy. Wybiega z pokoju. Pozostawiony sobie mężczyzna zeskakuje z łóżka, podnosi krawat z podłogi i chowa go do kieszeni.

Wypuszczam powietrze; syk, jakby ktoś spuszczał je z balonu. Nawet nie zdawałam sobie sprawy, że wstrzymywałam oddech.

Otwierają się drzwi wejściowe. Rita zbiega po schodkach i woła do męża. Ten odwraca się. Pewnie się uśmiecha, ale nie wiem, nie widzę tego. Rita przydeptuje kartki i zbiera je z chodnika.

W drzwiach pojawia się mężczyzna. Jedną rękę trzyma w kieszeni, drugą pozdrawia doktora Millera, który odpowiada identycznym gestem, po czym wchodzi po schodkach, sięga po teczkę i wita się z mężczyzną uściskiem dłoni. Obaj udają się do środka, Rita znika za nimi.

No cóż, może następnym razem.

Poniedziałek, 25 października

2

Ulicą przejechał samochód, sunąc powoli z ponurym warkotem niczym karawan. Jego tylne światła zaiskrzyły w ciemności.

– Nowi sąsiedzi – mówię do córki.

– Gdzie?

– Po drugiej stronie skweru. Pod dwieście siedem. – Są tam, przed domem, niewyraźne postacie jak zjawy o zmroku. Wyładowują pudła z bagażnika.

Słyszę siorbanie.

– Co jesz? – pytam, po czym przypominam sobie, że jest chiński wieczór, zatem: lo mein.

– Lo mein – potwierdza.

– Teraz rozmawiasz z mamusią.

Znowu siorbie i przeżuwa.

– Ma-mo... – To takie nasze rodzinne przeciąganie liny. Wbrew mojemu życzeniu skróciła „mamusię" do prostej, klocowatej „mamy". „Odpuść sobie", radzi Ed; łatwo mu powiedzieć, on nadal jest „tatusiem".

– Powinnaś pójść się przywitać – podsuwa Olivia.

– Chciałabym, kotku. – Przenoszę się na górę, skąd mam lepszy widok. – Wiesz co, wszyscy sąsiedzi mają już dynie. Grayowie nawet cztery. – Docieram na podest ze szklaneczką wina w ręku. Przystawiam ją do ust. – Szkoda, że sama nie mogę wybrać dla ciebie dyni. Powiedz tatusiowi, żeby ci kupił. – Biorę łyk. – Niech weźmie dwie: jedną dla ciebie i jedną dla mnie.

– Okej.

Zauważam swoje odbicie w lustrze w ciemnej toalecie.

– Jesteś zadowolona, kotku?

– Tak.

– Nie czujesz się samotna? – Nie udało jej się zdobyć prawdziwych przyjaciół w Nowym Jorku; była zbyt mała i zanadto nieśmiała.

– Nie-e.

Spoglądam w mrok na szczycie schodów. W ciągu dnia dociera tu słońce, którego promienie wpadają przez kopułowaty świetlik w dachu; wieczorem trzeba szeroko otwierać oczy, żeby cokolwiek dostrzec na klatce schodowej.

– Nie tęsknisz za Puncem?

– Nie-e.

Zresztą i tak nie układało jej się z kotem. Któregoś roku w świąteczny poranek ją podrapał. Błysnął pazurami i ciach, ciach, błyskawicznie rozorał jej nadgarstek, jakby rysował planszę do gry w kółko i krzyżyk. Na skórze pojawiła się siatka z jasnoczerwonej krwi. Niewiele brakowało, a Ed wyrzuciłby go przez okno. Szukam go teraz wzrokiem i znajduję zwiniętego w kłębek na sofie w biblioteczce. Przygląda mi się.

– Daj mi tatusia, dobrze? – Wchodzę wyżej. Szoruję podeszwami po chropowatym chodniku. Rattan – co nam strzeliło do głowy? Bardzo łatwo się brudzi.

– Czołem, ochlapusie – pozdrawia mnie Ed. – Nowi sąsiedzi?

– Tak.

– Znowu?

– Tamto było dwa miesiące temu. Pod dwieście dwanaście. Millerowie. – Obracam się na pięcie i schodzę.

– A ci dzisiejsi gdzie?

– Dwieście siedem. Po drugiej stronie skweru.

– Okolica się zmienia.

Docieram do podestu, skręcam.

– Nie przywieźli za wiele. Tylko to, co w samochodzie.

– Pewnie panowie od przeprowadzek przyjadą później.

– Pewnie tak.

Cisza. Upijam łyk wina.

Znów jestem w salonie, przy kominku, w kątach zalegają cienie.

– Posłuchaj… – zaczyna Ed.

– Mają syna.

– Co?

– Przyjechali z synem – powtarzam, przykładając czoło do zimnej szyby.

W tej części Harlemu lampy sodowe nie zdążyły jeszcze wyrosnąć, toteż ulicę oświetla jedynie żółty rogal księżyca, co jednak nie przeszkadza mi dojrzeć trzech sylwetek: mężczyzny, kobiety i wysokiego chłopca. Noszą kartony z samochodu.

– Nastolatek – dodaję.

– Spokojnie, drapieżnico.

– Szkoda, że cię tu nie ma – mówię, zanim zdołam się powstrzymać.

Zaskakuję samą siebie. Eda też, jeśli sądzić po milczeniu w słuchawce.

– Potrzebujesz więcej czasu – odzywa się wreszcie.

Nie odpowiadam.

– Lekarze mówią, że co za dużo kontaktu, to niezdrowo.

– To ja jestem tym lekarzem, który tak twierdzi.

– Jednym z wielu.

Trzask za moimi plecami, jakby ktoś wyłamywał sobie palce – to tylko iskra w kominku. Płomień się uspokaja, cicho syczy w palenisku.

– Może zaprosisz do siebie tych nowych sąsiadów? – proponuje Ed.

Opróżniam szklaneczkę.

– Myślę, że wystarczy na dziś.

– Anno.

– Edzie.

Niemal słyszę jego oddech.

– Przykro mi, że nas tam nie ma. Z tobą.

Niemal słyszę bicie swojego serca.

– Mnie też jest przykro.

Punc zwlókł się za mną po schodach. Podnoszę go jedną ręką i niosę do kuchni. Odkładam telefon na blat. Jeszcze szklaneczka przed snem.

Chwytam butelkę za szyjkę, odwracam się w stronę okna, ku trzem grasującym na chodniku zjawom, i wznoszę toast.

Wtorek, 26 października

3

Rok temu o tej porze planowaliśmy sprzedaż domu, nawet umówiliśmy się już z pośrednikiem. Od następnego września Olivia miała pójść do szkoły w Midtown. Ed znalazł budynek do remontu w Lenox Hill. „Będzie fajnie - zapewniał. - Zainstaluję bidet, specjalnie dla was". Walnęłam go w ramię. „Co to jest bidet?", spytała Olivia.

A potem odszedł, ona razem z nim. Dlatego kiedy wczoraj przypomniały mi się pierwsze słowa naszego poronionego ogłoszenia, poczułam, jak pęka mi serce. „Pieczołowicie odrestaurowany dziewiętnastowieczny klejnot Harlemu! Ozdoba okolicy. Wspaniały dom dla całej rodziny". Z „klejnotem" i „ozdobą" można polemizować; z „Harlemem" i „dziewiętnastowiecznym" (1884) - nie. „Pieczołowicie odrestaurowany" - za to mogę zaręczyć; w dodatku remont nie kosztował nas zbyt wiele. „Wspaniały dom dla całej rodziny" - to też prawda.

Na moje królestwo i jego bastiony składają się, licząc od dołu:

Piwnica. Albo suterena, jak twierdzi agent nieruchomości. Znajduje się poniżej poziomu gruntu, rozciąga pod całym mieszkaniem i ma osobne wejście. Obejmuje kuchnię, łazienkę, sypialnię i niewielkie biuro. Przez osiem lat stanowiła miejsce pracy Eda; zaścielał stół planami i przyczepiał do ściany wytyczne dla wykonawców. Dziś ją wynajmuję.

Ogród. A w zasadzie patio, na które wychodzi się z poziomu parteru. Wyłożone wapiennymi płytami. Stoją na nim dwa nieużywane drewniane fotele. W rogu rośnie zgarbiony młody jesion, tyczkowaty i samotny jak nastolatek bez przyjaciół. Czasem nachodzi mnie ochota, by go przytulić.

Parter. To znaczy, dla Anglików parter, bo dla nas to pierwsze piętro; dla Francuzów zresztą też: *premier étage*. (Nie jestem Angielką ani Francuzką, ale raz: podczas stażu mieszkałam trochę w Oxfordzie – tak się składa, że w suterenie, a dwa: w lipcu zeszłego roku zaczęłam się uczyć *français* przez Internet). Kuchnia na otwartym planie, „wytworna" (zdaniem pośrednika), z dwoma wyjściami: tylnym do ogrodu i bocznym na skwer. Podłoga z brzozy papierowej, akurat w tej chwili poplamiona merlotem. W korytarzu drzwi do toalety, którą nazywam „czerwonym pokojem"; Benjamin Moore, producent farby, nadał temu odcieniowi miano „czerwieni pomidorowej". Salon, a w nim sofa, ława i perski dywan, wciąż miękki pod stopami.

Pierwsze piętro (pozostańmy przy angielskiej nomenklaturze). Biblioteka (Eda; pełne półki, przełamane grzbiety, pomylone obwoluty, wszystko upakowane do granic możliwości) i gabinet (mój; skromny, przestronny i widny, biurkowy mac na blacie z IKEA – to moje centrum dowodzenia w bitwach szachowych online). Druga toaleta, tym razem pomalowana w „niebiański zachwyt", czyli po prostu na niebiesko; tak naprawdę to tylko małe pomieszczenie, z sedesem i umywalką. Do tego głęboki schowek, w którym pewnego dnia być może urządzę sobie ciemnię, o ile kiedykolwiek przejdę z fotografii cyfrowej na analogową. Chyba trochę tracę zainteresowanie.

Drugie piętro. Główna sypialnia z łazienką. W tym roku spędziłam sporo czasu w łóżku. Mam specjalny materac, w którym można regulować elastyczność, i to niezależnie dla każdego z dwojga użytkowników; Ed wybrał niemal puchową miękkość, a ja – pełną twardość. „Śpisz jak na cegłówkach", stwierdził któregoś razu, przebierając palcami po prześcieradle. „A ty jak na cumulusie", odparłam.

Potem pocałował mnie długo i namiętnie.

Po tym, jak mnie zostawili, w czasie tych czarnych, pustych miesięcy, kiedy nie byłam w stanie zwlec się z łóżka, turlałam się powoli po materacu od końca do końca, owijając się kołdrą i rozwijając z niej. Byłam jak tocząca się fala.

Na drugim piętrze jest też pokój gościnny z łazienką.

Trzecie piętro. Dawniej kwatery służby, dziś pokój Olivii i drugi gościnny. Czasem nawiedzam jej pokój jak duch. Bywa, że stoję w drzwiach i obserwuję niespieszny ruch drobinek kurzu w promieniach słońca. Zdarza się również tak, że całymi tygodniami nie zachodzę na trzecie piętro, i wtedy staje się ono ledwie wspomnieniem, jak dotyk deszczu na skórze.

Nic to. Jutro znów z nimi porozmawiam. Tymczasem nie widać ludzi z mieszkania po drugiej stronie skweru.

Środa, 27 października

4

Smukły nastolatek wypada spod numeru 207 jak koń wyścigowy z bramki startowej, skręca na wschód i pędzi galopem tuż pod moim oknem. Ledwie mu się przyjrzałam, ale to dlatego, że obudziłam się wcześnie po siedzeniu do późna przed *Człowiekiem z przeszłością* i nadal próbuję ustalić, czy łyk merlota na dzień dobry będzie rozsądnym posunięciem; udaje mi się uchwycić jedynie mignięcie blond fryzury i plecaka przerzuconego przez ramię – i już go nie ma.

Wypijam szklaneczkę, idę na górę i sadowię się przy biurku. Sięgam po nikona.

W kuchni domu pod numerem 207 widzę rosłego, barczystego mężczyznę w poświacie telewizora, ojca rodziny. Przykładam oko do wizjera i robię najazd; ogląda *The Today Show*. Mogłabym zejść i włączyć własny odbiornik, myślę. Pooglądać razem z sąsiadem. Ale mogę też zostać tu i obejrzeć program na jego urządzeniu – przez swój obiektyw.

Tak też postanawiam zrobić.

Minęło sporo czasu, od kiedy oglądałam fasadę tego budynku, ale od czego jest Google i jego Street View? Dom pod numerem 207 jest zbudowany w stylu przypominającym Beaux-Arts, ma bielone kamienne ściany i taras na dachu. Z mojego stanowiska widzę jedynie, rzecz jasna, boczną ścianę, zaglądam do środka przez okna od wschodu, zapuszczam żurawia do kuchni, salonu na pierwszym piętrze i znajdującej się nad nim sypialni.

Wczoraj przybył cały zastęp pracowników firmy przeprowadzkowej, wnieśli sofy, kanapy, telewizory i starą jak świat szafę. Pan domu kierował ruchem. Pani domu natomiast jeszcze nie widziałam – jeśli nie liczyć tego wieczoru, kiedy się sprowadzili; ciekawe, jak wygląda.

Po południu. Już mam dać Rook&Rollowi szacha, kiedy słyszę dzwonek do drzwi. Człapię na dół, wciskam guzik domofonu, otwieram i widzę w korytarzu swojego lokatora o wyglądzie, jak to się mówi, „surowym, ale gotowym". Chłopak rzeczywiście jest przystojny, ma pociągłą twarz i ciemne, głębokie oczy jak zapadnie. Gregory Peck po dłuuugim wieczorze. (Nie tylko ja tak sądzę; David, jak zdążyłam zauważyć, a raczej usłyszeć, lubi od czasu do czasu przyjąć u siebie jakąś koleżankę).

– Wybieram się wieczorem na Brooklyn – informuje.

Przeczesuję włosy palcami.

– Okej.

– Chcesz, żebym się czymś zajął, zanim wyjdę? – Brzmi jak propozycja, jak słynna kwestia z filmu noir. „Wystarczy złożyć usta i dmuchnąć".

– Nie, dzięki.

Spogląda ponad moim ramieniem, mruży oczy.

– Nie trzeba wymienić żarówki? Ciemno tu.

– Lubię, kiedy jest ciemno. – Bo ciemno to przyjemno, mam ochotę dodać. – Miłego… – Spotkania? Wypadu? Seksu? – …wypadu.

Odwraca się, żeby odejść.

– Wiesz, że możesz po prostu wejść przez drzwi do piwnicy, prawda? – odzywam się, celując w wesoły ton. – Jest szansa, że akurat będę w domu. – Mam nadzieję, że się uśmiechnie. Mieszka u mnie od dwóch miesięcy, a jeszcze nigdy nie widziałam uśmiechu na jego twarzy.

Kiwa głową. I odchodzi.

Zamykam drzwi.

Przyglądam się sobie w lustrze. Zmarszczki wokół oczu jak szprychy w rowerze. Ciemna fala włosów, tu i ówdzie poprzetykanych siwizną, spływa na ramiona. Szczecina pod pachami.

Zwiotczały brzuch. Zmarszczki i dołeczki tworzą efekt chropowatości na udach. Skóra niemal trupio blada, na nogach i rękach fioletowa siatka żył.

Dołeczki, zmarszczki, szczecina. Muszę nad sobą popracować. Dawniej miałam, jak twierdzili niektórzy - jak twierdził Ed - tradycyjną urodę.

- Miałem cię za uczciwą dziewczynę z sąsiedztwa - powiedział smutno pod koniec.

Spoglądam na palce u nóg - są długie i delikatne, są jedną z najlepszych części (konkretnie dziesięcioma częściami) mnie; choć akurat teraz wyglądają jak szpony drapieżnika. Zaglądam do apteczki, odsuwam buteleczki z lekami, poustawiane jedna na drugiej jak totemy, i wygrzebuję cążki do paznokci. Wreszcie problem, który mogę rozwiązać.

Czwartek, 28 października

5

Wczoraj pojawił się w Internecie akt własności. Moi nowi sąsiedzi noszą nazwisko Russell. Alistair i Jane. Za te skromne progi zapłacili trzy miliony czterysta pięćdziesiąt tysięcy dolarów. Google podpowiada, że pan Russell jest partnerem w firmie konsultingowej średniej wielkości i wcześniej mieszkał w Bostonie, pani Russell zaś jest niewykrywalna – sami spróbujcie wpisać „Jane Russell" do wyszukiwarki.

Wybrali sobie tętniącą życiem okolicę.

Rezydencja Millerów naprzeciwko – porzućcie wszelką nadzieję, wy, którzy tam wchodzicie – jest jednym z pięciu budynków, na które mam widok z wychodzących na południe okien mojego domu. Po jej wschodniej stronie stoi para identycznych Sióstr Gray – gzymsy nad oknami, drzwi wejściowe w kolorze butelkowej zieleni, wszystko takie samo; są jak dwie Graje*. Tę po prawej zajmują Henry i Lisa Wassermanowie.

– Od czterdziestu lat, a to jeszcze nie koniec – pochwaliła się pani Wasserman, kiedy się wprowadzaliśmy. Wpadła, żeby powiedzieć („prosto w oczy"), jak bardzo jest niezadowolona („ja i mój Henry") z przybycia „kolejnego klanu yuppiesów" do dzielnicy, która kiedyś była „taka wytworna".

Ed zagotował się ze złości. Olivia nazwała swojego pluszowego króliczka Japiszonem.

Wodniki, jak ich przezwaliśmy, od tamtej pory nie odezwali się do mnie słowem, mimo że zostałam sama i dziś tworzę

---

* Graje, zwane też Forkidami, to w mitologii greckiej córki morskiego boga Forkosa, wyobrażane jako trzy stare kobiety mające jedno wspólne oko i jeden wspólny ząb (wszystkie przypisy pochodzą od tłumacza).

jednoosobowy klan. Do mieszkańców drugiej z Sióstr, rodziny noszącej jakże stosowne nazwisko Gray, wcale nie odnoszą się życzliwiej. Grayowie: nastoletnie siostry bliźniaczki, ich ojciec jest partnerem w niewielkiej firmie doradczej w zakresie fuzji i przejęć, a matka z zaangażowaniem prowadzi klub książki. Wyczytałam na profilu klubu na stronie Meetup, że książką miesiąca – w tej chwili roztrząsaną przez osiem kobiet w średnim wieku, siedzących w salonie u Grayów – jest powieść *Więzy miłości. Juda nieznany.*

Też ją przeczytałam. Wyobraziłam sobie, że należę do klubu, przeżuwam ciasto kawowe (akurat nie mam pod ręką) i popijam wino (to się znalazło).

„Jakie jest twoje zdanie na temat *Judy*, Anno?", zapytałaby mnie Christine Gray, na co odpowiedziałabym, że nadal go nie znam. Roześmiałybyśmy się. Widzę, że właśnie się śmieją. Próbuję robić to razem z nimi. Biorę łyk wina.

Po zachodniej stronie domu Millerów urządzili się Takedowie. Mąż jest Japończykiem, żona biała, a ich syn – nieziemsko piękny. Gra na wiolonczeli; w cieplejsze miesiące ćwiczy przy szeroko otwartych oknach w salonie, więc Ed otwierał też nasze. Tańczyliśmy pewnego czerwcowego wieczoru, dawno temu, przy dźwiękach suity Bacha. Ed objął mnie i splótł dłonie za moimi plecami, a ja oparłam głowę na jego ramieniu. Chłopiec z naprzeciwka grał, a myśmy kołysali się w kuchni.

Zeszłego lata muzyka spłynęła ku domowi, podeszła do salonu i grzecznie zastukała do okienka: „Wpuść mnie". Nie zrobiłam tego. Nie mogłam. Nigdy nie otwieram okien, nigdy. Mimo to nadal słyszałam jej szept, jej błaganie: „Wpuść mnie. Wpuść mnie!".

Z domem Takedów sąsiaduje numer 206/208, pusta podwójna kamienica z brunatną fasadą. W listopadzie dwa lata temu kupiła ją jakaś sp. z o.o., ale nikt się nie wprowadził. Zagadka. Przez prawie rok do frontu budynku kleiło się rusztowanie, które wyglądało jak wiszące ogrody. Zniknęło z dnia na dzień – kilka miesięcy przed odejściem Eda i Olivii – i od tamtej pory cisza.

Oto moje południowe imperium i jego poddani. Nie mam wśród nich żadnych przyjaciół, większość spotkałam raz, może dwa razy. Ot, życie w mieście. Może Wodniki czegoś się domyśliły? Ciekawe, czy wiedzą, co u mnie słychać.

Od wschodu przylega do mojego domu, właściwie kładzie się na nim, opuszczona katolicka szkoła św. Dymfny, zamknięta już kiedy tu zamieszkaliśmy. Gdy Olivia była niegrzeczna, mówiliśmy, że ją tam poślemy. Dziurawa brązowa kamienna fasada, okna zarośnięte brudem – tyle pamiętam; dawno nie oglądałam tego budynku.

Po zachodniej stronie mam mikroskopijny skwer szerokości i głębokości dwóch działek. Wiedzie przez niego wąska ceglana ścieżka, która od północy łączy naszą ulicę z równoległą. W każdym rogu skweru stoi na straży platan o płomiennych liściach, teren okalają niskie żelazne płotki. Bardzo to urokliwe, jak rzecz ujął nasz złotousty pośrednik.

I jest jeszcze dom za skwerem – numer 207. Lordowie upłynnili go przed dwoma miesiącami i bezzwłocznie opróżnili, po czym polecieli na Florydę, by tam, w domu w Vero Beach, spędzić emeryturę. Ich miejsce zajęli Alistair i Jane Russellowie.

Jane Russell! Moja fizjoterapeutka nigdy o niej nie słyszała. Rozmawiałyśmy trochę dziś rano.

– *Mężczyźni wolą blondynki* – podsunęłam.

– Nie zauważyłam – odparła. Bina jest młodsza, może dlatego.

Zanim zdążyłam się z nią posprzeczać, przełożyła jedną moją nogę nad drugą i obróciła mnie na prawą stronę. Ból był taki, że aż mnie zatkało.

– To dla dobra twoich ścięgien podkolanowych – zapewniła mnie.

– Ty jędzo – wydyszałam.

Przycisnęła moje kolano do podłogi.

– Nie płacisz mi za to, żebym się nad tobą rozczulała.

Skrzywiłam się.

– A mogę ci zapłacić, żebyś sobie poszła?

Bina przychodzi raz w tygodniu i pomaga mi, jak to mówię, nienawidzić życia, a także opowiada na bieżąco o swoich przygodach erotycznych, które są niemal równie podniecające jak moje. Tyle że w przypadku Biny bierze się to z jej wybredności.

– Połowa kolesiów, którzy ogłaszają się w tych apkach, wstawia zdjęcia sprzed pięciu lat – skarży się, poprawiając włosy, tak że spływają wodospadem nad jednym ramieniem. – Połowa jest żonata, a połowa… no, od razu widać, że nie bez powodu nie może nikogo znaleźć.

To trzy połówki, mam ochotę wtrącić, ale cóż, nie dyskutuje się o matematyce z kimś, kto właśnie skręca ci kręgosłup.

Zarejestrowałam się na Happn przed miesiącem, „żeby zobaczyć, jak to wygląda", jak sobie powiedziałam. Tinder, wyjaśniła Bina, kojarzy cię z ludźmi, z którymi jest ci w jakiś sposób po drodze. Co jednak, jeśli z nikim nie jest ci po drodze? Co, jeśli poruszasz się nieodmiennie po tych samych, podzielonych na kilka poziomów, trzystu siedemdziesięciu metrach kwadratowych i nie masz świata poza nimi?

Nie wiem. Pierwszy profil, na jaki natrafiłam, należał do Davida. Natychmiast skasowałam konto.

Minęły cztery dni, od kiedy mignęła mi Jane Russell. Jest zbudowana zdecydowanie inaczej niż filmowy oryginał, nie ma jej torpedowych piersi i talii osy; w sumie ja też tak nie wyglądam. Jej syna widziałam tylko raz, wczoraj rano. Co innego mąż – szerokie ramiona, nierówne brwi, nos jak łopatka – tego oglądam bez przerwy: a to roztrzepuje jajka w kuchni, a to czyta w salonie, i od czasu do czasu spogląda w stronę sypialni, jakby kogoś tam szukał.

Piątek, 29 października

6

Dziś mam *leçon* francuskiego, a wieczorem oglądam *Widmo*. Mąż łachudra, jego żona „mały wrak", kochanka, morderstwo, zwłoki, które wyparowały. Czy można pokonać trupa, który ulotnił się jak kamfora?

Przedtem jednak obowiązki. Połykam proszki, siadam przy komputerze, poruszam myszką, wklepuję hasło i loguję się na stronie Agory.

O każdej porze – bez przerwy – zalogowanych jest co najmniej kilkadziesiąt osób, plejada użytkowników z całego świata. Niektórych znam z imienia: Talię z okolic zatoki San Francisco, Phila z Bostonu, prawniczkę z Manchesteru o totalnie nieprawniczym imieniu Mitzi, Pedra z Boliwii, którego łamany angielski wcale nie jest gorszy od mojej kulawej francuszczyzny. Inni wolą posługiwać się nickami, ja również; chcąc być cwana, nazwałam się „Annagorafobką", ale potem przyznałam się jednemu użytkownikowi, że jestem psycholożką, i wieść szybko się rozniosła. Dlatego przechrzciłam się na „lekarzprzyjmuje". Zapraszam.

Agorafobia, dosłownie „lęk przed placem targowym", a w praktyce określenie na szereg zaburzeń lękowych. Po raz pierwszy została udokumentowana pod koniec dziewiętnastego wieku, a sto lat później skodyfikowana jako „niezależna jednostka diagnostyczna", mimo że często współwystępuje z zespołem lęku napadowego. Jeśli chcecie, możecie poczytać sobie o tym w piątej edycji klasyfikacji zaburzeń psychicznych, w skrócie *DSM-5* (od *Diagnostic and Statistical Manual of Mental Disorders, Fifth Edition*). Zawsze mnie śmieszył ten tytuł, bo brzmi, jakby chodziło o jakąś hollywoodzką serię:

„Podobały ci się *Zaburzenia umysłowe 4*? Zakochasz się w kolejnej części!".

Literatura medyczna jest nieprzeciętnie pomysłowa, jeśli chodzi o diagnostykę tego zaburzenia. „Wyraźny lęk lub niepokój związany z (...) przebywaniem na otwartych przestrzeniach (np. na placach parkingowych, w dużych sklepach, na mostach) (...), staniem w kolejce, (...) przebywaniem samemu poza domem"*. Ileż bym dała, żeby móc przebywać na mostach. Albo stać w kolejce. To też mi się podoba: „siedzeniem w środkowej części sali w kinie albo teatrze". Ni mniej, ni więcej, tylko środkowe miejsca.

Strony sto siedemnasta i sto osiemnasta, jeśli to kogoś interesuje.

Wielu z nas – tych najsilniej dotkniętych, tych zmagających się z zespołem stresu pourazowego – nie opuszcza domu, ukrywa się przed okropnym, tłumnym światem. Jedni boją się falujących tłumów, inni nawałnicy ruchu ulicznego. W moim przypadku źródłem lęku jest przestwór nieba, nieskończony horyzont, sama ekspozycja na przestrzeń, miażdżący napór tego, co na zewnątrz. „Otwarta przestrzeń", ujmuje rzecz ogólnikowo *DSM-5*, nakłaniając do lektury swoich stu osiemdziesięciu sześciu przypisów. Jako lekarz mówię, że osoba cierpiąca na agorafobię szuka takiego środowiska, które będzie mogła kontrolować. Tak brzmi ujęcie kliniczne. Jako chora mówię, że agorafobia nie tyle zniszczyła moje życie, co się nim stała.

Wyświetla się ekran powitalny Agory. Przeglądam tablice, czytam tytuły wątków. „3 miesiące bez wychodzenia z domu". Witaj w klubie, Kala88; u mnie prawie dziesięć miesięcy i licznik bije. „Agora zależy od nastroju?". Brzmi to bardziej jak fobia społeczna, RannyPtaszku. Albo problem z tarczycą.

---

* *Kryteria diagnostyczne z DSM-5: desk reference*, red. nauk. wyd. pol. Piotr Gałecki, Łukasz Święcicki, przeł. Piotr Sebastian Krawczyk, Edra Urban & Partner, Wrocław 2015, s. 117.

„Nadal nie mogę znaleźć pracy". Och, Megan... wiem i jest mi przykro. Dzięki Edowi nie muszę pracować, ale brakuje mi pacjentów. Martwię się o nich.

Napisał do mnie ktoś nowy. Kobieta. Kieruję ją do przewodnika, „jak przetrwać", który wysmażyłam wiosną: *Pod rękę z zespołem lęku napadowego* – wydaje mi się, że brzmi to wystarczająco optymistycznie.

P: Jak jeść?

O: Blue Apron, Plated, HelloFresh... W Stanach Zjednoczonych istnieje mnóstwo firm cateringowych! Podobne usługi znajdziesz również za granicą.

P: Skąd brać leki?

O: Wszystkie największe sieci aptek na terenie Stanów Zjednoczonych dostarczają leki do domu. W razie problemów poproś lekarza, żeby w twoim imieniu porozmawiał z pracownikami miejscowej apteki.

P: Jak utrzymywać porządek w domu?

O: Sprzątając go! Rób to sam albo korzystaj z usług firmy sprzątającej.

(Ja nie robię ani jednego, ani drugiego. Przydałoby się porządne pucowanie).

P: A co z wynoszeniem śmieci?

O: Może się tym zająć sprzątaczka albo możesz poprosić znajomego o pomoc.

P: Jak nie dać się pokonać nudzie?

O: Ha! To dopiero trudne pytanie...

I tak dalej. Ogólnie jestem zadowolona z przewodnika. Szkoda, że sama takiego nie miałam.

Pojawia się okienko czatu.

Sally4ta: witam pani doktor!

Drgnięcie ust w uśmiechu. Sally: dwadzieścia sześć lat, mieszka w Perth, kilka miesięcy temu, w Niedzielę Wielkanocną, została napadnięta. Złamana ręka, poważne obrażenia twarzy. Tego, który ją zgwałcił, nie udało się zidentyfikować i zatrzymać. Sally spędziła cztery miesiące w zamknięciu, odizolowana w najbardziej odizolowanym mieście świata, ale od ponad dziesięciu tygodni wychodzi z domu – no i dobrze, jak sama mówi. Psycholog, terapia, propranolol. Nie ma to jak beta-bloker.

lekarzprzyjmuje: Witaj! Wszystko w porządku?
Sally4ta: wszystko ok! rano bylam na pikniku!!

Zawsze miała słabość do wykrzykników, nawet będąc w głębokiej depresji.

lekarzprzyjmuje: I jak było?
Sally4ta: przezylam! :)

Emotikony też lubi.

lekarzprzyjmuje: Zuch dziewczyna! Jak tam Inderal?
Sally4ta: niezle, zeszłam do 80 mg
lekarzprzyjmuje: 2x dziennie?
Sally4ta: 1x!!
lekarzprzyjmuje: Minimalna dawka! Fantastycznie! Efekty uboczne?
Sally4ta: tylko suchosc oczu

Szczęściara. Sama przyjmuję podobny lek (jeden z wielu) i raz na jakiś czas bóle głowy niemal rozsadzają mi mózg. „Propranolol może powodować migrenę, zaburzenia rytmu serca, zaburzenia oddychania, depresję, halucynacje, reakcje skórne, nudności, biegunkę, obniżenie libido, kłopoty z zaśnięciem oraz senność".

– Jedyne, czego brakuje temu lekowi, to więcej działań niepożądanych – stwierdził Ed.

– Samozapłon – podsunęłam.

– Potężna sraczka.
– Powolna śmierć.

lekarzprzyjmuje: Nawroty?
Sally4ta: w zeszlym tygodniu zaczelo mna telepac
Sally4ta: ale dalam sobie rade
Sally4ta: ćwiczenia z oddychania
lekarzprzyjmuje: Stara dobra torebka papierowa.
Sally4ta: czuje sie jak idiotka ale to naprawde dziala
lekarzprzyjmuje: Zgadza się. Gratulacje, świetna robota.
Sally4ta: dzięki :)

Wypijam łyk wina. Pojawia się kolejne okienko czatu. To Andrew, mężczyzna, którego poznałam na stronie dla miłośników klasyki kina.

Maraton z Grahamem Greene'em @Angelika w ten wknd?

Zawieszam się nad klawiaturą. *Stracone złudzenia* to mój ulubiony Greene: nieszczęsny majordomus, pamiętny samolocik z papieru… No i minęło z piętnaście lat, od kiedy ostatni raz oglądałam *Ministerstwo strachu*. Mnie i Eda też, rzecz jasna, połączyły stare filmy.

Nie wyjaśniłam jednak Andrew, na czym polega szczególność mojej sytuacji. „Nie ma takiej możliwości" – to ją chyba podsumowuje.

Wracam do Sally.

lekarzprzyjmuje: Pamiętasz o wizytach u psychologa?
Sally4ta: tak :) dzieki. juz tylko 1x w tyg. mowi ze robie duze postepy
Sally4ta: bety i tablety to podstawa
lekarzprzyjmuje: Dobrze sypiasz?
Sally4ta: nadal miewam koszmary
Sally4ta: a ty?
lekarzprzyjmuje: Ja dużo śpię.

Pewnie za dużo. Powinnam o tym wspomnieć w rozmowie z doktorem Fieldingiem. Nie jestem pewna, czy to zrobię.

Sally4ta: a twoje postepy? gotowa wziac byka za rogi?
lekarzprzyjmuje: Nie jestem tak szybka jak ty! PTSD to sroga bestia. Ale twarda jestem.
Sally4ta: o tak!
Sally4ta: lece. chcialam wpasc zobaczyc co slychac u znajomych na forum. mysle o was wszystkich!!!

Żegnam się z Sally i w tej samej chwili dzwoni na Skypie mój korepetytor.

– *Bonjour, Yves* – mruczę pod nosem.

Odczekuję chwilę i dopiero wtedy odbieram; uświadamiam sobie, że nie mogę się doczekać, kiedy go zobaczę – te atramentowe włosy, ten ciemny rumieniec na skórze. Te brwi, które zderzają się ze sobą i unoszą jak *l'accent circonflexe*, ilekroć Yves'a zdumiewa moja wymowa, czyli często.

Jeśli Andrew znów się odezwie, na razie go zignoruję. Może nie na razie, tylko na dobre. Słabość do klasycznego kina to coś, co dzielę z Edem. I tylko z nim.

Odwracam klepsydrę stojącą na biurku i przyglądam się, jak piramidka z piasku zdaje się pulsować, kiedy przesypujące się ziarenka żłobią w niej dołek. Mnóstwo czasu. Prawie rok. Od niemal roku nie wychodzę z domu.

Chociaż nie do końca. Pięć razy w ciągu ośmiu miesięcy udało mi się wystawić nos do ogrodu. Moją „tajną bronią", jak to nazywa doktor Fielding, jest parasol Eda, pogięte ustrojstwo z logo London Fog. Doktor Fielding, sam jak pogięte ustrojstwo, stoi w ogrodzie jak strach na wróble, a ja otwieram drzwi, trzymając przed sobą parasol. Pstryk i się rozkłada. Wpatruję się w kopułę jego ciała, w żebra i skórę. Ciemna szkocka krata, cztery czarne kwadraty, ułożone w poprzek fałd czaszy, cztery białe linie w każdej osnowie i wątku. Cztery kwadraty, cztery linie. Cztery czarne, cztery białe. Wziąć wdech, policzyć do czterech. Zrobić wydech, policzyć do czterech. Magiczna liczba cztery.

Trzymam przed sobą parasol niczym szablę. Nie, niczym tarczę.

I stawiam krok na zewnątrz.

Wydech, dwa, trzy, cztery.

Wdech, dwa, trzy, cztery.

Nylon lśni w słońcu. Pokonuję pierwszy stopień schodków (są, rzecz oczywista, cztery) i przekrzywiam parasol odrobinę w stronę nieba, zerkam na buty doktora, na jego golenie. Na skraju mojego pola widzenia roi się świat. Przelewa jak woda, która lada moment zatopi keson.

– Proszę pamiętać, że dysponuje pani swoją tajną bronią – mówi doktor Fielding.

To żadna tajna broń, mam ochotę krzyknąć, to pieprzony parasol, którym wymachuję w biały dzień.

Wydech, dwa, trzy, cztery; wdech, dwa, trzy, cztery – o dziwo, to działa. Sprowadzam się po schodkach (wydech, dwa, trzy, cztery) i pokonuję kilka metrów trawnika (wdech, dwa, trzy, cztery). Ale wtedy rośnie we mnie panika, jest jak przypływ, który zalewa wzrok i w którym tonie głos doktora Fieldinga. A potem… lepiej o tym nie myśleć.

Sobota, 30 października

7

Burza. Jesion kuli się ze strachu. Ponury, mokry wapień patrzy spode łba. Pamiętam, jak raz upuściłam szklankę na patio. Rozprysła się niczym bańka mydlana, merlot rozgorzał na ziemi i zalał żyły kamiennych płyt, ciemny, krwawy, podpełzł pod moje stopy.

Czasami, kiedy jest pochmurno, wyobrażam sobie, że znajduję się gdzieś tam w górze, w samolocie albo nad obłokami, i spoglądam w dół na wyspę: mosty wyrastające ze wschodniego brzegu i samochody, które lgną do niej jak ćmy do żarówki.

Dawno nie czułam deszczu na skórze. Albo wiatru – już chciałam napisać: pieszczoty wiatru, tyle że trąciłoby to romansidłem.

A jednak to prawda. Albo śniegu, ale akurat śniegu nie chcę więcej czuć.

Dziś rano w dostawie jabłek z FreshDirect zaplątała się brzoskwinia. Ciekawe, jak do tego doszło.

Tego wieczoru, kiedy się poznaliśmy – na projekcji *39 kroków* w kinie studyjnym – opowiadaliśmy sobie z Edem historie. Matka, powiedziałam, wychowała mnie na starych thrillerach i klasycznych filmach noir; jako nastolatka wolałam towarzystwo Gene Tierney i Jimmy'ego Stewarta niż kolegów i koleżanek z klasy. „Sam nie wiem, czy to urocze, czy smutne", stwierdził Ed, który nigdy wcześniej nie oglądał czarno-białych filmów. Dwie godziny później już mnie całował.

„Chcesz powiedzieć, że to ty mnie całowałaś", wyobrażam sobie, jak mnie poprawia.

W latach poprzedzających narodziny Olivii oglądaliśmy filmy co najmniej raz w tygodniu, i to same klasyki z suspensem, które pamiętałam z dzieciństwa: *Podwójne ubezpieczenie*, *Gasnący płomień*, *Sabotaż*, *Wielki zegar*... Żyliśmy wtedy w monochromatycznym świecie. Dla mnie to była okazja do odwiedzin u starych znajomych, dla Eda – sposobność poznania nowych.

Układaliśmy listy. Seria *W pogoni za cieniem* od najlepszej części (pierwsza) do najgorszej (*Pieśń mordercy*). Najlepsze filmy z wyjątkowo udanego roku 1944. Najciekawsze role Josepha Cottena.

Mogę oczywiście sama sporządzać takie listy. Na przykład: najlepsze filmy w stylu Hitchcocka nienakręcone przez Hitchcocka. Proszę bardzo:

Rzeźnik, jeden z dość wczesnych obrazów Claude'a Chabrola; podobno Hitch żałował, że sam nie wyreżyserował tego filmu. *Mroczne przejście* z Humphreyem Bogartem i Lauren Bacall, spowita welwetową mgłą laurka dla San Francisco i prekursor filmów, w których bohater poddaje się operacji plastycznej, aby ukryć swoją prawdziwą tożsamość. *Niagara* z Marilyn Monroe. *Szarada* z Audrey Hepburn. *Sudden Fear* z brwiami Joan Crawford. *Doczekać zmroku* – znów z Hepburn; o zdanej na własne siły niewidomej kobiecie z sutereny. Chybabym zwariowała w suterenie.

Filmy z lat po Hitchu: *Zniknięcie* z zaskakującym zakończeniem. *Frantic*, Polańskiego oda do mistrza. *Panaceum*, które zaczyna się jak antyfarmakologiczny traktat, po czym prześlizguje niczym węgorz do zupełnie innego gatunku.

Okej.

Popularne błędne cytaty z filmów. „Zagraj to jeszcze raz, Sam" – rzekomo z *Casablanki*, tyle że ani Bogie, ani Bergman nie wypowiadają słów „jeszcze raz". „On żyje" – Frankenstein nie określa płci swojego potwora, mówi jedynie okrutne: „To żyje". „To elementarne, mój drogi Watsonie" pada w pierwszych filmach o Holmesie z ery dźwiękowej, ale nie pojawia się w żadnej z kanonicznych historii Conan Doyle'a.

Okej.
Co dalej?

Otwieram laptopa, wchodzę na Agorę. Wiadomość od Mitzi z Manchesteru; sprawozdanie z postępów Dołeczków2016 z Arizony. Nic godnego uwagi.

W salonie domu pod numerem 210 chłopak Takedów przeciąga smyczkiem po strunach wiolonczeli. Dalej na wschód Grayowie przemykają w deszczu i śmiejąc się, wbiegają na schodki, które prowadzą do ich drzwi. Za skwerem Alistair Russell napełnia szklankę wodą z kranu.

8

Późne popołudnie. Nalewam sobie kalifornijskiego pinota noir do szklaneczki, kiedy nagle ktoś dzwoni do drzwi. Szklaneczka wypada mi z ręki. Rozbija się na podłodze i długi winny jęzor liże brzozowe deski.

– Kurwa! – krzyczę. (Zauważyłam, że pod nieobecność innych klnę częściej i głośniej. Ed byłby zbulwersowany. S a m a się bulwersuję).

Idę po kilka listków papierowego ręcznika, ale dzwonek znów się odzywa. Kogo niesie? – myślę. A może mówię? Przed godziną David wyszedł do pracy we Wschodnim Harlemie – odprowadziłam go wzrokiem przez okno w gabinecie – a nie spodziewam się żadnych dostaw. Pochylam się, przykrywam czerwoną plamę ręcznikiem i ruszam do drzwi.

Na ekranie domofonu widzę wysokiego chłopaka w obcisłej kurtce, który trzyma niewielkie białe pudełko. Syn Russellów.

Wduszam przycisk.

– Tak? – To mniej zachęcające niż: „Słucham", ale bardziej uprzejme niż: „O co chodzi, do cholery?".

– Mieszkam po drugiej stronie skweru – odzywa się głośno, prawie krzycząc. Ma niewiarygodnie miły głos. – Mama prosiła, żebym to pani dał. – Widzę, jak podsuwa pudełko pod głośnik, a potem, ponieważ nie wie, gdzie się znajduje kamera, powoli obraca się, unosząc ręce nad głową.

– Możesz po prostu… – zaczynam. Mam powiedzieć, żeby zostawił paczkę na korytarzu? Niezbyt grzeczne, mało dobrosąsiedzkie, ale raz, że od dwóch dni się nie kąpałam, a dwa, że mógłby go podrapać kot.

Nadal stoi na ganku i trzyma pudełko w górze.

– ...wejść – kończę i naciskam brzęczyk.

Słyszę szczęk zamka i idę do drzwi, ostrożnie, tak jak Punc podchodzi do nieznajomych – poprawka: tak jak Punc podchodził do nieznajomych, kiedy ci jeszcze odwiedzali ten dom.

Widzę ciemny, wąski cień na matowym szkle; wygląda jak młode drzewko. Przekręcam gałkę klamki.

Chłopak rzeczywiście jest wysoki, ma dziecinną twarz i niebieskie oczy, rudawozłotą grzywkę i bladą bliznę, która znaczy jedną z jego brwi i wędruje w górę po czole. Ma może piętnaście lat. Wygląda jak chłopak, którego kiedyś znałam i z którym się całowałam – na obozie letnim w Maine ćwierć wieku temu. Podoba mi się.

– Mam na imię Ethan – mówi.

– Wejdź – powtarzam.

Przestępuje próg.

– Ciemno tu.

Pstrykam przełącznik na ścianie.

Kiedy mu się przypatruję, on rozgląda się po pokoju. Ogarnia wzrokiem obrazy, kota rozwalonego na szezlongu, kupkę nasiąkających winem ręczników papierowych na podłodze w kuchni.

– Co się stało?

– Mały wypadek – odpowiadam. – Jestem Anna. Fox – dodaję na wypadek, gdyby go to interesowało. Mam tyle lat, że mogłabym być jego (młodą) matką.

Podajemy sobie ręce, a potem on wręcza mi przewiązane tasiemką pudełko.

– To dla pani – mówi nieśmiało.

– Postaw tam. Chcesz coś do picia?

Podchodzi do kanapy.

– Może wody?

– Jasne. – Wracam do kuchni i sprzątam bałagan po winie. – Z lodem?

– Nie, dziękuję.

Nalewam dwie szklanki wody. Omijam wzrokiem stojącą na blacie butelkę pinota noir.

Ethan stawia pudełko na ławie obok mojego laptopa. Nadal jestem zalogowana na stronie Agory. Właśnie rozmawiałam z DiscoMickeyem o jego niedawnym ataku paniki w stadium początkowym; na ekranie widać wiadomość z podziękowaniem za pomoc.

– No dobrze – mówię, siadając obok Ethana. Stawiam przed nim szklankę z wodą, opuszczam klapę komputera i sięgam po prezent. – Zobaczmy, co tu mamy.

Ciągnę za tasiemkę, otwieram wieko, rozchylam wypełnienie z bibułki i wyjmuję świecę z kwiatkami i łodyżkami zatopionymi w wosku jak owady w bursztynie. Z celowym namaszczeniem podnoszę ją do nosa.

– Lawenda – podsuwa Ethan.

– Tak myślałam. – Wciągam zapach. – Uwielbiam lovendę. Lawendę.

Posyła mi blady uśmiech, lekko unosi kącik ust, jakby ktoś pociągnął za sznurek. Uświadamiam sobie, że za kilka lat będzie przystojnym mężczyzną. A ta blizna – kobiety będą za nią szalały. Dziewczyny może już szaleją. Albo chłopcy.

– Mama prosiła, żebym to pani dał.

– To bardzo miłe. Jesteście nowymi sąsiadami, więc to my powinniśmy w a m wręczać prezenty.

– Przyszła jedna pani – mówi. – Powiedziała, że po co nam taki wielki dom, skoro jesteśmy taką małą rodziną.

– Założę się, że to była pani Wasserman.

– Tak.

– Nie zwracajcie na nią uwagi.

– Nie zwracamy.

Punc zeskoczył z szezlonga na podłogę i ostrożnie zmierza w naszą stronę. Ethan pochyla się i kładzie na dywanie dłoń spodem do góry. Kot przystaje, po czym pełznie ku nam jak wąż, obwąchuje palce Ethana i je oblizuje. Ethan chichocze.

– Uwielbiam kocie języczki – wyznaje jak na spowiedzi.

– Ja też. – Upijam wody. – Są pokryte zadziorkami, takimi igiełkami – dodaję na wypadek, gdyby nie wiedział, co to znaczy „zadzior". Dociera do mnie, że nie jestem pewna, jak rozmawiać z nastolatkiem; moi najstarsi pacjenci mieli dwanaście lat. – Zapalić świeczkę?

Ethan wzrusza ramionami i się uśmiecha.

– Pewnie.

Zapałki – wiśniowe pudełko z napisem „The Red Cat" – znajduję w szufladzie biurka. Pamiętam, jak wybraliśmy się tam z Edem na kolację, już ponad dwa lata temu. Albo trzy. Tagin z kurczaka, chyba, i – o ile pamiętam – Ed pochwalił wino. Ja nie piłam wtedy tyle co dziś.

Pocieram zapałką o draskę, przykładam ją do knota.

– Popatrz – mówię, kiedy knot zajmuje się ogniem; płomień rozkwita, kwiaty płomienieją. – Jak ślicznie.

Panuje łagodna cisza. Punc kręci ósemki wokół nóg chłopaka, po czym wskakuje mu na kolana. Ethan wybucha radosnym śmiechem, który brzmi jak ujadanie.

– Chyba cię lubi.

– Chyba tak – przyznaje. Zgina palec i zaczyna drapać kota za uchem.

– Mało kogo lubi. Ma paskudny charakter.

Słychać warkot, jakby chodził włączony silnik. Punc potrafi mruczeć, stwierdzam z zaskoczeniem.

Ethan szczerzy zęby w uśmiechu.

– To kot niewychodzący?

– Ma klapkę w drzwiach w kuchni. – Pokazuję. – Ale przeważnie siedzi w domu.

– Grzeczny chłopiec – mruczy Ethan, a Punc wtula mu pyszczek pod pachę.

– Jak ci się podoba nowy dom? – pytam.

Nie odpowiada od razu. Głaszcze kota po głowie, a raczej ugniata.

– Tęsknię za starym – mówi wreszcie.

– No pewnie. A gdzie przedtem mieszkaliście? – Oczywiście znam już odpowiedź.

– W Bostonie.

– Co was sprowadziło do Nowego Jorku? – To też wiem.

– Tata dostał nową pracę. – Formalnie rzecz biorąc, to tylko przeniesienie, ale przecież nie będę się sprzeczała. – Tu mam większy pokój – dodaje, jakby dopiero teraz przyszło mu to do głowy.

– Poprzedni właściciele przeprowadzili duży remont.

– Mama mówi, że wybebeszyli dom.

– Dokładnie tak. Wybebeszyli. Połączyli część pokoi na górze.

– Była pani w moim domu?

– Kilka razy. Nie znałam ich zbyt dobrze, to znaczy, poprzednich właścicieli, Lordów. Co roku urządzali przyjęcie świąteczne i wtedy ich odwiedzałam. – W rzeczywistości ostatnio byłam tam prawie rok temu z Edem. Dwa tygodnie później odszedł.

Zaczynam się rozluźniać. Przez chwilę mam wrażenie, że to zasługa towarzystwa Ethana – chłopak jest wygadany, dobrze się przy nim czuję; przypadł do gustu nawet kotu – ale potem uzmysławiam sobie, że przestawiam się na tryb psychoanalityka i stosuję metodę wzajemnych ustępstw. Pytania i odpowiedzi. Ciekawość i współodczuwanie – narzędzia mojej pracy.

I nagle przenoszę się do swojego gabinetu przy Wschodniej Osiemdziesiątej Ósmej, do niewielkiego, cichego pomieszczenia wypełnionego przyćmionym światłem. Naprzeciwko siebie stoją dwa głębokie fotele, a pomiędzy nimi leży niebieski dywan jak sadzawka. Słychać syk grzejnika.

Otwierają się drzwi i widzę kanapę i drewniany stolik w poczekalni. Zsuwające się stosiki numerów „Highlights" i „Ranger Ricka"; kosz pełen klocków Lego; w kącie buczy generator szumu białego.

Drzwi do gabinetu Wesleya. Wesley, mój partner w interesach i mentor z czasów studiów. Człowiek, który namówił mnie na prywatną praktykę. Wesley Brill. Mówiliśmy na niego Wesley Brilliant*. Gość od niechlujnej fryzury, niedopasowanych

---

* Ang. *brilliant* – błyskotliwy.

skarpetek, olśniewającego umysłu i dudniącego głosu. Widzę go, jak siedzi w fotelu według projektu Eamesów; ułożył długie nogi w grot strzały, wskazuje na środek pokoju, a na kolanach trzyma książkę. Przez otwarte okno wpada zimowe powietrze. Palił. Podnosi głowę. „Witaj, Fox", odzywa się.

– Mój pokój jest większy niż w starym domu – powtarza Ethan.

Opieram się, zakładam nogę na nogę. Czuję się, jakbym przyjmowała jakąś absurdalną pozę. Kiedy ostatni raz układałam tak nogi?

– Gdzie chodzisz do szkoły?

– Nigdzie – odpowiada. – Mama uczy mnie w domu. – Zanim zdążę zareagować, Ethan wskazuje brodą zdjęcie stojące na stoliku. – To pani rodzina?

– Tak. Mąż i córka. Ed i Olivia.

– Są w domu?

– Nie, nie ma ich tutaj. Nasz związek się rozpadł.

– Och. – Głaszcze Punca po grzbiecie. – Ile lat ma pani córka?

– Osiem. A ty?

– Szesnaście. W lutym kończę siedemnaście.

Olivia też by tak powiedziała. Ethan nie wygląda na swój wiek.

– Moja córka też się urodziła w lutym. W walentynki.

– Ja dwudziestego ósmego.

– Blisko roku przestępnego – zauważam.

Kiwa głową.

– Czym się pani zajmuje?

– Jestem psycholożką. Pracuję z dziećmi.

Marszczy nos.

– Po co dzieciom psycholog?

– Z różnych powodów. Jedne mają kłopoty w szkole, inne w domu. Niektóre ciężko znoszą przenosiny w nowe miejsce.

Nic nie mówi.

– Skoro uczysz się w domu, to ze znajomymi spotykasz się pewnie poza szkołą.

Wzdycha.

– Tata znalazł mi klub pływacki.

– Od dawna pływasz?

– Od kiedy skończyłem pięć lat.

– Pewnie jesteś dobry.

– Niezły. Tata mówi, że „kompetentny".

Kiwam głową.

– W zasadzie to bardzo dobry – przyznaje. – Uczę.

– Jesteś instruktorem pływania?

– Uczę upośledzonych, ale nie fizycznie – dodaje.

– Umysłowo?

– Tak. Robiłem to w Bostonie i tutaj też bym chciał.

– Jak doszło do tego, że się tym zająłeś?

– Dwa lata temu siostra mojego kolegi, która ma zespół Downa, oglądała igrzyska w telewizji i powiedziała, że chce się nauczyć pływać. No to ją nauczyłem, a potem kilkoro dzieciaków z jej szkoły. Później wkręciłem się w tę… – szuka słowa – bajkę czy jak to nazwać.

– To świetnie.

– Nie interesują mnie imprezy i takie tam.

– Nie twoja bajka.

– Nie. – Uśmiecha się. – Ani trochę.

Wykręca szyję i patrzy w stronę kuchni.

– Widzę pani dom ze swojego pokoju – mówi. – O, stamtąd.

Odwracam się. Jeśli jest w stanie dostrzec dom, oznacza to, że ma widok od wschodu, prosto na moją sypialnię. Naraz robi mi się trochę nieswojo – to w końcu nastolatek. Znów przychodzi mi do głowy myśl, czy aby nie jest gejem.

Wtedy zauważam, że zaszkliły mu się oczy.

– Och… – Zerkam na prawo, tam gdzie powinno stać pudełko z chusteczkami, tam gdzie stało w moim gabinecie, ale widzę tylko oprawione zdjęcie rozpromienionej, szczerbatej Olivii.

– Przepraszam – mówi Ethan.

– Nie przepraszaj – odpowiadam. – Co się stało?

– Nic. – Wyciera oczy.

Odczekuję chwilę. To dziecko, przypominam sobie, wyrośnięte i w trakcie mutacji, ale nadal dziecko.

– Tęsknię za przyjaciółmi – przyznaje.

– No tak. Oczywiście.

– Nikogo tu nie znam. – Łza spływa mu po policzku. Ociera ją nasadą dłoni.

– Przeprowadzki bywają trudne. Sama zaczęłam poznawać ludzi dopiero jakiś czas po tym, jak się tu sprowadziłam.

Głośno pociąga nosem.

– Kiedy to było?

– Osiem lat temu. A właściwie już dziewięć. Z Connecticut.

Znów pociąga nosem i wyciera go palcem.

– To bliżej niż z Bostonu.

– Owszem, ale odległość nie ma znaczenia. Przeprowadzka zawsze jest trudna. – Mam ochotę go przytulić, ale nie zrobię tego. Już widzę ten nagłówek: „Miejscowa samotniczka obmacuje syna sąsiadów".

Przez chwilę siedzimy w milczeniu.

– Mogę prosić jeszcze trochę wody? – pyta.

– Przyniosę ci.

– Nie trzeba, sam to zrobię. – Wstaje.

Punc zsuwa się z jego kolan i rozpływa jak kałuża pod ławą.

Ethan zatrzymuje się przed zlewem w kuchni i odkręca kran. Ja tymczasem podchodzę do szafki pod telewizorem i otwieram szufladę.

– Lubisz filmy? – pytam głośno.

Nie odpowiada. Odwracam się i widzę, że stoi w drzwiach w kuchni i wygląda na skwer. Przy jego nodze, w koszu, butelki lśnią odbitym światłem.

Po chwili zwraca się w moją stronę.

– Co?

– Lubisz filmy? – powtarzam.

Potwierdza skinieniem głowy.

– Chodź, zobacz. Mam dużą kolekcję na DVD. Bardzo dużą. Mój mąż mówi, że za dużą.

– Mówiła pani, że wasz związek się rozpadł – bąka, podchodząc do mnie.

– Formalnie nadal jest moim mężem. – Dotykam obrączki na palcu lewej dłoni, obracam nią. – Ale masz rację. – Wskazuję otwartą szufladę. – Jeśli chcesz coś pożyczyć, bierz śmiało. Masz odtwarzacz?

– Tata ma przystawkę do laptopa.

– To wystarczy.

– Może mi pożyczy.

– Oby. – Zaczynam rozumieć, jakim człowiekiem jest Alistair Russell.

– Jakie ma pani filmy? – pyta Ethan.

– Głównie stare.

– Znaczy czarno-białe?

– Głównie czarno-białe.

– Nigdy nie oglądałem czarno-białego filmu.

Robię wielkie oczy.

– Wobec tego częstuj się. Wszystkie najlepsze filmy są czarno-białe.

Nie wygląda na przekonanego, ale mimo to zagląda do szuflady. Prawie dwieście pudełek, Criterion i Kino, boks Universalu z dziełami Hitchcocka, różne kolekcje filmów noir, *Gwiezdne wojny* (w końcu jestem tylko człowiekiem). Przesuwam wzrokiem po grzbietach: *Noc i miasto*, *Wir*, *Żegnaj laleczko*.

– Proszę. – Podważam pudełko, wyjmuję je i podaję Ethanowi.

– *Noc musi zapaść* – czyta napis na okładce.

– Dobry na początek. Z suspensem, ale nieprzerażający.

– Dziękuję. – Odchrząkuje i odkasłuje. – Przepraszam – mówi, popijając wodę. – Mam alergię na koty.

Wbijam w niego spojrzenie.

– Dlaczego nie powiedziałeś? – Piorunuję Punca wzrokiem.

– Bo to taki przyjazny kociak. Nie chciałem go urazić.

– To absurdalne – mówię. – Ale miłe.

Uśmiecha się.

– Lepiej już pójdę. – Wraca do ławy, stawia na niej szklankę i zwraca się do leżącego pod stolikiem Punca, który patrzy na niego przez szybę. – Nie z twojego powodu, kolego. Grzeczny chłopiec. – Prostuje się i strzepuje kłaczki ze spodni.

– Chcesz wałek do sierści? – Nawet nie wiem, czy jeszcze jakiś się uchował.

– Nie trzeba. – Rozgląda się. – Czy mogę skorzystać z łazienki?

Wskazuję czerwony pokój.

– Nie krępuj się.

Kiedy znika za drzwiami, przeglądam się w lusterku w kredensie. Muszę wziąć prysznic. Dziś, najpóźniej jutro.

Wracam na kanapę i otwieram laptopa. „Dziękuję za pomoc – napisał DiscoMickey. – Jesteś moją bohaterką".

Słyszę szum spuszczanej wody i pospiesznie wklepuję odpowiedź. Po chwili Ethan wychodzi z łazienki, wycierając dłonie o dżinsy.

– Gotowe – informuje. Wkłada ręce do kieszeni i podchodzi do drzwi, powłócząc nogami jak uczniak.

Idę za nim.

– Bardzo dziękuję za odwiedziny.

– Do zobaczenia – mówi, otwierając drzwi.

Wcale nie, myślę.

– Do następnego – odpowiadam.

9

Po wyjściu Ethana ponownie oglądam *Laurę*. To nie miało prawa zagrać – Clifton Webb wypełnia drugi plan, Vincent Price sprawdza, jak daleko może się posunąć z południowym akcentem, wątki nie zawsze się kleją – ale gra, i to jak! I jeszcze ta muzyka. „Przysłali mi, niestety, scenariusz zamiast partytury", obruszyła się ponoć Hedy Lamarr, zapytana, dlaczego odrzuciła rolę Laury.

Zostawiam zapaloną świeczkę i drgający kluseczek płomienia.

Potem, nucąc pod nosem motyw z *Laury*, biorę telefon i zabieram się do szukania moich pacjentów w Internecie. Moich byłych pacjentów. Dziesięć miesięcy temu straciłam wszystkich co do jednego. Straciłam dziewięcioletnią Mary, która nie potrafiła uporać się z rozwodem rodziców; straciłam ośmioletniego Justina, którego brat bliźniak zmarł na czerniaka; straciłam Anne Marie, która w wieku dwunastu lat nadal bała się ciemności. Straciłam Rasheeda (jedenaście lat, transgender) oraz Emily (dziewięć lat, zastraszana); straciłam nadnaturalnie przygnębioną drobną dziesięciolatkę imieniem – o ironio! – Joy*. Straciłam ich łzy i problemy, ich złość i ulgę. Straciłam dziewiętnaścioro dzieci. Dwadzieścioro, jeśli uwzględnimy moją córkę.

Oczywiście wiem, gdzie przebywa Olivia. Pozostałych obserwuję. Nie za często – psycholog nie powinien podpatrywać życia swoich pacjentów, również tych dawnych – ale powiedzmy, że raz w miesiącu, kiedy już usycham z tęsknoty, zaglądam do sieci i wyszukuję ich sobie. Mam do dyspozycji kilka

---

* Ang. *joy* – radość.

narzędzi: fikcyjne konto na Facebooku, przeterminowany profil na LinkedIn. Niemniej w przypadku młodych ludzi tak naprawdę sprawdza się jedynie Google.

Przeczytawszy o konkursie ortograficznym Avy i o tym, że Jacob został wybrany do samorządu uczniowskiego w gimnazjum, przejrzawszy założony przez matkę Grace album na Instagramie i wpisy na Twitterze, które wyszły spod palców Bena (naprawdę powinien zmienić ustawienia prywatności), otarłszy łzy z policzków i opróżniwszy trzy szklaneczki czerwonego wina, wracam do sypialni i tam oglądam zdjęcia w telefonie. Potem znów odzywam się do Eda.

– Zgadnij kto – zaczynam jak zwykle.

– Ubzdryngoliłaś się, ochlapusie – zauważa.

– To był długi dzień. – Zerkam na pustą szklaneczkę i czuję lekkie wyrzuty sumienia. – Co robi Livvy?

– Szykuje się na jutro.

– Aha. Za co się przebiera?

– Za ducha.

– Masz szczęście.

– To znaczy?

Śmieję się.

– W zeszłym roku była wozem strażackim.

– O rany, ile było z tym roboty.

– Ile j a miałam z tym roboty.

Słyszę, że się uśmiecha.

W domu po drugiej stronie skweru, na drugim piętrze, w głębi ciemnego pokoju dostrzegam poblask ekranu komputera. Nagle robi się jasno. Widzę biurko, lampkę i Ethana. Ściąga sweter. Rzeczywiście, nasze pokoje znajdują się okno w okno.

Ethan obraca się i ze spuszczoną głową zdejmuje koszulkę. Odwracam wzrok.

Niedziela, 31 października

10

Przez szybę okna w sypialni przesącza się blade światło poranka. Obracam się na plecy i trafiam biodrem w laptopa. Nocna porażka na szachownicy. Moje konie potknęły się, a wieże zawaliły.

Wlokę się pod prysznic – i spod prysznica. Wycieram włosy ręcznikiem, przejeżdżam kulką pod pachami. Jestem gotowa wziąć byka za rogi, jak mawia Sally. Wesołego Halloween.

Dziś wieczorem nie zamierzam, rzecz jasna, nikomu otwierać drzwi. David wychodzi o siódmej – powiedział, zdaje się, że jedzie do centrum. Na pewno będzie się dobrze bawił.

Zaproponował, żebyśmy postawili na schodkach miskę z cukierkami.

– Zanim się obejrzysz, jakiś dzieciak zgarnie wszystko i tyle będzie po misce i cukierkach – odparłam.

Wyglądał na urażonego.

– Nie jestem psychologiem dziecięcym – stwierdził.

– Nie trzeba być psychologiem dziecięcym. Wystarczy, że się było dzieckiem.

Tak więc po prostu wyłączę światła i udam, że nikogo nie ma w domu.

Wchodzę na stronę o filmach. Andrew jest online; podesłał mi link do artykułu Pauline Kael o *Zawrocie głowy* – „głupi" i „płytki" – a pod spodem zaproponował listę: filmy noir do trzymania się za ręce. (Najlepszy? – *Trzeci człowiek*).

Czytam tekst Kael, puszczam Andrew wiadomość. Pięć minut później Andrew się wylogowuje.

Nie pamiętam, kiedy ostatni raz ktoś trzymał mnie za rękę.

11

Prask!

To znowu drzwi. Tym razem siedzę zwinięta na sofie i oglądam *Rififi* – tę długą scenę napadu, pół godziny bez słowa dialogu i dźwięku muzyki; widz słyszy jedynie diegetyczne odgłosy i szum krwi we własnej głowie.

Po chwili kolejne głuche prask!

Zsuwam koc, spuszczam nogi na podłogę, znajduję pilota i wciskam pauzę.

Na zewnątrz przesypuje się mrok. Podchodzę do drzwi i je otwieram.

Prask!

Wychodzę na korytarz – to jedyne miejsce w domu, którego nie lubię i któremu nie ufam. Chłodna, szara ziemia niczyja pomiędzy moim królestwem a światem zewnętrznym. Tonie w ciemności, ponure ściany są jak dłonie gotowe mnie zmiażdżyć.

W drzwiach wejściowych znajdują się szybki w ołowianych ramkach. Podchodzę i wyglądam przez jedną z nich.

Pęknięcie. Szybka się rusza. Trafił ją miniaturowy pocisk: jajko, którego wnętrzności rozchlapały się po szkle. Z trudem łapię powietrze. Przez smugę rozmazanego żółtka dostrzegam trójkę dzieciaków: rozpromienione buzie, uśmiechy od ucha do ucha – i jajko w dłoni jednego z nich.

Muszę przytrzymać się ściany, bo nagle się słaniam.

To mój dom. I moje okienko.

Coś ściska mnie w gardle. Łzy napływają mi do oczu. Najpierw jestem zaskoczona, a potem robi mi się wstyd.

Prask!

Wzbiera we mnie gniew.

Nie mogę otworzyć drzwi i pogonić tych dzieciaków. Nie jestem w stanie wyskoczyć i stawić im czoła. Stukam więc w szybkę, mocno stukam.

Prask!

Uderzam nasadą dłoni w drzwi.

Walę w nie pięścią.

Warczę, potem ryczę, a mój głos odbija się od ścian i ciemny, wąski korytarz zamienia się w kabinę pogłosową.

Jestem bezsilna.

Nieprawda, słyszę głos doktora Fieldinga. Nie jesteś.

Wdech, dwa, trzy, cztery.

Nieprawda.

Nie jestem bezsilna. Męczyłam się prawie dziesięć lat na studiach. Spędziłam rok i trzy miesiące na stażu w szkołach w podupadłych częściach śródmieścia. Przez siedem lat prowadziłam prywatny gabinet. „Twarda jestem", napisałam Sally.

Odgarniam włosy z czoła i wracam do salonu. Nabieram powietrza i wduszam przycisk domofonu.

– Odejdźcie od mojego domu – syczę do mikrofonu. Na pewno usłyszą.

Prask!

Drży mi palec, którym trzymam przycisk.

– Odejdźcie od mojego domu!

Prask!

Przecinam salon, potykając się po drodze, wpadam na schody i ruszam do gabinetu, do okna. Widzę ich stamtąd, stoją gromadką jak rabusie oblegający dom. Rzucają nieskończone cienie w zanikającym świetle. Stukam w szybę.

Jeden z nich wskazuje mnie i się śmieje. Zamachnął się jak miotacz. Leci kolejne jajko.

Stukam coraz mocniej, lada moment mogę wybić szybę. To moje drzwi. I mój dom.

Oczy zachodzą mi mgłą.

Nagle zbiegam bosa i znów ląduję w ciemnym korytarzu. Kładę dłoń na klamce. Wściekłość chwyta mnie za gardło. Kręci mi się w głowie. Biorę wdech, potem jeszcze jeden.

Wdech, dwa, trzy...

Szarpię za drzwi. Uderzają mnie światło i powietrze.

Na chwilę wszystko cichnie – jak w niemym filmie – i spowalnia – jak zachód słońca. Domy po drugiej stronie ulicy. Pomiędzy mną a budynkami trójka dzieciaków. Ulica dokoła nich. Cisza i znieruchomienie, jakby czas się zatrzymał.

Dałabym głowę, że słyszę trzask, jakby upadło ścięte drzewo.

A potem...

...a potem wszystko wzbiera, wybrzusza się, pęcznieje i pędzi w moją stronę, jest jak głaz wyrzucony z katapulty, uderza mnie z taką siłą, przywala mi w brzuch tak, że aż się zginam. Otwieram usta jak okno. Wpada przez nie wiatr. Jestem pustym domem, zgniłymi krokwiami i wyjącym wichrem. Mój dach wydaje pomruk i zapada się...

...z jękiem składam się, osuwam jak lawina, jedną dłonią szoruję po cegłach, drugą wyrzucam przed siebie. Toczę i przewracam oczami: widzę krzykliwą czerwień liści, a potem ciemność; światła na kobiecie w czerni, obraz blaknie, aż w końcu płynna biel zalewa mi oczy i osadza się na nich gęstym, głębokim mułem. Próbuję krzyknąć, ale moje usta szorują po piachu. Czuję beton na języku. Czuję krew. Mam wrażenie, jakby ktoś przydusił wszystkie moje członki do ziemi, ta zaś faluje pod moim ciałem, a ciało marszczy się pod uderzeniami powietrza.

Gdzieś na strychu mojego umysłu ożywa wspomnienie, że to nie pierwszy raz, że coś takiego już się wydarzyło na tych schodkach. Pamiętam poszum głosów i pojedyncze wyraźne słowa, które do mnie docierały: „upadła", „sąsiadka", „czy ktoś", „wariatka". Tym razem cisza.

Moja ręka spoczywa na czyimś ramieniu. Czyjeś włosy, bardziej szorstkie od moich, drapią mnie po twarzy. Stopy ledwo suną po ziemi, potem po podłodze; znów jestem w środku, pośród chłodu korytarza, w cieple salonu.

12

– Ale się pani wywróciła!

Obraz powoli nabiera kształtów, jak wydruk z polaroidu. Patrzę w sufit, na świdrującą mnie wzrokiem pojedynczą żarówkę oświetlenia sufitowego.

– Zaraz coś pani przyniosę… jedną chwilkę…

Pozwalam głowie opaść na bok. Aksamit szeleści mi pod uchem. Szezlong w salonie… Francuzi nazywają taki mebel *méridienne*, czyli południówka, ale w tej sytuacji nazwałabym go „zaniemóżką". Ha.

– Chwileczkę… chwileczkę…

W kuchni przy zlewie stoi kobieta, jest odwrócona do mnie plecami, po których spływa sznur ciemnych włosów.

Podnoszę dłonie i dotykam nimi twarzy, zasłaniam usta i nos. Wdech, wydech. Spokojnie. Spokojnie. Boli mnie warga.

– Szłam do domu obok, kiedy zobaczyłam, że ci zasrańcy rzucają jajkami – wyjaśnia kobieta. – Mówię do nich: „Co wy tu robicie, zasrańcy?", a wtedy pani wyleciała przez drzwi, zataczając się, i grzmotnęła o ziemię jak… – Nie kończy zdania. Co chciała powiedzieć? „Jak zasrana pokraka"?

Odwraca się. Trzyma w dłoniach dwie szklanki. W jednej jest woda, a w drugiej coś jak gęsty płyn o złotej barwie. Mam nadzieję, że to brandy z barku.

– Nie mam pojęcia, czy brandy cokolwiek pomoże – mówi. – Czuję się jak w *Downton Abbey*. Jestem Florence Nightingale!

– Pani mieszka po drugiej stronie skweru – bąkam.

Wychodzące z moich ust słowa zataczają się jak pijak przed barem. „Twarda jestem". Żałosne.

– Słucham?

– Pani jest Jane Russell – mówię wbrew sobie.

Zatrzymuje się, patrzy na mnie zdziwiona, a potem wybucha śmiechem. Jej zęby błyszczą w półmroku.

– Skąd pani wie?

– Mówiła pani, że szła do domu obok? – próbuję składnie się wypowiedzieć. Byle jakie bile Billa, myślę. I cóż, że cesarz ze Szwecji? – Był u mnie pani syn.

Przyglądam jej się przez siatkę rzęs. Ed nazwałby ją, z aprobatą, dojrzałą kobietą: pełne biodra i usta, obfity biust, aksamitna skóra, wesoła twarz, oczy niebieskie jak płomień w palniku gazowym. Jest ubrana w dżinsy w kolorze indygo i czarny sweter z głębokim dekoltem. Na jej piersi zwisa srebrny wisior. Dałabym jej trzydzieści kilka lat, bliżej czterdziestki. Musiała urodzić Ethana w bardzo młodym wieku.

Z miejsca czuję do niej sympatię, tak jak poczułam do jej syna.

Podchodzi do szezlonga i trąca mnie kolanem.

– Niech pani usiądzie. Bo może ma pani wstrząśnienie mózgu.

Posłusznie dźwigam się na łokciu i przyjmuję pozycję siedzącą. Tymczasem ona stawia szklanki na ławie i zajmuje miejsce po drugiej stronie stolika, tam gdzie wczoraj bawił się z kotem jej syn. Spogląda na telewizor i marszczy brwi.

– Co pani ogląda? Czarno-biały film? – pyta zdumiona.

Biorę pilota i kładę palec na przycisku zasilania. Obraz znika z ekranu.

– Ciemno tu – zauważa Jane.

– Może pani zapalić światło? – proszę. – Ja czuję się trochę... – Nie jestem w stanie dokończyć.

– Pewnie. – Sięga za oparcie kanapy i włącza lampę podłogową. Pokój się rozjaśnia.

Odchylam głowę i wbijam spojrzenie w fazowane listwy na suficie. Wdech, dwa, trzy, cztery. Przydałoby się je odświeżyć. Poproszę Davida. Wydech, dwa, trzy, cztery.

– No dobrze – odzywa się Jane, opierając łokcie na kolanach i wpatrując się we mnie. – Co się tam wydarzyło?

Zamykam oczy.

– Poczułam paniczny strach.

– Och, to byli… Właściwie jak się pani nazywa?

– Anna. Fox.

– Może przejdziemy na ty?

Kiwam głową.

– Anno, to byli tylko głupi gówniarze.

– Nie w tym rzecz. Ja nie mogę wychodzić. – Sięgam po brandy.

– Ale przecież wyszłaś. Hola, ostrożnie z tym – dodaje, widząc, jak wychylam drinka.

– Nie powinnam była. Wychodzić.

– Czemu nie? Jesteś wampirem?

Niewiele mi brakuje, myślę, oglądając swoją rękę – biała jak rybi brzuch.

– Mam agorafobię? – mówię.

Ściąga usta.

– To było pytanie?

– Nie, po prostu nie byłam pewna, czy będziesz wiedziała, co to znaczy.

– Jasne, że wiem. Nie lubisz otwartych przestrzeni.

Kiwam głową i ponownie zamykam oczy.

– Wydawało mi się, że ktoś, kto cierpi na agorafobię, nie może, no wiesz, pojechać na kemping, robić rzeczy pod gołym niebem.

– Ja nie mogę nigdzie pojechać.

Jane wciąga powietrze.

– Jak długo to trwa?

Osuszam szklaneczkę.

– Od dziesięciu miesięcy.

Nie drąży tematu. Oddycham głęboko i zaczynam kasłać.

– Przynieść ci inhalator? Masz coś takiego?

Kręcę głową.

– To tylko pogorszy sprawę. Wzrośnie mi tętno.

Zastanawia się.

– A może chcesz papierową torbę?

Odstawiam szklaneczkę po brandy i sięgam po drugą, z wodą.

– Nie. Czasami potrzebuję, ale akurat nie teraz. Dziękuję, że pomogłaś mi wejść do domu. Strasznie mi głupio.

– Ależ nie…

– Nie, naprawdę. Wstyd mi. Obiecuję, że to nie wejdzie mi w nałóg.

Znów ściąga usta. Bardzo… aktywne ma te usta, myślę sobie. Może pali – ale nie czuć od niej papierosów, tylko masło shea.

– Czyli to nie pierwszy raz? Że wychodzisz i…?

Krzywię się.

– To było wiosną. Dostawca zostawił zamówienie na schodkach. Wydawało mi się, że mogę po prostu… zgarnąć je do środka.

– Ale nie mogłaś.

– Nie. Wtedy na ulicy było mnóstwo ludzi. Minutę im zajęło zorientowanie się, że nie jestem stuknięta ani bezdomna.

Jane rozgląda się po salonie.

– No, bezdomna na pewno nie jesteś. Bo to wnętrze… wow. – Delektuje się nim przez chwilę, po czym wyjmuje telefon z kieszeni i zerka na wyświetlacz. – Muszę wracać do domu – oznajmia i wstaje.

Próbuję się podnieść, ale nogi odmawiają mi posłuszeństwa.

– Twój syn to bardzo miły chłopak – mówię. – Przyniósł mi prezent. Dziękuję – dodaję.

Jej wzrok pada na świecę stojącą na ławie, a dłoń wędruje do łańcuszka, który ma na szyi.

– Tak, to dobry dzieciak. Zawsze taki był.

– I przystojny.

– To też od zawsze!

Wsuwa paznokieć kciuka w szczelinę medalionu i go otwiera. Skłania się nade mną z dyndającym na szyi medalionem. Wyraźnie oczekuje, żebym wzięła go do ręki. Osobliwie intymna chwila; obca osoba pochyla się nade mną, a ja dotykam jej łańcuszka. A może to ja aż tak bardzo odwykłam od kontaktów z drugim człowiekiem.

W medalionie znajduje się maleńkie błyszczące zdjęcie w żywych kolorach. Widnieje na nim mniej więcej czteroletni chłopczyk o niesfornych żółtych włosach i zębach jak parkan po huraganie. Rysa na brwi. Blizna. No tak, to bez wątpienia Ethan.

– Ile ma lat na tym zdjęciu?

– Pięć. Ale wygląda na mniej, nie sądzisz?

– Dałabym mu cztery.

– No właśnie.

– Kiedy zdążył wyrosnąć? – pytam, puszczając medalion, który Jane delikatnie zamyka.

– Pomiędzy wtedy a teraz! – Wybucha śmiechem, po czym dodaje poważniejszym tonem: – Mogę zostawić cię samą? Nie będziesz hiperwentylowała?

– Nie będę.

– Chcesz jeszcze brandy? – pyta i pochyla się nad ławą.

Na blacie leży album ze zdjęciami; nie należy do mnie, widocznie przyniosła go ze sobą. Wkłada go sobie pod pachę i wskazuje pustą szklankę.

– Wystarczy mi woda – kłamię.

– Okej. – Nieruchomieje i wpatruje się w okno. – Okej – powtarza. – Przed chwilą podszedł do domu b a r d z o przystojny facet. – Spogląda na mnie. – Twój mąż?

– Nie, nie. To pewnie David. Mój lokator. Wynajmuje mieszkanie w piwnicy.

– Twój lokator? – Jane parska śmiechem. – Ha! Szkoda, że nie mój!

Tego wieczoru nikt nie zadzwonił do drzwi. Może brak światła w oknach zniechęca amatorów cukierków albo psikusów. A może odstrasza ich zaschnięte żółtko.

Wcześnie kładę się spać.

Kiedy robiłam doktorat, poznałam siedmioletniego chłopca cierpiącego na tak zwany zespół Cotarda, zaburzenie psychiczne, w którym osoba chora jest przekonana, że nie żyje. To rzadkie schorzenie, zwłaszcza u dzieci. Zalecana metoda leczenia opiera się na podawaniu leków przeciwpsychotycznych lub, w szczególnie trudnych przypadkach, stosowaniu terapii elektrowstrząsowej. W toku psychoanalizy udało mi się wyleczyć chłopca z tej przypadłości. Był to mój pierwszy wielki sukces, który zresztą zwrócił na mnie uwagę Wesleya.

Ten mały pacjent jest dziś nastolatkiem, ma prawie tyle samo lat co Ethan i mniej niż połowę tego, co mam ja. Myślę o nim, wpatrując się w sufit, i sama czuję się martwa. Martwa, ale nie całkiem umarła. Obserwuję, jak wokół mnie toczy się życie, i nie mam siły, by się w nie włączyć.

Poniedziałek, 1 listopada

13

Kiedy schodzę rano do kuchni, znajduję karteczkę wsuniętą pod drzwi do piwnicy: „jajka". Patrzę na nią zdezorientowana. David chce, żebym mu zrobiła śniadanie? Potem odwracam karteczkę i widzę, że się zagięła. „Sprzątnąłem". Aha. Dziękuję, Davidzie.

Jajka to w sumie dobry pomysł, skoro już o tym mowa. Wbijam trzy na patelnię i robię sadzone. Kilka minut później siedzę przy biurku, wypijam nieścięte żółtko i loguję się na Agorze.

Rano panuje tu prawdziwy tłok, ponieważ cierpiący na agorafobię często odczuwają silny lęk tuż po obudzeniu. Nie inaczej jest tym razem, łącza ledwo zipią. Poświęcam dwie godziny na okazywanie wsparcia i dodawanie otuchy innym; polecam użytkownikom różne leki (obecnie optuję za imipraminą, ale stary, dobry xanax nigdy nie wychodzi z mody); pośredniczę w sporze o (bezsporne) zalety terapii awersyjnej; na prośbę Dołeczków2016 oglądam filmik, na którym kot gra na perkusji.

Już mam się wylogować i przejść na forum szachowe – żeby dokonać zemsty za sobotnią porażkę – kiedy wyskakuje okienko czatu.

DiscoMickey: Raz jeszcze dziękuję za pomoc.

Atak panicznego lęku. Kiedy DiscoMickey, jak sam to ujął, „odleciał", przez prawie godzinę dyżurowałam przy klawiaturze.

lekarzprzyjmuje: Polecam się na przyszłość. Lepiej już?
DiscoMickey: O wiele.
DiscoMickey: Piszę, bo właśnie rozmawiam z kobietą, która jest tu nowa i pyta, czy jest lekarz na sali. Wysłałem jej twoje FAQ.

Polecenie. Łypię na zegarek.

lekarzprzyjmuje: Dziś mogę już nie mieć dla niej zbyt wiele czasu, ale śmiało, skieruj ją do mnie.
DiscoMickey: Spoko.
DiscoMickey opuścił czat.

Po chwili pojawia się nowe okienko. „BabuniaLizzie" Klikam w nick, przeglądam profil użytkownika. Wiek: siedemdziesiąt lat. Lokalizacja: Montana. Dołączył: dwa dni temu. Raz jeszcze rzucam okiem na zegarek. Szachy mogą zaczekać na siedemdziesięciolatkę z Montany.

Tekst u dołu okienka informuje mnie: „BabuniaLizzie pisze wiadomość". Odczekuję chwilę... dwie; dochodzę do wniosku, że BabuniaLizzie klepie wyjątkowo długą wiadomość albo choruje na senioryzm. Moi rodzice pisali na klawiaturze jednym palcem, jak flamingi brodzące po płyciźnie, wystukanie zwykłego „cześć" zajmowało im pół minuty.

BabuniaLizzie: Witam gorąco!

Używa przyjaznej formuły. I zanim zdążę odpowiedzieć, dodaje:

BabuniaLizzie: Skierował mnie do ciebie DiscoMickey. Rozpaczliwie potrzebuję porady!
BabuniaLizzie: I czekolady, ale to inna bajka.

Piszę prędko, dopóki nie pozwoli mi dojść do słowa.

lekarzprzyjmuje: Witam! Jesteś nowa na forum?
BabuniaLizzie: Tak!
lekarzprzyjmuje: Mam nadzieję, że DiscoMickey ciepło cię przywitał.
BabuniaLizzie: Tak!
lekarzprzyjmuje: Jak mogę ci pomóc?

BabuniaLizzie: W kwestii czekolady, niestety, w żaden sposób!

Jest żywiołowa czy zdenerwowana? Czekam, co napisze dalej.

BabuniaLizzie: Chodzi o to, że…
BabuniaLizzie: Przykro mi, że muszę to powiedzieć…

Werble…

BabuniaLizzie: Od miesiąca nie potrafię wyjść z domu.
BabuniaLizzie: Na TYM polega mój problem!
lekarzprzyjmuje: Przykro mi, Lizzie. Mogę tak się do ciebie zwracać?
BabuniaLizzie: No pewnie.
BabuniaLizzie: Mieszkam w Montanie. Jestem przede wszystkim babcią, a także nauczycielką plastyki.

Dojdziemy do tego. Na razie pytam:

lekarzprzyjmuje: Lizzie, czy przed miesiącem wydarzyło się w twoim życiu coś szczególnego?

Wahanie.

BabuniaLizzie: Umarł mój mąż.
lekarzprzyjmuje: Rozumiem. Jak miał na imię?
BabuniaLizzie: Richard.
lekarzprzyjmuje: Bardzo mi przykro z powodu twojej straty. Mój ojciec też miał na imię Richard.
BabuniaLizzie: Nie żyje?
lekarzprzyjmuje: Oboje rodzice zmarli przed czterema laty. Matka na raka, a ojciec pięć miesięcy później na udar. Zawsze uważałam, że ktoś, kto ma na imię Richard, na pewno jest porządnym człowiekiem.
BabuniaLizzie: Na przykład Nixon!!!

No dobrze; jest między nami nić porozumienia.

lekarzprzyjmuje: Jak długo byliście małżeństwem?
BabuniaLizzie: Czterdzieści siedem lat.
BabuniaLizzie: Poznaliśmy się w pracy. Nawiasem mówiąc, TO BYŁA MIŁOŚĆ OD PIERWSZEGO WEJRZENIA!
BabuniaLizzie: Uczył chemii, a ja plastyki. Przeciwieństwa się przyciągają!
lekarzprzyjmuje: Niesamowite! Mieliście dzieci?
BabuniaLizzie: Mam dwóch synów i trzech wnuków.
BabuniaLizzie: Synowie to śliczne chłopaki, ale wnuki – po prostu piękne!
lekarzprzyjmuje: Męski ród.
BabuniaLizzie: Nic nie mów!
BabuniaLizzie: Naoglądałam się!
BabuniaLizzie: I nawąchałam!

Zwracam uwagę na ton wypowiedzi; są szybkie i uporczywie optymistyczne. Przyglądam się językowi: potoczny, ale pewny siebie; precyzyjna interpunkcja, niewiele błędów. BabuniaLizzie jest inteligentna i otwarta. Oraz dokładna – podaje liczebniki słownie, a także pisze „tak przy okazji" zamiast „BTW", choć może akurat to kwestia wieku. Tak czy owak, jest osobą dorosłą, nad którą mogę popracować.

BabuniaLizzie: A tak przy okazji, to czy TY jesteś chłopcem?
BabuniaLizzie: Przykro mi, jeśli tak. Wiesz, dziewczyny też bywają lekarzami! Nawet w Montanie!

Uśmiecham się. Podoba mi się.

lekarzprzyjmuje: Jestem dziewczyną lekarzem.
BabuniaLizzie: I bardzo dobrze! Więcej was potrzeba!
lekarzprzyjmuje: Opowiedz mi, Lizzie, co się wydarzyło od śmierci Richarda.

Opowiada. O tym, że po powrocie z pogrzebu bała się tak, że nie była w stanie odprowadzić żałobników dalej niż do drzwi. O tym, że w kolejnych dniach – przytaczam jej słowa – „miała wrażenie, jakby to, co na zewnątrz, próbowało się dostać do jej domu", i dlatego opuściła żaluzje. O tym, że jej synowie mieszkają daleko, w południowo-wschodniej części kraju, nie wiedzą, co się z nią dzieje, i się martwią.

BabuniaLizzie: Powiem ci, już bez żartów, że to jest naprawdę bardzo irytujące.

Pora zakasać rękawy.

lekarzprzyjmuje: Oczywiście, że tak. Moim zdaniem śmierć Richarda całkowicie zmieniła twój świat, który został krok za światem zewnętrznym. Trudno spojrzeć prawdzie w oczy i ją zaakceptować.

Czekam na odpowiedź. Cisza.

lekarzprzyjmuje: Wspomniałaś, że zachowałaś rzeczy należące do Richarda. To zrozumiałe. Ale chciałabym, żebyś się nad tym zastanowiła.

Cisza radiowa.
I wreszcie:

BabuniaLizzie: Bardzo się cieszę, że na ciebie trafiłam. Serio, serio.
BabuniaLizzie: Tak mówią moi wnukowie. Usłyszeli w *Shreku*. Serio, serio.
BabuniaLizzie: Czy mogę się jeszcze do ciebie odezwać? I to niedługo?
lekarzprzyjmuje: Oczywiście. Serio, serio.

Nie mogłam się powstrzymać.

BabuniaLizzie: Jestem bardzo, ale to bardzo (prawie „serio, serio"!!) wdzięczna DiscoMickeyowi, że skierował mnie do ciebie. Równa z ciebie babka.
lekarzprzyjmuje: Cała przyjemność po mojej stronie.

Czekam, aż się rozłączy, ale ona dalej pisze.

BabuniaLizzie: Właśnie do mnie dotarło, że nawet nie wiem, jak masz na imię!

Waham się. Nikomu na Agorze, nawet Sally, nie zdradziłam swojego imienia. Nie chcę, żeby ktoś mnie znalazł, skojarzył moje imię i zawód i namierzył, odkrył. Niemniej w historii Lizzie jest coś, co chwyta mnie za serce: wdowa w podeszłym wieku, samotna i pogrążona w smutku, zachowuje zimną krew w konfrontacji z przestworem nieba. Potrafi żartować, ale jest uwiązana w domu – i to najbardziej przeraża.

lekarzprzyjmuje: Anna.

Już chcę się wylogować, kiedy na ekranie pojawia się ostatnia wiadomość.

BabuniaLizzie: Dziękuję ci, Anno.
BabuniaLizzie opuścił czat.

Czuję, jak moja krew zaczyna szybciej krążyć. Pomogłam komuś. Nawiązałam więź. Chodzi o to, żeby trafić do drugiego człowieka. Gdzie ja to słyszałam?

Zasłużyłam na drinka.

14

Idąc na dół, odchylam głowę i poruszam nią na boki, żeby rozluźnić kark; słyszę trzask kości. Coś przykuwa moje spojrzenie. Wytężam wzrok i na suficie na samej górze klatki schodowej, dwa piętra wyżej, dostrzegam ciemną plamę. Wydaje mi się, że wykwitła na klapie, przez którą wchodzi się na dach, tuż obok świetlika.

Pukam do drzwi Davida. Otwiera po krótkiej chwili, bosy, w zmiętej koszulce i niedbale naciągniętych dżinsach. Musiałam go obudzić.

– Przepraszam – mówię. – Spałeś?

– Nie.

Spał.

– Czy mógłbyś coś dla mnie sprawdzić? Mam wrażenie, że znalazłam przeciek na suficie.

Mijamy gabinet i moją sypialnię, idziemy na najwyższe piętro, tam gdzie mieszczą się pokój Olivii i druga sypialnia dla gości.

– Spory świetlik – stwierdza David.

Nie potrafię ocenić, czy to komplement.

– Oryginalny – mówię, żeby coś powiedzieć.

– Owalny.

– Tak.

– Rzadko się takie widuje.

– Owalne?

Nie odpowiada. Rozmowa o świetliku skończona. Przygląda się plamie.

– To pleśń – orzeka przyciszonym głosem, jak lekarz, który chce łagodnie przekazać przykrą nowinę pacjentowi.

– Da się to po prostu zmyć?

– To nie rozwiąże problemu.

– W takim razie co?

Wzdycha.

– Przede wszystkim muszę sprawdzić dach. – Sięga po łańcuch wyłazu i pociąga. Otwiera się klapa, z której z piskiem wysuwa się drabina. Na klatkę wpadają promienie słońca. Unikam ich. Może jednak jestem wampirem.

David rozkłada drabinę, której koniec uderza o podłogę. Przyglądam się, jak wchodzi po szczeblach, i zawieszam spojrzenie na jego tyłku w obcisłych spodniach. Znika w wyłazie.

– Widzisz coś?! – wołam.

Cisza.

– Davidzie?!

Słyszę szczęk i po chwili do środka wlewa się smuga wody, tak rozświetlona ostrym blaskiem, że można się w niej przejrzeć jak w lustrze. Odsuwam się jeszcze bardziej.

– Przepraszam – odzywa się David. – To konewka.

– Nie szkodzi. Widzisz coś?

Znów cisza, a potem odpowiedź, niemal z podziwem:

– Prawdziwą dżunglę.

To był pomysł Eda. Wpadł na niego cztery lata temu, po śmierci mojej matki. „Musisz się czymś zająć", uznał, po czym oboje przystąpiliśmy do urządzania ogrodu na dachu. Założyliśmy rabatki, grządki warzywne, posadziliśmy rządek bukszpanu. Zamontowaliśmy też najbardziej widoczny element: łukowaty treliaż (agent nieruchomości nazwał go arcydziełem), szeroki na dwa i długi na trzy i pół metra, wiosną i latem gęsto obrośnięty, zacieniony tunel. Później, kiedy mój ojciec dostał udaru i zmarł, Ed ustawił pod treliażem ławeczkę na pamiątkę po nim. *Per aspera ad astra*, było na niej napisane. Przez trudy do gwiazd. Siadywałam tam w wiosenne i letnie wieczory, w złotozielonym świetle, czytałam książkę i popijałam wino.

Ostatnio nie poświęcałam ogrodowi na dachu żadnej uwagi. Pewnie zdziczał.

– Ogród totalnie zarósł – potwierdza David. – Wygląda jak las.

Niech już zejdzie.

– To jakaś kratka? – pyta. – Pod brezentem?

Tak, na jesieni zabezpieczaliśmy treliaż brezentem. Nic nie mówię; tylko sobie przypominam.

– Trzeba tu uważać. Lepiej nie stawać na świetliku.

– Nie zamierzam tam wchodzić – przypominam mu.

Dotyka stopą szyby, która zaczyna trzeszczeć.

– Licha. Spadnie gałąź i ją wybije. – Milknie. Mija chwila. – Niesamowite. Chcesz, żebym zrobił zdjęcie?

– Nie, dziękuję. Co możemy poradzić w sprawie tej wilgoci?

Stawia stopę na pierwszym szczeblu, potem drugą na drugim i schodzi na klatkę schodową.

– Trzeba wezwać fachowca. – Wsuwa drabinę na miejsce. – Musi załatać dach. Tę plamę tutaj – pokazuje – mogę co najwyżej zeskrobać szpachelką – zamyka klapę wyłazu – przeszlifować, popsikać jakimś środkiem pleśniobójczym i pomalować.

– Masz wszystko, czego potrzeba?

– Farbę i środek warto by kupić. Przydałoby się też trochę przewietrzyć.

Sztywnieję.

– Jak to?

– Otworzyć okna. Niekoniecznie na tym piętrze.

– Nigdy nie otwieram okien. Nigdzie.

Wzrusza ramionami.

– No, ale to by pomogło.

Odwracam się do schodów. Idzie za mną. Schodzimy w milczeniu.

– Dziękuję, że posprzątałeś przed drzwiami – mówię po to tylko, żeby przerwać ciszę, kiedy wracamy do kuchni.

– Kto to zrobił?

– Jakieś dzieciaki.

– Znasz je?

– Nie. – Waham się. – Dlaczego pytasz? Dałbyś im wycisk?

Nie odpowiada, tylko patrzy na mnie i mruga.

– Mam nadzieję, że dobrze ci w suterenie?

Mieszka u mnie od dwóch miesięcy, od kiedy doktor Fielding zasugerował, że przydałby mi się lokator, ktoś, kto w zamian za niższą opłatę za wynajem załatwi sprawunki, wyniesie śmieci, pomoże w pracach przy domu i tak dalej. Zamieściłam ogłoszenie na stronie Airbnb i David odpowiedział jako pierwszy; pomyślałam, pamiętam, że wiadomość od niego jest tak zwięzła, że aż oschła, ale kiedy go poznałam, okazał się całkiem rozmowny. Przyjechał z Bostonu, ma doświadczenie jako złota rączka, nie pali, uciułał siedem tysięcy dolarów. Tego samego popołudnia podpisaliśmy umowę.

– Dobrze. – Spogląda w górę, na lampy wpuszczone w sufit. – Jest jakiś powód, dla którego siedzisz po ciemku? Wiesz, medyczny powód?

Czuję, że się czerwienię.

– Wiele osób w mojej sytuacji ma poczucie nadmiernego... – Jak to ująć? – ...odsłonięcia w zbyt jaskrawym świetle. – Wskazuję okna. – Zresztą w domu jest mnóstwo naturalnego światła.

David zastanawia się przez chwilę, a potem kiwa głową.

– Tobie nie jest za ciemno w suterenie? – pytam.

– Jest w porządku.

Teraz ja odpowiadam kiwnięciem głowy.

– Daj znać, jeśli znajdziesz jeszcze jakieś plany Eda. Chcę je zachować.

Słyszę uderzenie klapki dla kota. Punc wślizguje się do kuchni.

– Jestem bardzo wdzięczna za wszystko, co dla mnie robisz – mówię, ale nie w porę; David kieruje się już w stronę drzwi do piwnicy. – Za to, że pomagasz ze śmieciami, pracami w domu i w ogóle. Ratujesz mi życie – dodaję nieprzekonująco.

– Jasne.

– Gdybyś mógł wezwać kogoś do tego sufitu...

– Jasne.

Punc wskakuje na wyspę i wypuszcza coś z pyszczka. Przenoszę spojrzenie na tę rzecz.

Martwy szczur.

Wzdrygam się. David reaguje podobnie. Szczur jest mały, ma tłustą sierść i ogon, który wygląda jak czarna glista. Kot nieźle go pokiereszował.

Punc patrzy na nas z dumą.

– Nie! – besztam go.

Przekrzywia łebek.

– Ostro go sponiewierał – zauważa David.

Przyglądam się gryzoniowi.

– To twoje dzieło? – pytam Punca, po czym dociera do mnie, że domagam się odpowiedzi od kota.

Futrzak zeskakuje z blatu.

– Popatrz no tylko – szepcze David.

Podnoszę głowę; stoi pochylony po drugiej stronie wyspy i świeci ciemnymi oczami.

– Zakopiemy to gdzieś? – pytam. – Nie chcę, żeby mi się rozkładał w śmietniku.

David odchrząkuje.

– Jutro wtorek – odzywa się. Zabierają śmieci. – Może od razu go wyniosę. Masz gazetę?

– A kto je jeszcze czyta? – Wyszło bardziej uszczypliwie, niżbym chciała. Dlatego prędko dodaję: – Mam plastikowy worek.

Wyjmuję jeden z szuflady. David wyciąga rękę, ale przecież sama mogę to zrobić. Wywijam worek na lewą stronę, wkładam dłoń do środka i ostrożnie biorę truchło. Przechodzi mnie lekki dreszcz.

Odwijam worek na prawą stronę i zawiązuję. David odbiera go ode mnie, otwiera znajdujący się pod blatem wyspy pojemnik na śmieci i wrzuca tam martwego szczura. Niech spoczywa w pokoju.

Kiedy David zabiera się za worek z odpadkami i zaczyna wyjmować go z pojemnika, słychać dźwięki dobiegające z mieszkania w suterenie: rury śpiewają, ściany wymieniają się spostrzeżeniami. Znak, że ktoś bierze prysznic.

Spoglądam na Davida. Ten zaś z kamienną twarzą zawiązuje worek i przerzuca go sobie przez ramię.

– Wyniosę na zewnątrz – informuje, ruszając w stronę drzwi wejściowych.

Przecież i tak nie zamierzałam go pytać, jak ona ma na imię.

15

– Zgadnij kto?

– Mamo...

Udaję, że nie słyszałam.

– Jak ci minęło Halloween, kotku?

– Dobrze. – Coś przeżuwa. Oby Ed pamiętał o pilnowaniu jej diety.

– Dostałaś dużo cukierków?

– Mnóstwo. Więcej niż kiedykolwiek.

– Które najbardziej ci smakowały? – Fistaszkowe M&M'sy, rzecz jasna.

– Snickersy.

Przyznaję się do błędu.

– Takie małe – tłumaczy. – Snickersiki.

– Na kolację miałaś chińszczyznę czy snickersy?

– Jedno i drugie.

Muszę pomówić z Edem.

Ed usiłuje się bronić.

– To jedyny dzień w roku, kiedy wolno jej zjeść cukierki na kolację – mówi.

– Nie chcę, żeby miała przez to problemy.

Milczenie.

– Z zębami?

– Z w a g ą.

Wzdycha.

– Potrafię się nią zająć.

Odpowiadam westchnieniem.

– Nie twierdzę, że nie potrafisz.

– Ale tak to brzmi.

Kładę dłoń na czole.

– Olivia ma osiem lat. Wiele dzieci w jej wieku znacząco przybiera na wadze. Zwłaszcza dziewczynki.

– Będę trzymał rękę na pulsie.

– I pamiętaj, że już przechodziła etap pucołowatości.

– Wolisz, żeby była chuda jak patyk?

– Nie, to też niedobrze. Chcę, żeby była zdrowa.

– W porządku. Dziś na dobranoc dostanie niskokalorycznego buziaka. Dietetycznego cmoka.

Uśmiecham się. Mimo to żegnamy się chłodno.

Wtorek, 2 listopada

16

W połowie lutego, po prawie półtora miesiąca usychania w domu – po tym, jak w końcu dotarło do mnie, że jednak mój stan się nie poprawia – skontaktowałam się z psychiatrą, którego wykładu (*Atypowe leki przeciwpsychotyczne a zespół stresu pourazowego*) wysłuchałam pięć lat wcześniej na konferencji w Baltimore. Nie znał mnie wtedy. Teraz już zna.

Osobom niezaznajomionym z realiami terapii często wydaje się, że terapeuci to bez wyjątku łagodni i pełni troski ludzie. Wchodzisz do gabinetu, rozkładasz się na kozetce jak plasterek szynki na kanapce i opowiadasz, co ci leży na duszy. *It ain't necessarily so**, jak napisał Ira Gershwin do muzyki brata. Przykład: doktor Julian Fielding.

Zacznijmy od tego, że nie ma żadnej kozetki. Spotykamy się co wtorek w bibliotece Eda. Doktor Fielding zasiada w fotelu klubowym, który stoi obok kominka, a ja w modernistycznym uszaku przy oknie. Doktor mówi wprawdzie cicho, ale jego głos skrzypi jak stare drzwi. Wyraża się przy tym konkretnie i precyzyjnie, jak przystało na dobrego psychiatrę.

„To taki typ, który nie sika pod prysznicem", podsumował go Ed; powtórzył tę opinię przy kilku okazjach.

– No dobrze – odzywa się zachrypłym głosem doktor Fielding.

Snop popołudniowego światła pada mu na twarz i sprawia, że jego okulary wyglądają jak dwa miniaturowe słońca.

– Mówi pani, że wczoraj pokłóciła się z Edem o Olivię. Czy te rozmowy pani pomagają?

---

* Ang. *it ain't necessarily so* – to niekoniecznie tak.

Obracam głowę, spoglądam na dom Russellów. Ciekawe, co porabia Jane Russell. Mam ochotę się napić.

Przesuwam palcami po szyi, po gardle. Przenoszę spojrzenie z powrotem na doktora Fieldinga.

Przygląda mi się, marszcząc czoło; fałdy są głębokie i wyraźnie widoczne. Może jest zmęczony – bo ja tak. To była intensywna sesja: opowiedziałam o napadzie panicznego lęku (wydawał się przejęty), o relacjach z Davidem (sprawiał wrażenie niezainteresowanego) i o rozmowach z Edem i Olivią (znów się przejął).

Ponownie odwracam głowę – nie mrugam, nie myślę – i patrzę na książki na półkach. Historia agencji Pinkertona. Dwa tomy o Napoleonie. *Bay Area Architecture*. Eklektyczny czytelnik, ten mój mąż. Nieobecny mąż.

– Wygląda na to, że rozmowy z mężem i córką wywołują w pani mieszane uczucia – mówi doktor Fielding.

Typowy żargon psychoterapeutów: „Wygląda na to", „Odnoszę wrażenie", „Powiedziała pani, jak sądzę". Jesteśmy interpretatorami. Tłumaczami.

– Wciąż… – zaczynam. Słowa nieproszone cisną się na usta. Mogę zacząć jeszcze raz? Mogę. – Wciąż myślę, nie mogę przestać, o tej wycieczce. Nadal mnie gnębi, że to był mój pomysł.

Brak reakcji doktora, mimo – albo może właśnie dlatego – że wie o tym, wie wszystko, słyszał to mnóstwo razy. Mnóstwo.

– Chciałabym, żeby było inaczej. Żeby to był pomysł Eda. Albo niczyj. Żebyśmy w ogóle nie pojechali. – Splatam palce. – To oczywiste.

– Ale pojechaliście. – Łagodny ton.

Czuję się, jakby ktoś mnie przypalał.

– Wybraliście się na rodzinny wyjazd. Nikt nie powinien obarczać się za to winą.

– Do Nowej Anglii. Z i m ą.

– Wiele osób jeździ do Nowej Anglii zimą.

– To było głupie.

– To było roztropne.

– To było niewiarygodnie głupie – upieram się.

Doktor Fielding nie odpowiada. Kaloryfer odchrząkuje i wypuszcza powietrze.

– Gdybym tego nie zrobiła, nadal bylibyśmy razem.

Wzrusza ramionami.

– Być może.

– Na pewno.

Czuję na sobie jego wzrok.

– Pomogłam wczoraj komuś – mówię. – Pewnej babci z Montany. Nie wychodzi od miesiąca.

Przywykł do nagłych zmian tematu – nazywa je „przeskokami synaptycznymi", co sugeruje przypadkowość, choć oboje wiemy, że robię to z premedytacją. Nie przejmuję się, opowiadam mu o BabuniLizzie i o tym, że wyjawiłam jej swoje imię.

– Co panią do tego skłoniło?

– Poczułam, że próbuje nawiązać ze mną więź. – Czy to nie… Owszem – do tego nakłaniał nas Forster. „Żeby trafić do drugiego człowieka". *Powrót do Howards End*, oficjalny wybór lipcowego klubu książki. – Chciałam jej pomóc. Chciałam być przystępna.

– To był z pani strony akt wielkoduszności.

– Chyba tak.

Poprawia się w fotelu.

– Odnoszę wrażenie, że dociera pani do punktu, w którym może się pani spotykać z innymi ludźmi na ich warunkach, nie tylko na swoich.

– Niewykluczone.

– To oznacza postęp.

Punc zakradł się do pokoju, krąży wokół moich nóg i wpatruje się w podołek. Podciągam jedną stopę pod udo drugiej nogi.

– Jak fizjoterapia? – pyta doktor Fielding.

Przesuwam dłonią po nogach i tułowiu, jakbym była hostessą prezentującą nagrodę w teleturnieju. „Ty też możesz wygrać to nieużywane trzydziestoośmioletnie ciało!".

– Bywało, że wyglądałam lepiej – odpowiadam i zaraz dodaję, zanim mnie poprawi: – Wiem, że to nie zajęcia z fitnessu.

I tak poprawia:

– Nie *tylko* zajęcia z fitnessu.

– Wiem.

– Czyli idzie dobrze?

– Zdrowieję. Czuję się lepiej.

Patrzy na mnie spokojnie.

– Naprawdę. Kręgosłup w porządku, żebra całe. Już nie utykam.

– Zauważyłem.

– Ale potrzebuję odrobiny ćwiczeń. No i lubię Binę.

– Zaprzyjaźniłyście się.

– W pewnym sensie – przyznaję. – Jest przyjaciółką, której płacę.

– Przychodzi we środy, zgadza się?

– Przeważnie.

– To dobrze – mówi, jakby środa była dniem szczególnie sprzyjającym aktywności fizycznej.

Nie zna Biny. Nie potrafię wyobrazić sobie ich razem; mam wrażenie, jakby zamieszkiwali osobne wymiary.

Pora kończyć; nie muszę nawet patrzeć na zegar stojący na kominku. Doktor Fielding też wie, że upływa czas naszego spotkania. Po latach przepracowanych w tej branży oboje potrafimy niemal bezbłędnie odliczyć pięćdziesiąt minut.

– Proszę nadal przyjmować beta-bloker, w tej samej dawce – mówi. – Bierze pani sto pięćdziesiąt miligramów tofranilu. Zwiększymy do dwustu pięćdziesięciu. – Marszczy brwi. – Na podstawie tego, o czym dzisiaj rozmawialiśmy. Powinien pomóc na nastrój.

– Już i tak jestem niewyraźna – przypominam mu.

– Niewyraźna?

– Albo nieraźna. Chyba. Albo jedno i drugie.

– Chodzi o pani wzrok?

– Nie, nie o wzrok. Raczej… – Przecież rozmawialiśmy o tym. Zapomniał już? A może nie? Niewyraźna. Nieraźna. No, napiłabym się. – Czasami przychodzi mi do głowy zbyt wiele myśli na raz. Czuję się, jakbym miała w mózgu skrzyżowanie dwóch autostrad, na którym każdy ma pierwszeństwo. – Rechoczę lekko skrępowana.

Doktor Fielding ściąga brwi, a potem wzdycha.

– No cóż, jak pani sama doskonale wie, psychologia nie jest precyzyjną nauką.

– Wiem.

– Przyjmuje pani całkiem sporo substancji o różnorodnym działaniu. Będziemy stopniowo regulowali dawki, aż do uzyskania właściwych proporcji.

Kiwam głową. Zdaję sobie sprawę, co to oznacza. Doktor uważa, że mój stan się pogarsza. Czuję ucisk w piersi.

– Proszę przejść na dwieście pięćdziesiąt miligramów i zobaczymy, jak się pani poczuje. Jeżeli rozkojarzenie będzie się powtarzało, pomyślimy o czymś, co pomoże pani się skupić.

– Nootropy?

Adderall. Ileż to razy rodzice pytali mnie, czy adderall pomoże ich dzieciom. I ile razy posyłałam ich do wszystkich diabłów. A teraz proszę – być może sama będę go łykała. *Plus ça change.*

– Porozmawiamy o tym, jeśli zajdzie taka potrzeba – odpowiada.

Składa zamaszysty podpis na recepcie, wyrywa karteczkę z bloczka i wręcza mi ją. Trzęsie się w jego dłoni. Drżenie samoistne czy niski poziom cukru we krwi? Mam nadzieję, że nie pierwsze oznaki parkinsona? No, ale nie ja powinnam zadawać te pytania. Biorę receptę.

– Dziękuję.

Doktor Fielding wstaje, wygładzając krawat.

– Zrobię z tego dobry użytek.

Kiwa głową.

– Do zobaczenia w przyszłym tygodniu. – Idzie w stronę drzwi, ale nagle odwraca się i mówi: – Anno?

– Tak?

Znów kiwa głową.

– Niech pani zrealizuje tę receptę.

Po jego wyjściu zamawiam lek w aptece internetowej, podając dane z recepty. Dostarczą przed siedemnastą. Tyle czasu wystarczy akurat na szklaneczkę wina. Albo nawet *deux*.

Ale jeszcze nie teraz. Najpierw przesunę kursor w zaniedbany róg ekranu i z wahaniem podwójnie kliknę w ikonę pliku Excela: leki.xlsx.

Mam tu wypisane wszystkie lekarstwa, które biorę, wszystkie dawki i wskazania… wszystkie składniki farmakologicznego koktajlu. Widzę, że w sierpniu przestałam uaktualniać arkusz.

Doktor Fielding jak zawsze ma rację: to „całkiem sporo" substancji. Nie wystarczy palców jednej ręki, żeby je policzyć. I wiem – krzywię się na tę myśl – wiem, że nie przyjmuję ich, jak ani kiedy powinnam, w każdym razie nie zawsze. Podwójne dawki, pominięte dawki, dawki na rauszu… Doktor by się wściekł. Muszę się poprawić. Bo przecież nie chcę stracić poczucia rzeczywistości.

Zamykam arkusz. Pora na drinka.

17

Ze szklaneczką w jednej ręce i nikonem w drugiej sadowię się w kącie gabinetu, pomiędzy oknem wychodzącym na południe a tym na zachód, i przyglądam się okolicy – sporządzam inwentarz, jak to określa Ed. Widzę Ritę Miller, wraca z jogi, świeci się od potu, ma telefon przyklejony do ucha. Robię najazd. Uśmiecha się. Ciekawe, czy rozmawia z tym swoim facetem na boku. A może z mężem. Albo z żadnym z nich.

Po sąsiedzku, pod numerem 214, pani Wasserman i jej Henry idą po schodkach. Ruszają rozsiewać wdzięk i słodycz.

Przesuwam obiektyw na zachód: dwóch przechodniów kręci się przed podwójną kamienicą. Jeden z nich wskazuje okiennice. Wyobrażam sobie, jak mówi: „Solidna konstrukcja".

Mój Boże. Zaczynam wymyślać dialogi.

Ostrożnie, jakbym nie chciała zostać odkryta – bo przecież nie chcę – przesuwam oko aparatu na skwer i sięgam nieco dalej, do domu Russellów. W kuchni ciemno i pusto, żaluzje częściowo opuszczone, wyglądają jak przymknięte powieki. Piętro wyżej natomiast, w salonie, wyraźnie widocznym z okna, zauważam Jane i Ethana. Siedzą na dwuosobowej pasiastej kanapce. Jane ma na sobie piaskowożółty sweterek z lekkim dekoltem; dynda tam jej naszyjnik, wygląda jak alpinista nad parowem.

Obracam pokrętłem na obiektywie i obraz się wyostrza. Jane wyrzuca z siebie słowa, obnaża zęby w uśmiechu i gestykuluje z ożywieniem. Ethan wpatruje się w swój podołek, ale jego usta wykrzywia nieśmiały uśmiech.

Nie wspomniałam o Russellach w rozmowie z doktorem Fieldingiem. Wiem, co by powiedział, bo sama potrafię poddać się psychoanalizie: w tej małej, dwupokoleniowej rodzinie – matka, ojciec, jedno dziecko – znalazłam odbicie własnej. Po drugiej stronie skweru mieszka rodzina, jaką sama miałam, toczy się życie, jakie sama miałam. Wydawało mi się, że utraciłam je bezpowrotnie, ale oto jest, tu zaraz, po drugiej stronie skweru. I co z tego? – myślę albo mówię na głos, sama nie wiem, ostatnio często nie jestem pewna.

Biorę łyk wina, wycieram usta i znów podnoszę aparat do oka.

Jane na mnie patrzy.

Wypuszczam aparat z dłoni; ląduje mi na kolanach.

Widzę wyraźnie, nawet gołym okiem. Spogląda prosto na mnie. Ma rozchylone usta.

Podnosi rękę. Macha.

Mam ochotę zapaść się pod ziemię.

Powinnam zareagować? Pomachać? Odwrócić głowę? A może spojrzeć niewidzącym wzrokiem, jakbym celowała obiektywem w coś znajdującego się blisko niej, ale zupełnie innego? „Nie, nie zauważyłam cię".

Nie.

Zrywam się na nogi, aparat spada na podłogę.

– Niech leży – mówię (tak, na pewno wypowiadam te słowa) i wychodzę z pokoju na ciemną klatkę schodową.

Nikt mnie dotąd nie nakrył. Ani doktor i Rita Millerowie, ani Takedowie, ani Wodniki, ani stado Grayów. Ani Lordowie, zanim się wyprowadzili, ani Mottsowie, zanim się rozstali. Ani przejeżdżający ulicą taksówkarze, ani przechodnie. Nawet listonosz, któremu robiłam zdjęcia, kiedy przystawał przy kolejnych drzwiach. Potem miesiącami ślęczałam nad fotografiami, przeżywałam tamte chwile, aż w końcu przestałam nadążać za światem za oknem. Oczywiście robię wyjątki. Na przykład interesują mnie Millerowie. A raczej interesowali, zanim zjawili się Russellowie.

Obiektyw Opteki lepiej nadaje się do tych celów niż lornetka.

Teraz jednak czuję w sobie piekący wstyd. Myślę o wszystkich i wszystkim, co uchwyciłam aparatem: o sąsiadach, obcych ludziach, pocałunkach, łzach, obgryzionych paznokciach, zgubionych monetach, krokach, potknięciach. O synu Takedów, jego zamkniętych oczach i drżących palcach na strunach wiolonczeli. O Grayach, wznoszących kieliszki w niechlujnym toaście. O pani Lord, która w salonie zapala świeczki na torcie. O młodych Mottsach u schyłku małżeństwa, wrzeszczących na siebie z przeciwległych końców urządzonego na czerwono salonu, na którego podłodze leży potłuczony wazon.

Myślę o moim twardym dysku, wypchanym skradzionymi obrazami. Myślę o Jane Russell, która utkwiła we mnie nieruchome spojrzenie zza skweru. Nie jestem niewidzialna. Nie jestem martwa. Żyję i jestem widoczna. Trawi mnie wstyd.

Przypomina mi się doktor Brulov z *Urzeczonej*: „Moja droga, nie możesz wciąż uderzać głową o rzeczywistość i powtarzać, że wcale jej tu nie ma".

Trzy minuty później wracam do gabinetu. Sofa Russellów jest pusta. Zerkam na pokój Ethana; chłopak jest u siebie, siedzi zgarbiony przed komputerem.

Ostrożnie sięgam po aparat. Nie uszkodził się.

Nagle dzwoni dzwonek do drzwi.

18

– Pewnie nudzisz się jak diabli – mówi, kiedy otwieram drzwi.

Potem zamyka mnie w objęciach. Śmieję się, trochę nerwowo, ale nic nie mówię.

– Założę się, że masz po dziurki w nosie tych swoich czarno-białych filmów.

Przeciska się obok mnie.

– Przyniosłam ci coś. – Uśmiecha się i sięga do torby. – Zimne. – Zaszroniona butelka rieslinga. Aż mi cieknie ślinka. Wieki nie piłam białego.

– Nie trzeba było…

Ale ona już zmierza do kuchni.

Dziesięć minut później siedzimy i żłopiemy wino. Jane zapala virginię slima, potem kolejnego i wkrótce powietrze gęstnieje od dymu, który kłębi się nad naszymi głowami i ulatuje aż pod światła zamontowane w suficie. Przechodzi nim nawet riesling. Zupełnie mi to nie przeszkadza; kojarzy się ze studiami, bezgwiezdnymi nocami w knajpach New Haven, męskimi ustami o smaku popielniczki.

– Niezły zapasik merlota – mówi Jane, łypiąc na blat w kuchni.

– Kupuję w hurtowych ilościach – wyjaśniam. – Smakuje mi.

– Jak często zamawiasz?

– Kilka razy w roku. – Tak naprawdę, to przynajmniej raz w miesiącu.

Kiwa głową.

– To trwa… mówiłaś, że jak długo? Pół roku?

– Niecałe jedenaście miesięcy.

– Jedenaście. – Układa usta w maleńkie „o". – Nie umiem gwizdać, więc po prostu udawajmy, że właśnie to zrobiłam. – Gasi papierosa w miseczce po płatkach, układa dłonie jak do modlitwy i lekko się pochyla. – Czym się zajmujesz przez cały dzień?

– Udzielam porad – odpowiadam tonem sugerującym, że robię to ze szlachetnych pobudek.

– Komu?

– Internautom.

– Aha.

– Uczę się francuskiego przez sieć. I gram w szachy – dodaję.

– Też online?

– Online.

Jane przesuwa palcem po brzegu kieliszka.

– Czyli Internet – mówi – jest dla ciebie czymś w rodzaju... okna na świat.

– Tak jak prawdziwe okno. – Wskazuję szybę za jej plecami.

– Okno jak luneta – zauważa Jane, na co czerwienię się ze wstydu. – Żartowałam.

– Przepraszam za...

Macha lekceważąco ręką i zaciąga się papierosem.

– Daj spokój. – Dym opuszcza jej usta razem ze słowami. – Masz szachownicę? Taką prawdziwą?

– Grasz?

– Kiedyś grałam. – Opiera papierosa o miseczkę. – Pokaż, co potrafisz.

W połowie pierwszej partii ktoś dzwoni do drzwi. Pięć krótkich dźwięków – dostawa z apteki. Jane czyni honory domu.

– Prochy z dostawą do domu! – krzyczy, wracając do salonu. – Jakiś dobry towar?

– Środki pobudzające – wyjaśniam i odkorkowuję drugą butelkę. Tym razem merlota.

– Impreza się rozkręca.

Pijemy, gramy i rozmawiamy. Obie mamy po jednym dziecku – to już wiedziałam. Obie lubimy żeglować – tego nie.

Jane preferuje samotne wyprawy, ja wolę łodzie dwuosobowe – to znaczy, wolałam.

Opowiadam jej o swoim miesiącu miodowym, o tym jak z Edem wynajęliśmy dziesięciometrowego Aleriona i kursowaliśmy pomiędzy greckimi wyspami: Santoryn i Delos, Naksos i Mykonos.

– Pływaliśmy z wiatrem po Morzu Egejskim – wspominam. – Tylko we dwoje.

– Zupełnie jak w *Martwej ciszy* – mówi Jane.

Biorę łyk wina.

– Wydaje mi się że w *Martwej ciszy* pływali po Pacyfiku.

– No dobrze, ale poza tym zupełnie jak w *Martwej ciszy*.

– I jeszcze to, że wypłynęli w rejs, żeby odzyskać spokój po wypadku.

– Okej, niech ci będzie.

– A potem uratowali psychopatę, który później próbował ich zabić.

– Nie odpuszczasz, co?

Kiedy Jane marszczy czoło, pochylając się nad szachownicą, zaglądam do lodówki, wyjmuję podłużną tabliczkę toblerone i kroję ją na nierówne kawałki. Siedzimy przy stole i jemy czekoladę. Słodycze na kolację. Zupełnie jak Olivia.

Później.

– Często ktoś cię odwiedza? – Bierze laufra w dwa palce i przesuwa go po szachownicy.

Kręcę głową. Przełykam wino.

– Nigdy. Tylko wy: ty i twój syn.

– Dlaczego? Albo dlaczego nie?

– Nie wiem. Rodzice nie żyją. Nie mam wielu znajomych, bo zamiast poznawać ludzi, skupiałam się na pracy.

– No właśnie. A ktoś z gabinetu?

Myślę o Wesleyu.

– Prowadziliśmy go we dwoje – odpowiadam. – Więc po prostu teraz mój partner ma dwa razy więcej roboty.

Podnosi na mnie wzrok.

– To smutne.

– Nie musisz mi tego mówić.

– A masz chociaż telefon?

Wskazuję stojący na blacie w kuchni i wciśnięty w kąt aparat stacjonarny, a potem klepię się po kieszeni.

– iPhone, przedpotopowy, ale działa. W razie gdyby dzwonił mój psychiatra. Albo ktokolwiek inny. Na przykład mój lokator.

– Twój przystojny lokator.

– Owszem, mój przystojny lokator. – Biorę łyk wina i zbijam królową Jane.

– To było okrutne. – Strzepuje drobinę popiołu z blatu i wybucha śmiechem.

Po drugiej partii Jane prosi, żebym oprowadziła ją po domu. Waham się przez chwilę; ostatnią osobą, która oglądała budynek od góry do dołu, wszystkie pomieszczenia, był David, a przed nim... naprawdę nie pamiętam. Bina nie dotarła nawet na pierwsze piętro. Doktora Fieldinga przyjmuję wyłącznie w bibliotece. Taki obchód wydaje mi się czymś intymnym, jakbym miała poprowadzić nowego kochanka za rękę.

Przystaję jednak na prośbę i pokazuję kolejne pokoje. Wędrujemy pomiędzy piętrami, a Jane komentuje. Czerwony pokój: „Czuję się jak uwięziona w tętnicy". Biblioteka: „Ile książek! Wszystkie przeczytałaś?". Kręcę głową. „A k t ó r ą k o l w i e k przeczytałaś?". Chichoczę.

Pokój Olivii: „Mały. Chyba trochę za mały. Potrzebuje pokoju, który rósłby razem z nią. Taki, jaki ma Ethan". Za to mój gabinet: „Ach! Och! No, tutaj dziewczyna może poszaleć".

– Nie wiem, czy granie w szachy i rozmowy z osobami, które nie wychodzą z domu, podpadają pod „szaleństwa".

– Patrz. – Stawia kieliszek na parapecie, wsuwa dłonie do kieszeni na pupie i wygląda przez okno. – Tam jest mój dom – mówi niskim, niemal chropawym głosem.

Do tej pory zachowywała się tak beztrosko i swobodnie, że kiedy teraz widzę ją w poważnym nastroju, jest to dla mnie lekki wstrząs; jakby igła wyskoczyła z rowka w płycie winylowej.

– Tam jest twój dom – potwierdzam.

– Ładny, prawda?

– Prawda.

Przez dłuższą chwilę wpatruje się w budynek, a potem odrywa od niego wzrok i wracamy do kuchni.

Jeszcze później.

– Korzystasz z tego? – pyta Jane, kręcąc się po salonie, kiedy ja zastanawiam się nad kolejnym ruchem.

Słońce szybko zachodzi. W żółtym sweterku i słabym świetle Jane wygląda jak zjawa, która krąży po moim domu. Wskazuje parasol oparty o ścianę jak pijak o latarnię.

– Częściej, niż może ci się wydawać – odpowiadam. Odchylam się na krześle i opisuję ogrodową terapię doktora Fieldinga: wyjście za drzwi, po schodkach, potem niepewny spacer w nylonowym bąblu, który chroni mnie przed nicością; rześkość powietrza, powiewy wiatru.

– Ciekawe – podsumowuje.

– Chyba absurdalne.

– Ale czy działa?

Wzruszam ramionami.

– W zasadzie.

– No – mówi, głaszcząc rączkę parasola tak, jak głaszcze się psa po głowie – to widzisz.

– Słuchaj, kiedy masz urodziny?

– A co, chcesz mi coś kupić?

– Nie rozpędzaj się.

– W sumie niedługo – mówię.

– Ja też.

– Jedenastego listopada.

Gapi się na mnie.

– Ja też.

– Żartujesz.

– Nie. Jedenastego jedenastego.

Podnoszę kieliszek.

– Za jedenastego jedenastego.

Pijemy za zdrowie.

– Masz kartkę i długopis?

Wyjmuję obie te rzeczy z szuflady i kładę przed Jane.

– Nie ruszaj się – mówi. – Wyglądaj ładnie. – Trzepoczę rzęsami.

Jane zaczyna stawiać kreski krótkimi, zrywnymi ruchami. Patrzę, jak na kartce materializuje się moja twarz: głęboko osadzone oczy, łagodne wzgórki kości policzkowych, pociągła szczęka.

– Nie zapomnij o wysuniętej żuchwie – zaznaczam, ale Jane mnie ucisza.

Rysuje przez jakieś trzy minuty, w tym czasie dwa razy sięga po kieliszek.

– Voilà – mówi w końcu, pokazując swoje dzieło.

Niewiarygodne podobieństwo.

– Sprytnie.

– Co nie?

– Umiesz inne?

– Chodzi ci o to, czy oprócz twojego umiem rysować portrety innych ludzi? Być może nie uwierzysz, ale owszem, umiem.

– Nie, nie. Rysunki zwierząt albo, wiesz, martwą naturę.

– Nie wiem. Interesują mnie przede wszystkim ludzie. Tak jak ciebie. – Zamaszystym ruchem składa swój podpis w rogu. – Ta-dam! Oryginalne dzieło Jane Russell.

Wkładam szkic do szuflady, w której trzymam czyste ściereczki. Jeśli zostawię go na blacie albo na stole, zapewne się poplami.

– Popatrzmy. – Leżą rozrzucone na stole i wyglądają jak kamienie szlachetne. – Na co jest ta?

– Która?

– Ta różowa. Ośmiorożna. Nie, sześciorożna.

– Sześciokątna.

– Właśnie.

– To Inderal. Beta-bloker.

Mruży oczy i przygląda się tabletce.

– Na zawały.

– I na ataki panicznego lęku. Spowalnia tętno.

– A ta? Ta mała biała owalna?

– Aripiprazol. Atypowy przeciwpsychotyk.

– Brzmi poważnie.

– Bo takie jest, przynajmniej w niektórych przypadkach. Ale to tylko dodatek. Utrzymuje mnie przy zdrowych zmysłach. I sprawia, że tyję.

Kiwa głową.

– A ta?

– Imipramina. Tofranil. Na depresję. I moczenie nocne.

– Sikasz do łóżka?

– Dzisiaj to niewykluczone. – Popijam merlota.

– A ta?

– Temazepam. Nasenna. Na później.

Kiwa głową.

– Czy którykolwiek z tych leków powinno się przyjmować z alkoholem?

Przełykam wino.

– Nie-e.

Dopiero kiedy czuję, jak tabletki przeciskają się przez moje gardło, przypominam sobie, że dziś rano już wzięłam pełny zestaw.

Jane odrzuca głowę do tyłu i z jej ust tryska fontanna dymu.

– Proszę cię, nie mów, że szach i mat. – Chichocze. – Moje ego nie zniesie trzech porażek z rzędu. Pamiętaj, że nie grałam dosłownie od lat.

– To widać – mówię.

Parska śmiechem, odsłaniając rząd srebrnych plomb.

Robię apel jeńców: obie wieże, oba laufry, grupa skutych łańcuchami pionów. Jane udało się przechwycić jednego piona i samotnego konia. Widzi, że się przyglądam, i przewraca skoczka na bok.

– Koń padł! – mówi. – Niech ktoś wezwie lekarza.

– Uwielbiam konie – wyznaję.

– O, proszę! Cudowne ozdrowienie. – Poprawia skoczka i głaszcze go po marmurowej grzywie.

Uśmiecham się i opróżniam kieliszek. Jane nalewa mi jeszcze.

– Strasznie mi się podobają twoje kolczyki – mówię.

Dotyka najpierw jednego, potem drugiego; oba są jak maleńkie chóry pereł.

– Prezent od byłego chłopaka – wyjaśnia.

– Alistairowi nie przeszkadza, że je nosisz?

Zastanawia się chwilę, po czym wybucha śmiechem.

– Wątpię, żeby wiedział. – Pociera kciukiem kółko zapalniczki i przybliża płomień do końcówki papierosa.

– Wiedział, że je nosisz, czy wiedział, od kogo są?

Jane zaciąga się i wypuszcza dym w bok, wykrzywiając usta.

– Jedno i drugie. Alistair bywa trudny. – Strzepuje popiół do miseczki. – Nie zrozum mnie źle. To porządny człowiek i dobry ojciec. Ale lubi wszystko kontrolować.

– Dlaczego?

– Pani doktor Fox, czy pani aby nie poddaje mnie psychoanalizie? – pyta swobodnym tonem, ale w jej oczach czai się chłód.

– Jeśli już, to twojego męża.

Znów się zaciąga. I marszczy brwi.

– Zawsze taki był. Jest nieufny. Przynajmniej w stosunku do mnie.

– A to dlaczego?

– Och, wiesz, byłam dość wyzwolona – mówi. – Roz-wiąz-ła. Tak to ujął mój mąż. Złe towarzystwo, złe decyzje.

– Dopóki nie poznałaś Alistaira?

– Potem też. Doprowadzenie się do ładu zajęło mi trochę czasu.

Ale chyba nie przesadnie dużo, myślę. Gdybym miała sądzić po jej wyglądzie, powiedziałabym, że została matką w wieku najwyżej dwudziestu kilku lat.

Potrząsa głową.

– Przez pewien czas spotykałam się z kimś innym.

– Kim on był?

Krzywi się.

– Właśnie: był. Nie warto wspominać. Każdy z nas popełnia błędy.

Nic nie mówię.

– W każdym razie to się skończyło. Co nie zmienia faktu, że życie rodzinne jest dla mnie... – Porusza palcami, jakby grała na gitarze; szuka słowa. – ...wyzwaniem. No właśnie.

– *Le mot juste.*

– Opłacają ci się te lekcje. – Szczerzy zęby w uśmiechu; papieros w jej ustach sterczy do góry.

– Dlaczego to takie wyzwanie? – naciskam.

Wypuszcza dym, idealnie równe kółko.

– Zrób to jeszcze raz – mówię wbrew sobie.

Jane puszcza kółko. Dociera do mnie, że jestem pijana.

– Wiesz co – odpowiada, odchrząkując – nie chodzi o nic konkretnego. To w sumie skomplikowane. Alistair jest wyzwaniem. Rodzina jest wyzwaniem.

– Ale Ethan to dobry chłopak. Mówię to jako ktoś, kto potrafi rozpoznać dobre dziecko – dodaję.

Jane spogląda mi w oczy.

– Cieszę się, że tak uważasz. Naprawdę. – Strzepuje popiół do miseczki, uderzając papierosem o jej brzeg. – Pewnie brakuje ci twojej rodziny.

– Tak. I to bardzo. Ale codziennie rozmawiam z mężem i córką.

Kiwa głową. Widzę, że ma szklisty wzrok; też już ma w czubie.

– No, ale to jednak nie to samo, co gdyby tu byli.

– Nie. Jasne, że nie.

Znowu kiwa głową.

– Zapewne, Anno, zauważyłaś, że nie pytam, co się stało, że...

– ...mam nadwagę? Przedwcześnie posiwiałam? – Oj, jestem porządnie zaprawiona.

Jane popija wino.

– ...masz agorafobię.

– No cóż. – Skoro już się sobie spowiadamy... – Uraz. Jak u każdego. – Poprawiam się na krześle. – Wpadłam w depresję. Bardzo głęboką depresję. Niechętnie do tego wracam.

Jane potrząsa głową.

– Nie, nie, rozumiem, to nie moja sprawa. Domyślam się, że w twoim przypadku zaproszenie ludzi na imprezę nie wchodzi w grę. Sądzę, że musimy ci znaleźć nowe hobby. Oprócz szachów i czarno-białych filmów.

– I szpiegowania.

– I szpiegowania.

Zastanawiam się.

– Kiedyś interesowałam się fotografią.

– Chyba nadal się interesujesz.

To zasługuje na znaczący uśmieszek.

– Racja. Chodziło mi o fotografowanie na świeżym powietrzu. Naprawdę to lubiłam.

– Coś jak *Humans of New York*?

– Raczej zdjęcia natury.

– W Nowym Jorku?

– W Nowej Anglii. Czasem tam jeździliśmy.

Jane odwraca się do okna.

– Spójrz na to – mówi.

Patrzę: szmirowaty zachód słońca, powidoki zmierzchu, budynki na tle gasnącego blasku, jak wycięte z papieru. Niedaleko ptak w locie.

– To chyba natura, co nie?

– W zasadzie tak. Jakiś jej fragment. Ale chodziło mi...

– Świat to piękne miejsce – oświadcza i mówi to poważnie; poznaję po głosie. Chwyta moje spojrzenie i nie wypuszcza go. – Nie zapominaj o tym. – Odchyla się na krześle i gasi papierosa w miseczce. – I niech ci nie umyka.

Wyjmuję telefon z kieszeni, celuję obiektywem w widok za oknem i pstrykam zdjęcie. Spoglądam na Jane.

– Zuch dziewczyna – komentuje moja sąsiadka.

19

Kilka minut po osiemnastej odprowadzam ją do drzwi.

– Mam do zrobienia pewne bardzo ważne rzeczy – informuje mnie.

– Ja też – odpowiadam.

Dwie i pół godziny. Kiedy ostatnio rozmawiałam z kimś – kimkolwiek – przez dwie i pół godziny? Zarzucam pamięć jak wędkę i z miesięcy, z lat, próbuję wyłowić wspomnienie. Żadne się nie łapie. Zatem nigdy. Od pierwszego spotkania z doktorem Fieldingiem, dawno temu, w środku zimy, z nikim nie rozmawiałam tak długo; zresztą nawet wtedy ledwo byłam w stanie cokolwiek wydusić, bo wciąż miałam uszkodzoną tchawicę.

Znów czuję się młoda, kręci mi się w głowie, może od wina, ale podejrzewam, że niekoniecznie. Drogi pamiętniczku, dziś zyskałam przyjaciółkę.

Później tego samego wieczoru przysypiam, oglądając *Rebekę*, kiedy nagle budzi mnie dzwonek do drzwi.

Wysuwam się spod koca i człapię do domofonu. „Dlaczego nie odejdziesz? – szydzi za moimi plecami Judith Anderson. – Dlaczego nie opuścisz Manderley?".

Zerkam na wyświetlacz. Widzę wysokiego, barczystego mężczyznę o wąskich biodrach i z grubym wdowim szpicem na czole. Nie od razu go rozpoznaję – najczęściej oglądam go przecież w kolorze – ale po chwili dociera do mnie, że to Alistair Russell.

– A ten czego tu chce? – mówię. Albo myślę. Chyba jednak mówię. Nadal jestem mocno zawiana. Nie powinnam była łykać tych tabletek, nie.

Wpuszczam go. Podnosi się zasuwka, skrzypią zawiasy. Czekam, aż drzwi wejściowe się zamkną.

Kiedy otwieram drzwi na korytarz, on już tam stoi, blady i jasny w ciemnym pomieszczeniu. Uśmiecha się. Mocne zęby osadzone w mocnych dziąsłach. Klarowne spojrzenie, w kącikach oczu kurze łapki.

– Alistair Russell – przedstawia się. – Mieszkamy pod numerem dwieście siódmym, po drugiej stronie skweru.

– Proszę wejść. – Wyciągam rękę. – Anna Fox.

Ściska moją dłoń, ale nie rusza się z miejsca.

– Nie chciałbym się narzucać. Przepraszam, że przerwałem pani seans. Wieczór filmowy?

Kiwam głową.

Znów się uśmiecha; jego „klawiatura" lśni jak witryna sklepowa w Boże Narodzenie.

– Chciałbym się tylko dowiedzieć, czy dziś wieczorem ktoś panią odwiedził.

Marszczę brwi. Już mam odpowiedzieć, ale przerywa mi głośna eksplozja za plecami – to scena z katastrofą morską. „Statek się rozbił! – krzyczą ludzie na brzegu. – Wszyscy nad zatokę!". Mnóstwo zamieszania.

Wracam do salonu, włączam pauzę. Odwracam się i widzę, że Alistair zdecydował się wejść kilka kroków dalej. Skąpany w białym świetle wygląda jak trup; w zagłębieniach policzków zebrały się cienie. Za jego plecami otwarte drzwi wyglądają jak rozdziawione usta.

– Czy mógłby pan zamknąć?

Zamyka.

– Dzięki – rzucam bełkotliwym głosem.

– Przychodzę w nieodpowiednim momencie?

– Nie, skąd. Napije się pan czegoś?

– Och, nie, dziękuję bardzo.

– Na przykład wody? – precyzuję.

Uprzejmie odmawia, kręcąc głową.

– Czy miała pani gości dziś wieczorem? – powtarza.

Jane mnie ostrzegała. Alistair Russell nie wygląda na mężczyznę owładniętego obsesją nieustannej kontroli, nie ma świdrującego spojrzenia i wąskich usteczek. Przypomina raczej jowialnego pana misia, ma posiwiałą brodę i rzednące na skroniach włosy. Wyobrażam sobie, że świetnie by się dogadał z Edem, tak po męsku, po kumpelsku, siedzieliby, popijali whiskey i raczyli się opowieściami z frontu. No, ale pozory i tak dalej.

Oczywiście, to nie jego sprawa, z kim spędzam czas. Nie chcę jednak wyjść na kobietę będącą wiecznie na nie.

– Cały wieczór byłam sama – mówię. – Urządziłam sobie maraton filmowy.

– Co pani ogląda?

– *Rebekę*. Jeden z moich ulubionych. Lubi pan…

Widzę, że marszcząc ciemną brew, patrzy na coś znajdującego się za moimi plecami. Odwracam się.

Szachownica.

Ułożyłam kieliszki w zmywarce, wyszorowałam miseczkę w zlewie, ale szachownica nadal leży tam, gdzie leżała, pełna żywych i umarłych; pokonany król Jane spoczywa na boku.

– Ach, to. Mój lokator lubi grać – wyjaśniam jak gdyby mimochodem.

Patrzy na mnie i mruży oczy. Nie potrafię odgadnąć, co mu chodzi po głowie. Przeważnie rozszyfrowanie czyichś myśli nie stanowi dla mnie problemu – nie po szesnastu latach życia w głowach innych ludzi – ale być może wyszłam z wprawy. Albo po prostu za dużo wypiłam. No i wzięłam leki.

– Gra pan?

Nie odpowiada od razu.

– Dawno nie grałem – mówi w końcu. – Mieszkacie tu tylko we dwoje: pani i lokator?

– Nie, jest… tak. Mój związek się rozpadł. Córka jest z ojcem.

– No dobrze. – Ponownie przesuwa wzrokiem po szachownicy, potem po telewizorze i rusza w stronę drzwi. – Dziękuję, że zechciała pani poświęcić mi czas. Przepraszam za kłopot.

– Nie szkodzi – mówię, kiedy wychodzi na korytarz. – Proszę podziękować żonie za świecę.

Obraca się na pięcie i wbija we mnie spojrzenie.

– Ethan przyniósł – wyjaśniam.

– Kiedy to było? – pyta.

– Kilka dni temu. W niedzielę. – Chwileczkę. Jaki mamy dzień? – Albo w sobotę. – Czuję rozdrażnienie; co go obchodzi, kiedy to było? – Czy to ważne?

Patrzy na mnie z rozchylonymi ustami, po czym odruchowo błyska uśmiechem i wychodzi bez słowa.

Zanim położę się spać, przyglądam się budynkowi pod numerem 207. Russellowie znajdują się w salonie: Jane i Ethan siedzą na kanapie, a Alistair w fotelu naprzeciwko nich i namiętnie monologuje. „Porządny człowiek i dobry ojciec".

Kto wie, co się dzieje w rodzinie. Nauczyłam się tego na studiach.

– Pacjent, którego leczyłaś przez wiele lat, nadal może cię zaskoczyć – powiedział Wesley, kiedy po raz pierwszy uścisnęliśmy sobie dłonie; jego palce były żółte od nikotyny.

– Jak to? – spytałam.

Zajął miejsce za biurkiem i przeczesał włosy.

– Poznajesz czyjeś tajemnice, lęki i pragnienia, ale musisz pamiętać, że wszystkie one nie istnieją w próżni, ale obok tajemnic, lęków i pragnień osób mieszkających w tych samych ścianach. Znasz powiedzenie, że wszystkie szczęśliwe rodziny są do siebie podobne?

– To z *Wojny i pokoju* – powiedziałam.

– Z *Anny Kareniny*, ale nie w tym rzecz. Chodzi o to, że to nieprawda. Każda rodzina, szczęśliwa czy nie, jest inna. Tołstoj wciskał kit. Zapamiętaj to sobie.

Przypominam sobie te słowa Wesleya, delikatnie manipulując pokrętłem obiektywu. Łapię ostrość, ustawiam kadr. Portret rodziny.

Odkładam jednak aparat.

Środa, 3 listopada

20

Budzę się z Wesleyem w głowie.

Wesleyem i zasłużonym kacem. Człapię na dół do gabinetu, ruszam się jak mucha w smole, potem zrywam się, biegnę do łazienki i wymiotuję. „Niebiański zachwyt".

Odkryłam, że rzygam z wielką dokładnością. Ed mówi, że robię to jak zawodowiec. Jeden strumień wody i nie ma śladu po tym, co wyrzuciłam z trzewi. Płuczę usta, nakładam trochę koloru na policzki i wracam do gabinetu.

Po drugiej stronie skweru, w domu Russellów, okna są puste, pokoje ciemne. Gapię się na ich dom, a on gapi się na mnie. Stwierdzam, że tęsknię za nimi.

Spoglądam na południe. Ulicą telepie się zdezelowana taksówka. Idzie za nią kobieta, trzyma w ręku kubek z kawą, a na smyczy prowadzi goldendoodle'a. Zerkam na zegarek w telefonie: dziesiąta dwadzieścia osiem. Dlaczego obudziłam się tak wcześnie?

No tak, zapomniałam wziąć temazepam. Zwaliłam się na łóżko, zanim zaświtało mi, że powinnam łyknąć tabletkę. Temazepam pomaga przesypiać noce, przygniata jak głaz.

Fragmenty wczorajszego wieczoru zaczynają tańczyć w mojej głowie, migają, oślepiają jak stroboskopy, wirują jak karuzela w *Nieznajomych z pociągu*. Czy to się naprawdę wydarzyło? Tak. Otworzyłyśmy wino, które przyniosła Jane, rozmawiałyśmy o łódkach, pożarłyśmy czekoladę, zrobiłam zdjęcie, pogadałyśmy o naszych rodzinach, wysypałam tabletki na stół, trochę wypiłyśmy. Niekoniecznie w takiej kolejności.

Trzy butelki wina – a może cztery? A nawet jeśli, to co? Przecież zmogę więcej, już nieraz to robiłam.

– Prochy! – mówię takim tonem jak policjant, który znalazł dowód. Przypominam sobie, że wczoraj wzięłam podwójną dawkę. To pewnie ich wina.

– Zobaczysz, że padniesz po tym jak trup – zachichotała Jane, kiedy łyknęłam pełną garść tabletek i popiłam je solidnym haustem wina.

Głowa mi dygocze, ręce się trzęsą. Sięgam do szuflady w biurku i na samym dnie znajduję podróżne opakowanie advilu. Wysypuję trzy tabletki i je połykam. Widzę, że data przydatności do spożycia minęła dziewięć miesięcy temu. Nachodzi mnie refleksja, że w tym czasie można począć i urodzić dziecko. Stworzyć życie.

Biorę jeszcze jedną, tak na wszelki.

A potem… co potem? A tak: przyszedł Alistair i wypytywał o żonę.

Jakiś ruch za oknem. Podnoszę głowę. Doktor Miller wychodzi do pracy.

– Do zobaczenia piętnaście po trzeciej – mówię do niego. – Tylko proszę się nie spóźnić.

„Żadnych spóźnień", brzmiała złota zasada Wesleya.

– Dla niektórych to najważniejsze pięćdziesiąt minut w całym tygodniu – przypominał mi. – Dlatego zaklinam cię, nie spóźniaj się, choćby się paliło i waliło.

Wesley Brilliant. Minęły trzy miesiące od ostatniej kontroli. Otwieram stronę Google. Kursor pulsuje w polu wyszukiwania.

Widzę, że Wesley nadal pracuje jako adiunkt na uczelni i wciąż publikuje artykuły w „Timesie" oraz kilku czasopismach branżowych. Nadal, rzecz jasna, prowadzi gabinet; przypominam sobie, że latem biuro przeniosło się do Yorkville. Mówię „biuro", ale mam na myśli tylko dwie osoby: Wesleya oraz jego recepcjonistkę Phoebe i jej czytnik kart, taki z logo Square. No i jeszcze fotel według projektu Eamesów. Wesley uwielbia swojego eamesa.

Fotel i niewiele więcej. Nie ożenił się; jego miłością były wykłady, a dziećmi – pacjenci.

– Tylko niech ci nie przyjdzie do głowy żałować biednego doktora Brilla, Fox – przestrzegał mnie.

Pamiętam doskonale: Central Park, łabędzie o szyjach jak znaki zapytania, promienie słońca przeświecające przez koronkowe gałęzie wiązów. Zaproponował mi współpracę – na zasadach młodszego wspólnika – przy prowadzeniu gabinetu.

– Moje życie jest wypełnione po brzegi, a nawet bardziej – powiedział. – Dlatego potrzebuje ciebie albo kogoś takiego jak ty. Razem pomożemy większej liczbie dzieci.

Jak zawsze miał rację.

Klikam w zakładkę „grafika" w Google. Pokazuje się niewielka galeria zdjęć, w większości starych, w większości niezbyt korzystnych.

– Kiepsko wychodzę na zdjęciach – zauważył kiedyś bez narzekania. Z cygara, które trzymał poplamionymi palcami o połamanych paznokciach, unosił się dym i układał we wzburzony nimb nad jego głową.

– Rzeczywiście – przyznałam.

Uniósł jedną ze swych szczeciniastych brwi.

– Prawda czy fałsz? Dla męża też jesteś taka surowa.

– Nie całkiem prawda.

Prychnął.

– Nie ma czegoś takiego, jak „nie całkiem prawda" – powiedział. – Coś jest prawdą albo nią nie jest. Jest prawdziwe albo nie jest.

– Prawda – odparłam.

21

– Zgadnij kto – odzywa się Ed.

Poprawiam się na krześle.

– To moja kwestia.

– Kiepsko brzmisz, ochlapusie.

– I tak się czuję.

– Jesteś chora?

– Zrobiło mi się niedobrze – odpowiadam.

Nie powinnam mówić mu o zeszłej nocy, wiem, ale jestem zbyt słaba. Poza tym chcę być z nim szczera. Zasługuje na to.

Jest niezadowolony.

– Anno, nie możesz tego robić. Przecież jesteś na lekach.

– Wiem. – Zaczynam żałować, że w ogóle się odezwałam.

– Ale n a p r a w d ę.

– Mówię, że wiem.

– Odwiedziło cię ostatnio sporo osób – zaczyna po chwili łagodniejszym tonem. – To oznacza dużo bodźców. – Zawiesza głos. – Może ci ludzie z budynku po drugiej stronie skweru…

– Russellowie.

– …mogliby zostawić cię na jakiś czas w spokoju.

– Na pewno to zrobią, o ile znów nie zemdleję na schodkach.

– Nie powinni się tobą interesować – mówi; i założę się, że myśli: „Ani ty nimi". – Co na to doktor Fielding?

Podejrzewam, że Ed zadaje to pytanie, ilekroć nie wie, co powiedzieć.

– Najbardziej ciekawią go moje stosunki z tobą.

– Ze mną?

– Z wami obojgiem.

– Aha.
– Ed, tęsknię za tobą.
Nie chciałam tego powiedzieć i nawet nie zdawałam sobie sprawy, że przyjdzie mi to do głowy. Nieocenzurowany głos podświadomości.
– Przepraszam, przemawia przeze mnie id – wyjaśniam.
Milczy przez chwilę.
– A przeze mnie Ed – odzywa się w końcu.
Tego też mi brakuje: jego głupich kalamburów. Mawiał, że psychoanaliza w moim wykonaniu to „psychoANNAliza". „To beznadziejne", odpalałam, krztusząc się ze śmiechu. „Ale uwielbiasz to", stwierdzał – i miał rację.
Znów milczy.
– A za czym konkretnie tęsknisz? – pyta po chwili.
Tego się nie spodziewałam.
– Za... – zaczynam, licząc, że zdanie samo się skończy.
I wtedy wylewa się ze mnie jak potok, jak woda z pękniętej rury albo przerwanej tamy.
– Za tym, jak grasz w kręgle – mówię, bo te słowa, durne słowa, pierwsze cisną mi się na usta. – Za tym, że nigdy nie potrafisz zawiązać cumy dziobowej. Za twoją podrażnioną skórą po goleniu. Za twoimi brwiami.
Wchodzę na górę, idę do sypialni.
– Za twoimi butami. Za tym, że rano prosisz mnie o kawę. Za tym dniem, kiedy nałożyłeś sobie mój tusz do rzęs i wszyscy to zauważyli. I za tym, kiedy poprosiłeś mnie, żebym coś zszyła. Za twoją uprzejmością w stosunku do kelnerów.
Kładę się na swoim łóżku, na naszym łóżku.
– Za twoją jajecznicą. – Nawet kiedy smaży sadzone, i tak wychodzi mu jajecznica. – Za twoimi bajkami na dobranoc. – Bohaterki dawały książętom kosza, bo wolały robić doktorat. – Za tym, jak udajesz Nicolasa Cage'a. – Po *Kulcie* jego parodia stała się zjadliwsza. – Za tym, że długo, długo wymawiałeś „zwodniczy" jako „zwudniczy".
– Zwudne słówko. Zwudło mnie.
Wybucham śmiechem i nagle odkrywam, że płaczę.

– Za twoimi głupimi, idiotycznymi żartami. Za tym, że kiedy masz ochotę na czekoladę, odłamujesz kawałeczek, zamiast po prostu wgryźć się w pieprzoną tabliczkę.

– Ejże.

– Przepraszam, już nie będę przeklinała.

– Tak smakuje lepiej.

– Tęsknię za twoim sercem – mówię.

Zawieszam głos.

– Bardzo mi ciebie brakuje.

Znów cisza.

– I bardzo cię kocham – dodaję drżącym głosem, nabierając tchu. – Kocham was oboje.

W tym, co mówię, nie dostrzegam żadnego wzorca, a przecież zostałam nauczona je rozpoznawać. Po prostu za nim tęsknię. Tęsknię i kocham. Kocham oboje.

Zalega cisza. Długa i głęboka. Oddycham.

– Ale, Anno – odzywa się łagodnym tonem. – Jeśli…

Słyszę jakiś dźwięk na dole. Niezbyt głośne, niskie dudnienie. Pewnie dom osiada.

– Zaczekaj – rzucam.

Potem czyjś suchy kaszel. Odchrząknięcie.

Ktoś jest w kuchni.

– Muszę kończyć – mówię.

– Co…

Skradam się do drzwi, ściskając w ręku telefon. Na wyświetlaczu widnieje numer alarmowy. Trzymam palec nad zieloną słuchawką. Przypominam sobie, jak ostatnio zadzwoniłam na alarmowy. To znaczy, dzwoniłam wiele razy, próbowałam się dodzwonić. Liczę, że tym razem ktoś się zgłosi.

Schodzę po schodach, przesuwając dłonią po poręczy. W ciemności nie widzę stopni, na których stawiam stopy.

Na dole na klatkę wpada światło z korytarza. Wchodzę chyłkiem do kuchni. Telefon trzęsie się w mojej dłoni.

Obok zmywarki stoi zwrócony do mnie plecami barczysty mężczyzna.

Obraca się. Naciskam zieloną słuchawkę.

22

– Cześć – mówi David.

Do kurwy nędzy. Wypuszczam powietrze i szybko przerywam połączenie. Chowam telefon do kieszeni.

– Przepraszam. Dzwoniłem do drzwi jakieś pół godziny temu, ale chyba jeszcze spałaś.

– Widocznie brałam prysznic.

Nie odpowiada. Pewnie jest mu głupio za mnie; bo przecież nawet nie mam mokrych włosów.

– Więc wszedłem przez piwnicę. Mam nadzieję, że to nie problem.

– Jasne, że nie – odpowiadam. – Wchodź, kiedy chcesz. – Podchodzę do zlewu i nalewam sobie szklankę wody. Mam stargane nerwy. – Do czego byłam ci potrzebna?

– Szukam X-Acto.

– Chodzi ci o nóż introligatorski?

– Szukałem pod zlewem i w szufladzie przy telefonie. Tak na marginesie, telefon jest niepodłączony. I chyba popsuty.

Nie pamiętam, kiedy ostatni raz korzystałam z aparatu stacjonarnego.

– Chyba na pewno.

– Mogę to naprawić.

Nie trzeba, myślę.

Odwracam się do schodów.

– Mam ten nożyk w schowku – mówię, ale niepotrzebnie, bo David już za mną idzie.

Otwieram schowek. W środku ciemno choć oko wykol. Ciągnę za sznurek, który wisi obok gołej żarówki. Schowek to długie i wąskie pomieszczenie nad pokojem, składzik, w którym znalazło się miejsce na złożone leżaki, puszki z farbą – stoją na podłodze i wyglądają jak doniczki – oraz – aż trudno uwierzyć – tiulową tapetę przedstawiającą pasterki, szlachciców i garstkę urwisów. Na półce stoi praktycznie nieużywana skrzynka na narzędzia Eda. „Nie jestem złotą rączką" – mawiał. „Z takim ciałem… nie muszę".

Otwieram skrzynkę i zaczynam w niej grzebać.

– To ten. – David wskazuje srebrną plastikową rękojeść i wystające z niej ostrze.

Sięgam po nie.

– Ostrożnie.

– Przecież cię nie potnę. – Podaję mu nóż ostrzem skierowanym do siebie.

– Nie chcę, żebyś się skaleczyła – wyjaśnia.

Czuję ukłucie przyjemności.

– Tak w ogóle to do czego potrzebujesz tego noża? – Pociągam za sznurek i w schowku znów zapada noc. David nie rusza się z miejsca.

Uświadamiam sobie, że stoimy w zupełnej ciemności, ja w szlafroku, David z nożem, i że nigdy wcześniej nie znaleźliśmy się tak blisko siebie. Mógłby mnie pocałować. Mógłby mnie zabić.

– Sąsiad prosił, żebym mu pomógł. Chodzi o rozpakowanie pudeł.

– Który sąsiad?

– Ten z domu po drugiej stronie skweru. Russell. – David wychodzi i rusza w stronę schodów.

– Jak cię znalazł? – pytam, idąc za nim.

– Porozkładałem ulotki tu i tam. Zobaczył jedną w kawiarni czy gdzieś tam. – Odwraca się i patrzy na mnie. – Znasz go?

– Nie – odpowiadam. – Zajrzał do mnie wczoraj i tyle.

Wracamy do kuchni.

– Ma w piwnicy pudła, które trzeba rozpakować, i meble do złożenia. Wrócę jakoś po południu.

– Chyba nikogo nie ma w domu.

Mruży oczy.

– Skąd wiesz?

Bo ich obserwuję.

– Bo tak to wygląda. – Wskazuję numer 207, na który mam widok z okna w kuchni, i w tej samej chwili w salonie Russellów włącza się światło. Alistair stoi, ramieniem przytrzymując telefon przy uchu; ma włosy, jakby dopiero wstał z łóżka.

– To on – mówi David i rusza w stronę drzwi. – Niedługo wrócę. Dzięki za nóż.

23

Chcę oddzwonić do Eda - moja kolej, żeby powiedzieć: „Zgadnij kto" - ale nie mogę, bo gdy tylko David znika za drzwiami, rozlega się pukanie. Idę zobaczyć, czego zapomniał.

Zamiast niego widzę jednak gibką Binę o szeroko otwartych oczach. Zerkam na telefon - już południe.

– David mnie wpuścił - wyjaśnia. - Słowo daję, że z tygodnia na tydzień ten chłopak robi się coraz przystojniejszy. Do czego to doprowadzi?

– Może powinnaś coś z tym zrobić - podsuwam.

– Może powinnaś się zamknąć i przygotować do ćwiczeń. Przebierz się w normalne ciuchy.

Przebieram się, a potem rozwijam matę na podłodze w salonie i zaczynamy. Znamy się od prawie dziesięciu miesięcy, od kiedy wyszłam ze szpitala ze stłuczonym kręgosłupem i uszkodzonym gardłem. Polubiłyśmy się, może nawet, jak uważa doktor Fielding, zaprzyjaźniłyśmy.

– Ciepło dziś na dworze. - Kładzie ciężarek w zagłębieniu pomiędzy moimi łopatkami; zaczynają mi drżeć łokcie. - Powinnaś otworzyć okno.

– Nie ma mowy - bąkam.

– Twoja strata.

– Moja strata, moja bardzo wielka strata.

Godzinę później, kiedy cała koszulka lepi mi się do ciała, Bina pomaga mi wstać.

– Chcesz przećwiczyć tę sztuczkę z parasolem? - pyta.

Potrząsam głową. Włosy kleją mi się do karku.

– Nie dzisiaj. Poza tym to żadna „sztuczka".

– To dobry dzień. Jest przyjemnie i ciepło.

– Nie. Bo… nie.

– Masz kaca.

– To też.

Westchnienie.

– Próbowałaś w tym tygodniu z doktorem Fieldingiem?

– Tak – kłamię.

– I jak było?

– Okej.

– Jak daleko dotarłaś?

– Przeszłam trzynaście kroków.

Przygląda mi się.

– W porządku. Nieźle jak na kobietę w twoim wieku.

– Zaraz będę jeszcze starsza.

– Tak? Kiedy masz urodziny?

– W przyszłym tygodniu. Jedenastego. Jedenastego jedenastego.

– Będę musiała dać ci zniżkę dla seniorów. – Pochyla się i sprząta ciężarki. – Zjedzmy coś.

Dawniej rzadko gotowałam – Ed był szefem naszej kuchni – a dziś posiłki dostarcza mi przeważnie FreshDirect. Gotowe dania, potrawy, które wystarczy podgrzać w mikrofalówce, lody, wino (to ostatnie w hurtowych ilościach), a także niewielkie ilości owoców i chudego białka – z myślą o Binie; i dla mojego własnego dobra, jak twierdzi Bina.

Wspólne lunche nie wliczają się do czasu naszych spotkań. Wygląda na to, że Bina lubi przebywać w moim towarzystwie.

– Nie powinnam ci za to płacić? – spytałam ją raz.

– Przecież gotujesz dla mnie – odparła.

Zeskrobałam przypalony kawałek kurczaka z patelni i przełożyłam go na talerz.

– Jesteś pewna, że można to nazwać „gotowaniem”?

Dziś jemy melona z miodem i kilkoma plastrami suszonego bekonu.

– Na pewno niewędzony? – pyta Bina.

– Na pewno.

– Dziękuję, moja droga. – Nabiera kawałek melona na łyżeczkę, zjada go, po czym oblizuje usta z miodu. – Czytałam artykuł o tym, że w poszukiwaniu pyłku pszczoła potrafi odlecieć nawet dziesięć kilometrów od ula.

– Gdzieś to wyczytała?

– W „The Economist".

– Uuu, „w «The Economist»".

– Niesamowite, co?

– Przygnębiające. A ja nawet nie mogę wyjść z domu.

– Artykuł nie był o tobie.

– A już myślałam.

– Do tego tańczą. Nazywa się to…

– Taniec wywijany.

Przełamuje plaster bekonu na dwoje.

– Skąd wiesz?

– Kiedy studiowałam na Oksfordzie, w Muzeum Pitta Riversa – wchodzi się przez budynek Muzeum Historii Naturalnej – była wystawa o pszczołach miodnych.

– Uuu, „na Oksfordzie".

– Zapamiętałam akurat taniec wywijany, bo próbowaliśmy go naśladować. Rzucaliśmy się i obijaliśmy o siebie. Wiesz, jak to wygląda, bo przecież widzisz, jak ćwiczę…

– Byliście pijani?

– Nie byliśmy trzeźwi.

– Od kiedy przeczytałam ten artykuł, ciągle śnią mi się pszczoły – mówi Bina. – Jak myślisz, co to może oznaczać?

– Nie jestem freudystką. Nie interpretuję snów.

– No, ale gdybyś była.

– Gdybym była, tobym powiedziała, że pszczoły są symbolem tego, że natychmiast musisz przestać zadawać mi pytania o to, co znaczą twoje sny.

Przeżuwa kawałek bekonu.

– Następnym razem dam ci niezły wycisk.

Jemy w ciszy.

– Wzięłaś dziś proszki?

– Tak. – Nie wzięłam. Wezmę, kiedy sobie pójdzie.

Nagle słychać szum wody w rurach. Bina zerka w stronę schodów.

– Czy to z toalety?

– Tak.

– Ktoś tu jest?

Kręcę głową. Przełykam.

– Brzmi, jakby u Davida była… przyjaciółka.

– A to kurwiarz.

– Aniołem nie jest.

– Znasz ją?

– Jeszcze żadnej nie poznałam. Jesteś zazdrosna?

– Myślałby kto!

– Nie chciałabyś zatańczyć wywijanego z Davidem?

Rzuca we mnie kawałkiem bekonu.

– Coś mi wypadło w przyszłą środę. Tak jak w zeszłą.

– Siostra.

– Ano. Jeszcze jej mało. Pasowałby ci czwartek?

– Czemu nie?

– Hura! – Zjada do końca swoją porcję bekonu i popija go wodą. – Wyglądasz na zmęczoną, Anno. Odpoczywasz?

Kiwam, a potem kręcę głową.

– Nie. To znaczy tak, ale ostatnio mam sporo na głowie. Wiesz, to dla mnie trudne. To… wszystko. – Obejmuję gestem całe pomieszczenie.

– Domyślam się.

– Ćwiczenia też są trudne.

– Świetnie sobie radzisz. Naprawdę.

– I terapia jest trudna. Problemem jest dla mnie to, że teraz sama występuję w roli pacjentki.

– Wyobrażam sobie.

Biorę oddech. Nie chcę się nakręcić.

Jeszcze jedno:

– Poza tym brakuje mi Livvy i Eda.

Bina odkłada widelec.

– Oczywiście, to zrozumiałe – mówi i posyła mi tak ciepły uśmiech, że chyba się rozpłaczę.

24

BabuniaLizzie: Witam, doktor Anno!

Pojawieniu się wiadomości na ekranie towarzyszy ćwierknięcie. Odstawiam szklaneczkę i przerywam partię szachów. Usiadłam do gry po wyjściu Biny. Jak na razie jest trzy do zera dla mnie. Święto w domu.

lekarzprzyjmuje: Witaj, Lizzie! Jak się czujesz?
BabuniaLizzie: Lepiej, uprzejmie dziękuję.
lekarzprzyjmuje: Świetna wiadomość.
BabuniaLizzie: Oddałam ubrania Richarda do kościoła.
lekarzprzyjmuje: Na pewno się ucieszyli.
BabuniaLizzie. O tak. Richard by tego pragnął.
BabuniaLizzie: Moi uczniowie z trzeciej klasy zrobili dla mnie wielką kartkę z życzeniami powrotu do zdrowia. Jest naprawdę ogromna. Cała w brokacie i koralikach.
lekarzprzyjmuje: Wspaniały gest z ich strony.
BabuniaLizzie: Szczerze mówiąc, to postawiłabym im za nią co najwyżej tróję z plusem, ale przecież liczy się gest.

Wybucham śmiechem. Wklepuję: „LOL", ale potem kasuję.

lekarzprzyjmuje: Sama też pracowałam z dziećmi.
BabuniaLizzie: Tak?
lekarzprzyjmuje: Specjalizowałam się w psychologii dziecięcej.
BabuniaLizzie: Czasem czuję, że zajmuję się tym samym…

Znów śmiech.

BabuniaLizzie: O rety, rety! Zapomniałabym!
BabuniaLizzie: Dziś rano udało mi się wyjść na chwilę na zewnątrz! Odwiedził mnie jeden z moich dawnych uczniów i wyciągnął z domu.
BabuniaLizzie: Raptem na minutę, ale warto było.
lekarzprzyjmuje: To ważny krok. Odtąd będzie ci już tylko łatwiej.

To nie musi być prawda, ale mam nadzieję, że Lizzie się poszczęści.

lekarzprzyjmuje: Wspaniale, że możesz liczyć na sympatię uczniów.
BabuniaLizzie: Ten ma na imię Sam. Za grosz wyczucia sztuki, ale był bardzo miłym chłopcem, który wyrósł na bardzo miłego mężczyznę.
BabuniaLizzie: Z tego wszystkiego zapomniałam klucza.
lekarzprzyjmuje: To zrozumiałe!
BabuniaLizzie: Przez chwilę nie byłam w stanie dostać się do domu.
lekarzprzyjmuje: Mam nadzieję, że się zbytnio nie wystraszyłaś.
BabuniaLizzie: Już zaczynałam panikować. Na szczęście trzymam zapasowy w doniczce. Właśnie kwitną śliczne fiołki.
lekarzprzyjmuje: W Nowym Jorku nie stać nas na taki luksus!
BabuniaLizzie: *Laughing out loud!*

Uśmiecham się pod nosem. Jeszcze tego nie opanowała.

BabuniaLizzie: Muszę kończyć. Przychodzi do mnie przyjaciółka na lunch.
lekarzprzyjmuje: Leć, leć. Cieszę się, że masz towarzystwo.
BabuniaLizzie: Dzięk uję!
BabuniaLizzie: :)

Lizzie się wylogowuje, a mnie przepełnia radość. „Przed śmiercią mogę jeszcze zdziałać coś dobrego"* – *Więzy miłości: Juda nieznany*, część szósta, rozdział pierwszy.

Na zegarze piąta i wszystko gra. Kończę partię szachów (cztery do zera!), dopijam wino i schodzę na seans. Może dublet Hitchcocka? – myślę, otwierając szafkę z płytami DVD. Na przykład *Sznur* (niedoceniony) i *Nieznajomi z pociągu* („Zamiana"!). W obu w rolach głównych aktorzy geje – ciekawe, czy właśnie dlatego zestawiłam te dwa tytuły. Nadal jestem w analitycznym ciągu. „Zamiana", mówię do siebie. Ostatnio często monologuję. Zapamiętać i opowiedzieć doktorowi Fieldingowi.

Albo *Północ – północny zachód.*

Albo *Starsza pani zni...*

Naraz z czyjegoś gardła dobywa się przenikliwy, zdjęty grozą krzyk.

Obracam się na pięcie i wbijam spojrzenie w okna w kuchni.

W domu cisza. Serce mi wali jak młotem.

Skąd wziął się ten wrzask?

Na zewnątrz fale wieczornego światła o barwie miodu i wiatr poruszający koronami drzew. Czy to doleciało z ulicy, czy...

Wtedy znów to samo: wydobywa się gdzieś z głębi, rozdziera powietrze, jest gwałtowny i desperacki – krzyk. Spod numeru 207. Okna w salonie rozwarte, zasłony falują na lekkim wietrze. „Ciepło dziś na dworze – powiedziała Bina. – Powinnaś otworzyć okno".

Wpatruję się w dom po drugiej stronie skweru, przeskakuję wzrokiem z salonu do kuchni i z powrotem, zerkam na pokój Ethana i znów na kuchnię.

Czy on ją zaatakował? „Lubi wszystko kontrolować".

Nie mam do nich telefonu. Wyciągam iPhone'a z kieszeni, wypada mi na podłogę – „Kurwa!" – podnoszę go i wybieram numer informacji.

---

* Thomas Hardy, *Więzy miłości. Juda nieznany*, przeł. Ewa Kołaczkowska, Replika, Zakrzewo 2016, s. 346.

– Jaki adres? – zgłasza się ponury głos.

Odpowiadam. Po chwili automat wyczytuje dziesięć cyfr i pyta, czy ma je podać po hiszpańsku. Rozłączam się i wklepuję numer.

Sygnał jak warkot silnika przy uchu.

Kolejny.

Jeszcze jeden.

I następny.

– Halo?

Ethan. Roztrzęsiony. Zaglądam we wszystkie widoczne okna budynku, ale nie mogę go namierzyć.

– Mówi Anna. Z domu po drugiej stronie skweru.

Pociągnięcie nosem.

– Cześć.

– Co tam się u was dzieje? Słyszałam krzyk.

– A. Nie, nie. – Odkasłuje. – Wszystko w porządku.

– Słyszałam czyjś krzyk. Czy to twoja mama?

– Wszystko w porządku – powtarza. – Po prostu stracił panowanie nad sobą.

– Potrzebujecie pomocy?

Wahanie.

– Nie.

Rozłącza się.

Jego dom patrzy na mnie obojętnie.

David. Jest dziś u nich. A może już wrócił? Pukam do drzwi do piwnicy i wołam. Przez chwilę boję się, że otworzy mi jakaś obca osoba, wyjaśni rozespanym głosem, że David niedługo będzie z powrotem, po czym doda, że sorry, ale ona chce się jeszcze położyć, dobranoc.

Ale nic, cisza.

Słyszał krzyk? A może w i d z i a ł, kto krzyczał? Wybieram jego numer.

Cztery sygnały, długie, niespieszne, potem automatyczna wiadomość: „Przepraszamy. Osoba, do której dzwonisz…”. Głos kobiety, to zawsze jest głos kobiety. Nie wiem, może brzmi bardziej przepraszająco.

Przerywam połączenie. W zamyśleniu pocieram aparat, jakby był lampą Aladyna, z której wyleci dżin i obdarzy mnie wiedzą oraz spełni moje trzy życzenia.

Osobą, która krzyczała – i to dwukrotnie – była Jane. Jej syn zaprzeczył, jakoby działo się coś niezwykłego. Nie mogę wezwać policji; skoro Ethan nie przyznał się przede mną, to na pewno nie wyspowiada się obcym mężczyznom w mundurach.

Wbijam sobie paznokcie w skórę dłoni, aż odciskają się sierpami.

Nie. Muszę jeszcze raz z nim porozmawiać. A najlepiej – z nią. Zaglądam do zakładki „ostatnie" w połączeniach i wybieram numer Russellów. Jeden sygnał i ktoś podnosi słuchawkę.

– Tak – mówi Alistair swoim miłym dla ucha tenorem.

Zapiera mi dech.

Podnoszę głowę. Jest. Stoi w kuchni z telefonem w ręku. W drugiej dłoni trzyma młotek. Nie widzi mnie.

– Mówi Anna Fox spod dwieście trzynaście. Był pan u mnie…

– Tak, pamiętam. Dobry wieczór.

– Dobry wieczór – odpowiadam i od razu tego żałuję. – Przed chwilą słyszałam czyjś krzyk i dzwonię, żeby upewnić się…

Odwraca się do mnie plecami i kładzie młotek na blacie – młotek; czy to tego przestraszyła się Jane? Jego wolna dłoń wędruje na kark. Alistair masuje się, jakby dodawał sobie otuchy.

– Przepraszam, ale mówi pani, że co słyszała? – pyta.

Tego się nie spodziewałam.

– Krzyk? – bąkam. Nie, nie. Niech ton będzie kategoryczny. – Krzyk. Dosłownie przed chwilą.

– *Krzyk*? – wymawia to słowo, jakby pochodziło z obcego słownika. *Krieg*. *Kirk*. *Krzyk*.

– Tak.

– Skąd?

– Z państwa domu. – Odwróć się. Chcę zobaczyć twoją twarz.

– To… Zapewniam panią, że tu nikt nie krzyczał. – Wyłapuję zdławiony chichot. Widzę, jak Alistair opiera się o ścianę.

– Ale ja słyszałam. – A twój syn to potwierdził, myślę. Przecież nie powiem mu tego, bo jeśli się dowie, może wpaść w szał.

– Sądzę, że albo usłyszała pani coś innego, albo pomyliły się pani kierunki.

– Nie, wyraźnie słyszałam krzyk dobiegający z państwa domu.

– Jesteśmy w domu tylko ja i syn. Ja nie krzyczałem i jestem pewien, że on też nie.

– Ale ja s ł y s z a ł a m…

– Przykro mi, pani Fox, ale muszę kończyć, ponieważ mam drugi telefon. Zapewniam panią, że wszystko u nas w porządku i nikt nie krzyczał.

– Ale…

– Miłego dnia. Proszę korzystać z ładnej pogody.

Widzę, jak się rozłącza. Zabiera młotek i wychodzi z kuchni drzwiami w głębi pomieszczenia.

Gapię się na telefon z niedowierzaniem, tak jakby aparat mógł mi to wszystko wyjaśnić.

Odwracam się, by znów spojrzeć na dom Russellów, i nagle widzę ją na schodkach przed drzwiami. Przez chwilę stoi nieruchomo, jak surykatka, która wyczuwa drapieżnika, a potem schodzi. Spogląda w lewo, w prawo i znów w lewo, po czym rusza na zachód, w kierunku alei. W zachodzącym słońcu korona jej głowy wygląda jak aureola.

25

Stoi w drzwiach, w koszuli mokrej od potu i ze zmierzwionymi włosami. W jednym uchu ma słuchawkę.

– Co tam?

– Słyszałeś krzyk u Russellów? – powtarzam.

Wrócił dosłownie przed chwilą, niecałe pół godziny po tym, jak Jane pojawiła się na schodkach. Tymczasem mój nikon zaglądał do okien domu Russellów jak pies, który wtyka nos do lisich nor.

– Nie, wyszedłem jakieś pół godziny temu – mówi David. – Poszedłem do kafejki po kanapkę. – Podciąga dolny brzeg koszulki do twarzy i ociera pot. Ma kaloryfer na brzuchu. – Słyszałaś krzyk?

– Dwa razy. Głośny i wyraźny. Około szóstej.

Spogląda na zegarek.

– Możliwe, że jeszcze tam byłem. Ale nic nie słyszałem – dodaje, wskazując słuchawkę; druga dynda na wysokości uda. – Jeśli nie liczyć Springsteena.

To bodaj pierwsza jego wzmianka o upodobaniach; szkoda, że moment niefortunny.

– Pan Russell nie powiedział, że u niego jesteś. Stwierdził, że jest w domu tylko z synem.

– No to pewnie wtedy już mnie nie było.

– Dzwoniłam do ciebie. – Brzmi to, jakbym się usprawiedliwiała.

Ściąga brwi, wyjmuje telefon, sprawdza. Pogłębia się bruzda na czole; wygląda to tak, jakby telefon zawiódł go pod jakimś względem.

– O. Potrzebujesz czegoś konkretnego?

– Czyli co: nie słyszałeś, żebyś ktoś krzyczał?

– Nie słyszałem.

Odwracam się.

– Potrzebujesz czegoś? – powtarza, ale zmierzam już w stronę okna, ściskając w ręku aparat.

Widzę go, jak wychodzi z domu. Drzwi się otwierają i oto jest. Zbiega po schodkach, skręca w lewo, maszeruje chodnikiem. Idzie w kierunku mojego domu.

Kiedy chwilę później odzywa się dzwonek do drzwi, stoję już przy domofonie. Naciskam guzik, słyszę kroki i trzask zamykających się drzwi wejściowych. Otwieram drzwi na korytarz i widzę go. Stoi w ciemności, ma zaczerwienione oczy, białka pełne popękanych żyłek.

– Przepraszam – mówi Ethan, stojąc w progu.

– Nie przepraszaj. Wejdź.

Rusza się jak pijany, najpierw markuje chęć zajęcia miejsca na kanapie, po czym rozmyśla się i idzie do kuchni.

– Chcesz coś do jedzenia? – pytam.

– Nie. Nie mogę zostać. – Kręci głową. Łzy płyną mu po twarzy. Drugi raz ten chłopiec przychodzi do mojego domu i drugi raz płacze.

Oczywiście, widok dziecięcej rozpaczy nie jest dla mnie niczym nowym: wycie, krzyk, okładanie lalek piąstkami, wyrywanie kartek z książeczek – przywykłam do tego. Był taki czas, że jedynym dzieckiem, które mogłam przytulać, była Olivia. Rozkładam ramiona przed Ethanem, otwieram je szeroko, jak ptak skrzydła, a on wchodzi w nie niezgrabnie, jakby przypadkiem na mnie wpadł.

Przez chwilę czuję się, jakbym znów tuliła córkę, obejmowała ją przed pierwszym dniem w szkole, ściskała na basenie podczas wakacji na Barbadosie albo kiedy cicho pada śnieg. Czuję bicie jej serca, rozmija się z moim o jedno uderzenie, jest jak zapętlona partia perkusji. Przewala się przez nas obie spiętrzona fala krwi.

Przyklejony do mojego ramienia Ethan mamrocze coś niezrozumiałego.

– O co chodzi?

– Mówię, że przepraszam. – Odsuwa się ode mnie. Wyciera nos rękawem. – Naprawdę mi przykro.

– Nic nie szkodzi. Przestań przepraszać. Nic się nie stało. – Odgarniam kosmyk włosów, który wpadł mi do oka. To samo robię Ethanowi. – Co się dzieje?

– Tata… – Przerywa, spogląda przez okno na swój dom, który w ciemności posyła gniewne spojrzenie i wygląda jak czaszka. – Tata krzyczał, dlatego musiałem wyjść z domu.

– Gdzie twoja mama?

Pociąga nosem i znów wyciera go rękawem.

– Nie wiem. – Dwa głębokie oddechy. Potem spogląda mi prosto w oczy. – Przepraszam. Nie wiem, gdzie jest. Ale jest cała i zdrowa.

– Na pewno?

Kicha i zerka w dół. Punc kręci ósemki wokół jego nóg i ociera mu się o łydki. Ethan znów kicha.

– Przepraszam. – Kolejne pociągnięcie nosem. – To przez kota. – Rozgląda się, jakby był zaskoczony tym, że znalazł się w mojej kuchni. – Powinienem wracać. Tata będzie się złościł.

– Chyba już jest zły? – Odsuwam krzesło od stołu i pokazuję, żeby usiadł.

Ethan patrzy na krzesło, potem przenosi spojrzenie za okno.

– Muszę iść. Niepotrzebnie przyszedłem. Po prostu…

– Musiałeś wyjść z domu – kończę za niego. – Rozumiem. Ale czy będziesz bezpieczny, jeśli wrócisz?

Ku mojemu zaskoczeniu Ethan wybucha krótkim, gwałtownym śmiechem.

– On tylko się przechwala. Nie boję się go.

– Ale twoja mama, owszem.

Nie odpowiada.

Nie zauważam u Ethana żadnych z najbardziej widocznych znamion ofiary przemocy: nie ma siniaków na twarzy i przedramionach; sprawia wrażenie otwartego i pogodnego chłopca (nie zapominajmy jednak, że dwa razy się rozpłakał); nie jest brudny ani zaniedbany. Ale to wszystko tylko pierwsze wrażenie, rzut oka. Bo przecież Ethan stoi u mnie w kuchni i posyła nerwowe spojrzenia w stronę swojego domu.

Wsuwam krzesło z powrotem na miejsce.

– Chcę, żebyś zapisał sobie mój numer – mówię.

Przytakuje, chyba niechętnie, ale to nie szkodzi.

– Może mi pani zapisać? – prosi.

– Nie masz telefonu?

Kręci głową.

– On... tata mi nie pozwala. – Pociąga nosem. – Maila też nie mam.

Nic dziwnego. Wyjmuję starą receptę z szuflady i zapisuję na niej numer. Kiedy docieram do czwartej cyfry, uświadamiam sobie, że podaję dawny kontakt do gabinetu, specjalną linię zarezerwowaną dla moich pacjentów: 1-800-ANNA-NOW. Ed się z tego śmiał.

– Przepraszam, pomyliłam się. – Przekreślam to, co napisałam, i zaczynam od początku. Kiedy znów podnoszę głowę, Ethan stoi w drzwiach do kuchni i patrzy przez okno na swój dom.

– Nie musisz tam wracać – mówię.

Odwraca się. Widać, że się waha. Kręci głową.

– Muszę.

Przytakuję i wręczam mu kartkę. Chowa ją do kiszeni.

– Możesz dzwonić o każdej porze – zapewniam. – Proszę cię też, żebyś przekazał ten numer swojej mamie.

– Okej. – Rusza w stronę drzwi. Pierś wypięta, plecy wyprostowane. Szykuje się na konfrontację, myślę. Kładzie dłoń na klamce.

– Ethanie?

Odwraca się.

– Naprawdę. Dzwoń, kiedy chcesz.

Kiwa głową. Potem otwiera drzwi i wychodzi.

Wracam do okna. Patrzę, ja Ethan pokonuje skwer, wspina się po schodkach i wkłada klucz do zamka. Bierze głęboki oddech. I znika w środku.

26

Dwie godziny później dopijam wino i stawiam butelkę na ławie. Leżę na kanapie. Powoli podnoszę się do pozycji siedzącej – i przechylam w drugą stronę jak sekundnik w zegarku.

Nie. Wstać. Zawlec się do sypialni. Do łazienki.

Wchodzę pod prysznic i kiedy woda obmywa mi ciało, mój mózg zalewają obrazy z kilku ostatnich dni, wypełniają szczeliny, zbierają się we wgłębieniach: Ethan płacze na sofie; doktor Fielding i jego okulary pod napięciem; Bina zapiera się nogą o mój kręgosłup; kołowrót wieczoru wizyty Jane. Głos Eda w moim uchu. David z nożem. Alistair – porządny człowiek, dobry ojciec. Krzyki.

Wyciskam odrobinę szamponu na dłoń i z roztargnieniem wcieram go we włosy. U moich stóp przypływ.

I tabletki – mój Boże, tabletki.

„Anno, to są silne psychotropy", ostrzegł mnie doktor Fielding już na samym początku, kiedy chodziłam otępiała od leków przeciwbólowych. „Przyjmuj je odpowiedzialnie".

Opieram dłonie o ścianę i zwieszam głowę pod słuchawką. Twarz chowa się w ciemnej jaskini włosów. Coś się dzieje ze mną, poprzez mnie, coś nowego i groźnego. Wypuściło korzenie, zatrute drzewo. Rozrosło się, rozeszło, oplotło moje wnętrzności, płuca, serce.

– Tabletki – szepczę niskim głosem, pośród szumu, jakbym mówiła pod wodą.

Moja dłoń rysuje hieroglify na szkle. Przecieram oczy i czytam. Okazuje się, że całe drzwi prysznica zapisałam imieniem i nazwiskiem Jane Russell.

Czwartek, 4 listopada

27

Leży na plecach. Wodzę palcem wzdłuż parkanu ciemnych włosków, który przedziela jego tors od piersi do pępka.

– Podoba mi się twoje ciało – mówię i kładę dłoń w zagłębieniu jego szyi.

Wzdycha i się uśmiecha.

– Wcale nie – odpowiada, po czym wylicza swoje skazy: sucha skóra, która sprawia, że plecy wyglądają jak lastryko; pojedynczy pieprzyk między łopatkami, jak Eskimos, który utknął na morzu popękanego lodu; odkształcony paznokieć na kciuku; guzowate nadgarstki; maleńka blizna, niby łącznik pomiędzy nozdrzami.

Dotykam jej palcami. Wsuwam mu mały palec do nosa; prycha.

– Skąd ją masz? – pytam.

Owija sobie moje włosy wokół kciuka.

– Pamiątka po kuzynie.

– Nie wiedziałam, że masz kuzyna.

– I to dwóch. Ten ma na imię Robin. Przystawił mi brzytwę do nosa i powiedział, że ciachnie, tak żebym miał jedną dziurkę. Pokręciłem głową, że nie chcę, i wtedy ostrze przecięło skórę.

– Mój Boże.

Wypuszcza powietrze.

– Prawda? Nie byłoby sprawy, gdybym pokiwał głową na zgodę.

Uśmiecham się.

– Ile miałeś wtedy lat?

– To było w zeszły wtorek.

Wybuchamy śmiechem.

Kiedy się wynurzam, sen odpływa jak woda. Wspomnienie, nie sen. Próbuję je złapać, zatrzymać, ale umyka.

Przykładam dłoń do czoła, chyba licząc, że uda mi się zmazać kaca. Podnoszę kołdrę, zsuwam się z łóżka, po drodze do szafy zrzucam bieliznę nocną, zerkam na wiszący na ścianie zegar: dziesięć po dziesiątej; tarcza jak facjata, na niej wywoskowane wąsy wskazówek. Przespałam dwanaście godzin.

Wczorajszy dzień zwiądł jak kwiat, pożółkł i zmarniał. Rodzinna awantura, rzecz nieprzyjemna, ale nie tak znowu rzadka – oto, co usłyszałam. A właściwie podsłuchałam, bo to przecież nie moja sprawa. Może Ed ma rację, myślę, drepcząc do gabinetu.

Oczywiście, że tak. „Dużo bodźców", a jakże. Za dużo. Za dużo śpię, za dużo piję, za dużo myślę. Za dużo, za dużo. *De trop*. Czy kiedy sprowadzili się Millerowie, w sierpniu, też tak bardzo się zaangażowałam? Nigdy żadne z nich mnie nie odwiedziło, to prawda, ale mimo to obserwowałam ich, poznawałam rytm zajęć, śledziłam ruchy, znakowałam jak rekin w naturalnym środowisku. Nie chodzi więc o to, że Russellowie są jakoś wyjątkowo interesujący. Po prostu mieszkają wyjątkowo blisko.

Martwię się o Jane, to oczywiste. Ale bardziej niepokoi mnie Ethan. „Po prostu stracił panowanie nad sobą". Ojciec musi mieć bardzo porywczy charakter. Nie mogę jednak zawiadomić odpowiednich instytucji, na przykład służby ochrony praw dziecka, bo nie mam podstaw. Na tym etapie donos bardziej by zaszkodził, niż pomógł. Tyle wiem.

Dzwoni telefon.

Dzieje się to tak rzadko, że przez chwilę mam mętlik w głowie. Wyglądam za okno, jakby to nie komórka brzęczała, tylko śpiewał ptak. Wsuwam dłoń do kieszeni szlafroka, ale aparatu tam nie ma. Dzwoni gdzieś na górze. Wracam do sypialni, iPhone milknie, zanim udaje mi się go wygrzebać z gór i dolin kołdry.

Na ekranie informacja, że mam nieodebrane połączenie od Juliana Fieldinga. Oddzwaniam.

– Halo?
– Witam, doktorze. Nie zdążyłam do telefonu.
– Witam panią.
– Dzień dobry, dzień dobry. – Prześcigamy się w uprzejmościach. Głowa mi pulsuje.
– Dzwonię… chwileczkę… – Jego głos cichnie, ale po chwili powraca i naraz huczy mi w uchu. – Jestem w windzie. Dzwonię, żeby zapytać, czy zrealizowała pani receptę.
Jaką rece… Ach, tak; leki, które odebrała za mnie Jane, kiedy przyjechała dostawa.
– Jak najbardziej. Zrealizowałam.
– To dobrze. Liczę, że nie odbierze pani mojego zachowania, tego, że panią sprawdzam, jako protekcjonalne.
Właściwie to odbieram.
– Ależ skąd!
– Szybko powinna pani zauważyć efekty działania leków.
Rattan na stopniach schodów skrzypi pod moimi stopami.
– Szybki rezultat.
– Cóż, nie nazwałbym tego rezultatem. Po prostu efekty.
„To taki typ, który nie sika pod prysznicem" – w rzeczy samej.
– Będę pana informowała – zapewniam. Schodzę do gabinetu.
– Byłem zaniepokojony po naszej ostatniej sesji.
Zatrzymuję się. Nie wiem, co powiedzieć.
– Liczę, że pomoże pani ta zmiana kuracji.
Nadal milczę.
– Anno?
– Tak, tak. Też mam taką nadzieję.
Jego głos znów zanika.
– Czy może pan powtórzyć?
Po chwili odzywa się na cały regulator:
– Tych tabletek nie wolno przyjmować z alkoholem.

28

W kuchni popijam proszki merlotem. Rozumiem obawy doktora Fieldinga, naprawdę. Zdaję sobie sprawę, że alkohol jest depresantem, dlatego nie powinny go spożywać osoby cierpiące na depresję. Poważnie, dociera to do mnie. Przecież nawet o tym p i s a ł a m: *Depresja u młodzieży a nadużywanie alkoholu*, „Journal of Pediatric Psychology", rocznik 37, numer 4, współautor Wesley Brill. W razie czego potrafię przytoczyć nasze wnioski. Za George'em Bernardem Shawem często cytuję sama siebie, bo urozmaica to rozmowy, które prowadzę. Shaw powiedział też, że alkohol jest środkiem znieczulającym, który pozwala nam przetrwać operację życia. Stary, dobry Shaw.

Dajże więc spokój, Julianie, przecież to nie antybiotyki. Poza tym już od prawie roku mieszam leki z alkoholem i proszę – wystarczy na mnie spojrzeć.

Laptop leży w kuchni na stole, we wpadającym przez okno snopie światła. Unoszę pokrywę, loguję się na Agorze, robię wprowadzenie dla dwóch nowych członków i wtrącam swoje trzy grosze do kolejnej dyskusji o lekach. („Nie wolno ich przyjmować z alkoholem", prawię). Raz – tylko raz – rzucam szybkie spojrzenie na dom Russellów. Ethan siedzi u siebie przy biurku i zawzięcie klepie w klawiaturę – pewnie w coś gra; albo pisze wypracowanie; w każdym razie na pewno nie surfuje po Internecie – a Alistair rozłożył się w salonie na sofie z tabletem na kolanach. Rodzina dwudziestego pierwszego wieku. Nie widzę Jane, ale to nie szkodzi. Nie moja sprawa. Za dużo bodźców.

– Żegnajcie, Russellowie – mówię i przenoszę uwagę na telewizor. *Gasnący płomień*. Ingrid Bergman, ponętna jak nigdy, powoli odchodzi od zmysłów.

29

Kiedy wracam do laptopa po lunchu, widzę, że BabuniaLizzie zalogowała się na forum. Ikonka obok jej nicka płynnie przechodzi w uśmiechniętą buźkę, tak jakby obecność na Agorze była radością i przyjemnością. Postanawiam być szybsza.

lekarzprzyjmuje: Witaj, Lizzie!
BabuniaLizzie: Witam, doktor Anno!
lekarzprzyjmuje: Jak pogoda w Montanie?
BabuniaLizzie: Deszczowo. Komuś takiemu jak ja, kto nie wychodzi z domu, nic a nic to nie przeszkadza.
BabuniaLizzie: A jak pogoda w Nowym Jorku?
BabuniaLizzie: Czy wychodzę na prostaczkę, pisząc „Nowy Jork"? Może powinnam używać skrótu „NY"? Albo „NYC"??
lekarzprzyjmuje: Obie wersje są dobre! U nas świeci słońce. Jak się miewasz?
BabuniaLizzie: Dzisiaj jest mi trudniej niż wczoraj. Przynajmniej na razie.

Biorę łyk wina, trzymam je na języku.

lekarzprzyjmuje: To się zdarza. Postęp nie zawsze przebiega gładko.
BabuniaLizzie: Właśnie widzę! Sąsiedzi robią mi zakupy.
lekarzprzyjmuje: Wspaniale, że masz wokół sibie ludzi, którzy są gotwi cię wspierać.

Dwie literówki. Na więcej niż dwie szklaneczki wina. Nie taka znów zła średnia, myślę.

– Całkiem niezgorsza – mówię do siebie i popijam.

BabuniaLizzie: ALE: najważniejsza wiadomość jest taka, że... w niedzielę odwiedzają mnie synowie. Bardzo bym chciała wyjść z nimi na zewnątrz. Serio, serio!
lekarzprzyjmuje: Nie mniej do siebie pretensji, jeśli tym razem się nie uda.

Cisza na linii.

BabuniaLizzie: Wiem, że to mocne słowo, ale trudno mi nie myśleć o sobie jak o „dziwadle".

Rzeczywiście mocne. Rani mi serce. Opróżniam szklaneczkę, zakasuję rękawy szlafroka i zaczynam przebierać palcami po klawiaturze.

lekarzprzyjmuje: NIE jesteś dziwadłem. Padłaś ofiarą okoliczności. To, przez co przechodzisz, jest diabelnie trudne. Od dziesięciu mie sięcy nie wychodzę z domu i tak jak każdy z tym problemem wiem, jakie to ciężkie. PROSZĘ, nie myśl o sobie jak o dziwadle albo nieudacznikuu, ani w ogóle niczym takim. Jesteś twardą, zaradną kobietą, która znalazła w sobie odeagę, żeby poprosić o pomoc. Powinnaś być z siebie dumna i twoi synowie powinni być z ciebie dunmi.

Fin. Żadna to poezja. Ani nawet przyzwoity angielski – tu i tam palec mi się omsknął. Ale w każdym słowie kryje się prawda. Szczera prawda.

BabuniaLizzie: To wspaniałe.
BabuniaLizzie: Dziękuję.
BabuniaLizzie: Nic dziwnego, że jesteś psycholożką. Wiesz, co i jak powiedzieć.

Czuję, jak na moich ustach wykwita uśmiech.

BabuniaLizzie: Masz rodzinę?

Uśmiech zastyga.

Zanim odpowiem, muszę nalać sobie wina. Wyszło z górką. Pochylam się i upijam łyk, siorbiąc, żeby się nie wylało. Pojedyncza kropla spływa mi z ust, leci po brodzie i spada na szlafrok. Rozmazuję ją po tkaninie frotté. Dobrze, że Ed nie patrzy. Dobrze, że nikt nie patrzy.

lekarzprzyjmuje: Mam, ale nie mieszkamy razem.
BabuniaLizzie: Dlaczego?

No właśnie: dlaczego? Dlaczego nie mieszkacie razem, Anno? Podnoszę szklaneczkę do ust i ją odstawiam. Obrazy odsłaniają się przed moimi oczami jak pióra japońskiego wachlarza: płaski przestwór śniegu, hotel jak z obrazka, przedpotopowy lodownik.

I nagle, ku swemu zaskoczeniu, zaczynam jej opowiadać.

30

Dziesięć dni wcześniej postanowiliśmy się rozejść. To nasz punkt wyjścia, nasze „dawno, dawno temu". A właściwie – jeśli mam być całkiem szczera – to Ed postanowił, a ja się w zasadzie zgodziłam. Przyznaję, nie sądziłam, że rzeczywiście do tego dojdzie, nawet kiedy przyprowadził agenta nieruchomości. To mógł być żart.

Dlaczego, tego Lizzie nie musi wiedzieć. A raczej: Lizzie nie musi wiedzieć dlaczego. Wesley na pewno by się przyczepił. Miał bzika na punkcie właściwej składni. Podejrzewam, że nadal ma. W każdym razie rzecz w tym, że „dlaczego" nie jest tu istotne. Mogę natomiast powiedzieć, gdzie i kiedy.

W Vermoncie, w grudniu zeszłego roku. Zapakowaliśmy się do audi, posadziliśmy Olivię z tyłu, włączyliśmy się do ruchu na autostradzie 9A, przejechaliśmy przez most Henry'ego Hudsona i opuściliśmy Manhattan. Dwie godziny później, daleko w północnej części stanu Nowy Jork, wjechaliśmy w obszar „polnych dróg", jak Ed je nazywał, przy których, powiedział Olivii, „stoi mnóstwo tanich restauracji i naleśnikarni".

– Mama nie lubi naleśników – odparła Olivia.

– To pójdzie do sklepu z rękodziełem.

– Mama nie lubi rękodzieła.

Jak się okazało, oferta tamtejszych polnych dróg, jeśli chodzi o naleśnikarnie i sklepy z rękodziełem, była wyjątkowo uboga. W wysuniętym najdalej na wschód zakątku stanu znaleźliśmy jedną jedyną knajpkę sieci IHOP, w której Olivia pochłonęła gofra z syropem klonowym (w menu napisali, że miejscowej produkcji), podczas gdy Ed i ja piorunowaliśmy się wzrokiem. Za oknem zaczął prószyć delikatny śnieg, wątłe płatki rozpłaszczały się na szybie jak maleńkie kamikaze. Olivia wskazywała je widelcem i piszczała.

Wzięłam swój widelec i starłyśmy się jak kopiami.

– W Blue River będzie tego więcej – powiedziałam. To był cel naszej podróży: ośrodek narciarski w środkowej części Vermontu. Wcześniej była tam przyjaciółka Olivii. Koleżanka z klasy, nie przyjaciółka, poprawiam się.

Powrót do samochodu i znów w drogę. Jechaliśmy w ciszy. Nie powiedzieliśmy Olivii o tym, że chcemy się rozstać; stwierdziłam, że nie warto psuć jej wyjazdu, a Ed przytaknął. Jakoś się dla niej przemęczymy.

Tak więc w milczeniu mijaliśmy rozległe pola, pokryte warstewką lodu strumienie, zapomniane wioski, a nawet przeżyliśmy nieśmiałą śnieżycę niedaleko granicy Vermontu. W pewnym momencie Olivia zaczęła podśpiewywać *Over the Meadow and Through the Woods*. Dołączyłam do niej, próbowałam złapać tonację, ale mi się nie udawało.

– Tatusiu, zaśpiewasz? – poprosiła. Zawsze tak miała, że wolała prosić, niż rozkazywać. Niezwykłe u dziecka. Myślę czasem, że w ogóle niezwykłe, u każdego.

Ed odchrząknął i zaczął śpiewać.

Rozluźnił się dopiero, kiedy dotarliśmy do Gór Zielonych, które wystają z ziemi jak uniesione ramiona. Olivia się zziajała.

– Nie widziałam czegoś takiego, nigdy – wysapała, a mnie przyszło do głowy, gdzie też mogła usłyszeć te słowa w takiej kolejności.

– Podobają ci się góry? – spytałam.

– Wyglądają jak zmięty koc.

– Rzeczywiście.

– Jak łóżko wielkoluda.

– Jak łóżko wielkoluda? – powtórzył Ed.

– Tak. Jakby wielkolud spał pod kocem. Dlatego jest taki nierówny.

– Jutro będziesz zjeżdżała z tych gór – obiecał jej Ed, wchodząc w ciasny zakręt. – Wjedziemy wyciągiem do góry, do góry, a potem w dóóół po stoku.

– Do góóóry, do góóóry – powtórzyła, uroczo przeciągając samogłoski.

– Właśnie tak.

– I w dóóół.

– Dokładnie.

– Ta wygląda jak koń. Tu ma uszy. – Wskazała widoczną w oddali parę ostrych szczytów. Była w takim wieku, że wszystko kojarzyło jej się z końmi.

Ed się uśmiechnął.

– Liv, gdybyś miała konia, to jak byś go nazwała?

– Nie kupujemy konia – zaznaczyłam.

– Dałabym mu na imię Lisica.

– Ale przecież lisica to dziewczynka. Pani lisowa – odparł Ed.

– Byłby szybki jak lis.

Zastanowiliśmy się nad tym.

– Mamo, a ty jak byś nazwała konia?

– Nie wolałabyś mówić do mnie „mamusiu"?

– Okej.

– Okej co?

– Okej, mamusiu.

– Nazwałabym go Pewnie, Pewnie. – Zerknęłam na Eda. Zero reakcji.

– Dlaczego? – spytała Olivia.

– To z jednej piosenki z telewizji.

– Jakiej piosenki?

– Takiej ze starego serialu o koniu, który mówi.

– Koń, który mówi? – Zmarszczyła nosek. – To głupie.

– Zgadzam się.

– Tatusiu, a ty jak byś nazwał konia?

Ed spojrzał w lusterko wsteczne.

– Podoba mi się Lisiczka.

– Łooo! – wypaliła Olivia, nabierając powietrza.

Odwróciłam się.

Tuż obok nas, pod nami, otworzyła się przepaść, wielka otchłań wyrwana ziemi, ogromna micha pełna niczego. Na dnie tej pustki rosła strzecha zimozielonych drzew przetykana strzępami mgły. Znajdowaliśmy się tak blisko krawędzi jezdni, że miałam wrażenie, jakbyśmy unosili się w powietrzu. Zaglądaliśmy do studni świata.

– Głęboko tu? – spytała Olivia.

– Głęboko – odparłam i zwróciłam się do Eda: – Możemy trochę spowolnić?

– Spowolnić?

– Chciałam powiedzieć „zwolnić". Czy możemy po prostu jechać trochę wolniej?

Wytraciliśmy nieco prędkości.

– Czy możemy z w o l n i ć jeszcze bardziej?

– Przecież nic się nie dzieje – orzekł.

– Boję się – bąknęła Olivia i podniosła rączki bliżej oczu.

Ed zdjął nogę z gazu.

– Kotku, nie patrz w dół – powiedziałam, obracając się w fotelu. – Spójrz na mamusię.

Popatrzyła na mnie wielkimi oczami. Wzięłam ją za rękę i zamknęłam jej dłoń w swojej.

– Wszystko jest w porządku. Patrz na mamusię.

Zarezerwowaliśmy apartament rodzinny w pensjonacie pod Two Pines, mniej więcej pół godziny jazdy od ośrodka. „Najlepszy zabytkowy pensjonat w środkowym Vermoncie", chwalił się na swojej stronie Fisher Arms, kusząc zestawieniem płonących polan w kominku z przyprószonymi śniegiem szybami.

Zostawiliśmy auto na niewielkim parkingu. Z okapu nad drzwiami wejściowymi zwieszały się sople, które wyglądały jak kły. Wnętrze typowe dla wiejskich terenów Nowej Anglii: strzelisty sufit o dużym nachyleniu, nobliwe (czytaj: sfatygowane) meble, płomienie strzelające w kominku jak z folderu reklamowego. Recepcjonistka, pulchna, młoda blondynka – Marie, jak dowiedzieliśmy się z plakietki, którą nosiła na piersi – poprosiła, żebyśmy wpisali się do księgi gości, a sama tymczasem poprawiła stojące na biurku irysy. Ciekawe, czy zwróci się do nas per „państwo".

– Przyjechali państwo na narty?

– Tak. W Blue River.

– Cieszę się, że państwo dotarli. – Błysnęła uśmiechem do Olivii. – Nadciąga śnieżyca.

– Nor'easter? – podsunął Ed, chcąc popisać się znajomością regionu.

Marie przeniosła na niego swój laserowy uśmiech.

– Nor'easter to raczej sztorm, proszę pana.

Omal się nie żachnął.

– Aha.

– Tylko śnieżyca, ale za to porządna. Lepiej niech państwo pamiętają, żeby na noc zamknąć okna.

Chciałam zapytać, czemu mielibyśmy zostawiać okna otwarte na noc w grudniu, tydzień przed Bożym Narodzeniem, ale zanim zdążyłam to zrobić, Marie wręczyła mi klucze i życzyła miłego wieczoru.

Potoczyliśmy walizki korytarzem – wśród „licznych udogodnień" w Fisher Arms brakowało usług boya hotelowego – i weszliśmy do pokoju. Po obu stronach kominka obrazki bażantów. W nogach łóżek koce, jedne na drugich, jak tort naleśnikowy. Olivia od razu pobiegła do toalety; nie zamknęła za sobą drzwi, bo bała się obcych łazienek.

– Miło tu – mruknęłam.

– Liv! – zawołał Ed. – Jak łazienka?

– Zimna.

– Które łóżko chcesz? – spytał mnie.

Podczas rodzinnych wyjazdów zawsze spaliśmy oddzielnie, po to żeby choć jedno z nas się wyspało, kiedy Olivia postanowi spać z mamą albo z tatą. Bywały noce, że kursowała pomiędzy naszymi łóżkami; nazwał ją Pongiem, od tej przedpotopowej gry na Atari, w której dwie podłużne rakietki odbijały prostokątną piłkę.

– Weź to przy oknie. – Usiadłam na drugim i otworzyłam walizkę. – Pilnuj, żeby było zamknięte. Okno, znaczy.

Ed postawił walizkę na materacu. W milczeniu zaczęliśmy się rozpakowywać. Za szybą poruszała się gęsta firana śniegu, szarobiała w zapadającym zmierzchu.

Ed podwinął rękaw i podrapał się po ramieniu.

– Wiesz co... – zaczął.

Odwróciłam się do niego.

Zaszumiała woda w spłuczce i po chwili Olivia wybiegła z łazienki, przeskakując z nogi na nogę.

– To kiedy pójdziemy na narty?

Na kolację miały być kanapki z masłem orzechowym i dżemem, które wcześniej przygotowałam, i do tego wybór soczków. Na dokładkę przemyciłam ze swetrami butelkę sauvignon blanc. Podczas podróży wino osiągnęło temperaturę pokojową, a Ed lubi białe „bardzo wytrawne i bardzo zimne", jak nieodmiennie informuje kelnerów w restauracjach. Zadzwoniłam więc na recepcję i poprosiłam o lód.

– W korytarzu, kilka kroków za drzwiami państwa pokoju, stoi lodownik – powiedziała Marie. – Pokrywę trzeba naprawdę porządnie popchnąć, a potem dopchnąć.

Wzięłam wiaderko na lód z minibarku pod telewizorem i wyszłam na korytarz. Zauważyłam stary model lumy o nazwie Comfort. Stał we wnęce kilka kroków dalej i pomrukiwał.

– Skrzypisz jak stary materac – poinformowałam go.

Popchnęłam pokrywę naprawdę porządnie, a gdy się odsunęła, maszyna chuchnęła mi w twarz lodowatym powietrzem, zupełnie jak w tych reklamach gumy do żucia, kiedy z ust aktorów wydobywa się mroźny obłok.

Brakowało łopatki. Zanurzyłam więc dłoń w szczypiącym lodzie, wyjęłam garść kostek i wsypałam je do wiaderka. Przykleiły mi się do skóry. To tyle, jeśli chodzi o wygodę lumy.

W takiej pozie, z dłonią zanurzoną w pojemniku z kostkami lodu, zastał mnie Ed.

Pojawił się nagle obok mnie i oparł o ścianę. Przez chwilę udawałam, że go nie widzę. Wpatrywałam się w misę lodownika, jakby fascynowała mnie jego zawartość, wybierałam lód i pragnęłam, żeby Ed sobie poszedł, pragnęłam, żeby mnie przytulił.

– Znalazłaś coś ciekawego?

Odwróciłam się do niego, nie bawiąc się w odgrywanie zaskoczenia.

– Posłuchaj… – zaczął, a ja w myślach dokończyłam za niego. Może: „Przemyślmy to". Albo nawet: „Zareagowałem zbyt ostro".

Zamiast tego odkaszlnął. Od pewnego czasu, od przyjęcia, trzymało go przeziębienie. Czekałam.

– Nie chcę tego robić w taki sposób – odezwał się w końcu.

Ścisnęłam pełną garść lodu.

– Czego? – Serce mi zamarło. – Czego? – powtórzyłam.

– Tego – odparł i zabrzmiało to prawie jak syknięcie. Machnął ręką, obejmując tym gestem pensjonat i nas. – Całego tego wyjazdu szczęśliwej rodzinki, skoro tuż po świętach chcemy…

Serce podeszło mi do gardła, palce zapiekły.

– Co wolisz zrobić? Powiedzieć jej teraz?

Milczał.

Wyjęłam rękę z lodownika i zasunęłam pokrywę, ale za słabo, nie dopchnęłam jej „naprawdę porządnie" i w efekcie zamknęła się tylko do połowy. Oparłam wiaderko z lodem o biodro i pociągnęłam za pokrywę maszyny. Ed złapał za uchwyt i szarpnął.

Wysunęło mi się wiaderko. Uderzyło z brzękiem o podłogę i wypadły z niego kostki.

– Cholera.

– Nieważne – powiedział Ed. – I tak nie mam ochoty na wino.

– Ale ja mam. – Uklękłam i zaczęłam zbierać kostki do wiaderka. Przyglądał mi się.

– Co chcesz z nimi zrobić? – spytał.

– Chyba powinnam zostawić, żeby się roztopiły.

– Tak.

Wstałam i postawiłam wiaderko na lodowniku.

– Naprawdę chcesz to teraz zrobić?

Westchnął.

– Nie widzę powodu, dla którego...

– Ponieważ już tu przyjechaliśmy. Już... – Wskazałam drzwi do pokoju.

Pokiwał głową.

– Myślałem o tym.

– Ostatnio w ogóle dużo myślisz.

– Sądziłem...

Zamilkł. Usłyszałam szczęk zamka za plecami. Obejrzałam się i zobaczyłam kobietę w średnim wieku, która zmierzała w naszą stronę. Uśmiechnęła się nieśmiało, odwracając głowę, minęła nas tak, żeby nie nadepnąć na kostki lodu, i poszła do recepcji.

– Sądziłem, że od razu zaczniesz... terapię. To samo powiedziałabyś swoim pacjentom.

– Nie... proszę cię, nie mów, co bym powiedziała albo czego nie powiedziała.

Zamilkł.

– I na pewno nie mówiłabym w taki sposób do dziecka.

– Ale do rodziców owszem.

– Nie mów mi, jak bym z nimi rozmawiała.

Znowu milczenie.

– Jeśli będzie wiedziała, terapia nie będzie potrzebna.

Westchnął i w roztargnieniu wytarł plamkę z wiaderka.

– Rzecz w tym, Anno... – odezwał się.

Zobaczyłam w jego oczach ciężar tego, co chciał powiedzieć; szerokie urwisko jego brwi było bliskie załamania.

– ...że już nie mogę tego dłużej ciągnąć.

Wbiłam spojrzenie w podłogę, popatrzyłam na topniejące kostki lodu.

Milczeliśmy oboje. I oboje staliśmy bez ruchu. Nie wiedziałam, co powiedzieć.

– Nie miej do mnie pretensji, kiedy ona się zdenerwuje – usłyszałam swój cichy, niski głos.

Chwila ciszy, a potem jego głos – jeszcze cichszy:

– Mam pretensję. – Nabrał powietrza. Wypuścił je. – Miałem cię za uczciwą dziewczynę z sąsiedztwa.

Przygotowałam się na ciąg dalszy.

– Ale teraz nie mogę na ciebie patrzeć.

Zacisnęłam powieki, wciągnęłam do płuc zimny zapach lodu. I pomyślałam nie o dniu naszego ślubu, nie o nocy, kiedy Olivia przyszła na świat, lecz o tamtym poranku, kiedy zbieraliśmy żurawinę w New Jersey – Olivia, cała tłusta od kremu z filtrem przeciwsłonecznym, śmiała się i krzyczała, tonąc w za dużych woderach; po niebie niespiesznie płynęły obłoki, wrześniowe słońce prażyło, a nas otaczało morze ciemnoróżowych owoców. Ed miał pełne garście i radość w oczach; ja trzymałam naszą córeczkę za lepką rączkę. Przypomniałam sobie, jak woda na trzęsawisku nagle sięgnęła nam do pasa, poczułam ją w sercu, poczułam, jak zalewa mi żyły i wzbiera w oczach.

Podniosłam głowę i popatrzyłam Edowi w oczy, w te jego ciemnobrązowe oczy. „Zupełnie zwyczajne", zapewnił mnie na drugiej randce, ale dla mnie były piękne. Nadal są.

Spojrzał na mnie. Stojący między nami lodownik zamruczał.

Potem poszliśmy powiedzieć Olivii.

31

lekarzprzyjmuje: Potem poszliśmy powiedzieć Olivii.

Przerywam pisanie. Co jeszcze chciałaby wiedzieć? Ile jeszcze zdołam jej opowiedzieć? Już czuję ból serca, tę udrękę w piersi.

Odczekuję minutę. Brak odpowiedzi. Zastanawiam się, czy dla Lizzie to wszystko nie brzmi zanadto znajomo. Opowiadam jej o rozstaniu z mężem, podczas gdy ona nieodwołalnie straciła swojego…

BabuniaLizzie opuścił czat.

Gapię się na ekran.

Teraz całą resztę historii będę musiała przypomnieć sobie bez niczyjej pomocy.

32

„Nie czujesz się tu samotna?".

Zaczynam się wiercić, słysząc pytanie zadane beznamiętnym męskim głosem. Rozklejam powieki.

„Widocznie urodziłam się samotna", odpowiada gładkim kontraltem kobieta.

Światła i cienie grają mi przed oczami. To *Mroczne przejście*. Bogie i Bacall siedzą przy ławie i posyłają sobie roznamiętnione spojrzenia.

„Dlatego chodzisz na procesy morderców?".

Na ławie stoją pozostałości po kolacji: dwie opróżnione butelki po merlocie i cztery opakowania leków.

„Nie. Poszłam, bo twoja sprawa przypominała tę mojego ojca".

Biorę zamach na pilota, który leży obok mnie. Trafiam raz… i drugi.

„Wiem, że nie zabił mojej maco…". Telewizor, jedyne źródło światła w salonie, gaśnie.

Ile wypiłam? A, racja – dwie butelki. Plus trochę na lunch. To razem… sporo wina. Przyznaję.

A prochy… Czy rano wzięłam odpowiednią ilość? I czy łyknęłam właściwe tabletki? Wiem, wiem, zrobiłam się niedbała. Nic dziwnego, że według doktora Fieldinga mój stan się pogarsza.

– Niegrzeczna dziewczynka – besztam samą siebie.

Zaglądam do opakowań. Jedno jest prawie puste, zostały raptem dwie tabletki na dnie, są jak małe białe mysie bobki, jeden zostawiony tu, drugi tam.

Boże, ale jestem pijana.

Zerkam w górę, patrzę na okno. Na zewnątrz ciemno, środek nocy. Rozglądam się za telefonem, ale nie mogę go znaleźć. W kącie stoi stary zegar szafkowy i tyka, jakby starał się zwrócić na siebie moją uwagę. Dziewiąta pięćdziesiąt.

– Dziewiąta pięćdziesiąt – mówię. Słabo. Spróbuj „za dziesięć dziesiąta". – Za dziesięć dziesiąta. – Lepiej. Kiwam głową do zegara. – Dzięki.

Patrzy na mnie z poważną miną.

Idę, zataczając się, do kuchni. „Zataczając się" – tak to ujęła Jane Russell, kiedy się przewróciłam na schodkach. Kiedy ci zasrańcy ciskali jajkami w moje drzwi. Lurch*... tykowaty lokaj z *Rodziny Addamsów*. Olivia uwielbia tę piosenkę z czołówki. Pstryk, pstryk!

Łapię się kranu, wkładam głowę pod wylewkę i odkręcam kurek. Tryska biała woda. Nadstawiam usta, biorę kilka głębokich łyków.

Przeciągam dłonią po twarzy, wracam chwiejnym krokiem do salonu. Moje spojrzenie wędruje ku domowi Russellów. Widzę widmową poświatę ekranu komputera; Ethan siedzi pochylony nad biurkiem. Kuchnia jest pusta. Za to salon radosny i rozświetlony. Jest i Jane, w śnieżnobiałej bluzce, siedzi na kanapce w paski. Macham do niej. Nie widzi mnie. Macham jeszcze raz.

Nie widzi mnie.

Postawić jedną nogę, potem drugą, i znów tę pierwszą. A później drugą – nie zapomnieć o drugiej. Wtapiam się w sofę, zwieszam głowę na bok. Zamykam oczy.

Co się stało z Lizzie? Czyżbym powiedziała coś niewłaściwego? Czuję, że marszczą mi się brwi.

Rozciąga się przede mną żurawinowe trzęsawisko, woda mieni się i porusza. Olivia bierze mnie za rękę.

Wiaderko z lodem uderza o podłogę.

Obejrzę film do końca.

Otwieram oczy, wygrzebuję spod siebie pilota. Z głośników bucha muzyka organowa. Bacall ogląda się przez ramię.

* Ang. *lurch* – m.in. iść chwiejnym krokiem.

„Nic ci nie będzie – zapewnia. – Nie oddychaj, trzymaj kciuki". Scena operacji: Bogie nafaszerowany lekami, przed nim taniec widm jak potworna karuzela. „Już krąży ci w żyłach". Świdrujący dźwięk organów. „Wpuść mnie". Agnes Moorehead stuka w obiektyw kamery. „Wpuść mnie". Migoczący płomień. „Ognia?", podsuwa taksiarz. Ogień... jasność... światło...

Światło. Obracam głowę, zaglądam do domu Russellów. Jane nadal w salonie, ale już na nogach, krzyczy niemo.

Poprawiam się na sofie. Smyczki, cała orkiestra, przenikliwe organy. Nie wiem, na kogo krzyczy, bo ściana zasłania mi widok na pozostałą część pomieszczenia.

„Nie oddychaj, trzymaj kciuki".

Wrzeszczy ile sił, robi się czerwona na twarzy. Mój nikon leży na blacie w kuchni.

„Już krąży ci w żyłach".

Wstaję z kanapy, idę do kuchni, jedną ręką sięgam po aparat, podchodzę do okna.

„Wpuść mnie, wpuść mnie. W p u ś ć m n i e".

Pochylam się nad parapetem, przykładam wizjer do oka. Czarna plama, potem rozmazana sylwetka Jane. Obracam pokrętłem i obraz się wyostrza. Widzę ją dokładnie, widzę nawet błysk światła na medalionie. Jane mruży oczy i szeroko otwiera usta. Wygraża palcem – „Ognia?" – raz za razem. Kosmyk włosów zsunął się na policzek i uderza o niego.

Robię najazd, ale w tej samej chwili Jane odchodzi szybkim krokiem w lewą stronę i znika mi z oczu.

„Nie oddychaj". Spoglądam na telewizor. To znów Bacall, odzywa się miękkim głosem, mruczy. „Trzymaj kciuki", mówię razem z nią. Przenoszę spojrzenie z powrotem za okno. Przykładam nikona do oka.

Jane wraca w kadr, ale idzie powoli, dziwnie. Słania się. W górnej części bluzki ma ciemną szkarłatną plamę. Na moich oczach szkarłat rozlewa się na brzuch. Jane rozpaczliwie próbuje chwycić coś, co wystaje jej z piersi. Coś srebrnego i smukłego, co wygląda jak rękojeść.

Bo to jest rękojeść.

Krew podchodzi jej do gardła, zalewa czerwienią. Usta jej opadają, brew się marszczy, jakby Jane naraz poczuła się zaskoczona. Jedną ręką z wielkim trudem łapie za rękojeść. Drugą wyciąga przed siebic, palce wędrują w stronę okna.

Pokazuje na mnie. Prosto na mnie.

Wypuszczam aparat z rąk, zsuwa się po nodze, pasek zaczepia się o palec dłoni.

Jane pochyla się do okna. Ma szeroko otwarte oczy, patrzy błagalnym wzrokiem. Porusza ustami, mówi coś, czego nie słyszę i nie potrafię odczytać z ruchu warg. Potem, gdy czas zwalnia już tak bardzo, że prawie nie płynie, Jane przykłada dłoń do szyby, a jej ciało się przekrzywia. Palce pozostawiają krwawą smugę na szkle.

Poraziło mnie.

Wmurowało.

Pokój też zastygł. Tak samo jak świat.

Czas nagłym zrywcm rusza do przodu, a ja odzyskuję władzę nad ciałem.

Odwracam się na pięcie, wyswobadzam palec z paska aparatu, przecinam kuchnię, uderzam biodrem o stół. Potykam się, dopadam blatu, wyszarpuję słuchawkę telefonu stacjonarnego ze stacji dokującej, włączam ją.

Nic. Brak sygnału.

Przypominają mi się słowa Davida, który uprzedzał: „Nie jest podłączony".

David.

Odkładam słuchawkę i pędzę do drzwi prowadzących do piwnicy, po drodze wołając Davida. Krzyczę, wrzeszczę jego imię. Łapię za klamkę, mocno szarpię.

Nic.

Gnam na górę, biegnę po schodach, obijam się o ścianę – raz, drugi – a potem wparowuję do gabinetu, prawie się czołgając.

Sprawdzam biurko. Nie ma telefonu. Dałabym głowę, że go tu zostawiłam.

Skype.

Sięgam do myszki, poruszam nią i ekran ożywa. Klikam dwa razy w ikonę Skype'a, słychać dźwięk towarzyszący uruchamianiu się programu. Wklepuję numer alarmowy i klikam w słuchawkę.

Na ekranie pojawia się migający czerwony trójkąt oraz informacja: „Aplikacja Skype nie zastępuje telefonu, dlatego nie można za jej pomocą dzwonić pod numery alarmowe".

– Pierdol się, Skype! – krzyczę.

Wypadam z gabinetu, potem na schody, biorę zakręt na podeście, ląduję w sypialni.

Blisko szafki nocnej: szklaneczka na wino, ramka ze zdjęciem. Dalej od szafki nocnej: dwie książki, okulary do czytania.

Łóżko – znowu zostawiłam go w łóżku? Obiema rękami szarpię za kołdrę.

Telefon wystrzeliwuje w powietrze jak pocisk.

Rzucam się na niego, zanim zdąży upaść na podłogę, ale odbija się tak, że trafia pod fotel. Pochylam się, sięgam, chwytam mocno. Przesuwam palcem po ekranie, wklepuję kod zabezpieczający. Palce mi się trzęsą, mylę się. Wklepuję jeszcze raz. Palce ślizgają się po szkle.

W końcu pojawia się główny ekran. Dotykam ikony telefonu, wybieram numer alarmowy.

– Pomoc w nagłych wypadkach – odzywa się dyspozytor. – Słucham?

– Moja sąsiadka – mówię i po półtorej minuty nieustannego ruchu mogę wreszcie zatrzymać się i wziąć oddech. – Pchnięto ją nożem. O Jezu. Pomóżcie jej.

– Powoli, proszę pani – odpowiada niespiesznie. Przeciąga sylaby, jakby demonstrował akcent z Georgii. Drażni mnie. – Proszę podać swój adres.

Przeciskam nazwę ulicy przez gardło, jąkając się. Widzę przez okno przyjemny salon Russellów – i krwawy łuk na szybie, niczym makijaż okna.

Dyspozytor recytuje adres i prosi o potwierdzenie.

– Tak, tak.
– Twierdzi pani, że pani sąsiadka została pchnięta nożem?
– Tak. Pomocy. Ona się wykrwawia.
– Słucham?
– Powiedziałam: „Pomocy". – Dlaczego nie pomaga? Biorę haust powietrza, odkasłuję, biorę kolejny.
– Pomoc już jedzie. Proszę, żeby się pani uspokoiła. Proszę mi podać swoje nazwisko.
– Anna Fox.
– W porządku, Anno. Jak nazywa się pani sąsiadka?
– Jane Russell. O mój Boże.
– Czy jest obok pani?
– Nie. Jest po drugiej... jest w domu po drugiej stronie skweru.
– Anno, czy...
Jego słowa wlewają się do mojego ucha jak gęsty syrop. Jak można zatrudnić w dyspozytorni kogoś, kto mówi aż tak roz wlekle? Czuję, że coś się ociera o moją kostkę. Spoglądam w dół – to tylko Punc się łasi.
– Słucham?
– Czy to pani pchnęła nożem sąsiadkę?
Widzę swoje odbicie w ciemnym oknie. Widzę, jak otwieram usta.
– Nie.
– Rozumiem.
– Wyjrzałam przez okno i zobaczyłam, że została pchnięta.
– Rozumiem. Czy wie pani, kto ją pchnął?
Mrużę oczy i wpatruję się w salon Russellów. Znajduje się piętro niżej niż moja sypialnia, dlatego mam widok na podłogę. Jest pusta, jeśli nie liczyć dywanu w kwiatowy wzór. Staję na palcach, wyciągam szyję.
Nadal nic.
Wtedy ją dostrzegam – dłoń przy parapecie.
Pełznie ku górze, wygląda jak głowa żołnierza, który wychyla się z okopu. Widzę, jak palce dotykają szyby i przesuwają się po niej, kreśląc linie we krwi.

Ona nadal żyje.

– Proszę pani, czy wie pani, kto…

Już go nie słucham. Wybiegam z pokoju, zostawiając za sobą telefon, który spada na podłogę, i miauczącego kota.

33

Parasol stoi w kącie, przyklejony do ściany, jakby czegoś się bał. Wilgotną od potu dłonią chwytam chłodną, gładką rączkę za zakrzywioną końcówkę.

Karetka jeszcze nie przyjechała, ale przecież ja tu jestem, raptem kilka kroków od Jane. Tu, za ścianą, za dwojgiem drzwi, Jane mi pomogła, podała dłoń. A teraz z jej piersi sterczy nóż. Przypominają mi się słowa przysięgi psychoterapeuty: „Przede wszystkim nie będę szkodziła. Będę działała na rzecz zdrowia i dobrostanu psychicznego, a także przedkładała pożytek innych ludzi ponad własny".

Jane znajduje się po drugiej stronie skweru. Jej dłoń zostawia krwawe ślady.

Otwieram drzwi na korytarz.

Przemierzam gęsty mrok i podchodzę do kolejnych drzwi. Podnoszę zasuwkę. Pstrykam mechanizm parasola i czuję ruch powietrza, kiedy czasza rozkłada się do pełnych rozmiarów. Końcówki szprych szorują po ścianie, drapią po niej jak miniaturowe szpony.

Jeden. Dwa.

Kładę dłoń na gałce.

Trzy.

Przekręcam.

Cztery.

Stoję, trzymając zimny kawałek mosiądzu.

Nie mogę się ruszyć.

Mam wrażenie jakby to, co na zewnątrz, próbowało dostać się do środka – czy nie tak to ujęła Lizzie? Napiera na drzwi, pręży muskuły, sprawdza wytrzymałość drewna. Czuję jego oddech i to, jak bucha parą z nozdrzy, zgrzyta zębami. Stratuje mnie, rozszarpie, pochłonie.

Opieram głowę o drzwi i wypuszczam powietrze. Jeden. Dwa. Trzy. Cztery.

Ulica jest głęboka i szeroka jak kanion. Jestem zanadto odsłonięta. Nigdy mi się nie uda.

Jane znajduje się zaledwie kilka kroków stąd. Po drugiej stronie skweru.

Po drugiej stronie skweru.

Wycofuję się z korytarza, ciągnąc za sobą parasol, i wracam do kuchni. Obok zmywarki są drzwi. Prowadzą bezpośrednio na skwer. Zamknięte od prawie roku. Postawiłam przed nimi kosz na odpadki; z jego rozdziawionej gęby wystają puste butelki, wyglądają jak połamane zęby.

Odsuwam kosz – przy akompaniamencie brzęku szkła – i otwieram zamek.

A jeśli drzwi się za mną zamkną? Jeśli nie będę mogła dostać się do środka? Zerkam na klucz, wiszący na haczyku przy futrynie. Zdejmuję go i wkładam do kieszeni szlafroka.

Puszczam parasol przodem – jest moją tajną bronią, moim mieczem i tarczą. Kładę dłoń na gałce i przekręcam.

Lekko popycham drzwi.

Do środka wpada i rozbija się o mnie przenikliwe, zimne powietrze. Zamykam oczy.

Bezruch. Ciemność.

Jeden. Dwa.

Trzy.

Cztery.

Wychodzę.

34

Nie trafiam w pierwszy schodek i moja stopa boleśnie spada od razu na drugi. Chwieję się w ciemności, a razem ze mną parasol. Druga stopa podąża za pierwszą i ześlizguje się ze stopnia tak, że łydka ociera się o beton. W końcu ląduję na trawie.

Zaciskam powieki. Wnętrze czaszy parasola szoruje mnie po głowie. Jestem w nim zamknięta jak w namiocie.

Skulona pod parasolem wyciągam rękę do tyłu i macam schodki, wdrapuję się palcami stopień za stopniem, aż docieram na samą górę. Zerkam. Drzwi otwarte, kuchnia rzuca złoty blask. Sięgam, zupełnie jakbym mogła schwycić światło i zwabić je ku sobie.

Jane umiera w swoim domu.

Odwracam głowę z powrotem do parasola. Cztery czarne kwadraty, cztery białe linie.

Opieram się o szorstki beton schodków i dźwigam na nogi. Do góóóry, do góóóry.

Słyszę skrzypienie gałęzi nad głową, małymi łykami łapię zimne powietrze. Już zapomniałam, jak smakuje.

I – jeden, dwa, trzy, cztery – ruszam przed siebie. Niepewnie, chwiejnie, jak pijana. Przecież j e s t e m pijana.

Jeden, dwa, trzy, cztery.

***

Na trzecim roku stażu poznałam chorą na epilepsję dziewczynkę, która po operacji mózgu zaczęła się dziwnie zachowywać. Wszyscy zgodnie twierdzili, że przed lobektomią była radosną dziesięciolatką, chociaż ze skłonnością do silnych napadów padaczkowych (ktoś w żartach nazywał je „epilepizodami").

Po zabiegu zamknęła się w sobie, ignorowała młodszego brata, kuliła się pod dotykiem rodziców.

Z początku jej nauczyciele podejrzewali, że padła ofiarą przemocy albo molestowania, ale potem ktoś zauważył, że dziewczynka stała się dużo bardziej życzliwa w stosunku do obcych, do ludzi, których nie znała. Kleiła się do lekarzy, ludzi na ulicy łapała za ręce, rozmawiała ze sprzedawczyniami w sklepach, jakby znały się od zawsze. Zarazem najbliższe jej osoby – te, które dawniej darzyła najsilniejszym uczuciem – traktowała chłodno.

Nie udało nam się ustalić przyczyny tej zmiany zachowania. Nazwaliśmy to zjawisko „selektywną obojętnością emocjonalną". Ciekawe, co się z nią teraz dzieje, z tą dziewczynką; ciekawe, jak sobie radzi jej rodzina. Myślę o tej dziewczynce, o jej serdeczności w stosunku do obcych, o sympatii do nieznanego, przeprawiając się przez skwer po to, by uratować kobietę, z którą spotkałam się raptem dwa razy.

Nagle parasol uderza o coś, i zatrzymuję się w miejscu.

Ławka.

Ta ławka, jedna jedyna na całym skwerze, sfatygowana drewniana platforma z zakrętasami w miejscu prostych podłokietników oraz z przykręconą z tyłu tabliczką pamiątkową. Przyglądałam im się – Edowi i Olivii – ze swojego orlego gniazda, jak siadali na tej ławeczce, on trwonił czas nad tabletem, a ona kartkowała książkę. Potem się zamieniali. „Podoba ci się literatura dla dzieci?", pytałam go, kiedy wracali do domu. „*Expelliarmus*", odpowiadał.

Czubek parasola utkwił pomiędzy deskami siedziska. Ostrożnie uwalniam go – i naraz dociera do mnie, że dom Russellów nie ma osobnego wyjścia na skwer. Można się do niego dostać wyłącznie od ulicy.

Nie przemyślałam tego.

Jeden. Dwa. Trzy. Cztery.

Stoję pośrodku tysiącmetrowego skweru, mając za osłonę jedynie nylon i bawełnę, i chcę dotrzeć do domu kobiety, która została pchnięta nożem.

Dolatuje do mnie pomruk nocy. Oblizuje usta i obejmuje moje płuca.

Dam radę, myślę i czuję, że nogi się pode mną uginają. No już: do góóóry, do góóóry. Jeden, dwa, trzy, cztery.

Ruszam dalej, choć niepewnie – krok maleńki, bo maleńki, ale zawsze krok. Wpatruję się w swoje stopy, widzę, jak trawa podnosi się dokoła kapci. „Będę działała na rzecz zdrowia i dobrostanu psychicznego…".

Noc zamyka moje serce w swoich szponach. Ściska. Pęknie. Pęknę.

„…a także przedkładała pożytek innych ludzi ponad własny".

Jane, nadchodzę. Przesuwam drugą stopę, a moje ciało zapada się, pogrąża. Jeden, dwa, trzy, cztery.

Syreny łkają w oddali, jęczą jak żałobnicy na pogrzebie. Krwistoczerwone światło zalewa wnętrze parasola. Obracam się w stronę dźwięku, zanim zdążę się powstrzymać.

Wiatr wyje. Oślepiają mnie światła samochodu.

Jeden-dwa-trzy…

Piątek, 5 listopada

35

– Chyba powinniśmy byli zamknąć drzwi – mruknął Ed, kiedy Olivia wybiegła na korytarz.

– A czego się spodziewałeś?

– Nie wie…

– Sądziłeś, że co się stanie? Co m ó w i ł a m, że się stanie?

Wyszłam z pokoju, nie czekając na odpowiedź. Usłyszałam, że Ed idzie za mną. Wykładzina tłumiła jego kroki.

Marie wyłoniła się zza biurka recepcjonistki.

– Wszystko u państwa w porządku? – spytała, marszcząc czoło.

– Nie – odparłam, a Ed w tym samym momencie powiedział:

– W porządku.

Olivia siedziała w fotelu przy kominku, twarz miała mokrą od łez, przezroczystą w blasku rzucanym przez ogień. Ukucnęliśmy z Edem po obu stronach fotela. Za moimi plecami strzelały płomienie.

– Livvy… – zaczął Ed.

– Nie – odpowiedziała, potrząsając głową.

– Livvy… – spróbował raz jeszcze, ciszej i łagodniej.

– Pierdol się! – wrzasnęła na całe gardło.

Oboje odruchowo się cofnęliśmy, prawie wpadłam w palenisko. Marie schowała się za biurkiem i próbowała nie zwracać uwagi na państwa miastowych.

– Od kogo to usłyszałaś? – spytałam.

– Anno… – powiedział Ed.

– Na pewno nie ode mnie.

– Przecież nie o to chodzi.

Miał rację.

– Kotku – odezwałam się, głaszcząc ją po włosach.

Znowu pokręciła głową i schowała twarz w poduszce.

– Kotku.

Ed wyciągnął do niej rękę. Odtrąciła ją.

Popatrzył na mnie bezradnie.

Dziecko zaczyna płakać w twoim gabinecie. Co robisz? Pierwsze zajęcia z psychiatrii dziecięcej, pierwszy dzień, pierwsze dziesięć minut. Odpowiedź: pozwalasz mu się wypłakać. Słuchasz, rzecz jasna, i dążysz do tego, by zrozumieć; pocieszasz je i prosisz, żeby głęboko oddychało – ale pozwalasz mu się wypłakać.

– Oddychaj, kotku – szepnęłam i przyłożyłam dłoń do tyłu jej głowy.

Zakrztusiła się, zacharczała.

Minęła chwila. W pomieszczeniu zrobiło się zimno, płomienie w kominku za moim plecami zadrżały zdjęte chłodem. Powiedziała coś do poduszki.

– Słucham? – spytał Ed.

Podniosła głowę, pokazała policzki mokre od rozmazanych łez i powiedziała do okna:

– Chcę do domu.

Popatrzyłam na jej buzię, na trzęsące się usta i cieknący nos. A potem przeniosłam spojrzenie na Eda, na zmarszczki na jego czole i sińce pod oczami.

Czy to ja nam zrobiłam?

Śnieg za szybą. Widziałam, jak pada, i zobaczyłam nasze odbicie: męża, córki i mnie, zbitych w grupkę przy kominku.

Krótka cisza.

Wstałam, podeszłam do biurka recepcji. Marie podniosła głowę i ułożyła usta w sztywny uśmiech. Odwzajemniłam go.

– Ta śnieżyca, o której pani mówiła… – zaczęłam.

– Tak?

– Szybko się zbliża? Czy drogi są bezpieczne?

Zmarszczyła brwi i zaczęła stukać w klawiaturę.

– Silne opady śniegu są spodziewane dopiero za dwie godziny, ale…

– Czy wobec tego możemy... – przerwałam jej. – Przepraszam.

– Chciałam tylko powiedzieć, że trudno przewidzieć, jak się zachowa śnieżyca. – Spojrzała ponad moim ramieniem. – Decydują się państwo wyjechać?

Odwróciłam się, popatrzyłam na siedzącą w fotelu Olivię i kucającego przy niej Eda.

– Raczej tak.

– W takim razie myślę, że im prędzej, tym lepiej.

Pokiwałam głową.

– Proszę wystawić rachunek, dobrze?

Nie usłyszałam jej odpowiedzi, bo docierało do mnie jedynie wycie wiatru i trzask płomieni.

36

Trzaski zbyt mocno wykrochmalonej poszewki.

Kroki, gdzieś blisko.

Potem cisza – osobliwa cisza, cisza innego rodzaju.

Otwieram oczy.

Leżę na boku i patrzę na grzejnik.

Nad grzejnikiem – okno.

Za oknem – cegły, zygzak drabinki pożarowej, pudełkowate zadki klimatyzatorów.

Kolejny budynek.

Leżę na szerokim łóżku opatulona kołdrą. Obracam się i siadam.

Opieram się o poduszkę i rozglądam po pokoju. Niewielkie, skąpo umeblowane pomieszczenie: pod ścianą plastikowe krzesło, obok łóżka orzechowy stolik, a na nim bladoróżowe pudełko chusteczek. Lampka. Wąski wazon, pusty. Nijakie linoleum na podłodze. Naprzeciwko łóżka przeszklone drzwi z matową szybą, zamknięte. Na suficie baranek i świetlówki.

Zgniatam pościel w dłoni.

Zaczyna się.

Przeciwległa ściana się odsuwa, a wraz z nią kurczą się drzwi. Zerkam na boczne ściany i widzę, że odpływają. Sufit drży i pęka, otwiera się jak puszka sardynek, jakby zabrał go huragan, który porywa dachy. Razem z nim ucieka powietrze, wysysa je z moich płuc. Podłoga dudni, łóżko się trzęsie.

Leżę na falującym materacu, w oskalpowanym pokoju, i nie mam czym oddychać. Tonę w łóżku, umieram w łóżku.

– Pomocy – krzyczę, ale tak naprawdę szepczę, a słowo przemyka na palcach przez gardło, rozsmarowuje się na języku. –

Po-mocy – próbuję znowu, ale tym razem wgryzają się w nie zęby. Z ust lecą iskry, jakbym użarła drut pod napięciem, i głos zajmuje się jak lont, po czym eksploduje.

Wrzeszczę.

Słyszę szum głosów, widzę szamotaninę w odległych drzwiach, tłum cieni dopada do mnie, stawiając niemożliwie długie kroki w tym nieskończonym, nieskończonym pokoju.

Znów wrzeszczę. Cienie rozpraszają się i otaczają łóżko.

– Pomocy – proszę, sięgając do zapasów powietrza.

W moje ciało wsuwa się igła. Ktoś robi to bardzo umiejętnie, bo prawie nic nie czuję.

Przetacza się nade mną fala, gładka i bezgłośna. Jestem zawieszona, unoszę się w promiennej, spokojnej głębi. Słowa przepływają obok jak ryby.

– Odzyskuje przytomność – mruczy ktoś.

– ...stabilna – mówi ktoś inny.

A potem słyszę wyraźnie, jakbym wynurzyła się i opróżniła uszy z wody:

– W samą porę.

Obracam głowę. Przetacza się leniwie po poduszce.

– Już miałem wychodzić.

Teraz go widzę, to znaczy, widzę większą jego część – obejrzenie go zajmuje mi trochę czasu, bo jestem nafaszerowana lekami (jednak dość przytomna, żeby zdawać sobie z tego sprawę), ale też dlatego, że to cholernie rosły facet, wielki jak góra. Ma skórę w kolorze głębokiej czerni, gęste, ciemne włosy i szerokie, potężne jak skała ramiona. Garnitur opina go, jakby rozpaczliwie usiłował utrzymać tę masę w ryzach, jednocześnie zdając sobie sprawę, że to stracona sprawa.

– Dzień dobry – odzywa się przyjemnym, niskim głosem. – Detektyw Little.

Mrugam powiekami. Na wysokości jego łokcia... n a jego łokciu przysiadła kobieta-gołąb w żółtym pielęgniarskim kitlu.

– Czy rozumie pani, co do niej mówimy? – pyta.

Jeszcze raz mrugam, a potem kiwam głową. Czuję ruch powietrza wokół mnie, jest kleiste, gęste, jakbym nadal znajdowała się pod wodą.

– Jest pani w Morningside – wyjaśnia pielęgniarka. – Policja cały ranek czekała, aż pani się ocknie. – Mówi to takim tonem, jakby łajała kogoś za to, że nie otworzył drzwi, kiedy do nich dzwonili.

– Jak się pani nazywa? Czy może nam pani podać swoje nazwisko? – pyta detektyw Little.

Otwieram usta i zaczynam skrzypieć. Zaschło mi w gardle. Mam wrażenie, jakbym wykasłała kłębek kurzu.

Pielęgniarka okrąża łóżko i przysiada na stoliku. Wodzę za nią wzrokiem, powoli obracam głową, i widzę, jak umieszcza kubek w mojej dłoni. Upijam łyk. Letnia woda.

– Znajduje się pani pod działaniem środków uspokajających – mówi, tym razem niemal przepraszająco. – Trochę się pani gorączkowała.

Wisi nade mną pytanie detektywa. Przenoszę spojrzenie na Górę Little.

– Anna – mówię. Sylaby potykają się w ustach, jakby mój język był progiem zwalniającym. Czym oni mnie naszpikowali?

– Pani Anno, czy ma pani nazwisko? – pyta detektyw.

Upijam łyk wody.

– Fox. – W moich uszach brzmi to, jakbym okrutnie wydłużyła samogłoskę.

– Aha. – Wyjmuje notatnik z kieszeni na piersi. – A powie mi pani jeszcze, gdzie mieszka?

Podaję adres.

Little kiwa głową i mówi:

– Pani Fox, czy wie pani, gdzie ją dziś w nocy znaleziono?

– Lekarz – mówię.

– Lekarz zaraz przyjdzie – zapewnia pielęgniarka.

– Nie. – Kręcę głową. – Ja… lekarz.

Little wpatruje się we mnie.

– Aha. Doktor Fox.

Na jego ustach wykwita uśmiech. Zęby ma tak białe, że niemal fosforyzujące.

– Doktor Fox – podejmuje, stukając palcem w notatnik. – Czy wie pani, gdzie ją dziś w nocy znaleziono?

Popijam wodę i mu się przyglądam. Pielęgniarka trzepocze skrzydłami.

– Kto? – Tak jest, ja też będę zadawała pytania. A raczej bełkotała ze znakiem zapytania.

– Sanitariusze. – I zanim zdążę się odezwać, dodaje: – Znaleźli panią na skwerze Hanover. Była pani nieprzytomna.

– Nieprzytomna – powtarza jak echo pielęgniarka, na wypadek gdybym za pierwszym razem nie usłyszała.

– Przyjęto pani zgłoszenie kilka minut po wpół do jedenastej. Kiedy panią znaleziono, miała pani na sobie szlafrok, a w kieszeni to. – Otwiera gigantyczną dłoń, na której leży połyskliwy klucz do drzwi. – Obok leżał ten przedmiot. – Kładzie sobie na kolanach mój parasol. Jest zapięty.

Dźwięk ma swoje źródło w trzewiach, przeciska się przez płuca, przecina serce, wpada do gardła i uchodzi na zewnątrz, obijając się o zęby:

– Jane.

– Słucham? – Little marszczy brwi.

– Jane – powtarzam.

Pielęgniarka łypie na Little'a.

– Powiedziała: „Jane" – tłumaczy, jak zawsze pomocna.

– Moja sąsiadka. Widziałam, jak została pchnięta nożem. – Trwa to tyle co epoka lodowcowa, słowa roztapiają się w moich ustach, zanim zdołam je wycedzić.

– Tak, słyszałem nagranie z telefonu alarmowego – informuje Little.

Racja. Telefon alarmowy, dyspozytor z południowym akcentem. Wyjście za drzwi, na skwer, ruch gałęzi nad głową, wirujące światła, jakby ktoś warzył szatańską miksturę w misie parasola. Kręci mi się w głowie, łapczywie nabieram powietrza.

– Proszę postarać się zachować spokój – każe pielęgniarka.

Biorę wdech, krztuszę się.

– Spokojnie – powtarza z rozdrażnieniem.

Spoglądam na Little'a.

– Nic jej nie jest – mówi detektyw.

Beczę, rzężę, podnoszę głowę z poduszki, napinam szyję, oddycham płytko, przez usta. Czuję, jak kurczą się moje płuca, i jednocześnie najeżam się – niby skąd on może wiedzieć, co mi jest? Przecież jest tylko policjantem, którego dopiero co poznałam. Czy kiedykolwiek wcześniej miałam do czynienia z glıną? Chyba tylko przy okazji płacenia mandatu.

Światło zaczyna lekko pulsować, jest jak wyszarpany pazurami na moim polu widzenia wzór w tygrysie paski. Little nie odrywa ode mnie wzroku, nawet kiedy moje spojrzenie wspina się po jego twarzy i co rusz osuwa jak nieudolny alpinista. Ma absurdalnie ogromne źrenice. Usta pełne, życzliwe.

Kiedy tak wpatruję się w Little'a, grabiąc palcami po kocu, w pewnej chwili odprężam się i czuję, że moja pierś się napina, a moje spojrzenie wyostrza. To, co mi podali, wygrywa ze mną. Rzeczywiście nic mi nie jest.

– Nic jej nie jest – powtarza Little.

Pielęgniarka klepie mnie po dłoni. Grzeczna dziewczynka.

Odchylam głowę, zamykam oczy. Czuję się wykończona. Czuję się jak zabalsamowana.

– Moją sąsiadkę pchnięto nożem – odzywam się szeptem. – Nazywa się Jane Russell.

Słyszę skargę krzesła Little'a, kiedy policjant się nade mną pochyla.

– Czy widziała pani, kto ją zaatakował?

– Nie. – Z trudem otwieram powieki, są jak zardzewiałe drzwi do garażu.

Little skupia się na notatniku, a jego brew znaczą głębokie bruzdy. Jednocześnie marszczy czoło i kiwa głową. Sprzeczny przekaz.

– Ale widziała pani krew?

– Tak. – Czy mogłabym już przestać bełkotać? Czy mógłby już przestać mnie przesłuchiwać?

– Czy pani piła?

I to sporo.

– Tylko trochę – przyznaję. – Ale to... – Nabieram powietrza i czuję, że wzbiera kolejna fala paniki. – Musicie jej pomóc. Ona... ona może już nie żyć.

– Pójdę po lekarza – mówi pielęgniarka i frunie w stronę drzwi.

Kiedy kobieta znika, Little znów kiwa głową.

– Czy wie pani, kto mógłby chcieć skrzywdzić pani sąsiadkę?

Przełykam ślinę.

– Jej mąż.

Znowu kiwa głową i znowu się marszczy. Porusza nadgarstkiem, potem zamyka notatnik.

– Rzecz w tym, pani Fox – ożywia się nagle i mówi trzeźwym tonem – że dziś rano odwiedziłem państwa Russell.

– Co z nią?

– Chciałbym, żeby pojechała pani ze mną złożyć zeznanie.

Lekarzem, a właściwie lekarką, okazuje się raczej młoda latynoska, tak porażająco piękna, że tracę oddech – ale nie dlatego wstrzykuje mi lorazepam.

– Proszę powiedzieć, z kim mamy się skontaktować w pani imieniu?

Już mam podać nazwisko Eda, ale się powstrzymuję. Nie ma sensu.

– Nie ma sensu – mówię.

– Słucham?

– Z nikim – odpowiadam. – Nie mam... Nic mi nie jest. – Starannie składam słowa jak orgiami. – Ale...

– Nie ma pani rodziny? – Zerka na moją obrączkę.

– Nie – mówię. Prawa dłoń powoli wędruje, by zasłonić lewą. – Mój mąż nie... nie jesteśmy razem. Już nie.

– Może kogoś ze znajomych?

Kręcę głową. Do kogo miałaby zadzwonić? Nie do Davida, na pewno nie do Wesleya; może do Biny. Ale przecież nic mi nie jest. Za to Jane – owszem.

– A lekarz?

– Julian Fielding – odpowiadam odruchowo, ale gryzę się w język. – Nie. Do niego nie.

Widzę, jak wymienia spojrzenia z pielęgniarką, która zerka na Little'a, a ten odbija spojrzenie z powrotem do pani doktor. Meksykański impas. Chce mi się śmiać, ale nie robię tego. Przez wzgląd na Jane.

– Jak pani wie, znaleziono panią nieprzytomną na skwerze – mówi lekarka. – Sanitariusze nie byli w stanie pani zidentyfikować, dlatego przywieźli ją do Morningside. Kiedy odzyskała pani świadomość, dostała ataku paniki.

– I to jakiego – wtrąca pielęgniarka.

Lekarka kiwa głową.

– I to jakiego. – Zagląda do mojej karty. – Dziś rano atak się powtórzył. Rozumiem, że jest pani lekarzem?

– Nie medycyny.

– Wobec tego jakim?

– Psycholożką. Pracuję z dziećmi.

– Czy ma pani…

– Kobietę ugodzono nożem – odzywam się, podnosząc głos.

Pielęgniarka odsuwa się, jakbym zamachnęła się pięścią.

– Dlaczego nikt nic nie robi?

Lekarka łypie na Little'a.

– Czy w przeszłości zdarzały się pani ataki paniki? – pyta.

I tak, w obecności życzliwie nastawionego Little'a i drżącej jak koliber pielęgniarki, opowiadam lekarce – opowiadam całej trójce – o swojej agorafobii, depresji oraz, a jakże, zespole lęku napadowego; opowiadam o lekach, o tym, że przez dziesięć miesięcy nie wychodziłam z domu; o doktorze Fieldingu i jego terapii awersyjnej. Zajmuje to trochę czasu. Nadal czuję się, jakbym miała usta wypchane bawełnianymi gazikami. Popijam wodę spływającą mi do gardła, przemywając słowa, które wzbierają we mnie i wylewają się między wargami.

Po skończonej opowieści zapadam się w poduszkę, a lekarka zerka w moją kartę. Powoli kiwa głową.

– W porządku – mówi, po czym zaczyna szybciej poruszać głową. – W porządku. – Podnosi wzrok. – Pozwoli pani, że porozmawiam z detektywem na osobności. Detektywie Little, proszę na słówko. – Wskazuje drzwi.

Little wstaje, na co krzesło reaguje skrzypnięciem. Uśmiecha się do mnie i wychodzi za lekarką.

Pozostawia po sobie pustkę. Zostałyśmy we dwie: ja i pielęgniarka.

– Proszę się jeszcze napić – podsuwa kobieta-gołąb.

Wracają po kilku minutach. Albo później; nie wiem, ile to trwało, nie ma tu zegara.

– Pan detektyw zaoferował się, że odwiezie panią do domu – mówi lekarka.

Spoglądam na Little'a. Odpowiada promiennym uśmiechem.

– Dam pani ativan, proszę go później wziąć. Wpierw jednak musimy dopilnować, żeby nie dostała pani ataku w drodze do domu. Najszybciej będzie, jeśli…

Wiem, jak będzie najszybciej. Pielęgniarka już szykuje igłę.

37

– Myśleliśmy, że to żart – wyjaśnia. – To znaczy, oni myśleli. Mówię „my", bo w sumie pracujemy przecież razem. Wie pani, „gramy w jednej drużynie". Dla wspólnego dobra, czy coś w tym rodzaju. – Przyspiesza. – Ale mnie tam nie było. Więc nie pomyślałem, że to żart. Nie miałem o tym pojęcia. Nie wiem, czy pani nadąża.

Nie nadążam.

Suniemy aleją nieoznakowanym sedanem. Zamglone popołudniowe słońce mruga za oknem, odbija się od jego powierzchni jak kaczka puszczona na wodzie. Moja głowa uderza o szybę, o moje bliźniacze odbicie. Na szyi czuję kołnierz szlafroka. Little przelewa się z fotela kierowcy, ociera się o mnie łokciem.

Moje ciało i umysł funkcjonują na zwolnionych obrotach.

– Oczywiście, wtedy zobaczyli panią zwiniętą na trawie. Tak to ujęli, tak to opisali. Zobaczyli, że drzwi do pani domu są otwarte, dlatego pomyśleli, że właśnie tam doszło do zdarzenia. Ale kiedy zajrzeli do środka, niczego nie znaleźli. Musieli zajrzeć, wie pani. Z powodu tego, co pani powiedziała przez telefon.

Kiwam głową. Nie pamiętam, co dokładnie powiedziałam podczas rozmowy z dyspozytorem.

– Ma pani dzieci?

Potwierdzam skinieniem.

– Ile?

Pokazuję jeden palec.

– Jedno, tak? Ja mam czworo. To znaczy, będę miał, w styczniu. Ostatnie jest w drodze. – Śmieje się.

Mnie nie jest do śmiechu. Z trudem poruszam ustami.

– Czterdzieści cztery lata i czwarte dziecko w drodze. Chyba czwórka to moja szczęśliwa liczba.

Jeden, dwa, trzy, cztery, myślę. Wdech i wydech. Czuję, jak lorazepam krąży mi w żyłach niczym stado ptaków nad miastem o zmierzchu.

Little wdusza klakson i samochód przed nami wystrzela do przodu.

– Godzina lunchowego szczytu – wyjaśnia.

Podnoszę wzrok do okna. Minęło prawie dziesięć miesięcy, od kiedy ostatni raz byłam na ulicy albo w samochodzie, albo w samochodzie na ulicy. Dziesięć miesięcy, od kiedy ostatnio oglądałam miasto z innej perspektywy niż okna mojego domu. Widok wydaje mi się nierzeczywisty, jakbym penetrowała obcy teren, jakbym wędrowała przez artefakty cywilizacji przyszłości. Budynki są niewiarygodnie wysokie, sterczą jak paluchy skierowane ku niebu barwy wyblakłego błękitu. Mijamy szyldy i billboardy w krzykliwych kolorach: „Świeża pizza za 99 centów!!!", „Starbucks", „Whole Foods" (a to skąd się tu wzięło?), „Strzeżone osiedle w dawnej remizie strażackiej" (lokale od 1,99 miliona dolarów). Chłodne, ciemne zaułki; puste okna w pełnym słońcu. Gdzieś za nami wyje syrena, Little zjeżdża na bok, żeby karetka mogła się przecisnąć.

Zbliżamy się do skrzyżowania, zatrzymujemy na światłach. Zerkam na sygnalizator, na jego złe oko, i przyglądam się płynącemu chodnikiem potokowi przechodniów. Prąd unosi dwie matki w dżinsach pchające wózki, przygarbionego staruszka, który idzie o lasce, nastolatki, których plecy uginają się pod ciężarem jaskraworóżowych plecaków; kobietę w turkusowej burce. Ze stoiska z preclami urwał się zielony balon i prędko się unosi. Kabinę auta Little'a napastują dźwięki: przeszywający pisk, pomruk ruchu ulicznego, który brzmi, jakby unosił się z morskiego dna, trel rowerowego dzwonka. Bogactwo barw, szaleństwo odgłosów. Czuję się jak na rafie koralowej.

– I jedziemy – mruczy Little.

Samochód rusza.

Co się ze mną stało? Jestem kobietą, która gapi się jak sroka w gnat na zwyczajny ruch w porze lunchu? Jestem przybyszem z innego świata, który czuje respekt przed cudem nowego sklepu spożywczego? Głęboko w środku mojego odrętwiałego mózgu rodzi się pulsacja, to tętni coś wściekłego i pokonanego. Po policzkach rozlewa mi się rumieniec. Oto, co się ze mną stało. Oto, kim jestem.

Gdyby nie leki, zaczęłabym wrzeszczeć i krzyczałabym, aż pękłyby szyby.

38

– Tutaj skręcamy – mówi Little.

I rzeczywiście: oto nasza ulica. Moja ulica.

Ulica, której nie widziałam od prawie roku. Kawiarnia na rogu – nadal jest na swoim miejscu i pewnie wciąż serwuje zbyt gorzkiego bittera. Sąsiadujący z nią budynek – fasada ognistoczerwona jak dawniej, w skrzynkach na kwiaty gęsto od chryzantem. Naprzeciwko sklep ze starociami – ciemne, ponure wnętrze, na szybie napis: „DO WYNAJĘCIA". Szkoła św. Dymfny – definitywnie opuszczona.

Ulica otwiera się przed nami, kiedy jedziemy na zachód pod sklepieniem z nagich gałęzi, i czuję, jak łzy napływają mi do oczu. Moja ulica cztery pory roku później. Obca, myślę.

– Co jest obce? – pyta Little.

Widocznie powiedziałam to na głos.

Samochód zbliża się do drugiego końca ulicy. Nabieram powietrza. Oto nasz dom – mój dom: czarne drzwi wejściowe, mosiężne cyfry „2", „1" i „3" nad kołatką. Po obu stronach szybki w ołowianych ramkach, obok podwójne latarnie, świecące pomarańczowym elektrycznym światłem. Cztery kondygnacje okien patrzą smutno przed siebie. Elewacja jest dziś mniej lśniąca, niż ją zapamiętałam, pod parapetami wodospady plam, jakby okna płakały, a na dachu fragment niszczejącego treliażu. Szybom przydałoby się solidne mycie – nawet z ulicy widzę, że zarosły brudem. „Najprzystojniejszy dom w całym kwartale", mawiał Ed, a ja się z nim zgadzałam.

Posunęliśmy się w latach, dom i ja. Podupadliśmy.

Mijamy numer 213, mijamy skwer.

– To tam – mówię, pokazując za siebie. – Mój dom.

– Chciałbym, żeby porozmawiała pani razem ze mną z sąsiadami – wyjaśnia Little, zatrzymując się przy krawężniku i gasząc silnik.

– Nie mogę. – Kręcę głową. Czy on nic nie rozumie? – Muszę do domu. – Próbuję odpiąć pas, ale nagle dociera do mnie, że to nic nie da.

Little patrzy na mnie. Przesuwa dłońmi po kierownicy, jakby ją głaskał.

– Jak to zrobimy? – pyta bardziej samego siebie niż mnie.

Nie obchodzi mnie to. Nie obchodzi. Chcę do domu. Możesz ich przyprowadzić do mnie. Niech się wszyscy zlecą. Możesz, kurwa, wyprawić przyjęcie dla całej ulicy. Ale teraz zabierz mnie do domu. Proszę.

Nadal mi się przygląda. Uświadamiam sobie, że znów powiedziałam na głos to, co pomyślałam. Kulę się w sobie.

Szybkie, krótkie stuknięcie w szybę. Podnoszę głowę i widzę kobietę o spiczastym nosie i oliwkowej skórze. Ma na sobie golf i długi płaszcz.

– Proszę zaczekać – mówi Little. Zaczyna opuszczać szybę od strony kierowcy, ale tak się kulę i pojękuję, że podnosi ją z powrotem, po czym gramoli się na ulicę i delikatnie zamyka drzwi.

Rozmawiają ze sobą, przerzucając się słowami ponad dachem auta. Wyłapuję niektóre z nich – „ugodzona", „zdezorientowana", „lekarka" – jednocześnie coraz głębiej zanurzając się w wodzie. Zamykam oczy, moszczę się w zagięciu fotela, powietrze się uspokaja, nieruchomieje. Migoczą ławice – „psycholożka", „dom", „rodzina", „sama" – a ja odpływam. Bezmyślnie głaszczę się po rękawie szlafroka, moje palce wędrują pod połę i szczypią wałeczek na brzuchu.

Siedzę uwięziona w wozie policyjnym i macam się po tłuszczyku. To żałosne.

Po minucie – a może po godzinie? – głosy cichną. Rozchylam jedno oko i widzę, że kobieta wpatruje się we mnie, piorunuje mnie wzrokiem. Z powrotem opuszczam powiekę.

Zgrzytnięcie drzwi po stronie kierowcy. Little wpuszcza do środka chłodne powietrze, które liże mnie po nogach, panoszy się w kabinie, czuje się jak u siebie w domu.

– Detektyw Norelli jest moją partnerką – wyjaśnia Little; słowa są jak krzemień w ciemnej glebie jego głosu. – Opowiedziałem jej o tym, co się pani przytrafiło. Przyprowadzi kilka osób do pani domu. W porządku?

Opuszczam brodę i podnoszę.

– W porządku.

Samochód sapie z wysiłku, kiedy Little sadowi się w fotelu. Ciekawe, ile waży – ile Little waży. Ciekawe, ile sama ważę.

– Może otworzy pani oczy? – podsuwa. – Czy woli pani tak jak teraz?

Znowu opuszczam brodę.

Trzask zamykanych drzwi. Little zapala silnik, wrzuca wsteczny i cofa – cofa, cofa – wóz wstrzymuje oddech, kiedy trafiamy na łączenie w jezdni, a potem się zatrzymujemy. Little znów przekręca kluczyk w stacyjce.

– Jesteśmy na miejscu – oznajmia.

Otwieram oczy i spoglądam na zewnątrz.

Jesteśmy na miejscu. Budynek jak wieża, czarne usta drzwi wejściowych, schodki jak wywalony jęzor, gzymsy nad oknami jak równe brwi. Olivia zawsze twierdziła, że kamienice wyglądają jak twarze, i z tej perspektywy rozumiem, co miała na myśli.

– Ładny dom – komentuje Little. – D u ż y dom. Cztery poziomy? Czy to suterena?

Pochylam głowę.

– Czyli p i ę ć poziomów. – Zawiesza głos.

Liść uderza o szybę i zaraz odlatuje.

– I mieszka pani tu sama?

– Lokator – mówię.

– Gdzie? Na dole czy na górze?

– Na dole.

– Czy pani lokator jest w domu?

Podnoszę i opuszczam ramiona.

– Czasami.

Cisza. Little bębni palcami o deskę rozdzielczą. Odwracam głowę w jego stronę. Widzi, że mu się przyglądam. Uśmiecha się.

– Tam panią znaleźli – przypomina, wskazując brodą na skwer.

– Wiem – bąkam.

– Ładny.

– Tak.

– Ładna uliczka.

– Tak. Wszystko ładne.

Znów się uśmiecha.

– No dobrze – mówi i patrzy obok mnie, spogląda w oczy domu. – To tylko do drzwi, którymi weszli sanitariusze, czy do głównego wejścia też? – Mój klucz dynda na jego palcu.

– Jedno i drugie.

– No dobrze – powtarza i zaczyna kręcić kluczem na palcu. – Mam panią zanieść?

39

Nie zanosi mnie, ale dźwiga z samochodu, podtrzymuje, kiedy przechodzimy przez furtkę, i pomaga wdrapać się po schodkach. Wspieram się na jego mocnym ramieniu, wlokę się noga za nogą. Na nadgarstku zawiesiłam uchwyt parasola, wyglądamy, jakbyśmy wybrali się na spacer. Spacer do nieprzytomności nafaszerowany lekami.

Powieki niemal uginają mi się pod ciężarem światła słonecznego. Little wsuwa klucz do zamka, popycha i wejście staje otworem, a drzwi walą o ścianę tak mocno, że aż drżą szybki.

Ciekawe, czy sąsiedzi się przyglądają. Czy pani Wasserman widziała, jak rosły czarnoskóry mężczyzna ciągnie mnie do domu? Jeśli tak, to założę się, że w tej chwili dzwoni na policję.

Ledwo się mieścimy w korytarzu. Przyciskam się do ściany, przyklejam ramieniem. Little kopnięciem zamyka drzwi i naraz robi się ciemno. Zamykam oczy i toczę głową po jego ramieniu. Szczęk drugiego zamka.

Wtedy czuję ciepło salonu.

I dociera do mnie, jak zatęchłe jest powietrze w moim domu.

I słyszę miauknięcie kota.

Kot. Zupełnie zapomniałam o Puncu.

Otwieram oczy. Wszystko wygląda dokładnie tak, jak kiedy wyszłam na zewnątrz: rozdziawiona zmywarka, skłębione koce na sofie, blask ekranu telewizora, a na nim spauzowane menu DVD z *Mrocznym przejściem*; na ławie jarzą się w słońcu dwie puste butelki po winie i cztery opakowania leków, w tym jedno przewrócone, jakby było pijane.

Dom. Serce niemal eksploduje mi w piersi. Czuję taką ulgę, że za chwilę się rozpłaczę.

Parasol zsuwa mi się z nadgarstka i ląduje na podłodze.

Little prowadzi mnie do stołu w kuchni, ale pokazuję dłonią w lewą stronę, jak rowerzysta na skrzyżowaniu, i obieramy jednak kurs na sofę, gdzie Punc umościł się za poduszką.

– Proszę bardzo – mówi Little, pomagając mi usiąść na kanapie.

Kot przygląda nam się, a kiedy Little robi krok do tyłu, przedziera się do mnie przez plątaninę koców, po czym odwraca głowę i syczy na mojego ochroniarza.

– I nawzajem – pozdrawia go Little.

Zapadam się w sofę, czuję, jak zwalnia mi serce, i słyszę, jak krew cicho śpiewa w żyłach. Mija chwila, chwytam za poły szlafroka, wracam do siebie. Dom. Bezpieczeństwo. Bezpieczeństwo. Dom.

Panika spływa ze mnie jak woda.

– Dlaczego weszli do domu? – pytam Little'a.

– Słucham?

– Powiedział pan, że sanitariusze byli w moim domu.

Unosi brwi.

– Znaleźli panią na skwerze. Zobaczyli otwarte drzwi. Musieli sprawdzić, co się dzieje.

Zanim zdążę odpowiedzieć, Little przenosi spojrzenie na stojące na stoliku zdjęcie Livvy i pyta:

– Córka?

Potwierdzam skinieniem.

– W domu?

Potrząsam głową.

– Jest z ojcem – mamroczę.

Jego kolej na kiwnięcie głową.

Odwraca się, zatrzymuje, mierzy wzrokiem wystawę na ławie.

– Ktoś urządzał imprezę?

Wdech, wydech.

– Kocię to zbroiło – mówię. Skąd te słowa? „Boże drogi! Cóż to było? Cichaj! Kocię to zbroiło". Z Szekspira? Nie, zanadto pretensjonalne.

Widać ja też jestem pretensjonalna, bo Little nawet nie próbuje się uśmiechnąć.

– To wszystko pani? – chce wiedzieć. Przygląda się kolekcji butelek. – Niezły merlot.

Wiercę się na sofie. Czuję się jak nieposłuszne dziecko.

– Tak – przyznaję. – Ale... – Wygląda gorzej, niż jest? Jest gorzej, niż wygląda?

Little sięga do kieszeni i wyjmuje opakowanie ativanu, który przepisała mi urocza młoda pani doktor. Stawia je na ławie. Bąkam podziękowanie.

Wtedy nagle coś, co spoczywało głęboko w łożysku rzeki, wygrzebuje się spod mułu, sunie ku górze wraz z prądem powrotnym i wyłania się na powierzchnię.

Ciało.

Jane.

Otwieram usta.

Dopiero teraz zauważam u Little'a pistolet w umocowanej na biodrze kaburze. Pamiętam, jak kiedyś Olivia wpatrywała się w konnego policjanta w Midtown. Pożerała go wzrokiem przez dobre dziesięć sekund, zanim zorientowałam się, że nie patrzy na wierzchowca, tylko na broń. Uśmiechnęłam się wtedy i zażartowałam, a teraz proszę, mam pistolet policjanta na wyciągnięcie ręki i wcale nie jest mi do śmiechu.

Little przyłapuje mnie na gapieniu się i czym prędzej zasłania broń połą kurtki, jakbym próbowała zajrzeć mu w rozporek.

– Co z moją sąsiadką? – pytam.

Wyjmuje telefon z kieszeni i podnosi go do oczu, prawie pod sam nos; jest krótkowidzem? Przesuwa palcem po ekranie, po czym opuszcza rękę.

– Czyli sama pani zajmuje cały ten dom. – Idzie do kuchni. – A, jeszcze lokator – dodaje, zanim zdążę o nim wspomnieć. – Prowadzą na dół? – Wskazuje kciukiem drzwi do piwnicy.

– Tak. Co z moją sąsiadką?

Ponownie sprawdza telefon. Zatrzymuje się i pochyla. Kiedy wyprostowuje to swoje stumetrowe ciało, w prawej ręce trzyma kocią miskę na wodę, a w lewej aparat stacjonarny. Patrzy najpierw na jedno, potem na drugie, jakby oceniał obie te rzeczy.

– Pewnie chce mu się pić – mówi i podchodzi do zlewu.

Obserwuję jego odbicie w ekranie telewizora, słyszę szum wody. Na dnie jednej z butelek zostało jeszcze ciut merlota. Ciekawe, czy udałoby mi się łyknąć tak, żeby Little nie zauważył.

Słyszę brzęk miski stawianej na podłodze. Little umieszcza słuchawkę w stacji dokującej, mruży oczy i czyta, co jest napisane na wyświetlaczu.

– Bateria się wyczerpała.

– Wiem.

– Tylko mówię. – Podchodzi do drzwi do piwnicy. – Mogę?

Potwierdzam skinieniem głową.

Wystukuje na drzwiach motyw z *Shave and a Haircut* – i czeka.

– Jak ma na imię pani lokator?

– David.

Puka raz jeszcze. Brak odpowiedzi.

Odwraca się do mnie.

– Gdzie ma pani telefon, pani Fox?

Mrugam zdziwiona.

– Telefon?

– Komórkowy. – Pokazuje na swój. – Ma pani taki?

– Tak.

– Sanitariusze nie znaleźli go przy pani. Większość ludzi po nocy spędzonej poza domem od razu rzuciłaby się do telefonu.

– Nie wiem. – Ale rzeczywiście: gdzie on jest? – Rzadko go używam.

Little milczy.

Mam dość. Zapieram się mocno nogami i dźwigam z kanapy. Pokój zaczyna się chwiać, ale po chwili się uspokaja. Moje spojrzenie ląduje na Little'u.

Punc gratuluje mi cichym miauknięciem.

– W porządku? – pyta Little, robiąc krok w moją stronę. – Dobrze się pani czuje?

– Tak. – Szlafrok mi się rozsunął. Poprawiam go, opatulam się i mocno zawiązuję pasek. – Co się dzieje z moją sąsiadką?

Little jakby mnie nie słuchał; znów wpatruje się w ekran telefonu.

– Co się dzieje… – powtarzam.

– Okej – mówi. – Okej. Już jadą. – I nagle sunie przez kuchnię jak wysoka fala, rozglądając się po pomieszczeniu. – Czy to jest okno, z którego widziała pani sąsiadkę? – Pokazuje.

– Tak.

Jednym długim krokiem podchodzi do zlewu, opiera dłonie na blacie i wygląda na zewnątrz. Widzę, jak jego szerokie barki wypełniają okno. Potem mój wzrok pada na ławę. Pochylam się i zaczynam zbierać butelki.

Little odwraca się i mówi:

– Proszę to zostawić. Telewizor niech zostanie włączony. Co to za film?

– Stary thriller.

– Lubi pani thrillery?

Nie mogę ustać w miejscu. Widocznie lorazepam przestaje działać.

– Owszem. Dlaczego nie mogę posprzątać?

– Ponieważ chcemy się przekonać, co dokładnie się z panią działo, kiedy była pani świadkiem ataku na sąsiadkę.

– Większe znaczenie ma chyba to, co działo się z n i ą?

Ignoruje mnie.

– Proszę zamknąć gdzieś tego kota – mówi. – Chyba nie przepada za ludźmi. Nie chcę, żeby kogoś podrapał. – Odwraca się do zlewu, bierze szklankę i napełnia ją wodą. – Proszę to wypić, bo inaczej się pani odwodni. Doznała pani wstrząsu. – Podchodzi i wręcza mi szklankę. Jest w tym geście niemal czułość; nie zdziwiłabym się, gdyby mnie jeszcze pogłaskał po policzku.

Podnoszę szklankę do ust.

Ktoś dzwoni do drzwi.

40

– Jest ze mną pan Russell – informuje, zupełnie niepotrzebnie, detektyw Norelli.

Ma wysoki, dziewczęcy głos, który nijak nie pasuje do przykrótkiego swetra i skórzanej kurtki à la „jędza z piekła rodem". Ogarnia pomieszczenie jednym długim spojrzeniem, po czym skupia się na mnie. Nie przedstawia się, tylko świdruje wzrokiem. W tym układzie to ona jest „złym gliną", nie ma wątpliwości. Uświadamiam sobie, że życzliwa postawa Little'a była tylko maską, i czuję się zawiedziona.

Idzie za nią Alistair, ubrany w sweter i spodnie w kolorze khaki. Jest świeży i rześki, ale skóra na jego gardle układa się w napiętą fałdę; chociaż nie wiem, może zawsze tam była. Patrzy na mnie i się uśmiecha.

– Witam – mówi z lekkim zdziwieniem.

Tego się nie spodziewałam.

Zataczam się. Robi mi się słabo. Mój organizm nadal działa na zwolnionych obrotach, jest jak silnik zatkany cukrem. Do tego sąsiad uśmiechem wytrącił mnie z równowagi.

– Wszystko w porządku? – Little zamyka drzwi za Alistairem i podchodzi do mnie.

Kiwam i kręcę głową. Tak. Nie.

Wsuwa mi zgięty palec pod łokieć.

– Może usiądziemy…

– Czy dobrze się pani czuje? – pyta Norelli, marszcząc brwi.

Little unosi dłoń.

– Nic jej nie jest. Znajduje się pod działaniem środków uspokajających.

Czuję wypieki na policzkach.

Prowadzi mnie do wnęki w kuchni i sadza przy stole – tym samym, przy którym Jane wypaliła całe pudełko zapałek, przy którym nieudolnie grałyśmy w szachy i rozmawiałyśmy o dzieciach i przy którym powiedziała, że powinnam sfotografować zachód słońca. Przy tym samym stole, przy którym opowiedziała mi o Alistairze i swojej przeszłości.

Norelli z telefonem w dłoni podchodzi do okna w kuchni.

– Pani Fox... – zaczyna.

– Doktor Fox – poprawia ją Little.

Jej system operacyjny zawiesza się i restartuje.

– Doktor Fox, ze słów detektywa Little'a wynika, że widziała pani coś tej nocy.

Rzucam szybkie spojrzenie na Alistaira, który nadal podpiera ścianę przy drzwiach na korytarz.

– Widziałam, jak moja sąsiadka została pchnięta nożem.

– Która sąsiadka?

– Jane Russell.

– Widziała to pani przez okno?

– Tak.

– Przez które?

Wskazuję szybę za jej plecami.

– Tamto.

Norelli podąża wzrokiem za moim palcem. Ma ciemne oczy pozbawione wyrazu. Widzę, jak lustruje dom Russellów, od lewej do prawej, jakby czytała tekst.

– Czy widziała pani, kto dźgnął pani sąsiadkę? – zadaje pytanie, nadal wyglądając przez okno.

– Nie, ale widziałam, że krwawi i coś wystaje z jej piersi.

– Co to było?

Poprawiam się na krześle.

– Coś srebrnego. – Co to za różnica?

– Coś srebrnego?

Potwierdzam skinieniem głowy.

Norelli też kiwa głową. Odwraca się, spogląda na mnie, a potem przenosi spojrzenie na salon.

– Kto był wczoraj u pani?

– Nikt.

– Czyli cały ten kram na ławie należy do pani?

Znów się wiercę.

– Tak.

– W porządku, doktor Fox. – Patrzy na Little'a. – Teraz puszczę...

– Jego żona... – zaczynam i podnoszę rękę, kiedy Alistair przesuwa się w naszym kierunku.

– Chwileczkę. – Norelli podchodzi i kładzie na stole przede mną swój telefon. – Puszczę pani nagranie z numeru alarmowego, na który zadzwoniła pani o dwudziestej drugiej trzydzieści trzy.

– Jego ż o n a...

– Myślę, że wiele ono wyjaśni. – Przesuwa palcem po ekranie i z głośniczka zaczyna płynąć przenikliwie głośny, brzękliwy głos: „Pomoc...".

Norelli aż podskakuje. Dotyka kciukiem potencjometru i przycisza telefon.

„...w nagłych wypadkach. Słucham".

„Moja sąsiadka". Ostry dźwięk. „Pchnięto ją nożem. O Jezu. Pomóżcie jej". To moje słowa, poznaję je, ale głos nie jest mój; ten na nagraniu brzmi bełkotliwie.

„Powoli, proszę pani". Ten rozwlekły akcent. Nawet teraz działa mi na nerwy. „Proszę podać swój adres".

Spoglądam na Alistaira i na Little'a. Obaj wpatrują się w telefon Norelli.

A Norelli przygląda się mnie.

„Twierdzi pani, że pani sąsiadka została pchnięta nożem?"

„Tak. Pomocy. Ona się wykrwawia". Krzywię się. Ledwo zrozumiałe bredzenie.

„Słucham?".

„Powiedziałam: «Pomocy»". Kaszel, mokry, charkotliwy. Byłam bliska łez.

„Pomoc już jedzie. Proszę, żeby się pani uspokoiła. Proszę mi podać swoje nazwisko".

„Anna Fox".

„W porządku, Anno. Jak nazywa się pani sąsiadka?".
„Jane Russell. O mój Boże". Wychrypiane.
„Czy jest obok pani?".
„Nie. Jest po drugiej... jest w domu po drugiej stronie skweru".
Czuję na sobie spojrzenie Alistaira. Odwzajemniam je.
„Anno, czy to pani pchnęła sąsiadkę nożem?"
Chwila ciszy.
„Słucham?".
„Czy to pani pchnęła sąsiadkę nożem?".
„Nie".
Teraz przygląda mi się też Little. Cała trójka wbija we mnie spojrzenia. Pochylam się, skupiam wzrok na telefonie Norelli. Ekran gaśnie, ale dźwięk nadal wydobywa się z aparatu.
„Rozumiem".
„Wyjrzałam przez okno i zobaczyłam, że została pchnięta".
„Rozumiem. Czy wie pani, kto ją pchnął?".
Znów milczenie, tym razem dłuższe.
„Proszę pani, czy wie pani, kto...".
Zgrzyt i dudnienie. Wtedy wypuściłam telefon. Na górze, w gabinecie. Pewnie nadal tam leży na dywanie, jak porzucone ciało.
„Proszę pani?".
Brak odpowiedzi.
Wyciągam szyję, patrzę na Little'a. Już mi się nie przygląda. Norelli pochyla się nad stołem, przesuwa palcem po ekranie.
– Dyżurny pozostał na linii jeszcze przez sześć minut – mówi – dopóki sanitariusze nie potwierdzili, że dotarli na miejsce.
Na „miejsce", jak „miejsce zbrodni". I co znaleźli na „miejscu"? Co się stało Jane?
– Nie rozumiem. – Nagle czuję się zmęczona, całkiem wypompowana. Rozglądam się powoli po kuchni, widzę błyszczące sztućce w zmywarce i butelki w koszu na śmieci. – Co się stało...
– Nic się nie stało, doktor Fox – odzywa się łagodnym głosem Little. – Nikomu nic się nie stało.

Patrzę na niego.

– Jak to?

Podciąga spodnie na udach i kuca przy mnie.

– Sądzę – mówi – że wszystko to: świetny merlot, który pani piła, leki, które pani brała, i film, który pani oglądała, wprawiło panią w taki nastrój, że zobaczyła pani coś, co tak naprawdę się nie zdarzyło.

Wpatruję się w niego.

Milczy i mruga.

– Myśli pan, że wyobraziłam to sobie? – pytam napiętym głosem.

Kręci wielką głową.

– Nie, proszę pani. Wydaje mi się tylko, że nadmiar bodźców odrobinę zniekształcił pani osąd.

Szczęka mi opada.

– Czy leki, które pani przyjmuje, mają jakieś skutki uboczne? – naciska.

– Tak – odpowiadam. – Ale…

– Czy są wśród nich halucynacje?

– Nie wiem. – Tak naprawdę wiem; tak, są.

– Lekarka w szpitalu powiedziała, że efektem ubocznym działania środków, które pani przyjmuje, mogą być halucynacje.

– Nie miałam halucynacji. Widziałam to, co widziałam. – Próbuję wstać. Kot ucieka spod krzesła i pomyka do salonu.

Little unosi dłonie; ich szeroka, płaska wewnętrzna strona wygląda jak wytarta.

– Słyszała pani nagranie. Przyzna pani, że z trudem się wysławiała.

– W szpitalu zrobiono pani badanie – wtrąca Norelli. – Miała pani dwa i dwie dziesiąte promila alkoholu we krwi. To prawie trzy razy więcej niż dopuszczalny limit dla kierowców.

– I co z tego?

Za jej plecami Alistair patrzy to na mnie, to na Little'a, to na Norelli.

– Nie miałam halucynacji – syczę, a słowa potykają się od razu po tym, jak opuszczają moje usta, i lądują na boku. – Niczego sobie nie wyobraziłam. Nie zwariowałam.
– Rodzina nie mieszka z panią.
– Czy to pytanie?
– Tak.
Alistair:
– Syn mówi, że jest pani rozwódką.
– Mój związek się rozpadł – poprawiam odruchowo.
– Ze słów pana Russella wynika, że sąsiedzi rzadko panią widują. Nieczęsto wychodzi pani z domu.
Nic nie mówię i nic nie robię.
– Mam więc taką teorię – ciągnie Norelli – że próbowała pani zwrócić na siebie uwagę.
Robię krok do tyłu, uderzam o blat w kuchni. Rozsuwają się poły mojego szlafroka.
– Nie ma pani znajomych, rodzina przebywa nie wiadomo gdzie, wypiła pani za dużo i postanowiła narobić trochę zamieszania.
– Myśli pani, że zmyśliłam to sobie?! – Rzucam się do przodu, podnosząc głos.
– Tak właśnie myślę – potwierdza.
Little odchrząkuje.
– A ja uważam – odzywa się cicho – że siedzenie w domu dawało się pani we znaki, dlatego... Nie twierdzę, że zrobiła to pani celowo, ale...
– To wy wyobrażacie sobie nie wiadomo co. – Celuję w nich drżącym palcem, macham nim jak różdżką. – To wy zmyślacie. Widziałam ją – przez to okno – całą we krwi.
Norelli zamyka oczy i wzdycha.
– Proszę pani, pan Russell poinformował nas, że jego żona przebywa poza miastem. Twierdzi, że nawet się nie poznałyście.
Cisza. Atmosfera w pomieszczeniu jest napięta.
– Była tu – mówię powoli i wyraźnie. – Dwa razy.
– To...

– Za pierwszym razem pomogła mi wejść do domu. Potem przyszła drugi raz. Poza tym – posyłam Alistairowi piorunujące spojrzenie – on też tu był, bo szukał jej u mnie.

Kiwa głową.

– Szukałem mojego syna, nie żony. – Przełyka ślinę. – Powiedziała pani, że nikogo u niej nie było.

– Skłamałam. Siedziała przy tym stole. Grałyśmy w szachy.

Patrzy bezradnie na Norelli.

– Krzyczała przez pana – dodaję.

Teraz Norelli odwraca się do Alistaira.

– Mówi, że słyszała krzyk – wyjaśnia Alistair.

– Bo słyszałam. Trzy dni temu. – Czy na pewno wtedy? Pewnie nie. – Ethan powiedział, że to ona krzyczała. – Nie do końca, ale niech będzie.

– Nie mieszajmy w to Ethana – wtrąca Little.

Patrzę na nich, stoją przede mną jak ta trójka dzieciaków, które rzucały jajkami, jak tamtych trzech zasrańców.

Wyłożę kawę na ławę.

– Gdzie ona jest? – pytam, zakładając ręce na piersi. – Gdzie się podziała Jane? Jeśli jest cała i zdrowa, proszę ją tu przyprowadzić.

Patrzą po sobie.

– No już. – Poprawiam szlafrok, zaciskam pasek i znów zakładam ręce. – Proszę po nią pójść.

Norelli odwraca się do Alistaira.

– Mógłby pan... – mówi cicho, na co Alistair kiwa głową, przechodzi do salonu i wyjmuje telefon z kieszeni.

– A potem – zwracam się do Little'a – chcę, żebyście się wszyscy wynieśli z mojego domu. Myśli pan, że mam urojenia.

Little się wzdryga.

– Pani sądzi, że kłamię.

Norelli nie reaguje.

– A tamten twierdzi, że nie znam jego żony, chociaż spotkałam ją dwa razy.

Alistair mamrocze coś do słuchawki.

– I chcę wiedzieć, kto konkretnie wszedł tu, kiedy wtedy gdzie… – potykam się o własne słowa. Przerywam, biorę się w garść. – Chcę wiedzieć, kto jeszcze był w moim domu.

Wraca Alistair.

– To zajmie tylko chwilę – mówi i wsuwa telefon do kieszeni.

– Raczej dłuższą – komentuję, patrząc mu w oczy.

Nikt się nie odzywa. Błądzę wzrokiem po obecnych: Alistair zerka na zegarek, Norelli spokojnie przygląda się kotu, tylko Little patrzy na mnie.

Mija dwadzieścia sekund.

Potem drugie dwadzieścia.

Wzdycham i opuszczam ręce.

To absurd. Przecież ta kobieta…

Krótki, urwany dźwięk dzwonka.

Patrzę na Norelli, na Little'a.

– Otworzę – rzuca Alistair i idzie do drzwi.

Stoję bez ruchu i widzę, jak naciska guzik na domofonie, przekręca klamkę, otwiera drzwi na korytarz i odsuwa się na bok.

W następnej chwili do pokoju wchodzi Ethan, wbijając spojrzenie w podłogę.

– Mojego syna już pani poznała – mówi Alistair. – A oto moja żona – dodaje i zamyka za nią drzwi.

Patrzę na niego. Patrzę na nią.

Nigdy w życiu nie widziałam tej kobiety.

41

Jest wysoka, ale delikatnie zbudowana. Ma lśniące czarne włosy i posągową twarz. Do tego cienkie brwi o ostrych łukach i szarozielone oczy. Obdarza mnie spokojnym spojrzeniem, po czym podchodzi i wyciąga rękę.

– My się jeszcze nie znamy – mówi.

Ma niski, gęsty głos, zupełnie jak Bacall. Zatyka mi uszy.

Nie jestem w stanie się ruszyć.

Kobieta trzyma wyciągniętą dłoń na wysokości mojej piersi. Po chwili odprawiam ją gestem i pytam:

– Kto to jest?

– Pani sąsiadka – wyjaśnia niemal smutnym tonem Little.

– Jane Russell – precyzuje Norelli.

Patrzę na nią, na niego. Na tę kobietę.

– Nie, pani nią nie jest.

Cofa dłoń.

– To nie ona – informuję detektywów. – Co mi próbujecie wmówić? To nie jest Jane.

– Przysięgam pani – zaczyna Russell – że to…

– Nie musi pan przysięgać, panie Russell – zapewnia Norelli.

– A jeśli j a przysięgnę? – odzywa się kobieta.

Nacieram na nią, robię krok do przodu.

– Kim pani jest? – Mój głos brzmi surowo. Z przyjemnością stwierdzam, że oboje, Alistair i ona, cofają się przede mną, jakby byli skuci wspólnym łańcuchem.

– Bardzo proszę spokojniej, doktor Fox – mówi Little i kładzie mi dłoń na ramieniu.

Jakby mnie poraził prądem. Wyrywam mu się i staję pośrodku kuchni. Detektywi warują przy oknie, a Alistair i jego rzekoma żona wycofują się do salonu.

Zwracam się do nich i przypuszczam atak.

– Dwa razy spotkałam Jane Russell. Pani nią nie jest – oznajmiam po prostu.

Tym razem kobieta nie ustępuje.

– Mogę pokazać prawo jazdy – proponuje i sięga do kieszeni.

Powoli kręcę głową.

– Nie chcę go oglądać.

– Proszę pani – odzywa się Norelli. Podchodzi i staje między nami. – Wystarczy już tego.

Alistair przygląda mi się szeroko otwartymi oczami. Kobieta nieruchomieje z ręką w kieszeni. Kilka chwil wcześniej Ethan usiadł na szezlongu, a kot zwinął się w kłębek u jego stóp.

– Ethanie – zwracam się teraz do niego, na co podnosi głowę i spogląda na mnie takim wzrokiem, jakby tylko czekał, kiedy go wezwę. – Ethanie. – Przeciskam się pomiędzy Alistairem a nieznajomą kobietą. – Co się dzieje?

Patrzy na mnie. A potem odwraca głowę.

– To nie jest twoja matka. – Dotykam jego ramienia. – Powiedz im.

Przekrzywia głowę, strzela wzrokiem w lewo. Zaciska szczękę i przełyka ślinę. Zaczyna skubać paznokieć.

– Nie spotkała pani mojej matki – bąka.

Cofam dłoń.

Odwracam się powoli, jestem oszołomiona.

Wtedy odzywają się chórkiem:

– Czy możemy… – pyta Alistair, wskazując brodą drzwi.

– Już skończyliśmy – oznajmia Norelli.

– Proszę odpocząć – proponuje Little.

Mrugam zdumiona i nic nie mówię.

– Czy możemy… – próbuje ponownie Alistair.

– Dziękujemy, panie Russell – odpowiada Norelli. – Pani Russell również.

Alistair i kobieta patrzą na mnie nieufnie, jakbym była zwierzęciem, które przed chwilą potraktowano pociskiem ze środkiem uspokajającym, i ruszają do drzwi.

– Chodź – rzuca ostro Alistair. Ethan wbija spojrzenie w podłogę, wstaje i przestępuje nad kotem.

Wychodzą, Norelli za nimi.

– Składanie fałszywych zeznań jest karalne – informuje mnie. – Czy pani to rozumie, doktor Fox?

Gapię się na nią i chyba nawet kiwam głową.

– To dobrze. – Stawia kołnierz kurtki. – To tyle z mojej strony.

Zamykają się za nią drzwi. Słyszę dźwięk podnoszonej zasuwki w drzwiach wejściowych.

Zostaliśmy tylko ja i Little. Patrzę na jego czarne buty o kwadratowych czubkach i przypominam sobie (jak? dlaczego?), że opuściłam dzisiejszą lekcję francuskiego z Yves'em.

Tylko ja i Little. *Les deux.*

Trzaśnięcie zamykanych drzwi.

– Czy mogę zostawić panią samą? – pyta.

Kiwam bezmyślnie głową.

– Czy ma pani z kim porozmawiać?

Znów potakuję.

– Proszę – mówi, wręczając mi wizytówkę, którą wyjął z kieszeni na piersi. Przyjmuję ją i oglądam. Kiepski papier. „DETEKTYW CONRAD LITTLE, POLICJA NOWEGO JORKU". Dwa numery telefonu, jeden adres e-mailowy.

– Jeśli będzie pani czegoś potrzebowała, proszę dzwonić. Słyszy pani? – Podnoszę głowę. – Proszę dzwonić. W porządku?

Przytakuję.

– Okej?

Słowo rozpycha się łokciami wśród innych słów i wytacza się z ust.

– Okej.

– Świetnie. O każdej porze. – Przekłada telefon z ręki do ręki. – Mam dzieci. Rzadko sypiam. – I znowu przekłada. Zauważa, że się przyglądam, i przestaje.

Patrzymy na siebie.

– Niech się pani trzyma, doktor Fox. – Podchodzi do drzwi na korytarz, otwiera je i ostrożnie zamyka za sobą.

Kolejny raz szczęk zasuwki. I znów trzaśnięcie.

42

Nagła, głęboka cisza. Świat wcisnął hamulec i się zatrzymał.

Po raz pierwszy tego dnia zostaję całkiem sama.

Rozglądam się po pomieszczeniu. Butelki po winie lśnią we wpadających ukosem przez okno promieniach słońca. Krzesło stoi krzywo przy stole. Kot patroluje sofę.

Drobinki kurzu unoszą się i migoczą w powietrzu.

Podchodzę do drzwi na korytarz, przekręcam klucz w zamku.

Znowu odwracam się w stronę kuchni.

Czy to się naprawdę wydarzyło?

C o to właściwie było?

Idę do kuchni, wyjmuję butelkę wina, wkręcam korkociąg, wyciągam korek. Nalewam sobie szklaneczkę i podnoszę ją do ust.

Myślę o Jane.

Opróżniam szklaneczkę, po czym przykładam butelkę do ust i biorę solidny haust. Naprawdę spory.

Myślę o tej kobiecie.

Przenoszę się do salonu, nabieram prędkości. Wysypuję dwie tabletki na dłoń. Tańczą mi w gardle, kiedy je przełykam.

Myślę o Alistairze. „A oto moja żona".

Stoję i żłopię wino, aż zaczynam się nim krztusić.

Kiedy odstawiam butelkę, myślę o Ethanie, o tym, jak nie chciał na mnie spojrzeć, jak odwrócił głowę. Jak musiał przełknąć ślinę, zanim odpowiedział. Jak skubał paznokieć. Jak bąkał.

Jak kłamał.

Bo kłamał. Odwrócony wzrok, spojrzenie w lewo, opóźniona odpowiedź, niespokojne dłonie – wszystko to oznaki kłamstwa. Wiedziałam to, zanim się odezwał.

I jeszcze zaciśnięte zęby. To jednak świadczy o czymś innym.

O strachu.

43

Telefon leżał na podłodze w gabinecie, tam gdzie go upuściłam. Stukam w ekran, jednocześnie chowając leki do apteczki w łazience. Doktor Fielding ma uprawnienia lekarza medycyny i bloczek recept, owszem, ale akurat w tej sprawie nie będzie w stanie mi pomóc.

– Możesz przyjechać? – rzucam, gdy tylko słyszę głos Biny.

Wahanie.

– Słucham? – Wydaje się mocno zaskoczona.

– Możesz przyjechać? – powtarzam, siadając na łóżku.

– W tej chwili? Nie mogę…

– Proszę, Bino.

Znów cisza.

– Mogę być u ciebie – odzywa się w końcu – o… dziewiątej, dziewiątej trzydzieści. Umówiłam się na kolację – dodaje.

Nie obchodzi mnie to.

– W porządku. – Kładę się, przyklejam ucho do poduszki. Za oknem ruszają się gałęzie, strzepują liście jak rozżarzone węgielki, które mienią się, iskrzą na tle szyby, po czym odlatują.

– Szysoposząku?

– Co? – Temazepam mnie otumania. Czuję zwarcia w obwodach mózgu.

– Pytałam, czy wszystko w porządku.

– Nie. Tak. Później ci wyjaśnię. – Powieki mi opadają…

– Okej. Dozoaczeia – mówi, ale ja już odpływam.

Nic mi się nie śni, drzemka jest jak małe zapomnienie. Kiedy na dole zaczyna brzęczeć dzwonek, budzę się zmęczona.

44

Bina patrzy na mnie z otwartymi ustami.

Wreszcie je zamyka, powoli, ale zdecydowanie, jak muchołówka. Nic nie mówi.

Siedzimy w bibliotece Eda, ja zwinięta w kłębek w uszaku, ona w fotelu klubowym, tym, który zawsze zajmuje doktor Fielding. Swoje gładkie i proste jak rurki nogi wsunęła pod siedzenie; Punc krąży wokół nich jak dym.

W palenisku żarzy się niewielki ogień.

Bina przenosi spojrzenie i wpatruje się teraz w grę płomyczków.

– Ile tak naprawdę wtedy wypiłaś? – pyta i wzdryga się, jakby się bała, że ją uderzę.

– Nie na tyle dużo, żeby mieć halucynacje.

Kiwa głową.

– Okej. A leki…?

Ściskam koc, którym przykryłam nogi, wykręcam go, jakbym wyżymała.

– Widziałam się z Jane. Dwa razy. W dwa różne dni.

– Jasne.

– Widziałam ją w jej domu, kiedy była razem z rodziną. Wiele razy.

– Jasne.

– Widziałam, jak zalewa się krwią. I jak z jej piersi wystaje nóż.

– Czy to na pewno był nóż?

– No przecież, kurwa, nie b r o s z k a.

– Chciałam tylko… Okej, w porządku.

– Widziałam to przez obiektyw aparatu. Bardzo wyraźnie.

– Ale nie zrobiłaś zdjęcia.

– Nie, nie zrobiłam. Chciałam pomóc Jane, a nie… dokumentować zbrodnię.

– Okej. – W zamyśleniu głaszczę się po włosach. – A teraz oni twierdzą, że nic się nie wydarzyło, że nikt nie został pchnięty nożem.

– I do tego próbują mi wmówić, że Jane to ktoś inny. Albo że ktoś inny jest Jane.

Owija sobie kosmyk wokół palca.

– Jesteś pewna… – zaczyna, a ja się spinam, bo wiem, co chce powiedzieć. – Jesteś absolutnie pewna, że wszystko to nie jest jednym wielkim nieporozu…

Pochylam się.

– Wiem, co widziałam.

Bina opuszcza rękę.

– Nie wiem… nie wiem, co powiedzieć.

– Nie uwierzą, że coś się stało Jane – mówię powoli, jakbym próbowała ominąć drobinki szkła na podłodze, i chyba bardziej do siebie niż do Biny – dopóki się nie przekonają, że kobieta, którą uważają za Jane, nią nie jest.

Kiwa głową, ale widzę, że jest spięta.

– Tylko czy…? Policja nie poprosiła jej o jakiś dowód tożsamości?

– Nie, nie. Po prostu uwierzyli jej mężowi, a raczej „mężowi", na słowo. Proste, prawda? – Kot przecina dywan i wślizguje się pod mój fotel. – Nikt jej wcześniej nie widział, bo Russellowie mieszkają tu raptem od tygodnia. To może być ktokolwiek. Ktoś z rodziny. Kochanka Russella. Nie wiem, narzeczona z katalogu. – Sięgam po wino, ale przypominam sobie, że nie nalałam do szklaneczki. – Widziałam Jane z rodziną. Widziałam jej medalion ze zdjęciem Ethana. Widziałam… Na miłość boską, Jane przysłała tu Ethana ze świecą jako prezentem.

Bina znów kiwa głową.

– I jej mąż nie zachowywał się…

– …jakby dopiero co zadźgał kogoś nożem? Nie.

– I na pewno to on…

– Co?

– On to zrobił?

– A kto inny? Ich syn to aniołek. Gdyby już miał kogoś zadźgać, to prędzej ojca. – Ponownie sięgam po szklaneczkę i ponownie trafiam w pustkę. – Widziałam go przy komputerze chwilę przed tym, jak to się stało. Myślę, że możemy go wykluczyć z kręgu podejrzanych, chyba że nagle oderwał się od ekranu, zbiegł i wbił matce nóż w pierś.

– Powiedziałaś komuś o tym?

– Jeszcze nie.

– Lekarzowi też nie?

– Ale zrobię to. – Edowi też powiem. Później z nim porozmawiam.

Siedzimy w milczeniu. Drewno syczy w palenisku.

Przyglądam się Binie, patrzę, jak w blasku ognia jej skóra lśni niczym miedź. Zastanawiam się, czy tylko próbuje zrobić mi przyjemność, wysłuchując mnie, a tak naprawdę wątpi w moje słowa. Bo trzeba przyznać, że to dość nieprawdopodobna historia. „Mój sąsiad zabił żonę, a teraz każe oszustce ją udawać. Jego syn jest zbyt przerażony, by wyznać prawdę".

– Jak sądzisz, gdzie się podziewa Jane? – pyta cicho Bina.

Nie odpowiadam.

– Nawet nie wiedziałam, że ktoś taki istniał – mówi Bina, pochylając się nad moim ramieniem. Jej włosy tworzą parawan pomiędzy moją twarzą a lampką na biurku.

– Seksbomba lat pięćdziesiątych – wyjaśniam. – Potem zagorzała rzeczniczka zakazu przerywania ciąży.

– Aha.

– Nieudana aborcja.

– Ojej.

Siedzimy przy biurku. Przeglądamy dwadzieścia dwie strony zdjęć Jane Russell: obwieszonej biżuterią (w *Mężczyźni wolą blondynki*), w negliżu na sianie (w *Wyjętym spod prawa*), wirującej w cygańskiej spódnicy (w *Gorącej krwi*).

Sprawdziłyśmy Pinterest. Przekopałyśmy Instagram. Przeczesałyśmy bostońskie gazety i strony. Zajrzałyśmy do galerii zdjęć Patricka McMullana. I nic.

– Niesamowite, prawda? – zauważa Bina. – Kiedy Internet mówi, że ktoś nie istnieje.

Z Alistairem jest prościej. Oto on: w przyciasnym garniturze – wygląda jak pęto serdelków – na zdjęciu do artykułu o nagłówku: „Russell przenosi się do Atkinsona" z „Consulting Magazine" sprzed dwóch lat. Na profilu w LinkedIn ta sama fotografia. Portret w biuletynie absolwentów Dartmouth, Alistair wznosi toast na balu charytatywnym.

Jane brak.

A także, co jeszcze dziwniejsze, brak Ethana. Nie ma go na Facebooku ani na Foursquarze, ani w ogóle gdziekolwiek, a linki w Google prowadzą do strony fotografa o tym samym nazwisku.

– Chyba większość dzieciaków jednak ma konto na Facebooku, prawda? – pyta Bina.

– Ojciec mu nie pozwala. Ethan nie ma nawet komórki. – Podwijam rękaw; zsuwa się. – Uczy się w domu. Podejrzewam, że nie ma tu zbyt wielu znajomych. A właściwie to nie wiem, czy k o g o k o l w i e k zna.

– Ale ktoś musi znać jego m a t k ę – zauważa Bina. – Ktoś w Bostonie albo... No, po prostu ktoś. – Podchodzi do okna. – Powinny być jakieś zdjęcia. Przecież policja była u nich w domu.

Zastanawiam się nad tym.

– Równie dobrze mogli zobaczyć fotografie tej drugiej kobiety. Alistair mógł im pokazać cokolwiek. Przecież nie będą przeszukiwali domu. Wyrazili się jasno.

Kiwa głową, odwraca się, patrzy na dom Russellów.

– Żaluzje są opuszczone – mówi.

– Co? – Podchodzę do niej, żeby się przekonać na własne oczy. Rzeczywiście: w kuchni, w salonie, w pokoju Ethana – wszystkie okna zasłonięte.

Dom zamknął powieki. Zacisnął je.

– Widzisz? – mówię. – Już nie chcą, żebym do nich zaglądała.

– Trudno im się dziwić.

– Są ostrożni. Czy to czegoś nie dowodzi?

– Przyznaję, to podejrzane. – Przekrzywia głowę. – Często opuszczają żaluzje?

– Nigdy. Nigdy. Ich dom był jak akwarium złotej rybki.

Wahanie.

– Jak myślisz… czy, no wiesz, czy może ci coś grozić?

Nie przyszło mi to do głowy.

– Dlaczego? – pytam powoli.

– Ponieważ jeśli to, co widziałaś, naprawdę się wydarzyło…

Obruszam się.

– Wydarzyło.

– …to jesteś, no wiesz, świadkiem.

Nabieram powietrza. Raz. I drugi.

– Czy możesz zostać na noc?

Unosi brew.

– Czy to niemoralna propozycja?

– Zapłacę ci.

Patrzy na mnie spod półprzymkniętych powiek.

– Nie o to chodzi. Jutro muszę wcześnie wstać, a wszystkie rzeczy mam…

– Proszę. – Spoglądam jej głęboko w oczy. – Proszę.

Wzdycha.

45

Ciemność – gęsta, zbita. Ciemno jak w schronie. Ciemno jak w otchłani kosmicznej.

Daleko, daleko pojedyncza gwiazda, maleńki przebłysk światła.

Przybliża się.

Światło drży, pulsuje.

Serce. Drobne serduszko. Bije. Promienieje.

Rozprasza ciemność, świta na delikatnym jak jedwab ogniwie łańcucha. Biała jak duch bluzka. Pozłocone światłem ramiona. Kontur szyi. Dłoń, rozcapierzone palce, nakierowane na tętniące serduszko.

Nad nim twarz. Jane. Prawdziwa Jane, rozpromieniona. Patrzy na mnie. Uśmiecha się.

Odpowiadam uśmiechem.

Pojawia się przed nią szyba. Jane przykłada do niej dłonie i odciska mikroskopijną mapę swych linii papilarnych.

Za jej plecami ciemność nagle ustępuje i widać scenografię: kanapka w czerwono-białe pasy, podwójne lampy, które teraz rozbłyskają światłem, i dywan jak kwitnący ogród.

Jane spogląda na medalion, gładzi go czule. Na jaskrawą koszulę. Na kleks z krwi, który powiększa się, rozlewa, owija wokół szyi, bucha czerwonym płomieniem na skórze.

Kiedy podnosi głowę i znów patrzy na mnie, jest już zupełnie inną kobietą.

Sobota, 6 listopada

46

Bina wychodzi kilka minut po siódmej, kiedy światło zaczyna oplatać zasłony swymi palcami. Okazuje się, że chrapie, wydaje ciche sapnięcia, które brzmią jak przewalające się w oddali fale. Niespodzianka.

Dziękuję jej i kładę głowę z powrotem na poduszce, znów zapadam w sen. Po przebudzeniu zerkam na wyświetlacz telefonu. Prawie jedenasta.

Przez chwilę wpatruję się w ekran. Minutę później rozmawiam już z Edem. Tym razem obywa się bez „zgadnij kto".

– Nie do wiary – mówi, wysłuchawszy mojej opowieści.

– A jednak to prawda.

– Nie twierdzę, że jest inaczej – mówi po krótkiej pauzie – Ale... – uwaga! – ostatnio przyjmujesz n a p r a w d ę dużo leków. Tak więc...

– Czyli ty też mi nie wierzysz.

Westchnienie.

– Nie to, że ci nie wierzę. Tylko że...

– Masz pojęcie, jakie to frustrujące?! – krzyczę.

Milknie.

– Widziałam, co się stało. Owszem, wzięłam wcześniej leki i... Przyznaję. Ale nie wymyśliłam sobie tego. Nie mogłam wyobrazić sobie czegoś takiego po kilku tabletkach. – Gwałtownie wciągam powietrze. – Nie jestem licealistą, który gra w brutalne strzelanki, a potem idzie do szkoły i puszcza serię z automatu do swoich kolegów. Wiem, co widziałam.

Ed nadal milczy.

– No dobrze – odzywa się po chwili. – Dla jasności: czy masz pewność, że to był on?

– Czyli kto?
– Mąż. Że to on… to zrobił.
– Bina pytała o to samo. Oczywiście, że tak.
– I że nie zrobiła tego ta druga kobieta?
Nagle nieruchomieję.
Ed się ożywia, jak zawsze kiedy myśli na głos.
– Powiedzmy, że jest kochanką, jak mówisz. Z Bostonu czy skądkolwiek. Kłócą się. W ruch idzie nóż czy cokolwiek to było. Powiedzmy nóż. Jedna wbija drugiej ostrze. Mąż nie ma z tym nic wspólnego.
Zastanawiam się. Opieram się tej myśli, ale – kto wie. Tyle że:
– W tej chwili nie ma znaczenia, kto to zrobił – obstaję. – Na razie liczy się, że w ogóle do tego doszło, a problem polega na tym, że nikt mi nie wierzy. Chyba nawet Bina jest sceptyczna. Sądzę, że ty też.
Cisza. Orientuję się, że rozmawiając, weszłam po schodach aż do pokoju Olivii.
– Nie mów o tym Livvy – dodaję.
Ed wybucha śmiechem, prawdziwym, gromkim „ha, ha!".
– Nie zamierzam. – Kaszle. – Co na to doktor Fielding?
– Nie rozmawiałam z nim. – Powinnam.
– Powinnaś.
– Zrobię to.
Chwila ciszy.
– A co słychać u pozostałych sąsiadów?
Uświadamiam sobie, że nie mam pojęcia. Takedowie, Millerowie, nawet Wodniki – przez cały tydzień nie zainteresowałam się nimi nawet przelotnie. Opadła kurtyna i przesłoniła domy po drugiej stronie ulicy; zniknęły, istnieje jedynie mój budynek, dom Russellów i skwer pomiędzy nimi. Ciekawe, co z kochankiem Rity. Ciekawe, jaką książkę pani Gray wybrała dla klubu. Do niedawna prowadziłam rejestr poczynań moich sąsiadów, notowałam każde wejście i wyjście. Na swojej karcie pamięci miałam zapisane całe rozdziały ich życia. Ale teraz…

– Nie wiem – przyznaję.

– No cóż, może to i lepiej – podsumowuje Ed.

Ponownie zerkam na zegarek na telefonie. Jedenasta jedenaście. Moje urodziny. I Jane też.

47

Od wczoraj unikam kuchni, unikam całego parteru. Teraz jednak znów stoję przy oknie i wpatruję się w dom po drugiej stronie skweru. Nalewam sobie wina do szklaneczki.

Wiem, co widziałam. Krew. Błaganie.

To jeszcze nie koniec, o nie.

Piję.

48

Żaluzje są podniesione.

Dom gapi się na mnie szeroko otwartymi oczami, jakby zaskoczony, że na niego patrzę. Robię najazd, przesuwam obiektyw razem ze spojrzeniem, skupiam się na salonie.

Nic. Jest nieskazitelnie czysty. Kanapka. Lampy jak gwardziści.

Poprawiam się na siedzeniu i zerkam wyżej, do pokoju Ethana. Zgarbiony jak gargulec, siedzi przed komputerem.

Zbliżenie. Niewiele brakuje, żebym zdołała odczytać tekst na ekranie.

Jakiś ruch na ulicy. Lśniący jak rekin samochód podjeżdża pod dom Russellów i się zatrzymuje. Otwierają się drzwi po stronie kierowcy – są jak płetwa – i wysiada Alistair ubrany w zimową kurtkę.

Idzie w stronę domu.

Pstrykam zdjęcie.

Kiedy dociera do drzwi, robię następne.

Nie mam żadnego planu. (A czy w ogóle jeszcze miewam coś takiego jak plany? – myślę). Wiadomo przecież, że nie przyłapię go z krwią na rękach. Nie zapuka do moich drzwi i nie przyzna się do wszystkiego.

Ale mogę go obserwować.

Wchodzi do domu. Przeskakuję wzrokiem i obiektywem do kuchni, w której Alistair pojawia się kilka sekund później. Rzuca klucze na blat, zdejmuje kurtkę. Wychodzi z pomieszczenia.

Nie wraca.

Zaglądam piętro wyżej, do salonu.

Nagle widzę ją, żywą, w jasnozielonym pulowerze. „Jane". Kręcę pokrętłem obiektywu. Jej postać nabiera ostrości. Podchodzi do jednej lampy, potem do drugiej, włącza je. Widzę jej delikatne dłonie, długą szyję, kosmyki włosów na policzku.

Oszustka.

Potem wychodzi, kręcąc wąskimi biodrami.

Nic. Salon jest pusty. Kuchnia też. Na górze pusty fotel Ethana przed czarnym ekranem komputera.

Dzwoni telefon.

Odwracam głowę, nie poruszając tułowiem, prawie jak sowa. Aparat spada na kolana.

Słyszę dźwięk za plecami, mimo że telefon leży z przodu, tuż obok mojej ręki.

Stacjonarny.

Ale nie ten w kuchni, który gnije w stacji dokującej, tylko drugi, w bibliotece Eda. Na śmierć o nim zapomniałam.

Znowu dzwoni. Odległy, uporczywy dźwięk.

Nie ruszam się. Nie oddycham.

Kto to może być? Nikt nie dzwonił na domowy od… już nawet nie pamiętam od jak dawna. Kto ma ten numer? Sama nie potrafię go sobie przypomnieć.

Kolejny dzwonek.

I jeszcze jeden.

Kurczę się przytulona do szyby, więdnę na zimnie. Wyobrażam sobie, jak wszystkie pomieszczenia w domu, jedno po drugim, pulsują tym dźwiękiem.

Dzwonek.

Spoglądam na dom po drugiej stronie skweru.

Ona tam jest, stoi w oknie w salonie, ze słuchawką przy uchu.

Patrzy prosto na mnie.

Zrywam się z miejsca, łapię aparat i wycofuję się do biurka. Ona nie spuszcza ze mnie oka, ma zaciśnięte, napięte usta.

Skąd wzięła numer?

A ja – skąd wzięłam ich numer? Z informacji telefonicznej. Wyobrażam sobie, jak wybiera cyfry, wypowiada moje nazwisko, prosi o połączenie. Ze mną. Zakłóca spokój mojego domu, mojej głowy.

Oszustka.

Patrzę na nią. Posyłam jej gniewne spojrzenie.

Odpowiada tym samym.

Kolejny dzwonek.

A po nim – głos Eda.

„Dodzwoniłeś się do Anny i Eda", mówi niskim, schrypniętym głosem, niczym lektor w zwiastunach filmów. Pamiętam, że gdy nagrywał tę wiadomość, powiedziałam mu, że brzmi jak Vin Diesel, na co tylko się roześmiał i jeszcze bardziej obniżył ton.

„W tej chwili nie ma nas w domu, ale zostaw wiadomość, a oddzwonimy do ciebie". I pamiętam, że gdy tylko skończył i nacisnął „stop", dodał okropnym cockneyem: „Kiedy będzie nam się chciało".

Przymykam oczy i wyobrażam sobie, że dzwoni do mnie. Ale to nie jego, lecz jej głos wypełnia pokój, wypełnia dom.

– Myślę, że wiesz, kim jestem – mówi i przerywa.

Otwieram oczy, widzę, że na mnie patrzy, i przyglądam się, jak jej usta układają się w słowa, które wwiercają się w moją głowę. Wrażenie jest niesamowite.

– Przestań fotografować nasz dom, bo wezwę policję.

Odstawia telefon od ucha i wsuwa go do kieszeni. Wpatruje się we mnie. Wpatruję się w nią.

Panuje cisza.

Potem wychodzę z gabinetu.

49

Girlpool rzucił ci wyzwanie!

To mój program do szachów. Pokazuję mu środkowy palec i przyciskam telefon do ucha. Powitanie na poczcie głosowej doktora Fieldinga, słabe jak zeschły liść, zachęca mnie do pozostawienia wiadomości. Robię to, ostrożnie formułując myśli.

Siedzę w bibliotece Eda, laptop grzeje mnie w kolana, a południowe słońce rozlewa się kałużą po dywanie. Na stoliku obok stoi szklaneczka merlota. Szklaneczka i butelka.

Nie chcę pić. Chcę zachować jasność umysłu. Chcę myśleć. Chcę analizować. Ostatnie trzydzieści sześć godzin już zaczyna mi umykać, rozmywa się, rozpływa jak mgła. Czuję, że dom prostuje plecy i wzrusza ramionami, zrzucając z nich zewnętrzny świat.

Muszę się napić.

Girlpool. Co za głupia nazwa. Girlpool. *Whirlpool – Wir*. Tierney. Bacall. „Już krąży ci w żyłach".

O tak, to na pewno. Podnoszę szklaneczkę do ust, czuję, jak wino spływa do gardła i jak musuje mi w żyłach.

„Nie oddychaj, trzymaj kciuki".

„Wpuść mnie!"

„Nic ci nie będzie".

Nic ci nie będzie. Prycham.

Mój umysł jest jak głębokie, słonawe bagno, prawda i fałsz plączą się w nim i mieszają. Jak się nazywa ta roślina, która rośnie na mokradłach, nawet tam, gdzie jest gęsty osad? Ta o wystających korzeniach? Man… mandragora? Na pewno man-cośtam.

David.

Szklanka o mało nie wysuwa mi się z ręki.

W całym tym ferworze i zamieszaniu zupełnie zapomniałam o Davidzie.

Który pracował u Russellów. I który mógł – nie no, m u s i a ł – poznać Jane.

Odstawiam szklaneczkę na stolik i wstaję. Słaniając się, wychodzę na korytarz. W dół po schodach, potem do kuchni. Rzucam okiem na dom Russellów – nikogo nie widać, nikt mnie nie obserwuje – po czym pukam do drzwi do piwnicy, z początku delikatnie, potem coraz mocniej. Wołam Davida po imieniu.

Nie odpowiada. Może śpi. Ale przecież dopiero co minęło południe.

W głowie kiełkuje mi pewien pomysł.

Nie powinnam tego robić, wiem, ale to w końcu mój dom, a sprawa jest pilna. Bardzo pilna.

Idę do biurka w salonie, wysuwam szufladę i znajduję w niej matowo srebrny zębaty klucz.

Wracam do drzwi do piwnicy. Pukam jeszcze raz – nadal nic – a potem wsuwam klucz do zamka i przekręcam.

Otwieram drzwi.

Skrzypią. Krzywię się.

Zaglądam do środka. Cisza i spokój. Schodzę w ciemność, nie robiąc przy tym hałasu, bo na nogach mam kapcie. Przesuwam dłonią po szorstkiej powierzchni ściany.

Docieram na sam dół. Zasłony są zaciągnięte, całkiem tu ciemno. Palcami szukam włącznika światła, znajduję go, pstrykam. W pomieszczeniu robi się jasno. Minęły dwa miesiące, od kiedy byłam tu po raz ostatni, kiedy David przyszedł obejrzeć mieszkanie. Zlustrował je swoimi lukrecjowymi oczami – salon, pośrodku którego stał stół kreślarski Eda, wąską wnękę do spania, chromowo-orzechowy aneks kuchenny, łazienkę – i tylko skinął głową.

Niewiele tu zmienił. Właściwie to n i c nie zrobił. Sofa Eda znajduje się tam, gdzie była, stół kreślarski też pozostał na swoim miejscu, jedynie z tą różnicą, że blat jest płasko. Na stole stoi talerz, a na nim, jak na tarczy herbowej, leżą skrzyżowane nóż i widelec. Pod przeciwległą ścianą, obok drzwi wejściowych, zestaw skrzynek na narzędzia. Na wierzchu widzę pożyczony nóż introligatorski, którego lśniący metalowy język wystaje z rękojeści. Obok książka z przełamanym grzbietem. *Siddhartha*.

Na ścianie naprzeciwko wisi oprawiona w cienką czarną ramkę fotografia. Ja i pięcioletnia Olivia na schodkach przed wejściem. Obejmuję ją, obie się uśmiechamy, Olivia pokazuje zęby, „szeregowce", jak mawiał Ed, bo „co drugi wystąp".

Czuję lekkie ukłucie w sercu. Zapomniałam o tym zdjęciu. Ciekawe, dlaczego nadal tu wisi.

Podchodzę do wnęki.

– David? – odzywam się prawie szeptem, mimo że jestem pewna, że go tu nie ma.

Zmięta kołdra leży w nogach materaca. W poduszkach widać głębokie wgniecenia, jakby ktoś trenował na nich kopnięcia. Kataloguję zawartość łóżka: maleńki, zasuszony zawijas makaronu ramen na poszewce, zwiędły, tłusty kondom naciągnięty na słupek, buteleczka aspiryny wciśnięta pomiędzy stelaż a ścianę, na prześcieradle inskrypcje z hieroglifów zaschniętego potu albo nasienia, w nogach łóżka cienki laptop. Na lampie podłogowej łańcuch choinkowy z opakowań prezerwatyw. Na szafce nocnej pojedynczy kolczyk odbija światło.

Zaglądam do łazienki. Umywalka cętkowana włoskami. Klapa podniesiona, sedes rozdziawiony. Pod prysznicem prawie pusta butelka taniego szamponu i kawałek mydła.

Wycofuję się, wracam do salonu. Przesuwam dłonią po stole kreślarskim.

Coś mi przychodzi do głowy, próbuję to schwycić, ale umyka.

Jeszcze raz rozglądam się po pomieszczeniu. Nie widzę żadnych albumów ze zdjęciami – ale w sumie nikt ich teraz nie trzyma (Jane trzymała, przypominam sobie). Nie ma też etui na płyty CD ani wieży na DVD, ale to już chyba też prehistoria. „Niesamowite, prawda? Kiedy Internet mówi, że ktoś nie istnieje", powiedziała Bina. Wszystkie wspomnienia Davida, cała jego muzyka, wszystko, co pomogłoby go rozszyfrować, nie istnieje. A raczej: jest wszędzie dokoła mnie, na falach eteru, niewidzialne, pliki, ikony, zera i jedynki. Nie ma nic, co byłoby widoczne w prawdziwym świecie, żadnej wskazówki, żadnej podpowiedzi. „Niesamowite, prawda?".

Patrzę na zdjęcie wiszące na ścianie. Myślę o szafce w moim salonie, pełnej płyt DVD w pudełkach. Jestem reliktem. Zostałam w tyle.

Odwracam się, chcę wrócić do siebie.

W tej samej chwili słyszę skrobanie. To drzwi wejściowe.

Stoję i patrzę, jak się otwierają, po czym staje w nich David.

50

– Co tu robisz, do kurwy nędzy?

Wzdrygam się. Nigdy wcześniej nie słyszałam, żeby przeklinał. W ogóle rzadko się przecież odzywa.

– Co tu, k u r w a, robisz?

Otwieram usta i się cofam.

– Ja tylko…

– Dlaczego przyszło ci do głowy, że możesz tu tak sobie wchodzić?

Potykam się.

– Bardzo przepraszam…

Idzie w moją stronę. Zostawił otwarte drzwi. Zaczyna mi się kręcić w głowie.

– Przepraszam. – Biorę głęboki oddech. – Szukałam czegoś.

– Czego?

Kolejny oddech.

– Ciebie.

Podnosi ręce, po czym opuszcza je; klucz dynda mu na palcu.

– No to jestem. – Kręci głową. – Po co mnie szukałaś?

– Bo…

– Mogłaś zadzwonić.

– Nie pomyślałam…

– Nie, ale pomyślałaś, że zejdziesz tu, jak gdyby nigdy nic.

Zaczynam kiwać głową, ale przestaję. Nie wiem, czy kiedykolwiek rozmawialiśmy dłużej niż teraz.

– Możesz zamknąć drzwi? – proszę.

Patrzy na mnie przez chwilę, ale w końcu odwraca się i popycha drzwi, które zamykają się z trzaskiem.

Powraca z łagodniejszym spojrzeniem, ale głos nadal ma surowy.

– Czego chcesz?

Mam zawroty głowy.

– Mogę usiąść?

Stoi nieruchomo.

Podchodzę do kanapy i opadam na nią. David stoi przez chwilę zupełnie bez ruchu, ale wreszcie chowa do kieszeni klucz, który ściskał w ręku, zdejmuje kurtkę i rzuca ją na łóżko; słyszę, jak ląduje – i zsuwa się na podłogę.

– To niefajne.

Kręcę głową.

– Wiem.

– Nie podobałoby ci się, gdybym nieproszony kręcił się po twoim mieszkaniu.

– Wiem.

– Wkur... zdenerwowałabyś się.

– Tak.

– A gdyby się okazało, że mam gościa?

– Pukałam.

– I to cię niby usprawiedliwia?

Nie odpowiadam.

Przygląda mi się przez kilka sekund, po czym idzie do kuchni, zzuwa buty, otwiera lodówkę, wyjmuje butelkę piwa i strąca kapsel o krawędź blatu. Kapsel spada na podłogę i toczy się pod grzejnik.

Kiedy byłam młodsza, takie rzeczy robiły na mnie wrażenie.

Przykłada butelkę do ust, pociąga i powoli wraca do salonu. Opiera to swoje długie ciało o stół kreślarski i popija piwo.

– No i? – odzywa się. – Znalazłaś mnie.

Kiwam głową.

– Poznałeś tę kobietę z domu po drugiej stronie skweru?

Marszczy brwi.

– Kogo?

– Jane Russell. Dom po drugiej stronie skweru. Numer...

– Nie.

Odpowiedź prosta jak drut.

– Ale pracowałeś u nich.

– No.

– Zatem…

– Pracowałem u Russella. Nie poznałem jego żony. Nawet nie wiedziałem, że w ogóle ma żonę.

– Ma syna.

– Samotni faceci też miewają dzieci. – Pociąga z butelki. – Nie żebym się jakoś szczególnie nad tym zastanawiał. To było to twoje pytanie?

Potwierdzam skinieniem głową. Czuję się maleńka. Wgapiam się we własne dłonie.

– Po to przyszłaś?

Przytakuję.

– No, masz już swoją odpowiedź.

Nie ruszam się z miejsca.

– Po co ci to?

Podnoszę na niego wzrok. I tak mi nie uwierzy.

– Po nic – mówię. Opieram pięści na podłokietniku i próbuję wstać.

David podaje mi dłoń, przyjmuję ją – jest szorstka – a on szybko i sprawnie stawia mnie na nogi. Zwracam uwagę na grę mięśni jego przedramienia.

– Bardzo cię przepraszam, że tu weszłam – mówię.

Kiwa głową.

– To już się więcej nie powtórzy.

Kiwa głową.

Idę do schodów. Czuję na plecach jego spojrzenie.

Jestem na trzecim stopniu, kiedy nagle mi się przypomina.

– Czy… słyszałeś krzyk tego dnia, kiedy tam pracowałeś? – pytam, odwracając się i opierając.

– Już pytałaś. Nie pamiętasz? Nie słyszałem. Przez Springsteena.

Naprawdę? Mam wrażenie, że umysł mnie zawodzi.

51

Kiedy zamykają się za mną drzwi do piwnicy i wchodzę do kuchni, odzywa się telefon. Dzwoni doktor Fielding.

– Odsłuchałem pani wiadomość – mówi. – Wydawała się pani zaniepokojona.

Otwieram usta. Byłam gotowa opowiedzieć mu całą historię, wyspowiadać się, oczyścić, ale czuję, że to bez sensu. To o n zawsze wydaje się zaniepokojony – wszystkim; tak majstruje przy moich lekach, że... wiadomo.

– To nic takiego – odpowiadam.

Milczy przez chwilę.

– Nic takiego?

– Właśnie. To znaczy, chciałam zapytać – przełykam ślinę – czy będę mogła przejść na generyki.

Cisza.

Kuję, póki gorące:

– Byłam ciekawa, wie pan, czy będę mogła przejść na zamienniki, przynajmniej części prochów.

– Lekarstw – poprawia mnie odruchowo.

– Lekarstw, znaczy się.

– No cóż, tak. – Nie brzmi to przekonująco.

– Byłoby świetnie. Bo wie pan, te oryginalne, które biorę, nie są tanie.

– Czy to stanowi dla pani problem?

– Nie, nie. Po prostu nie chciałabym, żeby s t a ł o s i ę problemem.

– Rozumiem.

Nie rozumie.

Milczy. Otwieram szafkę w kuchni.

– No dobrze – mówi. – Porozmawiamy o tym we wtorek.
– W porządku – zgadzam się, sięgając po butelkę merlota.
– Zakładam, że to może zaczekać do wtorku.
– Tak, jak najbardziej. – Otwieram butelkę.
– I na pewno dobrze się pani czuje?
– Najzupełniej. – Wyjmuję szklaneczkę ze zlewu.
– Nie miesza pani leków z alkoholem?
– Gdzieżby. – Nalewam.
– To dobrze. Wobec tego do zobaczenia.
– Do widzenia.

Doktor Fielding się rozłącza, a ja przykładam szklaneczkę do ust.

52

Idę na górę. W bibliotece Eda znajduję szklaneczkę i butelkę, które porzuciłam przed dwudziestoma minutami. Słońce tańczy na szkle. Zbieram ten majdan i zanoszę do gabinetu.

Siadam przy biurku. I zaczynam się zastanawiać.

Na ekranie komputera szachownica, rozstawione figury, armie dnia i nocy gotowe do starcia. Biała królowa; przypominam sobie, jak zbiłam ją Jane. Jane, w śnieżnobiałej bluzce nasiąkniętej krwią.

Jane. Biała królowa.

Komputer świergocze.

Zerkam na dom Russellów. Ani śladu życia.

BabuniaLizzie: Witaj, doktor Anno.

Patrzę zaskoczona na ekran.

Na czym skończyłyśmy? K i e d y skończyłyśmy? Rozwijam historię rozmowy. „BabuniaLizzie opuścił czat" – szesnasta czterdzieści sześć, czwartek, czwartego listopada.

No tak: skończyłyśmy na tym, jak Ed i ja powiedzieliśmy o wszystkim Olivii. Już pamiętam, jak mi dudniło serce.

Sześć godzin później zadzwoniłam na numer alarmowy.

A potem… wyjście z domu. Noc w szpitalu. Rozmowa z Little'em i z lekarką. Zastrzyk. Powrót do domu przez Harlem, ostre słońce na twarzy. Pośpieszna ewakuacja z samochodu do budynku. Punc u mnie na kolanach. Ja w kleszczach Norelli. Alistair w moim domu. Ethan w moim domu.

Ta kobieta w moim domu.

I Bina, i nasze przeszukiwanie Internetu. I jej eleganckie chrapanie w nocy. A dziś: pełen niedowierzania Ed, telefon od „Jane", mieszkanie Davida, złość Davida, chrapliwy głos doktora Fieldinga w moim uchu.

To wszystko w dwa dni?

lekarzprzyjmuje: Witaj! Jak się czujesz?

Poprzednio wyszła z czatu bez pożegnania, ale postanowiłam, że nie będę się czepiała.

BabuniaLizzie: Dobrze, ale ważniejsze, że jest mi STRASZNIE przykro, że tak nagle się rozłączyłam, kiedy ostatnio rozmawiałyśmy.

I dobrze.

lekarzprzyjmuje: Nic nie szkodzi! Każdy ma swoje sprawy!
BabuniaLizzie: Nie o to chodzi, NAPRAWDĘ. Otóż mój Internet wyzionął ducha! Spoczywaj w pokoju, Internecie!
BabuniaLizzie: To mi się przytrafia mniej więcej raz na dwa miesiące. Tym razem wypadło w czwartek i okazało się, że firma może przysłać fachowca dopiero w weekend.
BabuniaLizzie: BARDZO cię przepraszam. Nawet nie potrafię sobie wyobrazić, co musiałaś o mnie pomyśleć.

Podnoszę szklaneczkę do ust, biorę łyk, odstawiam ją, sięgam po drugą – i też z niej piję. Założyłam, że Lizzie nie ma ochoty czytać mojej żałosnej historii. Ech, ja, kobieta małej wiary.

lekarzprzyjmuje: Nie przepraszaj! Takie rzeczy się zdarzają!
BabuniaLizzie: Czuję się jak ostatnia zołza.
lekarzprzyjmuje: Daj spokój.
BabuniaLizzie: Wybaczysz mi?

lekarzprzyjmuje: Nie ma czego wybaczać! Mam nadzieję, że u ciebie wszystko dobrze.
BabuniaLizzie: Tak dobrze. Synowie przyjechali :-)
lekarzprzyjmuje: Rzeczywiście to powód do :-)! Cieszę się razem z tobą!
BabuniaLizzie: Wspaniale jest mieć ich przy sobie.
lekarzprzyjmuje: Jak mają na imię?
BabuniaLizzie: Beau.
BabuniaLizzie: I William.
lekarzprzyjmuje: Świetne imiona.
BabuniaLizzie: I świetne chłopaki. Zawsze bardzo mi pomagali. Zwłaszcza kiedy Richard zachorował. Dobrze ich wychowaliśmy!
lekarzprzyjmuje: Na to wygląda. Sądząc po tym, co opowiadasz!
BabuniaLizzie: William dzwoni do mnie codziennie z Florydy. Mówi: „SIEMANKO" tym swoim tubalnym głosem i od razu się uśmiecham. Działa za każdym razem.

Też się uśmiecham.

lekarzprzyjmuje: Moja rodzina zawsze zaczyna rozmowę od słów: „Zgadnij kto".
BabuniaLizzie: O, podoba mi się!

Myślę o Livvy i Edzie, słyszę w głowie ich głosy. Coś ściska mnie za gardło. Rozluźniam je winem.

lekarzprzyjmuje: Pewnie się cieszysz z wizyty synów.
BabuniaLizzie: I to JAK, Anno. Śpią w swoich pokojach, czuję się jak za „dawnych czasów".

Po raz pierwszy od kilku dni czuję się swobodnie i wiem, że kontroluję sytuację. A nawet jestem pomocna. Zupełnie jakbym wróciła do gabinetu przy Wschodniej Osiemdziesiątej Ósmej i znów pomagała pacjentce. „Trafić do drugiego człowieka".

Niewykluczone, że potrzebuję tego bardziej niż Lizzie.

I tak, przy zapadającym zmroku, pośród blaknących cieni na suficie, czatuję z samotną babcią, która siedzi przed komputerem tysiące kilometrów stąd. Lizzie mówi, że uwielbia gotować; ulubioną potrawą chłopców jest jej „słynne mięso duszone z warzywami (wcale nie takie słynne)", poza tym co roku piecze „sernikowe brownies dla całej remizy". Kiedyś miała kota – w tym miejscu opowiadam jej o Puncu – ale teraz trzyma królika, „brązową dziewczynkę imieniem Petunia". Nie jest zapaloną kinomanką, za to lubi „programy o gotowaniu i *Grę o tron*". To drugie mnie zaskakuje – ona i taki brutalny serial?

Opowiada, rzecz jasna, o Richardzie. „Wszyscy bardzo za nim tęsknimy". Był nauczycielem, diakonem metodystą, miłośnikiem kolei („w piwnicy miał wielki model") i kochającym rodzicem – „porządnym człowiekiem".

„Porządny człowiek i dobry ojciec". Nagle staje mi przed oczami Alistair Russell. Przechodzi mnie dreszcz. Rozgrzewam się winem.

BabuniaLizzie: Mam nadzieję, że cię nie zanudzam.
lekarzprzyjmuje: Ani trochę.

Dowiaduję się, że Richard był nie tylko przyzwoitym, ale też odpowiedzialnym człowiekiem, a także zajmował się wszelkimi pracami wokół domu: naprawami, elektroniką („William kupił «Apple TV», którego nie potrafię rozgryźć", narzeka Lizzie), ogrodem, rachunkami. Bez niego, wyznaje wdowa, czuje się „przytłoczona; jak stara baba".

Przebieram palcami po myszce. Nie jest to wprawdzie zespół Cotarda, ale mogę zaproponować kilka szybkich pomysłów na naprawę sytuacji. „Rozwiążmy ten problem", piszę i od razu czuję, jak krew zaczyna szybciej krążyć mi w żyłach, tak jak zawsze wtedy, gdy razem z pacjentem brnę przez jego utrapienia.

Wyjmuję ołówek z szuflady i zapisuję kilka słów na żółtej karteczce samoprzylepnej. W gabinecie korzystałam z notesu Moleskine i pióra. Nie widzę różnicy.

Naprawy: „Zorientuj się, czy w okolicy nie mieszka złota rączka, ktoś, kto mógłby zaglądać do ciebie raz w tygodniu" – poradzi sobie?

BabuniaLizzie: Przychodzi mi do głowy Martin, który pracuje w naszym kościele.
lekarzprzyjmuje: Doskonale!

Elektronika: „Większość młodych ludzi zna się całkiem nieźle na komputerach i telewizorach". Nie jestem pewna, jak wielu nastolatków Lizzie zna, ale...

BabuniaLizzie: Syn Robertsów, którzy mieszkają przy mojej ulicy, ma ipada.
lekarzprzyjmuje: To masz pomoc!

Rachunki (wydaje się, że to dla niej wyjątkowe wyzwanie; „Płacenie przez Internet jest trudne, za dużo różnych nazw użytkownika i haseł"): Powinna „zdecydować się na spójne i łatwe do zapamiętania loginy", na przykład, podsuwam, swoje imię albo imię dziecka albo datę urodzin najbliższej osoby, ale „zastąpić niektóre litery cyframi i symbolami". „W1LL1@M", dajmy na to.

Przez chwilę brak odpowiedzi.

BabuniaLizzie: Moje imię brzmiałoby: „L1221E".

Znów się uśmiecham.

lekarzprzyjmuje: Chwytliwe!
BabuniaLizzie: *Laughing out loud!*
BabuniaLizzie: W telewizji mówili, że można mnie „zhakować". Powinnam się tym przejmować??
lekarzprzyjmuje: Nie sądzę, aby ktoś zdołał złamać twój szyfr!

Mam nadzieję, że naprawdę nikt tego nie zrobi. W końcu mowa o siedemdziesięciolatce z Montany.

Na koniec ogród: „Tutaj zimy są naprawdę mroźne", zaznacza Lizzie. Będzie potrzebowała kogoś, kto zgarnie śnieg z dachu, posypie chodnik solą, strąci sople z rynien... „Przygotowania do zimy wymagają mnóstwa pracy, nawet od kogoś, kto jest w stanie wychodzić na dwór".

lekarzprzyjmuje: Miejmy nadzieję, że do tego czasu będziesz już mogła wychodzić na zewnątrz. Może powinnaś zwrócić się o pomoc do Martina z kościoła? Albo do dzieci sąsiadów. A nawet do swoich uczniów. Nie zapominaj, jak wielką siłę perswazji ma dziesięć dolarów za godzinę!
BabuniaLizzie: Tak. To dobre pomysły.
BabuniaLizzie: Dziękuję ci, doktor Anno. Czuję się znacznie, ZNACZNIE lepiej.

Problem rozwiązany. Pomoc pacjentowi udzielona. Rozpiera mnie entuzjazm. Popijam wino.

A potem wracamy do duszonego mięsa, królików oraz Williama i Beau.

Światło w salonie Russellów. Spoglądam ponad monitorem komputera i widzę, jak ta kobieta wchodzi do pokoju. Uświadamiam sobie, że od ponad godziny ani razu o niej nie pomyślałam. Sesja z Lizzie dobrze mi robi.

BabuniaLizzie: William wrócił z zakupami. Oby nie zapomniał o pączkach, o które go poprosiłam!
BabuniaLizzie: Muszę powstrzymać go, żeby nie zjadł wszystkich.
lekarzprzyjmuje: Biegnij, biegnij!
BabuniaLizzie: Btw, czy udało ci się już wyjść na zewnątrz?

„Btw". Powoli uczy się mowy sieci.

Rozcapierzam palce nad klawiaturą i poruszam nimi. Tak, udało mi się wyjść na zewnątrz. I to dwa razy.

lekarzprzyjmuje: Niestety, nie!

Nie wnikajmy.

BabuniaLizzie: Życzę ci, żeby wkrótce ci się udało...
lekarzprzyjmuje: To jest nas dwie.

Opuszcza czat, a ja opróżniam szklaneczkę i odstawiam ją na biurko.

Odpycham się jedną nogą i powoli kręcę na fotelu. Ściany obracają się wokół mnie.

„Będę działała na rzecz zdrowia i dobrostanu". Dzisiaj to zrobiłam.

Zamykam oczy. Pomogłam Lizzie przygotować się do życia, pomogłam jej przeżywać je nieco pełniej. Pomogłam odczuć ulgę.

„Będę przedkładała pożytek innych ludzi ponad własny". To też, ale przy okazji sama skorzystałam. Na prawie półtorej godziny wyrzuciłam Russellów z głowy. Alistaira, tę kobietę, a nawet Ethana.

Nawet Jane.

Zatrzymuję fotel. Otwieram oczy i mój wzrok sięga za drzwi, przez korytarz, do biblioteki Eda.

Myślę o tym, czego nie powiedziałam Lizzie. Na co się nie zdobyłam.

53

Olivia odmówiła powrotu do pokoju, więc Ed został z nią, a ja, z walącym sercem, poszłam nas spakować. Przywlokłam się z powrotem do recepcji, gdzie w palenisku tańczyły niskie płomienie. Marie przeciągnęła moją kartę przez czytnik. Z absurdalnie szerokim uśmiechem na ustach i z równie szeroko otwartymi oczami życzyła nam, państwu miastowym, udanego wieczoru.

Olivia wyciągnęła do mnie rękę. Spojrzałam na Eda; wziął torby, po jednej na każde ramię. Ścisnęłam gorącą dłoń naszej córeczki.

Wcześniej zostawiliśmy samochód na końcu parkingu i zanim teraz do niego dotarliśmy, byliśmy już cali w płatkach śniegu. Ed otworzył bagażnik i schował bagaże, a ja w tym czasie przetarłam dłonią przednią szybę. Olivia wgramoliła się na tylne siedzenie i zatrzasnęła za sobą drzwi.

Staliśmy z Edem po dwóch stronach auta, w sypiącym śniegu. Zobaczyłam, że porusza ustami.

– Co? – odezwałam się.

Powtórzył głośniej:

– Ty prowadzisz.

Usiadłam za kierownicą.

Wyjechałam z parkingu. Opony zapiszczały na zmarzniętej ziemi. Skręciłam na drogę. Płatki śniegu przylepiały się do szyby. Włączyłam się do ruchu na trasie. Ruszyliśmy w noc, w biel.

Nikt się nie odzywał, nie było słychać żadnych dźwięków poza buczeniem silnika. Ed siedział obok mnie i patrzył tępo przed siebie. Zerknęłam w lusterko. Olivia zsunęła się na siedzeniu, jej głowa podskakiwała na ramieniu – nie spała, miała tylko przymknięte oczy.

Weszliśmy w zakręt. Poprawiłam uchwyt na kierownicy.

Nagle tuż obok nas otworzyła się przepaść, ta wielka otchłań wyrwana ziemi. Księżyc rzucał na drzewa w dolinie widmową poświatę. Srebrne, ciemne płatki śniegu spadały z nieba, leciały, leciały, przepadały na zawsze, jak żeglarze w morskiej toni.

Zdjęłam nogę z gazu.

W lusterku wstecznym widziałam twarz Olivii, która wyglądała przez okno. Świeciły się jej policzki. Znów płakała w ciszy.

Serce mi pękło.

Zadzwonił mój telefon.

***

Dwa tygodnie wcześniej byliśmy z Edem na przyjęciu w domu po drugiej stronie skweru, u Lordów. Ot, świąteczny koktajl: kolorowe drinki i gałązki jemioły. Byli Takedowie, byli Grayowie (Wodniki, jak poinformowali gospodarze, nie potwierdzili udziału). Pojawiła się, ale tylko na chwilę, nawet jedna z dorosłych latorośli Lordów i przyprowadziła ze sobą dziewczynę. Byli koledzy Berta z banku, całe ich tabuny. Dom przemienił się w strefę walk, pole minowe, cmoknięcia na odległość na każdym kroku, wybuchy śmiechu jak kanonady, poklepywanie się po plecach jak eksplozje bomb.

W połowie imprezy, kiedy opróżniałam czwarty kieliszek, podeszła do mnie Josie Lord.

– Anno!

– Josie!

Objęłyśmy się. Nie dotknęła mnie, tylko zatrzepotała dłońmi nad moimi plecami.

– Spójrz tylko na tę suknię – rzuciłam.

– Prawda?

Nie wiedziałam, co odpowiedzieć.

– Prawda.

– A popatrz na te spodnie!

Wskazałam swoje nogi.

– No popatrz.

– Musiałam zrezygnować z szala, i to dosłownie przed chwilą, bo Bert oblał mi go... Och, dziękuję, Anno. – Wyskubałam długi włos z jej rękawiczki. – Bert oblał mnie winem.

– Niegrzeczny Bert! – Upiłam łyk.

– Powiedziałam mu, że później się rozmówimy. To już drugi raz... Och, dziękuję, Anno. – Wyciągnęłam kolejne włókno, tym razem z sukienki; Ed zawsze twierdził, że po alkoholu staję się bardzo bezpośrednia. – Drugi raz potraktował tak mój szal.

– Ten sam?

– Nie, nie.

Miała zaokrąglone zęby w kolorze złamanej bieli. Przypomniała mi się foka Weddella, która, jak się niedawno dowiedziałam z programu przyrodniczego, używa kłów do wygryzania dziur w antarktycznym lodzie. „Prowadzi to – powiedział narrator – do znacznego starcia szkliwa na zębach foki". Stosowny obrazek zwierzęcia walącego szczęką o przykryty śniegiem lód. „Foki Weddella żyją krótko", dodał złowieszczo narrator.

– Kto tak do ciebie wydzwania? – spytała stojąca przede mną foka Weddella.

Zamarłam. Mój telefon buczał przez cały wieczór, czułam jego wibracje na biodrze. Wyjmowałam go, chowałam w dłoni, zerkałam na wyświetlacz, kciukiem szybko wstukiwałam odpowiedź. Wydawało mi się, że robię to dyskretnie.

– To z pracy – wyjaśniłam.

– Czegóż może chcieć dziecko o takiej porze? – spytała Josie.

Uśmiechnęłam się.

– Tajemnica lekarska. Rozumiesz.

– Och, oczywiście, oczywiście. Zachowujesz się bardzo profesjonalnie, moja droga.

A jednak pośród zgiełku, kiedy przemykałam po powierzchni umysłu, kiedy bezgłośnie wypowiadałam pytania i odpowiedzi, kiedy wino krążyło mi w żyłach, a w uszach huczały kolędy – nawet wtedy myślałam wyłącznie o nim.

***

Znów zabrzęczał telefon.

Zaskoczona na chwilę oderwałam ręce od kierownicy. Telefon terkotał o plastik, bo włożyłam go do przegródki na kubek między siedzeniami.

Spojrzałam na Eda. Przyglądał się aparatowi.

Kolejny dzwonek. Zerknęłam w lusterko. Olivia nadal wyglądała przez okno.

Milczeliśmy. I jechaliśmy przed siebie.

Dzwonek.

– Zgadnij kto – odezwał się Ed.

Nie odpowiedziałam.

– Założę się, że on.

Nie zaprzeczyłam.

Ed wyjął telefon z przegródki, popatrzył na wyświetlacz i westchnął.

Wzięliśmy zakręt.

– Chcesz odebrać?

Nie byłam w stanie na niego spojrzeć. Wierciłam wzrokiem dziurę w przedniej szybie. Pokręciłam głową.

– Wobec tego ja odbiorę.

– Nie. – Spróbowałam odebrać mu komórkę; Ed się uchylił.

Telefon nadal dzwonił.

– Chcę odebrać – stwierdził Ed. – Chcę zamienić z nim słowo.

– Nie. – Wytrąciłam mu aparat z ręki; upadł na podłogę pod moimi nogami.

– Przestańcie! – krzyknęła Olivia.

Popatrzyłam w dół, zobaczyłam wibrujący ekran, a na nim jego imię.

– Anno – wyszeptał Ed.

Podniosłam głowę. Droga zniknęła.

Zjechaliśmy za krawędź urwiska. Szybowaliśmy ku ciemności.

54

Pukanie.

Odpłynęłam. Siadam półprzytomna. W pokoju ciemno; zapadła już noc.

Znowu pukanie. Na dole. Ale nie do drzwi wejściowych, tylko do tych do piwnicy.

Idę na schody. David prawie zawsze korzysta z głównego wejścia, kiedy do mnie zachodzi. Więc może to ktoś z jego „gości".

Kiedy jednak włączam światło w kuchni i otwieram drzwi do piwnicy, okazuje się, że to on we własnej osobie, stoi dwa schodki niżej i patrzy na mnie.

– Pomyślałem, że może powinienem zacząć wchodzić tędy – mówi.

Dopiero po chwili dociera do mnie, że David próbuje żartować.

– Proszę cię bardzo. – Usuwam się z przejścia i wpuszczam go do kuchni.

Zamykam drzwi. Przez chwilę mierzymy się wzrokiem. Chyba wiem, co powie. Sądzę, że ma to związek z Jane.

– Chciałem… przeprosić – zaczyna.

Nieruchomieję.

– Za wcześniej – dodaje.

Potrząsam głową, włosy tańczą mi na ramionach.

– To ja powinnam przeprosić.

– Przecież przeprosiłaś.

– Z chęcią zrobię to ponownie.

– Nie trzeba. Chcę powiedzieć, że jest mi przykro. Że na ciebie nakrzyczałem. – Kiwa głową. – I za to, że zostawiłem otwarte drzwi. Wiem, jak bardzo cię to denerwuje.

Mało powiedziane, ale niech mu będzie; przynajmniej tyle jestem mu winna.

– Nie szkodzi. – Wolałabym usłyszeć coś o Jane. Spytać go jeszcze raz?

– Po prostu... – Wodzi dłonią po blacie wyspy. Opiera się o niego. – Miewam silny instynkt terytorialny. Chyba powinienem był ci wcześniej o tym powiedzieć, ale...

Na tym kończy zdanie. Stoi na jednej nodze, drugą porusza w powietrzu.

– Ale?

Posyła mi spojrzenie spod ciemnych brwi. Prymitywna siła.

– Masz piwo?

– Mam wino. – Myślę o dwóch butelkach i dwóch szklaneczkach na biurku w gabinecie na piętrze. – Otworzyć butelkę?

– Czemu nie?

Mijam go – pachnie Ivory – podchodzę do szafki i wyjmuję czerwone.

– Może być merlot?

– Nawet nie wiem, co to takiego.

– Smaczne czerwone wino.

– No to niech będzie.

Otwieram sąsiednią szafkę. Pusto. Idę do zmywarki. Dwie szklaneczki brzęczą w moich dłoniach. Stawiam je na wyspie, wyciągam korek z butelki i nalewam wino.

David przysuwa sobie szklaneczkę i przechyla ją lekko w moją stronę.

– Zdrowie – mówię i upijam łyk.

– Siedziałem – odzywa się David, obracając szklankę w dłoni.

Kiwam głową, a potem otwieram szeroko oczy. Chyba nigdy nie słyszałam tego słowa w tym kontekście; nie licząc, rzecz jasna, filmów.

– W więzieniu? – pytam głupio.

Uśmiecha się.

– W więzieniu.

Znowu kiwam głową.

– Co takiego... Za co byłeś w więzieniu?

Patrzy na mnie spokojnie.

– Za napaść. Na jednego faceta – dodaje.

Wpatruję się w niego.

– Denerwuje cię to – mówi.

– Nie.

Kłamstwo zawisa w powietrzu.

– Po prostu jestem zaskoczona – odpowiadam.

– Powinienem był cię uprzedzić. – Drapie się po brodzie. – Zanim się wprowadziłem. Zrozumiem, jeśli każesz mi się wynieść.

Nie wiem, czy mówi poważnie. Czy chcę, żeby się wyniósł?

– Co się wydarzyło? – pytam.

Wzdycha prawie niezauważalnie.

– W sumie nic wielkiego. Bójka w barze. – Wzrusza ramionami. – Tyle że wcześniej już raz mnie oskarżono. O to samo. Do dwóch razy sztuka.

– Myślałam, że do trzech.

– Zależy, kim jesteś.

– Mm – mruczę, jakby chodziło o wiedzę niepodlegającą dyskusji.

– Poza tym miałem papugę pijaczkę.

– Mm – powtarzam, a w głowie deszyfruję kod: obrońca, najpewniej z urzędu.

– Dostałem rok i dwa miesiące.

– Gdzie?

– Gdzie się biłem czy gdzie siedziałem?

– Jedno i drugie.

– W Massachusetts. Jedno i drugie.

– Aha.

– Opowiedzieć ci, no wiesz, ze szczegółami?

Chętnie.

– Och nie, nie trzeba.

– To była czysta głupota. W dodatku po pijaku.

– Rozumiem.

– Ale tam nauczyłem się… No wiesz, pilnować… swojej przestrzeni.

– Rozumiem.

Stoimy naprzeciw siebie i oboje wbijamy spojrzenie w podłogę niczym dwoje nastolatków na potańcówce.

Przenoszę ciężar z nogi na nogę.

– Kiedy byłeś… Kiedy siedziałeś? – „Tam gdzie trzeba, używaj języka, jakim posługuje się pacjent".

– Wyszedłem w kwietniu. Spędziłem lato w Bostonie, potem przyjechałem tutaj.

– Rozumiem.

– Ciągle to powtarzasz – zauważa, ale mówi to przyjaznym tonem.

Uśmiecham się. Odchrząkuję.

– Naruszyłam twoją przestrzeń, choć nie powinnam była tego robić. Oczywiście możesz zostać. – Naprawdę tak myślę? Chyba tak.

Popija wino.

– Chciałem, żebyś wiedziała. A to – dodaje, przechylając szklaneczkę w moją stronę – jest całkiem dobre.

– Nie zapomniałem o suficie.

Siedzimy na kanapie, jesteśmy po trzech szklaneczkach – to znaczy, on po trzech, ja po czterech, razem siedmiu, gdybyśmy liczyli, ale nie liczymy – toteż zorientowanie się, o co mu chodzi, zajmuje mi dłuższą chwilę.

– Którym suficie?

Pokazuje palcem.

– Dach.

– A, no tak. – Podnoszę głowę, jakbym mogła prześwietlić wzrokiem konstrukcję domu i dotrzeć aż do dachu. – Racja. Dlaczego to mówisz?

– Bo przed chwilą zapowiedziałaś, że jak tylko będziesz mogła wychodzić na zewnątrz, wejdziesz na dach i sprawdzisz, co z ogrodem.

Tak?

– To raczej nieprędko – stwierdzam rzeczowo. Rzeczowawo. – Nie stać mnie nawet na spacer w ogródku.

Lekki uśmiech, przekrzywienie głowy.

– No to któregoś dnia. – Stawia szklaneczkę na ławie i się podnosi. – Gdzie masz łazienkę?

Obracam się całym ciałem.

– O tam.

– Dzięki. – Idzie do czerwonego pokoju.

Kładę się na kanapie. Kiwam głową na boki, a poduszka szepcze mi do ucha: „Widziałam, jak moją sąsiadkę pchnięto nożem. To ta kobieta, której nie poznałeś. Nikt jej nie poznał. Proszę, uwierz mi".

Słyszę wpadającą do muszli strużkę moczu. Ed tak robił, wkładał w sikanie tyle siły, że było słychać nawet przy zamkniętych drzwiach, jakby chciał się przebić uryną przez porcelanę.

Szum spłuczki, syk kranu.

„W jej domu mieszka ktoś, kto udaje, że nią jest".

Otwierają się drzwi do łazienki. Wychodzi, zamyka je za sobą.

„Syn i mąż kłamią. Wszyscy kłamią". Zapadam się coraz głębiej.

Wpatruję się w sufit, w światła jak dołeczki w buzi. Zamykam oczy.

„Pomóż mi ją odnaleźć".

Skrzypienie. Jakiś zawias, gdzieś. Możliwe, że David zszedł. Obracam się na bok.

„Pomóż mi ją odnaleźć".

Kiedy po chwili otwieram oczy, on już jest z powrotem. Siada na sofie. Podnoszę się i uśmiecham. Odwzajemnia uśmiech. Spogląda na coś za moimi plecami.

– Ładna dziewczynka.

Obracam się. Chodzi mu o Olivię w srebrnej ramce.

– Na ścianie na dole wisi jej zdjęcie – przypominam sobie.

– No.

– Dlaczego?

Wzrusza ramionami.

– Nie wiem. Nie miałem go czym zastąpić. – Opróżnia szklaneczkę. – Gdzie ona jest, tak w ogóle?

– Z ojcem. – Przełykam haust wina.

– Tęsknisz za nią? – pyta David po chwili.

– Tak.

– A za nim?

– W sumie też.

– Często z nimi rozmawiasz?

– Cały czas. Rozmawiałam wczoraj.

– Kiedy będziesz się z nimi widziała?

– Pewnie nieprędko. Ale mam nadzieję, że jednak wkrótce.

Nie chcę o tym rozmawiać. O nich. Wolałabym pogadać o kobiecie z domu po drugiej stronie skweru.

– Sprawdzimy ten sufit?

Stopnie kręcą się i znikają w ciemności. Idę pierwsza, David za mną.

Kiedy mijamy gabinet, coś mi się ociera o nogę. Punc zmyka w dół po schodach.

– Co to było? Kot? – pyta David.

– Kot – potwierdzam.

Wspinamy się dalej, mijamy ciemne sypialnie i docieramy na najwyższy poziom. Macam dłonią ścianę, namierzam włącznik. Nagle robi się jasno. Widzę, że David wpatruje się we mnie.

– Nie wygląda wcale gorzej – mówię, wskazując plamę, rozlaną na wyłazie jak siniak.

– Rzeczywiście – przyznaje David. – Ale będzie się powiększała. Zajmę się nią w tym tygodniu.

Cisza.

– Zajęty jesteś? Masz dużo pracy?

Milczy.

Zastanawiam się, czy mogłabym opowiedzieć mu o Jane. Ciekawe, jak by zareagował.

Zanim zdążę postanowić, czy chcę się o tym przekonać, on już mnie całuje.

55

Leżymy na podłodze na klatce schodowej. Wykładzina szoruje mi po plecach. Potem David bierze mnie na ręce i zanosi do najbliższego łóżka.

Czuję na ustach jego wargi, jego szczecina szoruje po moich policzkach i brodzie. Palce jednej dłoni wplata mi we włosy i mocno je przeczesuje, a drugą ciągnie za pasek szlafroka. Wciągam brzuch, kiedy rozchyla poły. Wtedy całuje mnie jeszcze bardziej łapczywie, całuje po szyi, po ramionach.

Tkań z okna wnet szybuje w dół,
Zwierciadło z trzaskiem pęka w pół [...]
„O, jakże zbrzydły mi te cienie!"
*Wzdycha pani z Shalott**.

Dlaczego Tennyson? Czemu teraz?
Tak dawno tego nie czułam. Tak dawno n i c z e g o nie czułam.
Chcę to czuć. Chcę czuć. Zbrzydły mi cienie.

Później, gdy leżymy po ciemku, muskam palcami jego pierś, jego brzuch, kreskę włosów od pępka, która jest jak lont.

Cicho oddycha. Zasypiam. Śnią mi się zachody słońca. I Jane. W pewnym momencie słyszę miękkie kroki na schodach i ku swemu zaskoczeniu mam nadzieję, że wróci do łóżka.

---

* Przekład Anna Bańkowska.

Niedziela, 7 listopada

56

Kiedy budzę się z bólem głowy, Davida przy mnie nie ma. Jego poduszka jest zimna. Przykładam do niej policzek; pachnie potem.

Przewracam się na bok, plecami do okna, do światła.

Co tu się, do cholery, wydarzyło?

Piliśmy – oczywiście, że piliśmy; zaciskam powieki – a potem poszliśmy na najwyższe piętro. Staliśmy pod wyłazem. A potem do łóżka. Chociaż nie: najpierw na schodach, później w łóżku.

W łóżku Olivii.

Momentalnie otwieram oczy.

Leżę naga w łóżku mojej córki, owinięta jej kocem. Na jej poduszce zaschnięty pot mężczyzny, którego praktycznie nie znam. Mój Boże, Livvy, przepraszam.

Mrużę oczy i spoglądam w stronę ciemnego korytarza. Siadam. Kołdra klei się do moich piersi. Kołdra Olivii, ze wzorkiem w kucyki. Jej ulubiona. Nie chciała spać pod żadną inną.

Odwracam się w stronę okna. Na zewnątrz szaro, listopadowa mżawka, woda na liściach, z okapu kap, kap.

Moje spojrzenie wędruje na drugą stronę skweru. Z tego pokoju mam bezpośredni widok na sypialnię Ethana. Jest pusta.

Przechodzi mnie dreszcz.

Szlafrok leży na podłodze i wygląda jak ślad po hamowaniu. Schodzę z łóżka, podnoszę go – dlaczego trzęsą mi się ręce? – i opatulam się nim. Jeden kapeć znajduję pod łóżkiem, a drugi na schodach.

Na podeście nabieram powietrza. Powietrze jest stęchłe. David ma rację: powinnam wietrzyć. Nie zrobię tego, choć powinnam.

Schodzę. Piętro niżej przystaję, patrzę w lewo, patrzę w prawo, jakbym przymierzała się do przejścia przez jezdnię. W sypialniach cisza i spokój, pościel na moim łóżku nadal w nieładzie po nocy z Biną. „Noc z Biną" – brzmi sprośnie.

Mam kaca.

Piętro niżej zaglądam do biblioteki i do gabinetu. Dom Russellów mnie obserwuje. Mam wrażenie, jakby śledził moje ruchy, wędrówkę po mieszkaniu.

Najpierw dźwięk, potem obraz.

A obraz wygląda tak, że David jest w kuchni i pije wodę ze szklaneczki. Pomieszczenie jest zbudowane z cieni i ze szkła, przygaszone jak świat za oknem.

Wodzę wzrokiem za jabłkiem Adama, które porusza się, kiedy David przełyka. Ma zmierzwione włosy na karku. Spod podwiniętej koszulki wystaje wąskie biodro. Przymykam oczy i przypominam sobie swoją dłoń na tym biodrze i swoje usta na tej szyi.

Kiedy znów je otwieram, David patrzy na mnie, a w szarym świetle jego oczy są ciemne i pełne.

– Niezłe przeprosiny, co? – odzywa się.

Czerwienieję.

– Mam nadzieję, że cię nie obudziłem. – Podnosi szklaneczkę. – Musiałem uzupełnić płyny. Zaraz wychodzę. – Dopija zawartość szklaneczki, odstawia ją do zlewu. Przesuwa dłonią po biodrze.

Nie wiem, co powiedzieć.

Chyba to wyczuwa.

– Już ci schodzę z oczu – mówi i rusza w moją stronę.

Spinam się, ale widzę, że zmierza do drzwi do piwnicy; odsuwam się, żeby mógł przejść. Zatrzymuje się przy mnie, obraca głowę i mówi niskim głosem:

– Nie jestem pewien, czy powinienem podziękować, czy przeprosić.

Spoglądam mu w oczy i zbieram słowa.

– To nic takiego. – Słyszę, że mój głos brzmi gardłowo. – Nie przejmuj się.

Zastanawia się chwilę, po czym kiwa głową.

– Chyba jednak powinienem przeprosić.

Spuszczam wzrok. Przechodzi obok mnie i otwiera drzwi.

– Wyjeżdżam. Mam robotę w Connecticut. Wrócę pewnie jutro.

Nie odpowiadam.

Wypuszczam powietrze dopiero wtedy, kiedy za moimi plecami zamykają się drzwi do piwnicy. Podchodzę do zlewu, napełniam szklankę Davida wodą i podnoszę ją do ust. Myślę, że mogę go jeszcze raz posmakować.

57

No i stało się.

Nigdy nie lubiłam tego wyrażenia. Zbyt lekceważące. Ale taka jest prawda.

Stało się.

Ze szklaneczką w dłoni przenoszę się na sofę, gdzie natykam się na zwiniętego w kłębek na poduszce Punca, który porusza ogonem wte i wewte. Siadam obok niego, stawiam szklaneczkę między nogami i odchylam głowę.

Pomijając kwestie etyczne – chociaż cóż to właściwie ma wspólnego z etyką? ot, seks z lokatorem – nie mogę uwierzyć, że zrobiliśmy to, co zrobiliśmy, w łóżku mojej córki. Co by powiedział na to Ed? Wzdrygam się na samą myśl. O niczym się, rzecz oczywista, nie dowie, ale jednak. Mam ochotę puścić całą pościel z dymem. Kucyki i resztę.

Dom oddycha, rytmiczne tykanie zegara jest jak jego słaby puls. Cały pokój tonie w półmroku, w rozmazanych cieniach. Odbita w ekranie telewizora wyglądam jak zjawa.

Co bym zrobiła, gdybym żyła tam, na ekranie, gdybym była postacią z któregoś z moich filmów? Wyszłabym z domu i poprowadziła prywatne śledztwo, jak Teresa Wright w *Cieniu wątpliwości*. Poprosiłabym o pomoc przyjaciółkę, jak James Stewart w *Oknie na podwórze*. Nie siedziałabym w kałuży szlafroka, zastanawiając się, co dalej.

Zespół zamknięcia. Wśród przyczyn wymienia się: udar, uszkodzenie pnia mózgu, stwardnienie rozsiane, a nawet działanie trucizny. Innymi słowy, jest to zaburzenie neurologiczne, a nie psychiczne. A jednak proszę, jestem tu całkiem dosłownie zamknięta – zamek w drzwiach przekręcony, okna na głucho, kulę się przed światłem – podczas gdy w domu po drugiej stronie skweru ktoś pchnął nożem kobietę; i nikt nic nie widzi, nikt nic nie wie. Oprócz mnie, zamroczonej alkoholem, odseparowanej od rodziny, pieprzącej się z lokatorem. Dziwadło dla sąsiadów. Pośmiewisko dla gliniarzy. Przypadek szczególny dla doktora. Obiekt współczucia dla fizjoterapeutki. Pustelniczka. Żadna tam bohaterka. Żadna pani detektyw.

Jestem zamknięta. I wykluczona.

W pewnym momencie wstaję, idę do schodów i wspinam się stopień za stopniem. Docieram na piętro i już chcę skręcić do gabinetu, kiedy coś zauważam. Drzwi do schowka są uchylone, lekko, ale jednak.

Serce mi zamiera.

Sama nie wiem dlaczego. To przecież tylko otwarte drzwi. Kilka dni temu osobiście je otworzyłam – dla Davida.

Tyle że potem je zamknęłam. Zauważyłabym, gdyby przez cały ten czas były otwarte – bo przecież t e r a z zauważyłam.

Stoję i się waham, drżę jak płomień. Czy ufam samej sobie?

Mimo wszystko tak.

Podchodzę, kładę dłoń na klamce, ostrożnie, jakby mogła mi się wyślizgnąć, i ciągnę.

W środku zupełnie ciemno. Podnoszę rękę, znajduję przetarty sznurek i włączam światło. Pomieszczenie wypełnia oślepiający blask, czuję się jak we wnętrzu żarówki.

Rozglądam się. Nic nie przybyło, nic nie ubyło. Puszki z farbą, leżaki.

Skrzynka Eda na półce.

Nie mam pojęcia skąd, ale wiem, co jest w środku.

Podchodzę, odpinam jeden zatrzask, potem drugi, i powoli unoszę pokrywę.

Mój wzrok od razu go odnajduje. Nóż introligatorski. Znów leży na swoim miejscu, a jego wysunięte ostrze lśni w ostrym świetle.

58

Siedzę wciśnięta w fotel w bibliotece. W głowie kłębią mi się myśli. Kilka chwil wcześniej usadowiłam się w gabinecie, ale wtedy w kuchni Jane pojawiła się ta kobieta; coś mną szarpnęło i uciekłam z pokoju. Okazuje się zatem, że istnieją w moim domu strefy zakazane.

Zerkam na zegar stojący na kominku. Prawie dwunasta. Dzisiaj jeszcze nie piłam. To chyba dobrze.

Może i nie jestem zbyt mobilna - w o g ó l e nie jestem mobilna - ale mogę sobie wszystko porządnie przemyśleć. Przeanalizować. Wyobrażam sobie, że sytuacja przypomina rozgrywkę szachową. Jestem dobra w szachy. Skoncentrować się. Pomyśleć. Wykonać ruch.

Mój cień kładzie się na dywanie, jakby chciał się ode mnie oderwać.

David powiedział, że nie poznał Jane. A Jane też nie wspominała, żeby dane jej było go spotkać - chyba że stało się to później, już po tym, jak wyżłopałyśmy cztery butelki. Kiedy David pożyczył nóż introligatorski? Czy tego samego dnia, kiedy usłyszałam krzyk Jane? A może nie? Czy groził jej tym nożem? A może posunął się dalej?

Zaczynam skubać zębami paznokieć na kciuku. Dawniej mój umysł przypominał segregator. Dziś jest jak luźny plik kartek, które rozwiewają się przy byle przeciągu.

Nie. Wróć. Zanadto popuściłaś wodze fantazji.

Ale z drugiej strony.

Co właściwie wiem o Davidzie? Że „siedział" za napaść. Że jest recydywistą. Że miał nóż introligatorski.

No i wiem, co widziałam. Nieważne, co mówi policja. Albo Bina. Albo nawet Ed.

Słyszę, że na dole zamykają się drzwi. Wstaję i idę do gabinetu. U Russellów nikogo nie widać.

Podchodzę do okna, patrzę w dół. Jest. Na chodniku. Ten jego niemrawy chód, dżinsy wiszące na biodrach, plecak na jednym ramieniu. Kieruje się na wschód. Odprowadzam go wzrokiem, dopóki nie znika.

Odsuwam się od parapetu i stoję w przygaszonym świetle południa. Jeszcze raz spoglądam na dom po drugiej stronie skweru. Nic. Puste pomieszczenia. Czuję jednak napięcie. Czekam, aż ona znów się pojawi, aż znów na mnie spojrzy.

Rozwiązał mi się szlafrok. Pasek się poluzował, poły rozsunęły się i rozsypały. Była, zdaje się, taka książka: *Rozsypała się**. Nie wiem, nie czytałam.

Boże, ale mi umysł wariuje. Łapię się rękami za głowę i ściskam. Myśl.

Nagle olśniewa mnie, wyskakuje jak diabełek z pudełka, jest jak uderzenie, od którego się kulę.

Kolczyk.

Oto, co nie dawało mi wczoraj spokoju: kolczyk, który odbijał światło na szafce nocnej Davida. Który lśnił na tle ciemnego drewna.

Trzy maleńkie perły. Jestem tego pewna.

Prawie pewna.

Czy kolczyk należał do Jane?

Przypominam sobie tamten grząski wieczór. „Prezent od byłego chłopaka". Dotknęła małżowiny opuszkami palców. „Wątpię, żeby Alistair wiedział". Czerwone wino spływało mi do żołądka. Trzy perełki.

A może nie należał do Jane?

---

* Mowa o książce *She's Come Undone* Wally'ego Lamba, której tytuł można luźno przetłumaczyć jako *Rozsypała się*, a która w Polsce ukazała się w 2001 roku jako *Niepamiętnik Dolores Price*.

Czy to tylko majaczenie uwięzionego umysłu? Może chodzić o zupełnie inny kolczyk, który należy do kogoś zupełnie innego. Nie, kręcę głową i czuję, jak włosy szorują mi po policzkach; to na pewno kolczyk Jane.

A zatem…

Wsuwam dłoń do kieszeni szlafroka i czuję kartonik pod palcami. Wyjmuję wizytówkę. „DETEKTYW CONRAD LITTLE, POLICJA NOWEGO JORKU".

Nie. Chowam ją z powrotem.

Odwracam się i wychodzę z pokoju. W ciemności pokonuję dwa piętra, stawiam stopy niepewnie, mimo że jestem trzeźwa. Podchodzę do drzwi do piwnicy. Rygiel z jękiem wskakuje na swoje miejsce.

Robię krok do tyłu, przyglądam się drzwiom. Potem wracam na schody. Piętro wyżej otwieram schowek, zapalam światło i rozglądam się za drabiną. Jest, stoi oparta o ścianę w głębi pomieszczenia.

Wracam do kuchni i zastawiam drzwi do piwnicy drabiną, opieram ją tak, żeby weszła pod klamkę. Mocuję ją solidnie, a potem kopnięciem sprawdzam skuteczność zapory. Przy okazji uderzam się w palec u nogi. Powtarzam test.

Jeszcze raz robię krok do tyłu. Drzwi zabarykadowane. Jedno wejście mniej. A także jedno wyjście.

59

Mam tak wysuszone żyły, że zajęłyby się od byle iskry. Muszę się napić.

Odwracam się na pięcie i wpadam na miskę Punca; miska ślizga się po podłodze, zostawiając mokry ślad. Klnę pod nosem – i zaraz się łajam. Muszę się skupić. Muszę pomyśleć. Łyk merlota na pewno pomoże.

Jest jak aksamit w moim gardle, miękki, czysty i zbytkowny. Odstawiam szklaneczkę i już czuję, jak wino chłodzi mi krew. Zaprawiona, ale z klarownym spojrzeniem, rozglądam się po pomieszczeniu. Jestem maszyną. Myślącą Maszyną. Tak, zdaje się, brzmiał przydomek postaci z jakiejś powieści detektywistycznej sprzed stu lat, pióra Jacques'a jakiegoś tam – przydomek bezlitośnie logicznego profesora, który dzięki sile rozsądku i własnego intelektu potrafił rozwiązać każdą zagadkę. Autor, o ile dobrze pamiętam, zatonął na Titanicu, po tym jak pomógł swojej żonie wejść na szalupę. Świadkowie mówili, że kiedy statek szedł na dno, widzieli, jak Jacques pali papierosa z Jackiem Astorem, wydmuchując dym w stronę ubywającego księżyca. To chyba jedna z tych sytuacji, z których nie pomoże ci się wykaraskać siła intelektu.

Ja też jestem panią profesor. I ja też potrafię być zabójczo logiczna.

Kolejny ruch.

Ktoś musi potwierdzić, co się stało. Albo chociaż k o m u się stało. Skoro nie mogę zacząć od Jane, zacznę od Alistaira. To jego ślad jest trwalszy. To on ma swoją historię.

Idę na górę, do gabinetu, a po drodze obmyślam plan. Kiedy docieram na miejsce i rzucam okiem na dom po drugiej stronie skweru - proszę, ona znowu tam jest, w salonie, z komórką w srebrnej obudowie przy uchu; przechodzi mnie dreszcz, gdy siadam przy biurku - mam już gotowy scenariusz, mam strategię. Poza tym dobrze sobie radzę w sytuacjach stresowych (mówię sobie, siadając).

Mysz. Klawiatura. Google. Telefon. Moje narzędzia. Posyłam jeszcze jedno spojrzenie na dom Russellów. Kobieta stoi odwrócona plecami, kaszmirowy parawan. No i dobrze. Stój tak dalej. To mój dom - i mój widok.

Wklepuję hasło do komputera i już po chwili znajduję w sieci to, czego szukałam. Sięgam po telefon, ale nim wpiszę kod, nachodzi mnie myśl: „Czy będą mogli namierzyć numer?".

Marszczę brwi. Odkładam aparat. Kładę dłoń na myszce, kursor na moment zamiera na ekranie, a potem sunie w stronę ikonki Skype'a.

Po chwili wita mnie czysty kontralt.

- Atkinson.

- Dzień dobry - mówię i odchrząkuję. - Dzień dobry. Chciałabym prosić o połączenie z biurem Alistaira Russella. Tylko że - dodaję - zależy mi na rozmowie z jego asystentem, nie z samym Alistairem.

Cisza po drugiej stronie.

- Chodzi o niespodziankę - wyjaśniam.

Nadal cisza. Potem stukanie w klawiaturę. Następnie:

- W zeszłym miesiącu umowa o pracę z panem Alistairem Russellem została rozwiązana.

- Rozwiązana?

- Tak, proszę pani. - Ton bez przekonania; nauczyli ją tego na szkoleniu.

- Dlaczego? - Głupie pytanie.

- Nie mam pojęcia, proszę pani.

- Czy może mnie pani przełączyć do jego biura?

- Tak jak mówiłam...

- Chodzi mi o jego dawne biuro.

– Czyli w Bostonie. – Ma głos młodej kobiety, zdania kończy z lekko wznoszącą intonacją, przez tę manierę nie potrafię powiedzieć, czy stwierdza, czy pyta.

– Tak, w Bostonie…

– Przełączam.

Zaczyna grać muzyka, nokturn Szopena. Rok temu potrafiłabym powiedzieć który. Nie, nie. Nie rozpraszaj się. Myśl. Ze szklaneczką pod ręką byłoby łatwiej.

Kobieta w domu po drugiej stronie skweru znika z pola widzenia. Ciekawe, czy z nim rozmawia, z Alistairem. Żałuję, że nie potrafię czytać z ruchu warg. Żałuję, że…

– Atkinson. – Tym razem mężczyzna.

– Szukam biura Alistaira Russella.

Natychmiastowa reakcja.

– Obawiam się, że pan Russell…

– Wiem, już nie pracuje w Bostonie, ale mimo to chciałabym pomówić z jego asystentem. Albo byłym asystentem. To sprawa osobista.

– Połączę panią – odpowiada po chwili mężczyzna.

– Byłoby mi… – Znowu pianino, strumień dźwięków. Numer siedemnasty, chyba, B-dur. A może trzeci? Albo dziewiąty? Kiedyś wiedziałam.

Skup się. Potrząsam głową i ramionami jak zmokły pies.

– Alex, słucham.

Kolejny mężczyzna, a przynajmniej tak mi się zdaje, bo głos ma tak miękki i gładki, że nie jestem pewna; imię też nic mi nie mówi.

– Z tej strony… – Muszę podać jakieś imię. Waham się. – …Alex. Też mam na imię Alex. – O Jezu. Nic lepszego nie przyszło mi do głowy.

Nawet jeśli istnieje jakieś sekretne powitanie Aleksów, ten – albo ta – konkretny Alex mnie nim nie raczy.

– W czym mogę pomóc?

– Jestem starą znajomą Alistaira, pana Russella. Przed chwilą dzwoniłam do jego biura w Nowym Jorku, ale wygląda na to, że odszedł z firmy.

– Zgadza się. – Alex pociąga nosem.

– Rozmawiam z jego… – Asystentem / asystentką? Sekretarzem / sekretarką?

– Moim zadaniem było asystowanie Alistairowi.

– Aha. Hm. Tak się zastanawiam… Kiedy odszedł z pracy?

Pociągnięcie nosem.

– Cztery tygodnie temu. Nie, pięć.

– Dziwne – mówię. – Bardzo się ucieszyliśmy z jego przeprowadzki do Nowego Jorku.

– Wie pani – mówi Alex i słyszę w jego / jej głosie, że się rozkręca; będą ploteczki. – Przeprowadził się do Nowego Jorku, ale nie przeniósł się do tamtejszego oddziału, chociaż wszystko było przygotowane. Kupili dom i w ogóle.

– Tak?

– Taki duży, w Harlemie. Udało mi się go znaleźć w Internecie. Ot, niewinny stalking.

Czy mężczyzna plotkowałby z takim entuzjazmem? Może Alex to jednak kobieta? Ale ze mnie seksistka.

– Ale nie wiem, co się w końcu stało. Nie sądzę, żeby przeszedł do innej firmy. Zresztą Alistair powie pani więcej niż ja. – Pociągnięcie nosem. – Przepraszam. Mam katar. Skąd się znacie?

– Z Alistairem?

– Tak.

– Och, jeszcze ze studiów.

– Na Dartmouth?

– Zgadza się. – Nie zapamiętałam tego. – Alistair… Przepraszam, że tak to ujmę, ale sam wyskoczył czy ktoś go popchnął?

– Nie wiem. Tego już sama będzie się pani musiała dowiedzieć. Tajne przez poufne.

– Zapytam go.

– Wszyscy go tu bardzo lubili – dodaje Alex. – To taki porządny człowiek. Nie chce mi się wierzyć, że go zwolnili albo coś w tym rodzaju.

Wydaję odgłos mający świadczyć o zrozumieniu.

– Mam jeszcze tylko jedno pytanie. O jego żonę.

Pociągnięcie nosem.

– Jane.

– Niestety, nigdy nie miałam okazji jej poznać. Alistair ma skłonność do kompartmentalizacji. – Zaczynam brzmieć jak psychiatra. Mam nadzieję, że Alex się nie zorientuje. – Chciałabym jej kupić jakiś drobny prezent powitalny na przeprowadzkę do Nowego Jorku, ale nie bardzo wiem, co lubi.

Pociągnięcie nosem.

– Myślałam o jakimś szalu, ale nawet nie wiem, czy ma ulubiony kolor. – Kiepsko to brzmi. Przełykam ślinę. – Wiem, że to źle o mnie świadczy.

– Szczerze mówiąc – odpowiada Alex przyciszonym głosem – to mi też nie było dane jej poznać.

No, proszę. Okazuje się, że Alistair rzeczywiście lubi oddzielać sferę zawodową od prywatnej. Nie powiem, niezły ze mnie psychiatra.

– Kompartmentalizacja! – ciągnie Alex. – Doskonałe określenie. Cały Alistair!

– No właśnie!

– Pracowaliśmy razem przez prawie pół roku, a on mi nawet nie przedstawił żony. Jane. Za to znam ich syna, chociaż spotkaliśmy się tylko raz.

– Ethana.

– Miły chłopak. Trochę nieśmiały. Poznała go pani?

– Tak, wieki temu.

– Miły chłopak. Przysłali go raz, żeby posiedział w biurze, bo chcieli pójść na mecz Bruinsów.

– Czyli nie dowiem się niczego o Jane…

– Nie. Ale chwileczkę… Pewnie chciałaby pani wiedzieć, jak Jane wygląda.

– Byłoby miło.

– Wydaje mi się, że w jego gabinecie zostało jej zdjęcie.

– Zdjęcie?

– Przygotowaliśmy całe pudło z rzeczami do wysłania do Nowego Jorku. Nadal je mamy i nie bardzo wiemy, co z nim zrobić. – Pociągnięcie nosem i kaszlnięcie. – Pójdę zerknąć.

Słychać trzask mikrofonu odkładanego na biurko – tym razem bez muzyki. Zagryzam wargę i spoglądam za okno. Ta kobieta jest w kuchni, zagląda do zamrażalnika. W przebłysku szaleństwa wyobrażam sobie, że jest tam schowana Jane, jej zmrożone ciało, oszronione jasne oczy.

Chrzęst w głośnikach.

– Mam ją przed sobą – mówi Alex. – To znaczy zdjęcie.

Wstrzymuję oddech.

– Ma ciemne włosy i jasną skórę.

Wypuszczam powietrze. Obie, Jane i oszustka, mają ciemne włosy i jasną skórę. Nic mi to nie dało. Ale przecież nie mogę zapytać, czy jest gruba, czy chuda.

– No tak. Jasne – mówię. – Coś jeszcze? Może... może dałoby się zeskanować zdjęcie i mi wysłać?

Cisza. Kobieta w domu po drugiej stronie skweru zamyka zamrażalnik i wychodzi z kuchni.

– Podałabym adres e-mailowy – dodaję.

Nadal cisza. Dopiero po chwili:

– Mówiła pani, że jest znajomą...

– Alistaira.

– Wie pani, chyba nie wolno mi udostępniać jego prywatnych materiałów. Sama będzie pani musiała go o to spytać. – Tym razem bez pociągnięcia nosem. – Mówi pani, że ma na imię Alex?

– Tak.

– A dalej?

Otwieram usta, a potem klikam w „zakończ połączenie".

W pokoju zalega cisza. Słyszę tykanie zegara stojącego w bibliotece Eda. Znów wstrzymuję oddech.

Czy w tej chwili Alex dzwoni do Alistaira? Czy opisuje mój głos? Czy może sprawdzić mój numer domowy? Albo nawet numer komórki? Zerkam na leżący na biurku aparat i przez chwilę wpatruję się w niego, jakby był śpiącym zwierzęciem; ze wściekle bijącym sercem czekam, aż zacznie brzęczeć.

Ani drgnie. Słuchawka-nieruchawka. Głupie.

Skup się.

60

Znów jestem w kuchni. Krople deszczu biją o szybę. Nalewam sobie merlota do szklaneczki. Biorę duży, długi łyk. Tego mi było trzeba.

Skup się.

Czy wiem coś, czego wcześniej nie wiedziałam? Alistair wyraźnie oddziela życie zawodowe od prywatnego. To cecha, która pasuje do profilu wielu brutalnych przestępców, ale poza tym nic mi z tego. Dalej. Był gotów przenieść się do nowojorskiej filii swojej firmy, nawet kupił dom i wysłał do niego całą rodzinę, ale… coś poszło nie tak i został na bruku.

Co się wydarzyło?

Dostaję gęsiej skórki. Chłodno tu. Wlokę się do kominka, przekręcam gałkę przy palenisku i pojawia się grządka płomyków.

Siadam na sofie, zapadam się w poduchy. Wino kołysze się w kieliszku, szlafrok kłębi się wokół mojego ciała. Przydałoby się go uprać. I mogłabym się wykąpać.

Wsuwam palce do kieszeni. Dotykam wizytówki Little'a, bawię się rogiem. Cofam dłoń.

I znów oglądam swoje odbicie, siebie zjawę na ekranie telewizora. Tonę w poduchach okutana matowym szlafrokiem i naprawdę wyglądam jak duch. C z u j ę s i ę jak duch.

Nie. Skup się. Następny krok. Odstawiam szklaneczkę na ławę i opieram łokcie na kolanach.

Uświadamiam sobie, że nie wiem, jak postawić kolejny krok. Nie potrafię nawet udowodnić istnienia Jane w teraźniejszości i w przeszłości – mojej Jane, prawdziwej Jane – nie mówiąc już o okolicznościach jej zniknięcia. Albo śmierci.

Albo śmierci.

Myślę o Ethanie uwięzionym w tamtym domu. „Miły chłopak".

Przeczesuję włosy palcami, jakbym orała pole. Czuję się jak mysz w labiryncie. Powrót do psychologii eksperymentalnej: te maleńkie stworzenia o maciupkich oczach i ogonkach jak sznurki od balonów, ganiały od jednego ślepego zaułka do drugiego, a myśmy je dopingowali: „No, dalej", śmialiśmy się nad ich głowami i przyjmowali zakłady.

Teraz nie jest mi do śmiechu. Po raz kolejny zastanawiam się, czy nie powinnam porozmawiać z Little'em.

Zamiast tego rozmawiam z Edem.

– Czyli trochę ci odbija, ochlapusie?

Wzdycham i szuram nogami po dywanie w gabinecie. Opuściłam żaluzje, żeby ta kobieta nie mogła mnie podejrzeć. Do pokoju wpada poszatkowane światło, wygląda jak pręty klatki.

– Czuję się zupełnie do niczego. Czuję się, jakbym poszła do kina, film się skończył, zapaliły się światła, wszyscy wyszli już z sali, a ja dalej tam siedzę i próbuję zrozumieć, co się właściwie wydarzyło.

Parska śmiechem.

– No co? Co cię tak śmieszy?

– Bo to bardzo w twoim stylu porównywać całą sytuację do filmu.

– Tak?

– Tak.

– Wiesz, ostatnio drastycznie zmniejszyła mi się liczba punktów odniesienia.

– Okej, okej.

Nie wspomniałam słowem o zeszłej nocy. Robię zbolałą minę, nawet kiedy o tym myślę. Ale o całej reszcie nawijam jak taśmę na szpulę: o wiadomości od oszustki, kolczyku w mieszkaniu Davida, nożu introligatorskim, rozmowie z Alex / Aleksem.

– To wszystko wygląda trochę jak na filmie – przyznaję. – Poza tym sądziłam, że będziesz bardziej zaniepokojony.

– Czym?

– Choćby tym, że mój lokator trzyma u siebie biżuterię zmarłej kobiety.

– Nie wiesz, czy ten kolczyk należał do niej.

– Wiem. Jestem tego pewna.

– E tam. Nie masz nawet pewności, czy ona...

– Co?

– No wiesz.

– Co?

Wzdycha.

– Żyje.

– Uważam, że n i e żyje.

– Chodzi mi o to, że nie jesteś nawet pewna, czy ona w ogóle istnieje albo...

– Jestem – mówię z naciskiem. – Jestem pewna. Nie wymyśliłam sobie tego.

Cisza. Słucham jego oddechu.

– Nie wydaje ci się, że reagujesz paranoicznie?

Chce coś dodać, ale mu nie pozwalam.

– Nie można mówić o paranoi, jeśli coś dzieje się naprawdę.

Milczy. Tym razem nie komentuje.

– To bardzo frustrujące, kiedy mnie tak przesłuchujesz – odzywam się po chwili drżącym głosem. – I bardzo, bardzo frustrujące jest być tu unieruchomioną. – Przełykam ślinę. – W tym domu, w tej... – Chcę powiedzieć „pętli”, ale zanim udaje mi się znaleźć słowo, Ed odpowiada:

– Wiem.

– Nie wiesz.

– No to wyobrażam sobie. Anno, posłuchaj – mówi dalej. – Od dwóch dni, przez cały weekend, funkcjonujesz na najwyższych obrotach. Teraz twierdzisz, że David może mieć coś wspólnego z... tym wszystkim. – Kasłanie. – Nakręcasz się. Może obejrzyj dziś jakiś film albo sobie poczytaj. Połóż się wcześnie do łóżka. – Kasłanie. – Bierzesz leki zgodnie z zaleceniami doktora?

Nie.

– Tak.

– I trzymasz się z dala od alkoholu?
Oczywiście, że nie.
– Oczywiście.
Cisza. Nie potrafię stwierdzić, czy mi uwierzył.
– Chcesz coś powiedzieć Livvy?
Oddycham z ulgą.
– Tak. – Słucham deszczu bębniącego po szybie. Po chwili słyszę cichy i lekko schrypnięty głos córki.
– Mamusiu?
Rozpromieniam się.
– Cześć, kotku.
– Cześć.
– Jak się masz?
– Dobrze.
– Tęsknię za tobą.
– Mhm.
– Słucham?
– Powiedziałam: „Mhm".
– Czy to miało oznaczać: „Ja też za tobą tęsknię, mamusiu"?
– Tak. Co tam się dzieje?
– Gdzie?
– W City of New York. – Zawsze używała tej nazwy. Do bólu oficjalnej.
– Czyli w domu? – Serce mi rośnie: dom.
– Tak, w domu.
– Nic wielkiego, tylko taka drobna sprawa z nowymi sąsiadami.
– Jaka sprawa?
– Naprawdę, kotku, to nic takiego. Zwykłe nieporozumienie.
Znów odzywa się Ed.
– Anno, posłuchaj. Przepraszam, Livvy, że ci przerywam. Anno, jeśli coś cię niepokoi w Davidzie, powinnaś zadzwonić na policję. Niekoniecznie dlatego, że, no wiesz, może być zamieszany w… to, co się dzieje, ale raz, że siedział, a dwa, że nie możesz się bać własnego lokatora.
Kiwam głową.

– Tak.

– Okej?

Znowu kiwam.

– Masz numer do tego policjanta?

– Do Little'a. Tak, mam.

Wyglądam przez żaluzje. Jakiś ruch po drugiej stronie skweru. Drzwi do domu Russellów są szeroko otwarte, pośród szarej mżawki wyglądają jak biały żagiel.

– Okej – mówi Ed, ale już go nie słucham.

Kiedy drzwi się zamykają, widzę, że na schodkach stoi kobieta. Ma na sobie czerwony płaszcz do kolan, wygląda jak płomień pochodni, a nad głową trzyma przezroczystą półksiężycową parasolkę. Sięgam po leżącego na biurku nikona i przystawiam go do oka.

– Co mówiłaś? – pyta Ed.

– Że chciałabym, żebyś o siebie zadbał.

Patrzę przez wizjer. Strumienie deszczu na czaszy parasolki wyglądają jak żylaki. Lekko opuszczam obiektyw, robię zbliżenie na twarz kobiety: nos ze sterczącym czubkiem, mleczna skóra. Cienie pod oczami. Nie spała.

Kiedy żegnam się z Edem, kobieta powoli schodzi po schodkach. Na nogach ma wysokie kozaki. Zatrzymuje się, wyjmuje telefon z kieszeni, wpatruje się w ekran, potem chowa aparat i kieruje się na wschód, w moją stronę. Jej twarz – widziana przez materiał parasolki – rozmywa się.

Muszę z nią porozmawiać.

61

Teraz, kiedy jest sama. Teraz, kiedy Alistair nie może się wtrącić. Teraz, kiedy krew huczy mi w skroniach.

Teraz.

Wypadam na korytarz, zbiegam po schodach. Dam radę to zrobić, jeśli tylko nie będę myślała. Nie myśl! Jak dotąd myślenie do niczego mnie nie doprowadziło.

„Szaleństwo jest wtedy, Fox – przypominał mi Wesley, parafrazujący Einsteina – kiedy wielokrotnie powtarzasz tę samą czynność, za każdym razem oczekując innego rezultatu".

Tak więc przestań myśleć, a zacznij działać.

Minęły raptem trzy dni, od kiedy postanowiłam działać – wykonując tę samą czynność – i wylądowałam w szpitalu. Szaleństwem byłoby ponownie tego próbować.

Tak czy owak, jestem stuknięta. Niech będzie. Ale muszę wiedzieć. Poza tym nie mam już pewności, czy dom jest bezpiecznym miejscem.

Docieram do kuchni, kapcie rozjeżdżają mi się na podłodze, biorę zakręt za kanapą. Zauważam stojące na ławie opakowanie ativanu. Zatrzymuję się, przechylam pojemnik, wysypuję trzy tabletki na dłoń i wkładam je do ust. Do dna! Czuję się jak Alicja, która żłopie miksturę „WYPIJ MNIE".

Biegiem do drzwi. Uklęknąć, żeby wziąć parasol. Wstać, przekręcić zamek w drzwiach, otworzyć je szarpnięciem. Jestem na korytarzu, wodniste światło przesącza się przez szybki w ołowianych ramkach. Biorę oddech – jeden, dwa – i kciukiem pstrykam mechanizm parasola. Czasza z nagłym sapnięciem otwiera się w półmroku. Podnoszę ją na wysokość wzroku, a wolną ręką majstruję przy zamku. Sztuka polega na oddychaniu. Oddychaniu cały czas.

Oddycham. Cały czas.

Zamek się poddaje, a wraz z nim klamka. Zaciskam powieki i ciągnę. Powiew chłodnego powietrza. Parasol wygina się w kontakcie z drzwiami. Przeciskam się przez wąski otwór.

Zimno obejmuje mnie i ściska. Schodzę po stopniach. Jeden, dwa, trzy, cztery. Parasol napiera na powietrze, tnie je jak pług, jak dziób okrętu; mam zamknięte oczy, więc czuję tylko powiewy przepływające wokół mnie niczym bystry prąd rzeki.

Uderzam o coś nogą. Metal. Furtka. Macham ręką, aż w końcu natrafiam na pręty, ciągnę do siebie, otwieram. Idę dalej. Podeszwy kapci klapią po betonie. Jestem na chodniku. Igiełki deszczu kłują moje włosy i skórę.

Dziwne. Przez te wszystkie miesiące, kiedy eksperymentowaliśmy z tą niedorzeczną techniką, ani razu nie przyszło mi ani (jak przypuszczam) doktorowi Fieldingowi do głowy, że mogłabym po prostu zamknąć oczy. Podejrzewam, że nie ma wielkiego sensu krążyć na oślep. Czuję zmianę ciśnienia, wyostrzam zmysły. Wiem, że niebo jest ogromne i głębokie, jest jak odwrócony do góry nogami ocean… ale tylko zaciskam mocniej powieki i myślę o domu: o gabinecie, kuchni, sofie. O kocie. O komputerze. O zdjęciach.

Skręcam w lewo. Na wschód.

Idę chodnikiem całkiem na ślepo. Muszę znaleźć jakiś punkt orientacyjny. Muszę zatem otworzyć oczy. Powoli unoszę jedną powiekę. Przez gąszcz rzęs przesącza się światło.

Na chwilę zwalniam, prawie się zatrzymuję. Mrużąc oczy, przyglądam się kreskowanym bebechom parasola. Cztery czarne kwadraty, cztery białe linie. Wyobrażam sobie, że linie wzbierają energią, wypiętrzają się jak kreska na kardiomonitorze, wznoszą się i opadają w rytm mojego pulsu. Skup się. Jeden, dwa, trzy, cztery.

Unoszę parasol o kilka stopni, potem jeszcze trochę. Jest, widzę ją; jasna jak reflektor, czerwona jak światło stopu –

szkarłatny płaszcz, ciemne kozaki, kiwający się nad głową przezroczysty półksiężyc. Między nami tunel z deszczu i chodnika.

Co zrobię, jeśli się odwróci?

Nie odwraca się jednak. Opuszczam parasol i ponownie mocno zaciskam powieki. Ruszam dalej.

Pierwszy krok. Drugi. Trzeci. Czwarty. Kiedy potykam się o nierówność na chodniku – cała się trzęsę, pot płynie mi po plecach, a kapcie mam dokumentnie mokre – postanawiam zaryzykować następne spojrzenie. Tym razem otwieram drugie oko i unoszę parasol, aż dostrzegam płomienną smugę jej płaszcza. Zerkam w lewo – szkoła św. Dymfny i dom z ognistoczerwonej cegły; skrzynki w oknach pękają od chryzantem. Zerkam w prawo – świdrujące spojrzenie pikapa jadącego ulicą, siny blask przednich świateł w mroku. Zamieram. Auto przejeżdża obok mnie. Zaciskam powieki.

Kiedy znów je otwieram, wozu już nie ma. Szukam spojrzeniem kobiety, ale ona też zniknęła.

Nie ma jej. W oddali jak przez mgłę dostrzegam kolejkę samochodów na skrzyżowaniu.

Mgła gęstnieje i raptem dociera do mnie, że to mój wzrok zaczyna się rozmazywać.

Uginają się pode mną kolana, a po chwili całkiem odmawiają mi posłuszeństwa. Powoli osuwam się na ziemię, wywracając oczami, i jednocześnie widzę siebie z góry, widzę, jak trzęsę się w przemoczonym szlafroku, jak włosy lepią mi się do karku, jak bezradnie trzymam przed sobą rozłożony parasol. Samotna postać na pustym chodniku.

Zapadam się, wsiąkam w beton.

Ale…

…to niemożliwe, żeby zniknęła. Nie doszła przecież do końca ulicy. Zamykam oczy, wyobrażam sobie jej plecy, włosy muskające szyję. Potem myślę o Jane, o tym, jak stała u mnie w kuchni, przy zlewie, a pomiędzy jej łopatkami wisiał gruby warkocz.

Tamta Jane odwraca się do mnie. Moje kolana opierają się jedno o drugie. Szlafrok ciągnie się za mną po chodniku. Jeszcze nie upadłam.

Nadal stoję, ale jakbym wypuściła korzenie.

Musiała skręcić do... przywołuję z pamięci mapę okolicy. Co jest za czerwonym domem? Sklep ze starociami znajdował się po drugiej stronie ulicy – przypominam sobie, że w tej chwili lokal jest pusty – a obok czerwonego domu...

Kawiarnia, rzecz jasna. Widocznie weszła do kawiarni.

Dźwigam głowę, unoszę brodę ku niebu, jakbym tym ruchem mogła gwałtownie postawić się do pionu. Łokcie robią za tłoki. Rozstawiam szerzej nogi, zapieram się o beton. Rączka parasola drży w mojej dłoni. Manewruję jedną ręką tak, by nie stracić równowagi. Z oczami spowitymi mgłą i uszami pełnymi szumu odległego ruchu ulicznego powoli odrastam, pnę się – do góóóry, do góóóry – aż w końcu znów stoję wyprostowana.

Nerwy mi trzeszczą, serce płonie. Czuję ativan w żyłach, środek przepłukuje je jak czysta woda nieużywany wąż.

Jeden. Dwa. Trzy. Cztery.

Przesuwam stopę do przodu. Po chwili to samo robię z drugą. Powłóczę nogami. Nie wierzę, że to robię. Ale robię!

Słyszę, jak szum samochodów przeradza się w ryk. Są coraz bliżej. Idę dalej. Zerkam na czaszę, która wypełnia całe moje pole widzenia, otacza mnie. Nie ma nic poza nią.

Nagle coś szarpie za parasol i rzuca nim w prawo.

– Oj, przepraszam.

Wzdrygam się.

Coś – ktoś – wpadło na mnie i przekrzywiło parasol. Ta rzecz – niebieska plama dżinsów i płaszcza – mija mnie i kiedy odwracam się, by na nią spojrzeć, dostrzegam swoje odbicie w szybie: włosy jak wodorosty, mokra skóra, kraciasta czasza parasola wystaje z dłoni jak ogromny kwiat.

I za swoim odbiciem, za szybą, widzę tę kobietę.

Stoję przed kawiarnią.

Gapię się przed siebie. Zakrzywia się pole widzenia. Markiza nad głową opada w moją stronę. Zamykam oczy i zaraz znów je otwieram.

Wejście znajduje się w zasięgu ręki. Wyciągam dłoń, drżą mi palce. Już mam chwycić klamkę, kiedy drzwi się otwierają i wychodzi młody mężczyzna. Poznaję go. To syn Takedów.

Minął ponad rok, od kiedy widziałam go z bliska – to znaczy osobiście, na żywo, nie przez obiektyw aparatu. Podrósł, dostał miękkiego ciemnego zarostu na brodzie i policzkach, ale nadal otacza go ta sama aura Dobrego Dziecka, którą nauczyłam się wyczuwać u młodych ludzi; jest jak nimb nad głową. Ma ją Livvy. Ma i Ethan.

Chłopiec – raczej młody mężczyzna (czemu nie potrafię sobie przypomnieć jego imienia?) – przytrzymuje drzwi łokciem i zaprasza mnie do środka. Zwracam uwagę na jego dłonie, delikatne palce wiolonczelisty. Wyglądam jak bezdomna, a on mimo to traktuje mnie z szacunkiem. Rodzice dobrze go wychowali, jak powiedziałaby BabuniaLizzie. Ciekawe, czy mnie rozpoznał. Pewnie nie; sama bym siebie nie poznała.

Kiedy mijam go i wchodzę do kawiarni, czuję, jak taje mi pamięć. Dawniej zaglądałam tu kilka razy w tygodniu, w te poranki, kiedy tak mi się spieszyło, że nie miałam czasu zaparzyć kawy w domu. Ta, którą tu serwowali, była wprawdzie dość gorzka – podejrzewam, że nadal taka jest – ale lubiłam atmosferę tego miejsca: pęknięte lustro z napisaną markerem informacją o daniu i napoju dnia, blaty z układającymi się we flagi olimpijskie plamami po kubkach, głośniki, z których płynęły złote przeboje.

– Bezpretensjonalne *mise-en-scène* – zauważył Ed, kiedy po raz pierwszy go tu przyprowadziłam.

– Nie możesz używać tych dwóch słów w jednym zdaniu – napomniałam go.

– Wobec tego po prostu bezpretensjonalne.

I niezmienione. Sala w szpitalu zmiażdżyła mnie, ale tutaj to co innego – kawiarnia jest dla mnie *terra cognita*. Przesuwam wzrokiem po tłumie gości, zatrzymuję się na menu, które wisi nad kasą. Kubek kawy kosztuje teraz dwa dziewięćdziesiąt pięć, pięćdziesiąt centów więcej, niż kiedy ostatnio tu byłam. Inflacja nie zna litości.

Parasol opada i drapie mnie po kostkach.

Jest tak wiele rzeczy, których od dawna nie widziałam. Tak wielu rzeczy nie czułam, nie słyszałam, nie wąchałam: promieniującego ciepła ludzkich ciał, muzyki popularnej sprzed kilku dekad, uderzającego aromatu mielonych ziaren. Scena, na którą patrzę, rozgrywa się przede mną w zwolnionym tempie i w złotym świetle. Przymykam oczy, wdycham woń kawiarni, przypominam sobie.

Pamiętam, jak poruszałam się po świecie, tak jak przecina się powietrze. Pamiętam, jak wchodziłam do kawiarni, szczelnie opatulona zimowym płaszczem albo w letniej sukience, która wydymała się na wysokości kolan; pamiętam, jak ocierałam się o ludzi, uśmiechałam się do nich, rozmawiałam z nimi.

Kiedy otwieram oczy, pozłota blaknie. Znajduję się w ciemnym pomieszczeniu, stoję obok okien, po których płyną strugi deszczu. Serce zaczyna mi bić szybciej.

Język czerwonego płomienia przy ladzie z ciastami. To ona, ogląda wypieki z owocami. Podnosi brodę, zauważa swoje odbicie w lustrze. Przeczesuje włosy palcami.

Podchodzę bliżej. Czuję na sobie spojrzenia gości, mierzą mnie wzrokiem, przyglądają się babce w szlafroku, wymachującej otwartym parasolem. Toruję sobie drogę przez tłum, przez gwar i zmierzam w stronę lady. Za moimi plecami na nowo wybucha kakofonia rozmów, zamyka się za mną jak woda za tonącym człowiekiem.

Dzielą mnie od niej jakieś dwa metry. Wystarczy, że zrobię jeszcze krok, i będę mogła wyciągnąć rękę i jej dotknąć. Złapać ją za włosy. Szarpnąć.

Nieznacznie się obraca, wsuwa dłoń do kieszeni i wyjmuje wielkiego iPhone'a. Widzę w lustrze, jak jej palce tańczą po ekranie, a mięśnie twarzy zaczynają drgać. Przypuszczam, że pisze do Alistaira.

– Słucham – mówi barista.

Kobieta nadal stuka w ekran.

– Słucham.

A ja – co ja wyprawiam? – odchrząkuję i bąkam:

– Pani kolej.

Przestaje pisać, kiwa głową.

– Średnią latte z chudym mlekiem poproszę – zwraca się do mężczyzny za ladą.

Nawet na mnie nie spojrzała. Zerkam na siebie w lustrze i widzę, że stoję za nią jak widmo, jak anioł zemsty. Przybyłam po nią.

– Średnia latte z chudym mlekiem. Jakieś ciastko do tego?

Patrzę w lustro, patrzę na jej usta, drobne, misternie rzeźbione, zupełnie inne niż usta Jane. Wzbiera we mnie niewielka fala złości, przelewa się, wznosi na podstawie mózgu.

– Nie – mówi po chwili, po czym dodaje z promiennym uśmiechem w kształcie sierpa: – Lepiej nie.

Za naszymi plecami słychać chór szurających krzeseł. Spoglądam przez ramię; cztery osoby wstają i kierują się w stronę drzwi. Odwracam się z powrotem.

– Poproszę o imię. – Mówi barista, a jego głos wznosi się ponad harmider.

Wtedy nasze spojrzenia spotykają się w lustrze. Jej ramiona opadają, uśmiech blednie.

Na chwilę czas się zatrzymuje, jest jak ta chwila bez tchu, w której wypadasz z drogi i lecisz w przepaść.

Nie odwracając się i nie uciekając wzrokiem, kobieta odpowiada tym samym pewnym tonem:

– Jane.

Jane.

Imię pęcznieje mi w ustach i wypływa z nich, zanim zdążę je połknąć. Kobieta obraca się na pięcie i przeszywa mnie spojrzeniem.

– Nie spodziewałam się tu pani. – Głos ma równie beznamiętny, jak wzrok.

Rekinie oczy, myślę, zimne, surowe. Mam ochotę odpowiedzieć, że sama jestem zaskoczona, ale słowa więzną mi w gardle.

– Wydawało mi się, że jest pani... upośledzona – dodaje. Miażdży mnie.

Kręcę głową. Kobieta milczy.

Ponownie odchrząkuję. „Gdzie ona się podziała i kim ty jesteś? – chcę zapytać. – Kim jesteś i gdzie ona się podziała?". Słowa kłębią się wokół mnie, mieszają z tymi w mojej głowie.

– Słucham?

– Kim pani jest? – I już.

– Jane. – Głos nie należy do niej, lecz do baristy, który pochyla się nad blatem i dotyka jej ramienia. – Latte z chudym mlekiem dla Jane.

Wciąż na mnie patrzy, o b s e r w u j e mnie, jakbym w każdej chwili mogła zaatakować. „Jestem powszechnie szanowaną psycholożką – mogłabym powiedzieć, powinnam powiedzieć. – A ty kłamczuchą i oszustką".

– Jane? – Barista próbuje po raz trzeci. – Pani kawa.

Wyciąga rękę i przyjmuje kubek w ciepłej kartonowej koszulce.

– Wie pani, kim jestem – mówi do mnie.

Znów potrząsam głową.

– Znam Jane. Spotkałyśmy się. Widziałam ją w jej domu. – Głos mi drży, ale mówię wyraźnie.

– Dom jest mój, a pani nikogo nie widziała.

– Widziałam.

– Nie – mówi z naciskiem.

– Ale...

– Podobno jest pani pijaczką. I bierze leki. – Przesuwa się, krąży wokół mnie jak lwica.

Powoli obracam się razem z nią, staram się nadążyć. Czuję się jak dziecko. Rozmowy dokoła nas ustają, zamierają; zalega krucha cisza. Kątem oka, w kącie kawiarni, widzę, że chłopak Takedów wciąż stoi przy drzwiach.

– Obserwuje pani mój dom. Śledzi mnie pani.

Kręcę głową, powoli, ospale, rzeczywiście jak opóźniona w rozwoju.

– To się musi skończyć. Nie możemy tak żyć. Może p a n i tak, ale my nie.

– Proszę mi tylko powiedzieć, gdzie ona jest – szepczę.

Zatoczyłyśmy pełne koło.

– Nie wiem, o kim ani o czym pani mówi. Dzwonię na policję. – Przepycha się, potrąca mnie ramieniem.

Widzę w lustrze, jak wychodzi, manewrując pomiędzy stolikami, jakby były bojami.

Dźwięk dzwonka, kiedy otwiera drzwi, i dźwięk, kiedy je zamyka.

Stoję w miejscu. W kawiarni cisza. Moje spojrzenie tonie w parasolu. Zamykam oczy. „Tak jakby to, co na zewnątrz, próbowało dostać się do środka". Czuję się udręczona, wydrążona. I znów niczego się nie dowiedziałam.

Z wyjątkiem jednej rzeczy: ta kobieta nie kłóciła się ze mną, a przynajmniej n i e t y l k o kłóciła.

Wydaje mi się, że słyszałam w jej głosie prośbę.

62

– Doktor Fox?

Przyciszony głos za moimi plecami. Łagodna dłoń na moim łokciu. Odwracam się i rozwieram powiekę.

Chłopak Takedów.

Nadal nie potrafię przypomnieć sobie jego imienia. Zamykam oko.

– Potrzebuje pani pomocy?

Czy potrzebuję pomocy? Jestem w kawiarni dwieście metrów od domu i słaniam się z zamkniętymi oczami. No więc tak, potrzebuję pomocy. Pochylam głowę.

Ściska mocniej.

– Chodźmy – mówi.

Prowadzi mnie przez salę. Parasol uderza o krzesła i kolana, jakby był laską niewidomego. Płyniemy przez morze kawiarnianych rozmów.

Dźwięk dzwonka, przeciąg, dłoń młodego Takedy na moich plecach na wysokości pasa; delikatnie wypycha mnie za drzwi.

Na zewnątrz spokój, przestało mżyć. Czuję, że chłopak wyciąga rękę, żeby zabrać mi parasol, ale nie pozwalam mu.

Jego dłoń wraca na mój łokieć.

– Odprowadzę panią do domu.

Chłopak Takedów ściska mnie za rękę tam, gdzie zakłada się opaskę aparatu do pomiaru ciśnienia krwi – i robi to równie mocno. Wyobrażam sobie, jak palcami wyczuwa szumiące tętnice. Dziwnie się czuję, kiedy mnie tak prowadzi; mam wrażenie, jakbym była starą kobietą. Mam ochotę otworzyć oczy i spojrzeć mu w twarz, ale nie zrobię tego.

Przemieszczamy się nierówno, zrywami, młody Takeda dopasowuje się do mojego rytmu. Łamiemy ogonki opadłym liściom. Słyszę szum auta sunącego ulicą po lewej. Na moją głowę i ramiona spadają krople deszczu z gałęzi drzewa, pod którym przechodzimy. Zastanawiam się, czy ta kobieta idzie chodnikiem przed nami. Wyobrażam sobie, jak odwraca głowę i orientuje się, że podążam za nią.

– Rodzice powiedzieli mi, co się stało – odzywa się Takeda. – Bardzo mi przykro.

Kiwam głową, nie otwierając oczu. Idziemy dalej.

– Domyślam się, że dawno pani nie wychodziła z domu.

Ostatnio zdarza mi się to zdumiewająco często, myślę, ale znów potakuję.

– Jesteśmy już prawie na miejscu. Widzę pani dom.

Serce mi rośnie.

Coś się obija o moją nogę – orientuję się, że to jego przewieszony przez rękę parasol.

– Przepraszam – mówi chłopak.

Nie odpowiadam.

Próbuję sobie przypomnieć, kiedy ostatnio z nim rozmawiałam. Chyba w Halloween, ponad rok temu. Zgadza się: otworzył drzwi, kiedy zapukaliśmy do Takedów, Ed i ja w weekendowych strojach, Olivia przebrana za wóz strażacki. Pochwalił jej kostium i wsypał cukierków do plecaka. Życzył nam przyjemnego płatania figli. Taki miły chłopiec.

A teraz, dwanaście miesięcy później, prowadzi mnie ulicą jak starą babę, a ja wlokę się za nim w rozchełstanym szlafroku, mocno zaciskając powieki.

Taki miły chłopiec.

Przypomina mi się:

– Znasz Russellów? – Głos mi się gnie, ale nie łamie.

Zatrzymuje się. Pewnie zaskoczyło go to, że się odezwałam.

– Russellów?

To, zdaje się, wystarczy za odpowiedź. Mimo to precyzuję:

– Z naprzeciwka.

– Ach, tych nowych. Nie. Mama przymierza się, żeby do nich zajrzeć, ale chyba jeszcze tego nie zrobiła.

Uderzenie parasola o nogę.

– Jesteśmy – mówi Takeda i delikatnie kieruje mną w prawo.

Podnoszę parasol i rozklejam powieki. Okazuje się, że stoję przed furtką, a przede mną wznosi się dom. Przechodzi mnie dreszcz.

– Drzwi są otwarte – mówi chłopak.

Ma rację. Można zajrzeć wprost do rozświetlonego blaskiem lampy salonu; z tej perspektywy rozwarte drzwi i poświata wyglądają jak złoty ząb w ustach domu. Parasol drży w mojej dłoni. Ponownie zamykam oczy.

– Zostawiła pani otwarte?

Potwierdzam skinieniem głowy.

– Okej. – Jego dłoń przesuwa się na ramię, delikatnie prowadzi mnie do przodu.

– Co pani robi?

Ten głos nie należy do Takedy. Chłopak odruchowo mocniej zaciska dłoń, a ja otwieram oczy, zanim zdołam się powstrzymać.

Ethan. Bluza, którą ma na sobie, jest za duża; wygląda w niej, jakby się skurczył. W wieczornym świetle jego skóra wydaje się blada. Linię jednej z brwi zakłóca ukryty pryszcz. Ethan przebiera palcami w kieszeniach.

Słyszę, że wypowiadam pod nosem jego imię.

Młody Takeda zwraca się do mnie:

– Znacie się?

– Co pani robi? – powtarza Ethan i podchodzi bliżej. – Nie powinna pani wychodzić.

Powiedz to swojej „mamusi", myślę.

– Nic jej nie jest? – pyta.

– Chyba nie – odpowiada Takeda. Nagle przypomina mi się, że ma na imię Nick.

Powoli przenoszę spojrzenie z jednego na drugiego. Są mniej więcej w tym samym wieku, ale ten, który mnie eskortuje, jest już młodym mężczyzną, w pełni ukształtowanym, wykutym w marmurze, Ethan zaś – niezgrabny, chudy, o smukłych ramionach i rozszczepionej brwi – wygląda przy nim jak dziecko. Przecież *jest* nim, powtarzam sobie.

– Mogę... mogę zaprowadzić ją do środka? – odzywa się, patrząc na mnie.

Nick posyła mi pytające spojrzenie. Znów kiwam głową.

– W porządku – zgadza się.

Ethan stawia z nami kolejny krok, kładzie mi dłoń na plecach. Przez chwilę prowadzą mnie obaj, obejmują z dwóch stron, są niczym skrzydła przymocowane do moich łopatek.

– Jeśli pani chce – dodaje Ethan.

Spoglądam mu prosto w oczy, w te jasne, błękitne oczy.

– Tak – odpowiadam szeptem.

Nick puszcza mnie i się odsuwa. Moje usta układają się w podziękowanie, którego gardło nie jest w stanie wyartykułować.

– Nie ma za co – odpowiada Takeda. I zwraca się do Ethana: – Chyba doznała wstrząsu. Daj jej wody. – Wycofuje się na ulicę. – Mam później do pani zajrzeć?

Kręcę głową. Ethan wzrusza ramionami.

– Może. Zobaczymy, jak się będzie czuła.

– Okej. – Nick unosi dłoń i macha krótko na pożegnanie. – Do widzenia, doktor Fox.

Kiedy odchodzi, zaczyna padać deszcz, moczy nam głowy i bębni o mój parasol.

– Chodźmy do środka – mówi Ethan.

63

Płomienie nadal skwierczą w palenisku, jakbym dopiero przed chwilą rozpaliła ogień. Wyszłam i zostawiłam włączony kominek. Bardzo nieodpowiedzialne.

Plus jest taki, że listopadowe powietrze, które wpadało przez otwarte drzwi, nie zdołało wychłodzić domu. Wchodzimy do salonu, Ethan zabiera mi parasol, składa go i odstawia do kąta, a ja idę chwiejnym krokiem w stronę paleniska – płomienie nęcą mnie, przywołują – i padam na kolana.

Przez chwilę słyszę, jak przeskakują iskry. Słyszę własny oddech.

Czuję na sobie spojrzenie Ethana.

Zegar szafkowy zbiera się w sobie i bije trzy razy.

Ethan idzie do kuchni, napełnia szklankę wodą z kranu i wraca do mnie.

Udaje mi się uspokoić oddech, jest teraz głęboki i równy. Ethan stawia szklankę na podłodze obok mnie; szkło delikatnie stuka o kamień.

– Dlaczego skłamałeś? – pytam.

Cisza. Wpatruję się w ogień i czekam, aż Ethan odpowie.

Nic jednak nie mówi, tylko przestępuje z nogi na nogę. Odwracam się do niego, nie wstając z kolan. Stoi nade mną, chudy jak tyka, a blask płomieni odbija się w jego twarzy.

– W jakiej sprawie? – pyta w końcu, wbijając spojrzenie w podłogę.

Zaczynam kręcić głową, zanim skończy zdanie.

– Dobrze wiesz.

Znów milczenie. Zamyka oczy, jego długie rzęsy rzucają cień na policzki i naraz wygląda bardzo młodo, jeszcze młodziej niż do tej pory.

– Kim jest ta kobieta? – naciskam.

– Moją matką – cicho odpowiada.

– Poznałam twoją matkę.

– Nie... pomyliło się pani. – Potrząsa głową. – Nie wie pani, o czym mówi. Tak... – wahanie – tak uważa tata.

„Tata". Podpieram się dłońmi i dźwigam z podłogi.

– Wszyscy mi to powtarzają. Nawet moi znajomi. – Przełykam ślinę. – Nawet mój mąż. Ale ja wiem, co widziałam.

– Tata mówi, że pani jest wariatką.

Nie odpowiadam.

Ethan cofa się o krok.

– Muszę już iść. Nie powinienem tu przychodzić.

Postępuję o krok.

– Gdzie jest twoja matka?

Nic nie mówi, tylko patrzy na mnie szeroko otwartymi oczami. „Używaj delikatnej perswazji", pouczał Wesley. Ten etap mam już za sobą.

– Czy twoja matka nie żyje?

Cisza. Widzę refleksy płomieni w jego oczach. Ma źrenice jak iskierki.

Naraz wypowiada jakieś słowa, ale tak cicho, że nie jestem w stanie ich zrozumieć.

– Co? – Nachylam się, żeby lepiej słyszeć.

– Boję się – mówi szeptem.

Zanim zdążę odpowiedzieć, odwraca się i wybiega. Zostawia otwarte drzwi na korytarz; te wyjściowe uchylają się z jękiem, po czym zamykają.

Stoję przy kominku. Na plecach czuję żar płomieni, a na twarzy chłód powietrza z korytarza.

64

Zamknąwszy drzwi, podnoszę szklankę z wodą z podłogi i wylewam zawartość do zlewu. Zastępuję ją merlotem; butelka dzwoni o brzeg szklanki, kiedy nalewam sobie wina. Ręce mi się trzęsą.

Biorę spory łyk i się zamyślam. Czuję się wykończona, upojona. Wyszłam na zewnątrz – przeszłam spory kawałek – i przeżyłam. Ciekawe, co na to doktor Fielding. Zastanawiam się, co powinnam mu powiedzieć. Może nic? Marszczę brwi.

Wiem więcej. Kobieta panikuje. Ethan jest przerażony. Jane… Nie mam pojęcia, co z Jane. Ale to i tak postęp w stosunku do tego, ile wiedziałam do tej pory. Czuję się, jakbym zbiła piona. Jestem Myślącą Maszyną.

Przechylam szklaneczkę. Jestem Pijącą Maszyną.

Piję aż do ukojenia nerwów – przez godzinę, jeśli wierzyć wskazaniom zegara. Obserwuję wędrówkę dłuższej wskazówki po tarczy, wyobrażam sobie, jak moje żyły wypełniają się winem, tłustym i gęstym, które uspokaja i wzmacnia. Potem zachodzę na piętro. Na podeście natykam się na kota; zauważa mnie, wymyka się do gabinetu. Idę za nim.

Ekran leżącego na biurku telefonu się rozjarza. Pojawia się nieznany numer. Stawiam szklaneczkę na blacie. Odbieram po trzecim dzwonku.

– Mówi detektyw Little. – Głos głęboki jak kanion. – Spotkaliśmy się w piątek, o ile pani sobie przypomina.

Siadam przy biurku, odsuwam od siebie szklaneczkę tak, żebym nie mogła jej dosięgnąć.

– Tak, przypominam sobie.

– To dobrze. – Wydaje się zadowolony. Wyobrażam sobie, jak przeciąga się w fotelu i zakłada jedną rękę za głowę. – Jak się pani czuje, pani doktor?

– Dziękuję, dobrze.

– Zastanawiałem się, czy się pani odezwie.

Nie odpowiadam.

– Poprosiłem o pani numer w Morningside. Chciałem sprawdzić, czy wszystko u pani w porządku. Dobrze się pani czuje?

Już mnie o to pytał.

– Dziękuję, tak – powtarzam.

– To świetnie. Rodzina też zdrowa?

– Tak, wszyscy mają się znakomicie.

– Wspaniale. – Dokąd zmierza ta rozmowa?

Naraz zmienia się ton jego głosu.

– Widzi pani, dzwoniła do nas pani sąsiadka.

Ależ oczywiście. To suka. No, ale uprzedziła mnie. Słowna suka. Wyciągam rękę, sięgam po wino.

– Twierdzi, że śledziła ją pani, kiedy poszła do pobliskiej kawiarni. – Czeka, co powiem.

Nic nie mówię.

– Zakładam, że nie wybrała się pani akurat dzisiaj na kawę z mlekiem. Zakładam, że nie wpadła pani na sąsiadkę przypadkiem.

Prawie się uśmiecham, wbrew sobie.

– Wiem, że ostatnie dni były dla pani trudne. Miała pani ciężki tydzień.

Odruchowo kiwam głową. Little potrafi wczuć się w sytuację drugiego człowieka. Byłby z niego dobry psychiatra.

– Ale takie zachowanie nikomu nie wyjdzie na dobre, a już na pewno nie pani.

Nie nazwał jej jeszcze. Zrobi to?

– To, co pani powiedziała w piątek, niektórych bardzo wzburzyło. Pani Russell – no i proszę – jest mocno podenerwowana. Ale niech to zostanie między nami.

No jasne, że jest podenerwowana, myślę. W końcu podaje się za zmarłą osobę.

– Jej syn też nie wyglądał na zadowolonego z obrotu spraw.

Otwieram usta.

– Rozmawiałam...

– Dlatego... – Przerywa. – Słucham?

– Nic, nic.

– Na pewno?

– Tak.

Odchrząkuje.

– Chciałem prosić, żeby pani nieco spasowała. Niech się pani nie przemęcza. Cieszę się, że zaczęła pani wychodzić.

Czy to żart?

– Jak się miewa kot? Nadal ma charakterek?

Nie odpowiadam. Little chyba nawet tego nie zauważa.

– A lokator?

Muszę ugryźć się w język. Na dole jest drabina, która blokuje drzwi do piwnicy. Na dole, w suterenie, widziałam kolczyk nieboszczki przy łóżku Davida.

– Detektywie Little. – Poprawiam chwyt na telefonie. Muszę to jeszcze raz usłyszeć. – Czy pan naprawdę mi nie wierzy?

Długa cisza, potem westchnienie, głębokie i dudniące.

– Przykro mi, doktor Fox. Sądzę, że wierzy pani w to, co twierdzi, że widziała. Ja – nie.

Tego się spodziewałam. W porządku. Uczciwie.

– Gdyby chciała pani z kimś porozmawiać, mamy dobrych psychologów, którzy mogliby pomóc. Albo po prostu pani wysłuchać.

– Dziękuję, detektywie – odpowiadam chłodno, ale uprzejmie.

– Proszę po prostu trochę odpuścić, dobrze? – odzywa się po chwili. – Poinformuję panią Russell, że rozmawialiśmy.

Krzywię się i pierwsza odkładam słuchawkę.

65

Biorę łyk wina, zabieram telefon, wychodzę na schody. Chcę zapomnieć o Little'u. Chcę zapomnieć o Russellach.

Agora. Sprawdzę wiadomości. Schodzę, wkładam szklaneczkę do zlewu. Przenoszę się do salonu, wklepuję kod PIN, żeby odblokować ekran telefonu.

Błędny kod.

Marszczę brwi. Pewnie palec mi się omsknął. Po raz drugi wciskam odpowiednie cyfry.

Błędny kod.

– Co jest? – mówię na głos.

W salonie zapadł zmrok; włączam lampę. Raz jeszcze, powoli, śledząc ruchy palców na klawiaturze, wybieram przyciski: 0 – 2 – 1 – 4.

Błędny kod.

Telefon krótko wibruje. Ekran zablokowany. Nic z tego nie rozumiem.

Kiedy ostatnio wprowadzałam PIN? Nie potrzebowałam go, żeby odebrać telefon od Little'a. Do Bostonu zadzwoniłam przez Skype'a. Nie mam pojęcia.

Rozdrażniona wracam do gabinetu i siadam przed komputerem stacjonarnym. Chyba nie odcięło mnie od skrzynki? Wpisuję hasło do komputera, wchodzę na stronę logowania Gmaila; mój login widnieje już w polu „adres e-mail lub telefon". Powoli wklepuję hasło.

Wchodzę – a więc z pocztą wszystko gra. Procedura odzyskiwania dostępu do ekranu jest banalnie prosta i niecałą minutę później dostaję SMS-a z nowym PIN-em. Wprowadzam go i zaraz zmieniam z powrotem na stary.

No dobrze, ale o co chodziło? Może stary, nie wiem, przeterminował się – czy to w ogóle możliwe? Może sama go zmieniłam – przypadkiem wcisnęłam nie to, co trzeba? Zaczynam obgryzać paznokieć. Pamięć mi szwankuje. Funkcje ruchowe też. Łypię na szklaneczkę z winem.

W skrzynce odbiorczej znajduję kilka maili: usilną prośbę o wsparcie od nigeryjskiego księcia oraz kilka wiadomości od ekipy Agory. Poświęcam godzinę, żeby na nie odpowiedzieć. Mitzi z Manchesteru niedawno dostała nowe leki na swoje stany lękowe. Kala88 się zaręczyła. Okazuje się, że dziś po południu BabuniaLizzie zdołała, w synowskiej obstawie, przejść kilka kroków na zewnątrz. Ja, w pewnym sensie, też, myślę.

Mija szósta i nagle zmęczenie zwala się na mnie jak lawina i przygniata. Pochylam się, łamię jak wygnieciona poduszka i kładę czoło na blacie. Muszę się przespać. Dziś wieczorem wezmę podwójną dawkę temazepamu. A jutro popracuję nad Ethanem.

Jeden z moich nad wiek rozwiniętych pacjentów rozpoczynał każdą naszą sesję od słów: „Niesamowite, ale...", po czym opisywał najzwyczajniejsze doznania, w których nie było nic szczególnego. Teraz sama się tak czuję. Niesamowite, ale. Niesamowite, ale to, co jeszcze przed chwilą wydawało się niecierpiące zwłoki – wydawało się pilne już od czwartku – straciło na znaczeniu, zblakło jak płomień na zimnie. Jane. Ethan. Ta kobieta. Nawet Alistair.

Jadę na oparach. „Winogronowych oparach", słyszę żarcik Eda. Ha, ha.

Z nimi też porozmawiam. Jutro. Z Edem. Z Livvy.

Poniedziałek, 8 listopada

66

– Ed.

Chwilę, a może godzinę, później:

– Livvy.

Mój głos był jak obłoczek pary z ust. Widziałam go, tego duszka unoszącego się na wysokości twarzy, upiornie białego w mroźnym powietrzu.

Gdzieś niedaleko ćwierkanie, nieustające, uporczywe – pojedynczy dźwięk, niczym wezwanie jakiegoś obłąkanego ptaka.

Potem cisza.

Mój wzrok unosił się na fali czerwieni, to wypływał, to chował się pod powierzchnię. Głowa mi pękała. Bolały mnie żebra. Miałam wrażenie, że skręciłam kark. Paliło mnie w gardle.

Do policzka przykleiła mi się zmięta poduszka powietrzna. Deska rozdzielcza mieniła się szkarłatną poświatą. Popękana, wybrzuszona przednia szyba zwieszała się tuż nade mną.

Zmarszczyłam czoło. Doszło do spięcia, coś brzęczało w maszynie zwanej mózgiem, mój system operacyjny musiał się zrestartować.

Nabrałam powietrza i się zakrztusiłam. Zachrypiałam z bólu. Obróciłam głową. Poczułam, że włosami szoruję po suficie. Nie powinno tak być, prawda? Na moim podniebieniu zaczęła gromadzić się ślina. Jak to moż…

Brzęczenie ustało.

Leżeliśmy do góry nogami.

Znów się zakrztusiłam. Sięgnęłam w dół, dłonie zagłębiły się w materiale, który miałam pod głową, tak jakbym w ten sposób mogła postawić samochód na kołach albo obrócić się do właściwej pozycji. Jęknęłam i zacharczałam.

Przesunęłam głowę nieco dalej. Zobaczyłam Eda. Był odwrócony do mnie plecami. Z jego ucha sączyła się krew.

Wypowiedziałam jego imię, tę pojedynczą sylabę, która na zimnie ułożyła się w obłoczek pary, a raczej tylko spróbowałam, bo uniemożliwiła mi to obolała tchawica. Pas bezpieczeństwa podjechał mi pod szyję i zacisnął się na gardle.

Oblizałam usta. Język wpadł w przerwę w górnej szczęce. Straciłam ząb.

Druga część pasa, naprężona i twarda jak drut, wbijała mi się w talię. Prawą ręką sięgnęłam do klamry, nacisnęłam raz, drugi i gwałtownie nabrałam powietrza, kiedy ustąpiła. Pas zsunął się z ciała i uderzył o dach.

To ćwierkanie – ostrzeżenie o niezapiętym pasie. Zaterkotało i zamilkło.

Z moich ust trysnął obłok pary, zalśnił na czerwono w świetle z tablicy rozdzielczej. Położyłam dłonie na suficie. Zaparłam się. Odwróciłam głowę.

Olivia nadal była przypięta do tylnego siedzenia, zawieszona, jej kucyk dyndał. Wykręciłam szyję, oparłam się ramionami o sufit, wyciągnęłam rękę, żeby dotknąć jej policzka. Palce mi się trzęsły.

Miała lodowatą skórę.

Złożyłam łokieć, przerzuciłam obie nogi na jedną stronę, aż uderzyły o szyberdach, którego popękane szkło wyglądało jak pajęczyna. Ustąpił pod naciskiem. Zaczęłam przebierać nogami, żeby poprawić swoje ułożenie, odepchnęłam się kolanami i z walącym sercem podczołgałam się do Olivii. Chwyciłam ją za ramiona. Potrząsnęłam.

Krzyknęłam.

Potrząsałam nią, szarpałam, a ona rzucała się razem ze mną.

– Livvy! – wrzasnęłam i poczułam palący ból w gardle.

Do moich ust napłynęła krew.

– Livvy! – krzyknęłam.

Łzy popłynęły mi po policzkach.

– Livvy – wycharczałam i wtedy otworzyła oczy.

Na moment stanęło mi serce.

Spojrzała na mnie, we mnie i wypowiedziała bezgłośnie jedno słowo:

– Mamusiu.

Pstryknęłam klamrę jej pasa, która ustąpiła z cichym syknięciem. Podtrzymałam głowę Olivii i złapałam jej ciało, które zaczęło wylewać się z fotela; jej kończyny obijały się o siebie jak dzwoneczki wietrzne. Jedna z rąk sprawiała wrażenie bezwładnej.

Przetoczyłam ją po szyberdachu.

– Cii... – powiedziałam, mimo że nie wydała żadnego dźwięku, a jej oczy znów były zamknięte.

Wyglądała jak księżniczka.

– Hej. – Potrząsnęłam nią za ramię.

Spojrzała na mnie.

– Hej – powtórzyłam i spróbowałam się uśmiechnąć, ale miałam sztywną twarz.

Podczołgałam się do drzwi, złapałam za klamkę i mocno pociągnęłam. Szarpnęłam. Usłyszałam trzask i zobaczyłam, że klamka się urwała. Naparłam na okno i pchnęłam z całych sił. Drzwi otworzyły się szeroko i bezgłośnie.

Wyciągnęłam się i położyłam dłonie na ziemi. Poczułam piekące zimno śniegu. Wsparłam się na łokciach, poprawiłam ułożenie kolan i wysunęłam się częściowo na zewnątrz, opadłam na zmarzniętą ziemię. Zaskrzypiała. Brnęłam dalej. Biodra, uda, kolana, łydki, stopy. Mankiet spodni zaczepił się o haczyk na ubrania; uwolniłam się i wypełzłam z samochodu.

Przewróciłam się na plecy. Po moim kręgosłupie przeszedł bolesny prąd. Nabrałam powietrza i poczułam, jak na mojej twarzy pojawił się grymas bólu. Głowa przekrzywiła mi się na bok, jakby szyja odmówiła posłuszeństwa.

Nie ma czasu, powiedziałam sobie. Zebrałam się, podciągnęłam nogi, wsparłam się na ręku i częściowo dźwignęłam z ziemi, tak że teraz klęczałam przy samochodzie. Rozejrzałam się.

Spojrzałam w górę. Zawirowało mi przed oczami.

Niebo wyglądało jak bezkresny klosz gwiazd. Księżyc był wielki jak planeta i jasny jak słońce, a kanion mienił się grą świateł i cieni, przypominał dzieło pejzażysty drzeworytnika. Prawie przestało padać, z góry leciały tylko pojedyncze płatki śniegu. Świat był jak nowy.

A dźwięk...

Cisza. Całkowita, skończona cisza. Ani tchnienia wiatru, ani ruchu gałęzi. Niemy film, niema fotografia. Przeniosłam ciężar z jednego kolana na drugie. Śnieg zaskrzypiał.

Powrót do rzeczywistości. Samochód wbił się przodem w ziemię i przechylił tak, że tył sterczał nieco do góry. Widziałam podwozie, które wyglądało jak spodnia część ciała owada. Przeszedł mnie dreszcz. Ukłucie bólu w kręgosłupie.

Zanurkowałam z powrotem do kabiny, chwyciłam Olivię za kurtkę i zaczęłam ciągnąć. Przeciągnęłam ją przez szyberdach i zagłówek, po czym wywlekłam z auta. Objęłam ją, to jej ciałko, tak wiotkie, że miałam wrażenie, jakbym ściskała szmacianą lalkę. Wymówiłam jej imię. Raz, drugi. Otworzyła oczy.

– Cześć – powiedziałam.

Zamknęła oczy.

Najpierw położyłam ją przy samochodzie, ale potem odciągnęłam kawałek dalej, na wypadek gdyby wóz chciał się, nie wiem, przewrócić na koła. Jej głowa opadła na ramię, przytrzymałam ją – delikatnie, delikatnie – i ponownie zwróciłam twarzą ku niebu.

Zawahałam się. Moje płuca pracowały jak miechy. Spojrzałam na swoje dziecko, na aniołka na śniegu. Dotknęłam jej zranionej ręki. Nie zareagowała. Dotknęłam raz jeszcze, mocniej, i zobaczyłam, że lekko się skrzywiła.

Teraz Ed.

Wczołgałam się z powrotem do auta i dopiero wtedy uświadomiłam sobie, że nie ma mowy, żebym wyciągnęła Eda przez tylne siedzenie. Cofnęłam się więc, obeszłam samochód i szarpnęłam za klamkę drzwi od strony pasażera. Raz, drugi. Wreszcie zamek ustąpił i drzwi otworzyły się na oścież.

Jego skóra miała ciepłą czerwoną barwę w hipnotycznym, migającym świetle z deski rozdzielczej. Ciekawe, pomyślałam, że akumulator przetrwał upadek. Rozpięłam pas. Ed poleciał prosto na mnie, rozwinął się jak lina. Chwyciłam go pod pachami.

Przeciągnęłam go po suficie, uderzając się głową o dźwignię zmiany biegów. Kiedy znaleźliśmy się na zewnątrz, zobaczyłam, że twarz ma całą we krwi.

Wstałam i przesunęłam go do Olivii. Położyłam jedno obok drugiego. Poruszyła się. On leżał nieruchomo. Wzięłam go za rękę, przyłożyłam palce do jego nadgarstka. Wyczułam słaby puls.

Cała nasza trójka znajdowała się już poza autem, pod kobiercem gwiazd, na spodzie wszechświata. Mój oddech brzmiał jak sapanie lokomotywy parowej. Dyszałam, pot spływał mi po bokach i lizał mnie po karku.

Sięgnęłam za plecy i ostrożnie wspięłam się palcami po kręgosłupie jak po drabinie. Kiedy dotknęłam kręgów pomiędzy łopatkami, poczułam przeszywający ból.

Nabrałam powietrza i je wypuściłam. Nad ustami Olivii i Eda unosiły się rzadkie, blade obłoczki.

Odwróciłam się.

Powiodłam wzrokiem po mniej więcej stumetrowym urwisku zalanym księżycową poświatą. Niewidoczna droga wiła się gdzieś tam, nad moją głową, ale nie było sposobu, aby się do niej dostać, nie było którędy się wspiąć. Wylądowaliśmy na niewielkiej półce, małym skalnym występie, który sterczał ze zbocza. Dokoła: nicość. Gwiazdy, śnieg, przestrzeń. Cisza.

Telefon.

Obszukałam kieszenie – przednie, tylne, w kurtce – i przypomniałam sobie, że Ed wyrwał mi aparat, który potem upadł na podłogę i brzęczał pod moimi nogami, a na ekranie wyświetlało się *to* nazwisko.

Po raz trzeci zanurkowałam w aucie, obmacałam sufit i w końcu znalazłam: leżał na potrzaskanej przedniej szybie. Był cały. To był dla mnie szok, że telefon wyszedł z tego bez szwanku; mój mąż krwawił, córka była ranna, mnie coś się stało w kręgosłup, SUV nadawał się do kasacji – ale na telefonie nie było nawet rysy. Relikt z innej epoki, rzecz z innej planety. Dwudziesta druga dwadzieścia siedem. Zjechaliśmy z drogi przed prawie półgodziną.

Kucnęłam w kabinie i przesunęłam kciukiem po ekranie. Wybrałam numer alarmowy i przyłożyłam aparat do ucha. Czułam, jak dłoń mi się trzęsie, a telefon szoruje po policzku.

Nic. Ściągnęłam brwi.

Zakończyłam połączenie, wyszłam z wozu, spojrzałam na wyświetlacz. „BRAK SIECI". Uklękłam na śniegu. Ponownie wybrałam numer.

Nic.

Spróbowałam jeszcze dwa razy.

Nadal to samo.

Wstałam, przełączyłam na głośnik, wyciągnęłam rękę wysoko do góry. Nic.

Obeszłam samochód, potykając się w śniegu. Znowu wybrałam. I znowu. Cztery razy, osiem, trzynaście. Straciłam rachubę.

Nic.

Nic.

Nic.

Wydałam z siebie wrzask, wybuchł we mnie, rozorał mi gardło, strzaskał noc jak szybę, poniósł się serią ech. Krzyczałam, aż spłonął mi język, aż zdarłam struny głosowe.

Obróciłam się gwałtownie. Zakręciło mi się w głowie. Cisnęłam telefonem o ziemię. Zapadł się w śniegu. Podniosłam go. Miał zaparowaną szybkę. Jeszcze raz nim rzuciłam, tyle że dalej. Przewaliła się przeze mnie fala paniki. Skoczyłam za aparatem i wygrzebałam go ze śniegu. Strzepnęłam płatki i ponownie wybrałam numer.

Nic.

Wróciłam do Olivii i Eda. Leżeli jedno obok drugiego, nieruchomo, ich ciała świeciły światłem odbitym od księżyca.

Do moich ust przedarł się szloch, wierzgał, wił się, rozpaczliwie domagał powietrza. Ugięły się pode mną kolana, złożyły jak nóż sprężynowy. Stopiłam się z ziemią. Wpełzłam pomiędzy męża i córkę. I się rozpłakałam.

Kiedy się obudziłam, miałam zimne i sine palce. Kurczowo ściskałam telefon. Za dwie pierwsza w nocy. Bateria była na wyczerpaniu, zostało jedenaście procent. Nieważne, pomyślałam. Nie mogę zadzwonić na alarmowy, nie mogę zadzwonić do nikogo.

Mimo to spróbowałam jeszcze raz. Nic.

Obróciłam głowę w lewo, potem w prawo: Ed – Livvy. Oboje oddychali płytko, ale równo. Na twarzy Eda zaschnięta krew, do policzków Olivii przyklejone włosy. Położyłam dłoń na jej czole. Zimne. Czy nie byłoby jednak lepiej, gdybyśmy schronili się w aucie? Ale jeśli... jeśli się obróci? Albo wybuchnie?

Usiadłam, potem wstałam. Popatrzyłam na kadłub samochodu. Przeniosłam spojrzenie na niebo, na dojrzały księżyc i drobny mak gwiazd. Powoli mój wzrok powędrował ku górze. Ruszyłam w tamtą stronę.

Zbliżając się do skalnej ściany, wyjęłam telefon i trzymałam go przed sobą jak różdżkę. Przesunęłam kciukiem po ekranie, włączyłam latarkę. Jak maleńka gwiazda w mojej dłoni.

W blasku sztucznego światła ściana wydawała się gładka, zupełnie pozbawiona nierówności. Nie było gdzie wcisnąć palców, czego się chwycić, żadnych gałęzi, korzeni, nic, tylko ziemia i kamienie, niedostępne, strome jak mur. Przeszłam wzdłuż całego odcinka, zbadałam każdy centymetr. Skierowałam snop świtała ku górze, aż zniknął w mroku nocy.

Nic. Wszystko stało się niczym.

Dziesięć procent. Jedenaście po pierwszej w nocy.

Kiedy byłam mała, uwielbiałam konstelacje i badałam je na swój dziecinny sposób. W letnie wieczory kładłam się na podwórku za domem i przenosiłam niebo na arkusz brązowego papieru. Trawa uginała się pod moimi łokciami, a obok mnie przysypiały bławatki. Defilowali nade mną zimowi, roziskrzeni bohaterowie: jasny, opasany Orion, biegnący za nim Wielki Pies, Plejady jak klejnoty ponad ramieniem Byka. Bliźnięta. Perseusz. Wieloryb.

Swoim rannym głosem szeptałam teraz ich nazwy niczym słowa zaklęcia, szeptałam je Livvy i Edowi, których głowy spoczywały na mojej piersi, podnosiły się i opadały w rytm mojego oddechu. Głaskałam ich po włosach, wodziłam palcami po ustach i policzkach.

Wszystkie te gwiazdy, przejmująco zimne. Drżeliśmy pod nimi. Spaliśmy.

Czwarta trzydzieści cztery. Dreszcz wyrwał mnie ze snu. Sprawdziłam najpierw Olivię, potem Eda. Przemyłam mu twarz śniegiem. Nie wzdrygnął się. Wtarłam mu go w skórę, usunęłam krew. Zadrżał.

– Ed – odezwałam się, szarpiąc go za ramię. Nie zareagował. Ponownie sprawdziłam puls. Szybszy, słabszy.

Poczułam ssanie w żołądku. Przypomniałam sobie, że nawet nie zjedliśmy kolacji. Muszą być wygłodniali.

Wczołgałam się do auta. Światło na tablicy rozdzielczej wyraźnie przygasło, ledwo się paliło. Jest. Przyciśnięta do szyby z tyłu. Torba z kanapkami i sokami. W chwili gdy położyłam na niej dłoń, światło przestało świecić.

Wróciłam na zewnątrz. Odwinęłam folię, w którą była zapakowana kanapka. Folię natychmiast porwał wiatr i uniósł jak babie lato, poleciała jak duszek, błędny ognik. Oderwałam kawałek chleba.

– Hej – szepnęłam do Olivii. Podrapałam ją po policzku, aż otworzyła oczy. – Otwórz buzię – poprosiłam i wepchnęłam jej chleb do ust.

Rozchyliła je; kawałek kanapki spoczął na jej wargach, podskoczył raz i drugi, jak tonący pływak, po czym zniknął, wciągnięty przez język. Wyjęłam słomkę od soku i wbiłam ją w kartonik. Kilka kropli lemoniady pociekło na śnieg. Włożyłam rękę pod głowę Olivii i podniosłam ją, podsuwając jej słomkę do ust; nacisnęłam kartonik. Poleciało za dużo. Zaczęła się krztusić.

Podniosłam jej głowę jeszcze wyżej i zaczęła pić, biorąc łyczki jak koliber. Po chwili zwiesiła głowę i zamknęła oczy. Ułożyłam ją delikatnie na ziemi.

Teraz Ed.

Uklękłam przy nim. Nie chciał otworzyć ust ani oczu. Stukałam oderwanym kawałkiem chleba o jego wargi, gładziłam go po policzku, jakbym wierzyła, że tym gestem skłonię go do poluzowania szczęki. Mimo to nie poruszał się. Rosła we mnie panika. Przysunęłam twarz do jego twarzy. Poczułam na skórze słaby, ale w miarę równy ciepły oddech. Wypuściłam powietrze.

Nie zmuszę go do jedzenia, pomyślałam, ale może chociaż trochę się napije. Przetarłam jego suche usta odrobiną śniegu, po czym wsunęłam w nie słomkę. Zacisnęłam palce na kartoniku. Płyn zaczął mu ściekać po brodzie i osiadać na zaroście.

– No już, pij – mówiłam błagalnym tonem, ale sok nadal zamiast znikać w ustach, spływał mu po twarzy.

Wyjęłam słomkę, nabrałam jeszcze trochę śniegu i położyłam go na wargach Eda, a potem na języku. Niech się rozpuści w ustach.

Usiadłam na śniegu i sama zaczęłam pić. Lemoniada była okrutnie słodka, ale i tak opróżniłam cały kartonik.

Wygrzebałam z samochodu drugą torbę, z grubymi kurtkami i spodniami narciarskimi. Przykryłam nimi Livvy i Eda.

Spojrzałam w niebo. Niewiarygodnie wielkie.

Światło, które padło na moje powieki, było ciężkie. Z trudem otworzyłam oczy.

I od razu musiałam je zmrużyć. Nad nami rozciągało się niebo, nieprzerwane, bezkresne, niczym głębokie morze chmur. Z góry leciały płatki śniegu jak nasiona dmuchawca. Zerknęłam na telefon. Siódma dwadzieścia osiem. Pięć procent baterii.

Olivia obróciła się podczas snu. Ułożyła się na lewej ręce, prawa spoczywała luźno u boku. Przyłożyła policzek do ziemi. Przewróciłam ją na plecy i strzepnęłam śnieg ze skóry. Delikatnie wyczyściłam jej ucho.

Ed się nie poruszył. Pochyliłam się nad nim. Nadal oddychał.

Wcześniej schowałam telefon do kieszeni spodni. Teraz wyjęłam go, ścisnęłam na szczęście i ponownie wybrałam numer alarmowy. Przez jedną pełną uniesienia sekundę wyobrażałam sobie, że dzwoni, i niemal słyszałam ten dźwięk, ten tryl.

Nic. Wpatrzyłam się w ekran.

Potem spojrzałam na przewrócony do góry kołami samochód, bezradny jak zranione zwierzę. Wyglądał nienaturalnie, jakby wstydził się swego położenia.

Powiodłam wzrokiem po leżącej niżej dolinie najeżonej czubkami drzew; w oddali zauważyłam cienką srebrną wstążkę rzeki.

Wstałam. Odwróciłam się.

Przede mną wznosiła się skała. Dzięki naturalnemu światłu mogłam się przekonać, jak bardzo pomyliłam się w ocenie wysokości, z jakiej spadliśmy. Znajdowaliśmy się co najmniej dwieście metrów poniżej drogi, a kamienna ściana wyglądała na jeszcze bardziej nieprzebytą, niemożliwą do pokonania niż w nocy. Do góóóry, do góóóry powędrowało moje spojrzenie, aż dotarło do szczytu.

Położyłam dłoń na gardle. Spadliśmy z tak wysoka. I przeżyliśmy.

Odchyliłam głowę jeszcze bardziej, żeby objąć wzrokiem niebo. Zmrużyłam oczy. Wydawało się zbyt ogromne, zbyt przytłaczające. Poczułam się jak miniaturowy człowieczek w domku dla lalek. Widziałam siebie z daleka, byłam jak maleńka kropka. Obróciłam się i zachwiałam.

Wzrok mi się rozmył. Poczułam ukłucie w nogach.

Pokręciłam głową i potarłam oczy. Świat ustąpił, wycofał się do swoich granic.

Przez kilka godzin drzemałam u boku Eda i Olivii. Kiedy się obudziłam - o jedenastej dziesięć - śnieg smagał nas falami, a wiatr trzaskał, jakby strzelał z bicza. Gdzieś w pobliżu dało się słyszeć niski pomruk burzy. Strzepnęłam płatki z twarzy i zerwałam się na nogi.

Znów to drżenie wzroku, jak fale na wodzie, i tym razem kolana się pode mną ugięły, przykleiły się jedno do drugiego jak namagnesowane. Zaczęłam osuwać się na ziemię.

- Nie - powiedziałam chrapliwym głosem, poruszając spierzchniętymi wargami. Wystawiłam rękę, podparłam się.

Nie wiedziałam, co się ze mną dzieje.

Nie ma czasu. Nie ma czasu. Odepchnęłam się od zaśnieżonego podłoża i wstałam. Zobaczyłam, że Ed i Olivia wkrótce znikną pod śniegiem.

Zaczęłam wciągać ich do auta.

Jakże wlókł się czas. Najbliższe miesiące miały minąć mi prędzej niż te godziny z Edem i Livvy na suficie odwróconego do góry nogami samochodu, ze śnieżycą za oknami. Śnieg siekł o karoserię, nacierał na wóz falami, przednia szyba trzeszczała i wybrzuszała się pod naporem.

Śpiewałam Olivii - współczesne przeboje, stare rymowanki, melodie, które sama wymyślałam - w miarę jak hałas na zewnątrz narastał, a w środku robiło się coraz ciemniej. Wpatrywałam się w zawijasy jej ucha, wodziłam po nich palcami, mruczałam do nich. Obejmowałam Eda, splatałam nogi z jego nogami, owijałam palce wokół jego palców. Zjadłam kanapkę i wypiłam kartonik soku. Odkręciłam butelkę wina, zanim uświadomiłam sobie, że alkohol mnie odwodni. Ale miałam na nie ochotę. Wielką ochotę.

Miałam wrażenie, jakbyśmy znajdowali się pod ziemią. Zaszyliśmy się w jakiejś ciemnej kryjówce, w jakimś schronie przed światem. Nie wiedziałam, kiedy go opuścimy. I jak. O ile w ogóle.

W pewnym momencie telefon się rozładował. Zasnęłam o piętnastej czterdzieści przy dwóch procentach mocy, a kiedy się obudziłam, ekran był cały czarny.

Świat milczał, jeśli nie liczyć wrzasku wiatru, wyszarpującego powietrze oddechu Livvy i szelestu w gardle Eda. I mnie, w której wnętrzu rodził się szloch.

Cisza. Absolutna cisza.

Obudziłam się z zaczerwienionymi oczami w grobowcu kabiny. Potem zobaczyłam światło przesączające się do wnętrza samochodu, przyćmiony blask za przednią szybą, i usłyszałam ciszę, tak jak słyszy się hałas. Zamieszkiwała auto niczym żywa istota.

Wyplątałam się z posłania z kurtek i sięgnęłam do klamki. Kliknęła pocieszająco, ale drzwi nie ustąpiły.

O nie.

Podniosłam się, przewróciłam na obolałe plecy, zaparłam się o drzwi i pchnęłam. Ruszyły, ale po chwili się zatrzymały. Kopnęłam w okno, zaczęłam w nie walić piętami. W końcu poddały się i do środka wpadła mała lawina.

Wysunęłam się na zewnątrz na brzuchu. Musiałam zamknąć oczy, żeby nie oślepiło mnie światło. Kiedy wreszcie odważyłam się je otworzyć, zobaczyłam, że nad dalekimi szczytami wschodzi słońce. Dźwignęłam się na kolana i rozejrzałam po nowym świecie: dolina zasypana śniegiem; odległa rzeka; miękka biel pod stopami.

Zachwiałam się na nogach. Potem usłyszałam trzask i od razu wiedziałam, że zapadła się przednia szyba.

Zatopiłam jedną nogę w śniegu, potem drugą, dotarłam na przód samochodu i zobaczyłam dziurę po szybie. Wróciłam do tylnych drzwi i znów do środka. Raz jeszcze wyciągnęłam oboje z wraku, Livvy pierwszą, potem Eda; i ponownie ułożyłam ich obok siebie na ziemi.

I kiedy tak stałam nad nimi, dysząc z wysiłku, znowu zamazał mi się obraz. Niebo zdawało się wybrzuszać, nacierać na mnie, naciskać. Skrzywiłam się i załamałam, zacisnęłam powieki, poczułam, jak wali mi serce.

Zawyłam jak dzikie zwierzę. Obróciłam się na brzuch, objęłam Olivię i Eda, przytuliłam ich do siebie i zaczęłam zawodzić, chowając twarz w śniegu.

W takiej pozie nas znaleźli.

67

Kiedy się budzę w poniedziałkowy poranek, mam ochotę porozmawiać z Wesleyem.

Tak się wierciłam w nocy, że owinęłam się kołdrą, dlatego teraz muszę się z niej wygramolić, muszę się z niej obrać, jakbym zdejmowała skórkę z jabłka. Słońce wlewa się przez okna, rozświetla pościel. Moja skóra lśni pod jego promieniami. Czuję się osobliwie piękna.

Telefon leży na poduszce obok mojej głowy. Przez chwilę, gdy sygnał buczy mi w uchu, zastanawiam się, czy Wesley przypadkiem nie zmienił numeru, ale jednak nie, nagle słyszę jego tubalny głos, jak zawsze niepowstrzymanie głośny. „Zostaw wiadomość", nakazuje.

Nie robię tego. Wybieram za to numer gabinetu.

– Mówi Anna Fox – informuję kobietę, która odbiera telefon. Na ucho dość młodą.

– Doktor Fox. Z tej strony Phoebe.

Pomyliłam się.

– Przepraszam – mówię. Phoebe, pracowałam z nią przez prawie rok. Zdecydowanie nie jest młoda. – Nie poznałam cię. Masz zmieniony głos.

– Nic nie szkodzi. Chyba się przeziębiłam, pewnie przez to głos mi się zmienił. – Czysta uprzejmość. Cała Phoebe. – Jak się pani miewa?

– Dziękuję, dobrze. Czy jest Wesley? – Phoebe jest, rzecz jasna, bardzo oficjalna, dlatego zapewne nazwie go…

– Doktor Brill przez cały ranek ma sesje, ale mogę poprosić, żeby później się z panią skontaktował.

Dziękuję, podaję swój numer – „Zgadza się, taki mam zapisany" – i się rozłączam.

Ciekawe, czy oddzwoni.

68

Idę na dół. Dziś zero wina, postanawiam. Przynajmniej rano. Muszę mieć trzeźwą głowę przed rozmową z Wesleyem. Z doktorem Brillem.

Najważniejsza rzecz: zachodzę do kuchni, sprawdzam, czy drabina stoi tak, jak ją zostawiłam, czyli oparta o drzwi do piwnicy; czy je blokuje. W świetle poranka, niemal tak jasnym jak przy wybuchu, wygląda licho, groteskowo. David pozbyłby się jej machnięciem ręki. Do moich myśli wkrada się przelotne zwątpienie. Na szafce przy łóżku Davida leżał kolczyk nieboszczki – i co z tego? „Nie wiesz, czy ten kolczyk należał do niej", powiedział Ed, i to prawda. Trzy perełki... Chyba nawet sama mam podobne.

Przyglądam się drabinie, jakby mogła w każdej chwili ruszyć na mnie na tych swoich patykowatych aluminiowych nogach. Zerkam na butelkę merlota, stojącą na blacie obok kluczy do domu, które wiszą na haczyku. Nie, żadnego alkoholu. W całym domu na pewno walają się szklaneczki. (Gdzieś widziałam podobną scenę. A tak – w thrillerze *Znaki*, takim sobie filmie ze świetną muzyką w stylu Bernarda Herrmanna. Nad wiek rozwinięta córka bohatera wszędzie zostawia niedopite szklanki z wodą, która ostatecznie powstrzymuje najeźdźców z kosmosu. „Po co kosmici mieliby tu przylatywać, skoro są uczuleni na w o d ę?", zżymał się Ed. To była nasza trzecia randka).

Rozpraszam się. Na górę, do gabinetu.

Siadam przy biurku, kładę telefon obok myszki, podłączam go do komputera, żeby się naładował. Zerkam na zegarek na komputerze: kilka minut po jedenastej. Później, niż myślałam.

Temazepam zrobił swoje. A w zasadzie temazepamy, liczba mnoga.

Wyglądam przez okno. Naprzeciwko pani Miller wychodzi z domu zgodnie z rozkładem dnia, bezszelestnie zamykając za sobą drzwi. Widzę, że dziś rano jest ubrana w ciemną zimową kurtkę, a z jej ust unoszą się białe obłoczki pary. Włączam aplikację pogodową na telefonie. Podaje, że dziś na dworze minus jedenaście stopni. Wstaję i idę podkręcić termostat przy grzejniku na podeście.

Ciekawe, co porabia mąż Rity. Dawno go nie widziałam, ale też dawno go nie wypatrywałam.

Wracam do biurka, przesuwam wzrokiem po pokoju, za okno, przez skwer, na dom Russellów. Wyniosłe puste okna. Ethan, myślę. Muszę dotrzeć do Ethana. Czułam, że wczoraj się wahał. „Boję się", powiedział i otworzył szeroko oczy. Cierpiące dziecko. Moim obowiązkiem jest mu pomóc. Cokolwiek stało się z Jane, cokolwiek jej się przytrafiło, muszę chronić jej syna.

Jaki jest następny krok?

Zagryzam wargę. Loguję się na forum szachowym. Zaczynam grać.

Minęła godzina, przedpołudnie zmieniło się w popołudnie i nic nie przyszło mi do głowy.

Przystawiłam szyjkę butelki do ust szklaneczki – przecież już po dwunastej. Myślę. Problem buzuje na dnie umysłu, jest jak szum otoczenia. Jak dotrzeć do Ethana? Co kilka minut zerkam na drugą stronę skweru, jakby rozwiązanie było namazane na ścianach budynku. Nie mogę zadzwonić na telefon stacjonarny, bo Ethan nie ma osobnego numeru. Nie mogę przekazać mu wiadomości za pomocą sygnałów w oknie, bo jego ojciec albo ta kobieta mogliby zauważyć. Ethan powiedział, że nie ma adresu e-mailowego ani konta na Facebooku. „Niesamowite, prawda? Kiedy Internet mówi, że ktoś nie istnieje".

Żyje w niemal takiej izolacji jak ja.

Siedzę, popijam. Odstawiam szklaneczkę. Przyglądam się, jak południowe słońce pełznie po parapecie. Dzwonek w głośnikach komputera. Przesuwam skoczka, rysuję nim „L" na szachownicy. Czekam na kolejny ruch.

Dwunasta dwanaście na zegarku na komputerze. Wesley się nie odzywa – na pewno oddzwoni? Może powinnam spróbować jeszcze raz? Sięgam po telefon, ożywiam go kciukiem.

Piknięcie – tym razem to powiadomienie z Gmaila. Łapię za myszkę, przesuwam kursor znad szachownicy. Klikam w przeglądarkę. Drugą ręką sięgam po szklaneczkę i zbliżam ją do ust. Odbija się w niej słońce.

Sponad krawędzi szklaneczki wpatruję się w skrzynkę, pustą, jeśli nie liczyć jednej wiadomości bez tematu, ale za to podpisanej wytłuszczonym nazwiskiem.

Jane Russell.

Zęby dzwonią mi o szkło.

Gapię się w ekran. Powietrze wokół mnie nagle rzednie.

Ręka mi się trzęsie, kiedy odstawiam szklaneczkę na biurko; wino też drży. Mysz, na której trzymam drugą dłoń, napiera na nią od środka. Wstrzymuję oddech.

Kursor najeżdża na nazwisko. Jane Russell.

Klik.

Wiadomość się otwiera i pokazuje się białe pole. Nie ma treści, jest tylko załącznik, maleńki spinacz do papieru. Klikam dwa razy.

Ekran robi się czarny.

Potem niespiesznie, kawałek po kawałku zaczyna się ładować obraz. Ziarniste pasy ciemnej szarości.

Siedzę jak sparaliżowana. Nadal nie jestem w stanie zaczerpnąć tchu.

Ciemne kreski, jedna pod drugą, jakby powoli opadała kurtyna. Mija chwila. I kolejna.

A potem…

…widzę gmatwaninę… gałęzi? Nie, to włosy, ciemne i splątane, z bardzo bliska.

Łuk jasnej skóry.

Zamknięte oko w pionowym widoku, z falbaną rzęs.

Ktoś leży na boku. Patrzę na twarz śpiącego człowieka.

Patrzę na własną twarz.

Obraz nagle się powiększa i widać dolną część – oto ja: moja głowa w całej okazałości. Kosmyk włosów przykleił się do brwi. Mam zamknięte oczy i lekko rozchylone usta. Policzek przyłożony do poduszki.

Zrywam się na nogi, przewracając krzesło.

Jane przysłała mi zdjęcie śpiącej mnie. Świadomość tego powoli, tak jak bez pośpiechu ładował się obraz, rodzi się w moim mózgu.

Jane była w moim domu, kiedy spałam. Nocą.

Jane była w mojej sypialni.

Jane przyglądała się, jak śpię.

Stoję zszokowana w ogłuszającej ciszy. Zauważam półprzejrzyste cyferki w prawym dolnym rogu. Dzisiejsza data, godzina druga zero dwa.

Dziś w nocy. O drugiej. Jak to możliwe? Patrzę na adres nadawcy znajdujący się w nawiasie obok nazwy:

zgadnijktoanno@gmail.com

69

Zatem to nie Jane, tylko ktoś ukrywający się pod jej imieniem. Ktoś drwi sobie ze mnie.

Celuję myślami na dół, do piwnicy. W Davida.

Obejmuję się. Zastanów się. Nie panikuj. Zachowaj spokój.

Wyważył drzwi? Nie, sprawdziłam – rano drabina stała tak, jak ją zostawiłam.

Czyżby więc – czuję na ciele swoje drżące dłonie; pochylam się, kładę je na blacie biurka, rozcapierzam palce – dorobił klucz do domu? Słyszałam jego kroki na schodach tego wieczoru, kiedy zaciągnęłam go do łóżka. Zszedł i ukradł klucz z kuchni?

Ale przecież klucz wisi tam, gdzie zawsze, na haczyku, sama widziałam przed godziną. Drzwi do piwnicy zabarykadowałam wkrótce po wyjściu Davida, nie było innego sposobu, by dostał się do domu.

Chyba że… Ależ oczywiście, oczywiście, że był. Mógł wejść w każdej chwili, używając skopiowanego klucza. Podmienił oryginał.

No tak, ale wczoraj wyjechał. Podobno do Connecticut.

Przynajmniej tak twierdził.

Patrzę na siebie na ekranie, na półksiężyc rzęs, na zęby wystające spod górnej wargi. Zupełnie nieświadoma, całkowicie bezbronna. Przechodzi mnie dreszcz. Kwas podchodzi mi do gardła.

„zgadnijktoanno". Kto, jeśli nie David? I dlaczego przesłał mi tę fotografię? Ktoś nie tylko wtargnął do mojego domu, był w mojej sypialni i zrobił mi zdjęcie, kiedy spałam – ta osoba chce, żebym o tym wiedziała.

Ktoś, kto wie również o Jane.

Obiema rękami sięgam po szklaneczkę. Piję, piję do dna. Odstawiam ją i biorę telefon.

Głos Little'a wydaje się miękki i pomarszczony jak poszewka. Może spał. Nieważne.

– Ktoś był w moim domu – oświadczam. Jestem teraz w kuchni, w jednej ręce trzymam telefon, w drugiej szklaneczkę, i patrzę na drzwi do piwnicy. Kiedy wypowiadam te słowa, te nieprawdopodobne słowa na głos, sprawiają wrażenie słabych, nieprzekonujących. Są nierzeczywiste.

– Doktor Fox – odzywa się radosnym tonem Little – czy to pani?

– Ktoś był u mnie o drugiej w nocy.

– Chwileczkę. – Słyszę, jak przekłada telefon do drugiego ucha. – Ktoś był u pani w domu?

– O drugiej w nocy.

– Dlaczego nie zgłosiła pani tego wcześniej?

– Ponieważ spałam.

W jego głosie czai się ostrzeżenie. Myśli, że mnie przyłapał.

– W takim razie skąd pani wie, że ktoś był w jej domu?

– Ponieważ zrobił mi zdjęcie i przysłał je e-mailem.

Wahanie.

– Jakie zdjęcie?

– Moje zdjęcie. Na którym śpię.

Kiedy znów się odzywa, wydaje się, jakby był bliżej.

– Jest pani pewna?

– Tak.

– A czy...? Nie chciałbym pani wystraszyć...

– Już i tak się boję.

– A czy jest pani pewna, że w tej chwili nie ma w domu nikogo poza panią?

Zamieram. Nie przyszło mi to do głowy.

– Doktor Fox? Anno?

– Tak. – Nikogo nie ma. Już na pewno bym się zorientowała.

– Czy może pani... czy jest pani w stanie wyjść na zewnątrz?

O mało nie wybucham śmiechem.

– Nie – odpowiadam cicho.

– W porządku. Proszę tam zostać. Proszę… po prostu proszę zostać. Czy chce pani, żebym się nie rozłączał?

– Chcę, żeby pan przyjechał.

– Już jedziemy. – „My". Zatem będzie z nim Norelli. To dobrze, niech zobaczy. Bo to się dzieje naprawdę. Nie sposób temu zaprzeczyć.

Little nie rozłącza się i nadal mówi, jego oddech bucha w słuchawkę.

– Anno, niech pani… niech pani podejdzie do drzwi. Na wypadek, gdyby jednak musiała pani wyjść. Będziemy u pani dosłownie za kilka minut, ale na wszelki wypadek…

Spoglądam na drzwi na korytarz i przesuwam się w ich stronę.

– Jesteśmy już w samochodzie. Za chwilę będziemy.

Powoli kiwam głową. Widzę, że drzwi się zbliżają.

– Oglądała pani ostatnio jakieś filmy?

Nie mogę się zdobyć na to, żeby otworzyć. Nie wejdę do tej strefy mroku. Kręcę głową. Włosy szorują mi po policzkach.

– Któryś z tych starych thrillerów?

Ponownie kręcę głową, już chcę odpowiedzieć, że nie, kiedy uświadamiam sobie, że nadal trzymam szklaneczkę z winem. Intruz, nie intruz – sądzę, że nie ma tu nikogo poza mną – nikomu nie otworzę drzwi w takim stanie. Muszę odstawić szklaneczkę.

Ręka mi się trzęsie, wino rozlewa się na szlafrok, robiąc krwawoczerwoną plamę tuż nad sercem. Wygląda jak rana.

Wciąż słyszę w słuchawce głos Little'a.

– Anno? Wszystko w porządku?

Wracam do kuchni z telefonem przy uchu i wstawiam szklaneczkę do zlewu.

– Nic pani nie jest?

– Nic – odpowiadam.

Odkręcam kran, zsuwam z ramion szlafrok i wkładam plamę pod bieżącą wodę. Stoję w samej koszulce i dresie. Wino buzuje pod wodą, wypłukuje się, z czerwonego robi się bladoróżowe. Ściskam, żeby lepiej się wypłukało. W zimnej wodzie sinieją mi palce.

– Dotarła pani do drzwi wejściowych?

– Tak.

Zakręcam kran. Wyjmuję szlafrok ze zlewu i go wyżymam.

– W porządku. Proszę tam zostać.

Strzepuję szlafrok. Sięgam po papierowy ręcznik, ale widzę, że się skończył; stojak sterczy goły. Otwieram szufladę, w której trzymam czyste ściereczki i nagle znów widzę siebie.

Nie jest to portret ze snu, nie leżę zapadnięta w poduszkę. Siedzę, uśmiecham się promiennie, włosy mam odgarnięte do tyłu, a oczy jasne i żywe – moja podobizna narysowana długopisem na kartce.

„Sprytnie", powiedziałam.

„Oryginalne dzieło Jane Russell", odparła.

A potem się podpisała.

70

Kartka drży w mojej dłoni. Patrzę na zawijas podpisu w rogu obrazka.

Już prawie zwątpiłam. Już niemal straciłam wiarę. Ale proszę, oto jest: pamiątka po tamtym wieczorze, którego nie było. Memento. *Memento mori*. Pamiętaj o śmierci.

Pamiętaj.

Pamiętam: szachy i czekoladę, papierosy i wino, zwiedzanie domu. A przede wszystkim ją, tankującą i ryczącą ze śmiechu Jane, na żywo i w kolorze. Jej srebrne plomby, to jak się pochylała, wyglądała przez okno i patrzyła na swój dom. „Ładny, prawda?", mruknęła.

Była tu.

– Już prawie jesteśmy – mówi Little.

– Mam… – odchrząkuję. – Mam…

– Skręcamy w… – rzuca.

Nie słucham, w co skręcają, bo widzę przez okno, że Ethan wychodzi z domu. Przez cały ten czas musiał siedzieć w środku. Od godziny co rusz zerkam na jego dom, przeskakuję wzrokiem od kuchni do salonu i do sypialni. Jak mogłam go nie zauważyć?

– Anno? – Głos Little'a wydaje się mały, skurczony.

Spoglądam w dół. Mam telefon w dłoni, ale trzymam go na wysokości biodra. Szlafrok leży na podłodze u moich stóp. W następnej chwili odkładam telefon na blat, a portret kładę obok zlewu, podchodzę do okna i zaczynam mocno stukać w szybę.

– Anno? – Odzywa się Little.

Ignoruję go.

Pukam coraz mocniej. Ethan skręcił na chodnik i kieruje się w moją stronę. Dobrze!

Wiem, co muszę zrobić.

Kładę dłoń na ramie okna otwierającego się do góry. Napinam palce, zginam. Zaciskam powieki. I podnoszę skrzydło.

Lodowate powietrze obejmuje moje ciało. Jest tak ostre, że przez chwilę robi mi się słabo. Wpada pod ubranie, wprawia je w łopot. Do uszu wlewa się huk wiatru. Wypełniam się zimnem, przesiąkam nim.

Mimo to wykrzykuję jego imię. Pojedynczy ryk, dwie sylaby, układam je na języku i ekspediuję w świat: „E-than!".

Słyszę, jak pęka cisza. Wyobrażam sobie, jak zrywają się stada ptaków, a przechodnie zatrzymują w miejscu.

Potem, na drugim oddechu, ostatnim oddechu, dodaję: „Wiem".

Wiem, że tą kobietą, która mnie odwiedziła, była twoja matka. Wiem, że tu była. Wiem, że kłamiesz.

Zatrzaskuję okno, opieram się czołem o szybę. Otwieram oczy.

Stoi na chodniku. Zamarł. Ma na sobie zbyt dużą kurtkę do kolan i za ciasne dżinsy. Wiatr rozwiewa mu grzywkę. Patrzy na mnie, a z jego ust unosi się obłoczek pary. Odwzajemniam spojrzenie, pierś mi faluje, serce gna sto pięćdziesiąt na godzinę.

Ethan kręci głową. I rusza dalej.

71

Odprowadzam go wzrokiem, aż znika mi z oczu. Uchodzi ze mnie para, ramiona opadają, a chłodne powietrze mrozi kuchnię. To było wszystko, na co mnie stać. Dobrze, że przynajmniej nie pobiegł do domu.

No, ale jednak. Lada moment przyjadą detektywi. Mam portret – leży na podłodze do góry nogami, musiał zwiać go przeciąg. Podnoszę go, po czym schylam się po szlafrok. Jest wilgotny.

Dzwonek do drzwi. Pewnie Little.

Prostuję się, łapię telefon, biegnę do domofonu, wciskam guzik i przekręcam zamek. Wpatruję się w matową szybkę. Pojawia się cień, rośnie i przemienia w postać.

Kartka drży mi w dłoni. Nie mogę się doczekać. Sięgam do klamki, obracam gałkę i otwieram szeroko drzwi.

To Ethan.

Jestem tak zaskoczona, że zapominam się z nim przywitać. Stoję, ściskając kartkę ze szkicem, a szlafrok spływa mi na stopy.

Ethan ma policzki czerwone od zimna. I przydługie włosy, zasłaniają mu brwi i zawijają się za uszy; przydałoby się je obciąć. Patrzy szeroko otwartymi oczami.

Przyglądamy się sobie.

– Nie może pani tak do mnie krzyczeć – mówi cicho.

Tego się nie spodziewałam.

– Nie wiedziałam, jak inaczej do ciebie dotrzeć – wyjaśniam bez namysłu.

Woda kapie mi na palce u nóg i na podłogę. Wkładam szlafrok pod pachę.

Punc wyłania się z klatki schodowej i od razu biegnie do Ethana.

– O co chodzi? – odzywa się Ethan, spoglądając w dół.

Nie wiem, czy zwraca się do mnie czy do kota.

– Wiem, że twoja matka tu była – mówię.

Wzdycha i kręci głową.

– Pani ma… urojenia. – Słowo wychodzi z jego ust jak na szczudłach. Jest dla niego obce. Nie muszę pytać, gdzie je usłyszał. Ani w jakim kontekście.

Teraz ja potrząsam głową.

– Nie – mówię i czuję, że usta układają mi się w uśmiech. – Nie. Znalazłam to. – Pokazuję mu portret.

Patrzy.

W domu panuje cisza, jeśli nie liczyć odgłosu ocierania się Punca o dżinsy Ethana.

Przyglądam mu się – Ethanowi, nie kotu. Gapi się na rysunek.

– Co to jest? – pyta.

– To ja.

– Kto to narysował?

Pochylam głowę i robię krok do przodu.

– Przeczytaj podpis.

Bierze ode mnie kartkę. Mruży oczy.

– Ale…

Oboje podskakujemy, słysząc dzwonek. Odwracamy głowy w stronę drzwi. Punc zmyka na sofę.

Ethan przygląda się, jak wyciągam rękę do przycisku i wduszam go. Słychać krok w korytarzu. Po chwili do kuchni wtacza się potężny Little, w ślad za nim wchodzi Norelli.

Najpierw zauważają Ethana.

– Co tu się dzieje? – pyta Norelli, patrząc to na mnie, to na niego.

– Mówiła pani, że ktoś był w jej domu – odzywa się Little.

Ethan zerka na mnie, potem spogląda w stronę drzwi.

– Zostań – mówię.

– Możesz odejść – pozwala mu Norelli.

– Zostań – powtarzam ostrym tonem.

Ethan nie rusza się z miejsca.

– Czy sprawdziła pani dom? – pyta Little.

Kręcę głową.

Daje znak Norelli, która obchodzi kuchnię, zatrzymując się przy drzwiach do piwnicy. Przeciąga wzrokiem po drabinie, po czym przenosi spojrzenie na mnie.

– Lokator – bąkam.

Bez słowa rusza w stronę schodów.

Odwracam się z powrotem do Little'a. Trzyma ręce w kieszeni i nie spuszcza ze mnie oka. Nabieram powietrza.

– Sporo… – zaczynam. – Sporo się wydarzyło. Najpierw dostałam tę… – Sięgam do kieszeni szlafroka i wyjmuję telefon. – Tę wiadomość. – Szlafrok ląduje na podłodze.

Klikam w skrzynkę, otwieram zdjęcie i je powiększam. Little wyciąga swoją wielką dłoń po telefon.

Kiedy ogląda zdjęcie, przechodzi mnie dreszcz – zimno tu, a ja jestem cienko ubrana. Mam zmierzwione włosy, jakbym dopiero wstała z łóżka. Naraz robi mi się nieswojo.

Ethan też musi czuć się skrępowany, bo zaczyna przestępować z nogi na nogę. W porównaniu z Little'em jest drobny, kruchy. Aż mam ochotę go objąć.

Detektyw stuka kciukiem w ekran.

– Jane Russell.

– Właśnie nie – prostuję. – Proszę spojrzeć na adres nadawcy.

Mruży oczy.

– zgadnijktoanno@gmail.com – odczytuje powoli.

Kiwam głową.

– Zdjęcie zrobione o drugiej zero dwa w nocy. – Zerka na mnie. – Wiadomość wysłana o dwunastej jedenaście. Dziś w południe.

Znów przytakuję.

– Czy wcześniej dostawała pani wiadomości z tego adresu?

– Nie. Ale czy nie możecie… namierzyć nadawcy?

– Co to takiego? – pyta Ethan za moimi plecami.

– Zdjęcie… – zaczynam, ale Little wchodzi mi w słowo:

– Jak to możliwe, że ktoś dostał się do pani domu? Nie ma pani alarmu?

– Nie. Przecież nigdzie nie wychodzę. Do czego mi… – Odpowiedź znajduje się w ręku Little'a. – Nie – powtarzam.

– Jakie zdjęcie? – pyta Ethan.

Tym razem Little przenosi na niego spojrzenie i przeszywa go wzrokiem.

– Wystarczy tych pytań – oznajmia, na co Ethan się wzdryga. – Siadaj. – Ethan posłusznie zajmuje miejsce na sofie obok Punca.

Little idzie do kuchni i podchodzi do bocznych drzwi.

– Czyli ktoś mógł tędy wejść – mówi ostrym tonem.

Przekręca zamek, otwiera drzwi, wpuszcza podmuch zimnego powietrza, zamyka je.

– *Ktoś* już to zrobił – zauważam, mając na myśli sanitariuszy.

– Chodzi mi o to, że nie uruchomiłby przy tym alarmu.

– Tak.

– Czy coś zginęło z domu?

Nie pomyślałam o tym.

– Nie wiem – przyznaję. – Telefon i komputer są. Ale może… Nie wiem. Nie sprawdzałam. Bałam się – dodaję.

Mięknie.

– No tak. Czy domyśla się pani, kto mógł zrobić jej to zdjęcie? – pyta nieco łagodniej.

Waham się.

– Jedyną osobą, która ma klucz, to znaczy, która być może ma klucz do domu, jest mój lokator. David.

– Gdzie go znajdziemy?

– Nie wiem. Powiedział, że wyjeżdża z miasta, ale…

– Ustalmy: David *ma* klucz czy *może* mieć klucz?

Zakładam ręce na piersi.

– Może. Mieszkanie, które mu wynajmuję, ma osobne wejście, ale całkiem możliwe, że… David ukradł mój klucz.

Little kiwa głową.

– Czy sprawia pani problemy?

– Nie.
Znowu kiwa głową.
– Coś jeszcze?
– Tak... David pożyczył ode mnie taki nożyk... nóż introligatorski. Potem odłożył go na miejsce, nie mówiąc mi o tym.
– I nikt inny nie mógł wejść?
– Nikt.
– Tylko głośno myślę. – Little nabiera powietrza do płuc i wydaje z siebie taki ryk, że włosy stają mi dęba: – Val!
– Jeszcze na górze! – odpowiada Norelli.
– Znalazłaś coś ciekawego?!
Cisza. Czekamy.
– Nic!
– Bałagan?!
– Brak bałaganu!
– Ktoś w szafie?!
– Nikogo w szafie!
Słyszę jej kroki na stopniach.
– Schodzę!
Little wraca do mnie.
– Czyli tak: ktoś wszedł do pani domu, nie wiemy jak, i zrobił pani zdjęcie, niczego przy tym nie kradnąc.
– Tak.
Czyżby wątpił w prawdziwość tego wszystkiego? Wskazuję telefon, jakby zdjęcie mówiło samo za siebie. Bo mówi.
– Przykro mi. – Oddaje telefon.
Norelli wpada do kuchni, łopocząc połami kurtki.
– Wszystko gra? – pyta Little.
– Gra.
Uśmiecha się do mnie.
– Teren czysty.
Nie odpowiadam.
– Jak stoimy z historią o włamaniu?
Podsuwam jej telefon. Nie bierze go do ręki, tylko zerka na ekran.
– Jane Russell?

Wskazuję adres nadawcy. W oczach Norelli pojawia się cień złości.

– Czy dostawała pani wcześniej wiadomości z tego adresu?

– Nie. Już mówiłam… Nie.

– Nadawca ma konto na Gmailu – zauważa.

Widzę, że wymieniają się spojrzeniami z Little'em.

– Tak. – Obejmuję się rękami. – Nie możecie go namierzyć? Albo wyśledzić?

– No właśnie – odpowiada Norelli, kołysząc się na piętach – z tym jest problem.

– Dlaczego?

Pochyla głowę w stronę swojego partnera.

– To Gmail – mówi Little.

– I co z tego?

– Gmail ukrywa adresy IP.

– Nie mam pojęcia, co to znaczy.

– To znaczy, że nie ma sposobu, żeby namierzyć konto zarejestrowane na Gmailu.

Patrzę na niego i milczę.

– Równie dobrze – tłumaczy Norelli – mogła pani wysłać tę wiadomość do samej siebie.

Przenoszę na nią spojrzenie. Trzyma ręce założone na piersi. Wybucham krótkim śmiechem.

– Słucham? – mówię, bo co mam powiedzieć?

– Mogła pani wysłać e-mail z tego telefonu, a my nie bylibyśmy w stanie tego udowodnić.

– Ale… dlaczego? Po co?

Norelli spogląda na przemoczony szlafrok. Pochylam się i podnoszę go z podłogi po to tylko, żeby coś zrobić, żeby odzyskać poczucie ładu.

– Dla mnie to wygląda jak małe selfie o północy.

– Przecież widać, że śpię.

– Widać, że ma pani zamknięte oczy.

– Bo śpię – powtarzam z naciskiem.

– Albo chciała pani, żeby tak to wyglądało.

Odwracam się do Little'a.

– Proszę na to spojrzeć w ten sposób, doktor Fox – odzywa się. – Nie znaleźliśmy nic, co wskazywałoby, że ktoś tu przebywał. Wygląda na to, że nic nie zginęło. Drzwi wejściowe nie zostały sforsowane, te – wskazuje palcem boczne – też nie, a sama pani powiedziała, że nikt inny nie ma klucza.

– Nie, powiedziałam, że mój lokator m ó g ł dorobić klucz.

Czy nie powiedziałam? Miesza mi się w głowie. Znów przechodzi mnie dreszcz; powietrze zdaje się przesycone zimnem.

Norelli wskazuje drabinę.

– O co chodzi z tym?

– Spór z lokatorem – ubiega mnie z odpowiedzią Little.

– Zapytałeś ją… no wiesz, o męża?

Słyszę w jej głosie coś, czego nie potrafię rozgryźć, jakąś żałosną nutę. Norelli unosi brew. Potem zwraca się do mnie:

– Pani Fox – tym razem jej nie poprawiam – ostrzegałam panią, żeby nie marnowała pani…

– To nie ja marnuję czas – przerywam jej groźnym warknięciem – tylko wy. W y. Ktoś był w moim domu. Pokazałam wam dowód, a wy mówicie, że to sobie zmyśliłam. Tak samo jak poprzednim razem. Widziałam, jak ktoś został pchnięty nożem, a wy mi nie uwierzyliście. Co mam zrobić, żebyście…

Portret.

Odwracam się. Ethan siedzi przyśrubowany do sofy, z Puncem na kolanach.

– Chodź tu – mówię. – Pokaż rysunek.

– Nie mieszajmy w to chłopaka – wtrąca Norelli, ale Ethan już podchodzi z kotem w jednej ręce i szkicem w drugiej. Podaje mi kartkę niemal uroczystym gestem, jakby wręczał opłatek podczas komunii.

– Widzi to pani? – mówię, podsuwając jej rysunek prawie pod sam nos. – Proszę spojrzeć na podpis – dodaję.

Marszczy czoło.

Wtedy po raz trzeci tego dnia rozlega się dźwięk dzwonka.

72

Little spogląda na mnie, po czym podchodzi do domofonu i zerka na ekranik. Wciska guzik.

– Kto to? – pytam, ale on już otwiera drzwi.

Krótkie pewne kroki i po chwili w przejściu staje Alistair Russell w kardiganie i z twarzą rumianą od mrozu. Wydaje się starszy, niż kiedy go ostatnio widziałam.

Lustruje otoczenie niczym jastrząb. Jego oczy zapalają się, kiedy dostrzega Ethana.

– Do domu – rozkazuje synowi.

Ethan nie rusza się z miejsca.

– Odłóż kota i wyjdź.

– Niech pan to zobaczy. – Podsuwam mu rysunek, ale on ignoruje mnie i zwraca się do Little'a.

– Cieszę się, że pana widzę – zaczyna, mimo że ani trochę nie wygląda na zadowolonego. – Moja żona mówi, że słyszała, jak ta kobieta w r z a s n ę ł a przez okno do mojego syna. Potem zobaczyłem, że przyjechaliście.

Przypominam sobie, że poprzednim razem był grzeczny, a nawet nieco speszony. Już taki nie jest.

– Panie Russell…

– Ona do nas wydzwania. Wiedzieliście o tym?

Little nie odpowiada.

– Zadzwoniła nawet do mojej dawnej pracy. Wyobraża pan sobie?

Czyli Alex jednak mnie wsypał / wsypała.

– Dlaczego zwolnili pana z pracy? – pytam, ale Alistair rozkręca się, unosi się na fali własnych słów.

– Wczoraj śledziła moją żonę. Wspomniała o tym? Nie sądzę. Poszła za nią do kawiarni.

– Wiemy o tym, proszę pana.

– Próbowała doprowadzić do… konfrontacji.

Łypię na Ethana. Zdaje się, że nie powiedział ojcu, że widział się ze mną po tym zajściu.

– Już drugi raz spotykamy się w tym gronie. – Alistair zaczyna chrypieć. – Najpierw twierdziła, że widziała, jak kogoś napadnięto w moim domu, a teraz zwabia do siebie mojego syna. To się musi skończyć. Do czego to doprowadzi? – Patrzy mi w oczy. – Ona jest niebezpieczna.

Stukam palcem w rysunek.

– Wiem, że pańska żona…

– Nie zna pani mojej żony! – krzyczy.

Milknę.

– Nikogo pani nie zna! Siedzi pani w domu i podgląda ludzi!

Czuję, jak rumieniec wspina się po mojej szyi. Ręce mi opadają.

Ale Russell jeszcze nie skończył.

– Wymyśliła sobie pani jakieś… spotkania z kobietą, która nie jest moją żoną i która nawet…

Czekam na to, co teraz powie, szykuję się jak na przyjęcie ciosu.

– …nawet nie istnieje. A teraz jeszcze napastuje pani mojego syna. Wszystkich nas pani dręczy.

W pokoju zalega cisza.

– No dobrze – przerywa ją Little.

– Ona ma urojenia – dodaje Alistair.

O, proszę! Zerkam na Ethana, a ten wbija spojrzenie w podłogę.

– No dobrze – powtarza Little. – Ethanie, myślę, że pora na ciebie. Wróć, proszę, do domu. Pan, panie Russell, niech zostanie.

Teraz moja kolej.

– Tak, niech pan zostanie – zgadzam się. – Może uda się panu to wyjaśnić. – Ponownie podnoszę rękę, tak żeby Alistair zobaczył, co w niej trzymam.

Bierze ode mnie kartkę.

– Co to jest?

– Rysunek autorstwa pańskiej żony.

Robi skonsternowaną minę.

– Wykonała go, kiedy tu była. Przy tamtym stole.

– Co przedstawia? – pyta Little, przysuwając się do Russella.

– Dzieło Jane.

– To pani – mówi Little.

Potwierdzam skinieniem głową.

– Była tu. Oto dowód.

Alistair bierze się w garść.

– To niczego nie dowodzi – odwarkuje. – Co najwyżej tego, że jest pani szalona i próbuje... fabrykować dowody. – Prycha. – Postradała pani rozum.

„Rety, zupełnie postradałaś zmysły", myślę. *Dziecko Rosemary*. Marszczę brwi.

– Jak to „fabrykować dowody"?

– No przecież sama pani to narysowała.

– Tak jak mogła pani sama zrobić sobie zdjęcie i wysłać je do siebie – wtrąca Norelli. – A my nie zdołalibyśmy tego udowodnić.

Zataczam się, jakby zdzieliła mnie w brzuch.

– Ale...

– Dobrze się pani czuje, doktor Fox? – pyta Little i podchodzi do mnie.

Szlafrok znowu wypada mi z rąk i ląduje na podłodze.

Słaniam się na nogach. Pokój kręci się jak karuzela. Alistair patrzy spode łba, w oczach Norelli gości gniew, dłoń Little'a unosi się nad moim ramieniem. Ethan stoi z tyłu, wciąż trzyma na rękach Punca. Wirują wokół mnie, cała czwórka, nie licząc kota. Nie mam się kogo schwycić, czego uczepić, nie mam gruntu pod nogami.

– Nie ja to narysowałam, tylko J a n e. Tutaj. – Wskazuję kuchnię. – I nie ja zrobiłam to zdjęcie. N i e m o g ł a b y m go zrobić. Ja... coś się dzieje, a wy n i e p o m a g a c i e. – Nie potrafię inaczej tego ująć. Usiłuję schwycić pokój; wymyka mi się.

Macham rękami do Ethana, wyciągam do niego dłonie, zaciskam drżące palce na jego ramieniu.

– Proszę go zostawić! – wybucha Alistair, ale nie zważam na niego. Spoglądam Ethanowi prosto w oczy i podnoszę głos:

– Coś się d z i e j e!

– Co się dzieje?

Odwracamy się jak na komendę.

– Drzwi były otwarte – mówi David.

73

Stoi w wejściu, opiera się o framugę. Trzyma ręce w kieszeniach. Na ramieniu ma stary, zniszczony plecak.

– Co się dzieje? – powtarza pytanie.

Odsuwam się od Ethana.

Norelli opuszcza ręce.

– Kim pan jest?

David zakłada ręce na piersi.

– Mieszkam na dole.

– Ach – odzywa się Little – to pan jest ten słynny David.

– Nic mi o tym nie wiadomo.

– Nosi pan jakieś nazwisko, Davidzie?

– Tak jak większość ludzi.

– Winters – podsuwam, wydobywając je z głębokich pokładów pamięci.

David mnie ignoruje.

– A wy kim jesteście?

– Policja – odpowiada Norelli. – Detektywi Norelli i Little.

David wskazuje brodą Alistaira.

– Tego znam.

Alistair kiwa głową.

– Może wyjaśni nam pan, co jest nie tak z tą kobietą.

– A kto twierdzi, że coś jest z nią nie tak?

Rośnie we mnie wdzięczność, czuję, jak wypełnia mi pierś. Wreszcie ktoś po mojej stronie.

Potem przypominam sobie, kim jest ten człowiek.

– Gdzie pan był w nocy, panie Winters? – pyta Little.

– W Connecticut. Na robocie. – Ręką próbuje przesunąć sobie szczękę. – Dlaczego pan pyta?

– Około drugiej w nocy ktoś zrobił doktor Fox zdjęcie, kiedy spała. A potem przesłał jej w e-mailu.

Mrugnięcie okiem u Davida.

– Porąbane. – Spogląda na mnie. – Ktoś się włamał?

Little nie pozwala mi odpowiedzieć.

– Czy ktoś może potwierdzić, że przebywał pan w Connecticut?

David wysuwa jedną nogę do przodu.

– Kobieta, z którą byłem.

– Jak ma na nazwisko?

– Nie pytałem.

– Czy ma numer telefonu?

– Chyba jak większość ludzi?

– Będzie nam potrzebny – wyjaśnia Little.

– Tylko on mógł zrobić to zdjęcie – odzywam się.

Cisza. David ściąga brwi.

– Że co?

Patrzę na niego, spoglądam w te pozbawione głębi oczy i czuję, że się waham.

– Zrobiłeś je?

Uśmiecha się szyderczo.

– Myślisz, że wszedłem tu i…

– Nikt tak nie uważa – mówi Norelli.

– Ja uważam – ucinam.

– Nie wiem, kurwa, o czym bredzisz. – David sprawia wrażenie znudzonego. Podaje Norelli telefon. – Macie. Zadzwońcie do niej. Ma na imię Elizabeth.

Norelli przechodzi do salonu.

Nie zdołam wydusić z siebie nic więcej, jeśli się nie napiję. Idę do kuchni. Słyszę za plecami głos Little'a.

– Doktor Fox twierdzi, że widziała, jak w domu po drugiej stronie skweru dokonano napaści na kobietę. Ten dom należy do pana Russella. Czy coś panu o tym wiadomo?

– Nie. To dlatego pytała mnie, czy słyszałem krzyk?

Nie odwracam się; nalewam sobie wina do szklaneczki.

– Powiedziałem jej, że nie, nic nie słyszałem.

– Oczywiście, że nie – wtrąca Alistair.

Odwracam się do nich ze szklaneczką w dłoni.

– Ale Ethan powiedział…

– Ethan, do cholery, mówiłem coś! – krzyczy Alistair. – Ile razy mam…

– Proszę się uspokoić, panie Russell – mówi Little. – Doktor Fox, to chyba nie jest najlepszy moment. – Grozi mi palcem.

Odstawiam szklaneczkę na blat, ale nie odrywam od niej dłoni. Jestem w buntowniczym nastroju.

Zwraca się do Davida:

– Czy zauważył pan coś niezwykłego w domu po drugiej stronie skweru?

– W jego domu? – pyta David, zerkając na Alistaira, który się obrusza.

– To… – zaczyna.

– Nie. Nic nie widziałem. – Plecak zsuwa mu się z ramienia, David prostuje plecy i go poprawia. – Nie rozglądałem się.

Little kiwa głową.

– Aha. Czy poznał pan panią Russell?

– Nie.

– Skąd pan zna pana Russella?

– Zatrudniłem go… – próbuje wtrącić Alistair, ale Little ucisza go uniesioną dłonią.

– Zlecił mi jedną robotę – wyjaśnia David. – Nie poznałem jego żony.

– Ale w sypialni masz jej kolczyk.

Spojrzenia wszystkich lądują na mnie.

– Widziałam kolczyk w twojej sypialni – mówię, ściskając szklaneczkę. – Na szafce nocnej. Trzy perły. To kolczyk Jane Russell.

David wzdycha.

– Nie, Katherine.

– Katherine? – powtarzam.

Kiwa głową.

– Kobiety, z którą się spotykałem. Zresztą nawet nie… Która spędziła tu kilka nocy.

– Kiedy? – pyta Little.

– W zeszłym tygodniu. Czy to ważne?

– Nie – zapewnia go Norelli, wracając z salonu. Oddaje Davidowi telefon. – Elizabeth Hughes z Darien w stanie Connecticut potwierdza, że była z panem Wintersem dziś od północy do dziesiątej rano.

– Potem od razu przyjechałem tutaj – dodaje David.

– Co pani robiła w jego sypialni? – pyta mnie Norelli.

– Węszyła – podsuwa David.

Czerwienię się i odpalam:

– Zabrałeś mi nóż introligatorski.

David robi krok do przodu. Little się pręży.

– Sama mi go dałaś.

– Tak, ale potem odłożyłeś go na miejsce, nic mi nie mówiąc.

– No bo miałem go w kieszeni. Kiedy poszedłem się odlać, odłożyłem go tam, skąd wziąłem. Nie ma za co.

– Akurat krótko po tym, jak Jane…

– Dość tego – syczy Norelli.

Podnoszę szklaneczkę do ust, wino chlapie o przezroczyste ścianki. Patrzą na mnie, a ja bezczelnie biorę łyk.

Portret. Zdjęcie. Kolczyk. Nóż introligatorski. Wszystkie argumenty obalone. Wszystkie pękły jak bańki. Nic mi nie zostało.

Prawie nic.

Przełykam wino i nabieram powietrza.

– Musicie wiedzieć, że on siedział w więzieniu.

Sama nie wierzę, że wypowiadam te słowa, i nie wierzę, że je słyszę.

– Siedział – powtarzam. Czuję się bezcielesna. I brnę dalej. – Za napaść.

David zaciska zęby. Alistair piorunuje go wzrokiem. Norelli i Ethan wpatrują się we mnie. A Little… Little wygląda, jakby było mu niewymownie smutno.

– Czemu nie weźmiecie go w obroty? – pytam. – Widzę, jak ktoś morduje kobietę. – Wymachuję telefonem. – A wy twierdzicie, że wszystko sobie wymyśliłam. Mówicie, że k ł a m i ę. –

Teatralnym gestem odkładam telefon na blat wyspy. – Pokazuję wam portret, który narysowała Jane. – Celuję palcem w kartkę, którą trzyma Alistair. – A wy uważacie, że sama to zrobiłam. W tamtym domu mieszka kobieta, która nie jest tą, za którą się podaje, a wy nawet nie raczyliście sprawdzić jej tożsamości. Nawet nie próbowaliście.

Robię krok do przodu, drobny kroczek, ale wszyscy cofają się przede mną, jakbym była frontem burzowym albo drapieżnikiem. I dobrze.

– Ktoś wchodzi do mojego domu i robi mi zdjęcie, kiedy śpię, a wy uważacie, że sama to zaaranżowałam. – Słyszę, że głos zaczyna mi się łamać; łzy płyną mi po policzkach. Nie zatrzymuję się jednak. – Nie zwariowałam. Nie zmyśliłam sobie tego. – Celuję roztrzęsionym palcem w Alistaira i Ethana. – Nie mam zwidów. Wszystko zaczęło się, kiedy zobaczyłam, że jego żonę, a jego matkę, ktoś pchnął nożem. Tym powinniście się zajmować. To są pytania, które powinniście sobie zadawać. I nie mówcie mi, że tego nie widziałam, bo wiem, co widziałam.

Cisza. Znieruchomieli, żywy obraz. Nawet Punc zamarł, postawiwszy ogon w znak zapytania.

Wycieram twarz wierzchem dłoni, przeciągam ją pod nosem. Odgarniam włosy z oczu. Podnoszę szklaneczkę do ust i ją opróżniam.

Little ożywa. Podchodzi do mnie, jednym długim krokiem pokonując połowę szerokości kuchni i nie spuszczając ze mnie oka. Odstawiam pustą szklaneczkę na blat. Mierzymy się wzrokiem ponad wyspą.

Little kładzie dłoń na szklaneczce i odsuwa ją, jakby była bronią, którą mogłabym się posłużyć.

– Rzecz w tym, Anno – odzywa się cichym, niskim głosem – że wczoraj, po naszej rozmowie, zadzwoniłem do pani lekarza.

Zasycha mi w ustach.

– Do doktora Fieldinga – ciągnie. – W szpitalu wymieniła pani jego nazwisko. Chciałem skonsultować się z kimś, kto panią zna.

Serce mi staje.

– Doktor Fielding to człowiek, któremu bardzo na pani zależy. Powiedziałem mu, że zaniepokoiło mnie to, co od pani usłyszałem. Co wszyscy usłyszeliśmy. I że martwię się o panią, bo mieszka pani sama w wielkim domu, a mówiła, że rodzina przebywa daleko stąd i nie ma pani z kim porozmawiać. I…

Wiem, co powie. Cieszę się, że padnie to akurat z jego ust – bo jest życzliwy, bo ma ciepły głos. Innego bym nie zniosła, nie wytrzymałabym…

Norelli nie pozwala mu jednak dokończyć.

– I okazuje się – mówi – że pani mąż i córka są martwi.

74

Do tej pory nikt tego tak nie ujął, nie użył tych słów w takiej kolejności.

Ani lekarz pogotowia, który poinformował: „Nie udało nam się uratować pani męża", kiedy zajmowano się moimi obitymi plecami i uszkodzoną tchawicą.

Ani pielęgniarka, która czterdzieści minut później powiedziała: „Tak strasznie mi przykro, pani Fox..." - nie dokończyła zdania, nie musiała.

Ani przyjaciele - tak się złożyło, że Eda; na własnej skórze przekonałam się, że Livvy i ja nie miałyśmy zbyt wielu znajomych - którzy składali kondolencje, przyszli na pogrzeby, a potem odzywali się od czasu do czasu, z upływem miesięcy coraz rzadziej. „Odeszli", mówili, albo: „Nie ma ich już z nami", albo (ci bardziej szorstcy): „Umarli".

Ani Bina. Ani doktor Fielding.

Dopiero Norelli, dopiero ona zdjęła urok i powiedziała to, co niewypowiadalne: „Pani mąż i córka są m a r t w i".

***

Tak, są. Nie przeżyli, odeszli, umarli - są martwi. Nie przeczę.

- Proszę zrozumieć, Anno - słyszę głos doktora Fieldinga, niemal błagalny - że to jest właśnie t o. Zaprzeczenie.

Sto procent racji.

***

Ale jednak:

Jak to wytłumaczyć? Komukolwiek - Little'owi albo Norelli, Alistairowi albo Ethanowi, Davidowi, a nawet Jane?

Słyszę ich głosy; ich głosy rozbrzmiewają we mnie i poza mną. Słyszę ich, kiedy przytłacza mnie ból nieobecności, straty i – mogę to powiedzieć – śmierci. Słyszę ich, kiedy muszę z kimś porozmawiać. Słyszę ich, kiedy najmniej się tego spodziewam. „Zgadnij kto", odzywają się, a ja rozpromieniam się i serce mi rośnie.

I odpowiadam.

75

Słowa wiszą w powietrzu, unoszą się jak dym.

Widzę Alistaira i Ethana stojących za plecami Little'a i ich szeroko otwarte oczy; widzę Davida, któremu opadła szczęka. Norelli z jakiegoś powodu woli wbić spojrzenie w podłogę.

– Doktor Fox?

Little. Ustawiam na niego ostrość. Stoi po drugiej stronie wyspy, twarz ma skąpaną w popołudniowym świetle.

– Anno.

Nabiera powietrza, wstrzymuje je na chwilę, wypuszcza.

– Doktor Fielding opowiedział mi pani historię.

Zaciskam powieki. Widzę jedynie ciemność. Słyszę wyłącznie głos Little'a.

– Wiem, że policjant stanowy znalazł was na dnie urwiska.

Tak. Pamiętam jego głos, ten niski krzyk, zsuwający się jak alpinista po skalnej ścianie.

– Przeżyła pani dwie noce na zewnątrz. W śnieżycy. W środku zimy.

Trzydzieści trzy godziny od chwili, w której zjechaliśmy z drogi, do momentu, w którym nadleciał helikopter; jego łopaty wyglądały jak wir wodny.

– Powiedział, że kiedy do was zeszli, Olivia jeszcze żyła.

„Mamusiu", wyszeptała, gdy kładli ją na noszach i opatulali jej drobne ciałko kocem.

– Ale mąż już nie.

Nie, już nie żył. Był tam, bardzo był, za bardzo był, jego ciało zamarzało w śniegu. „Obrażenia wewnętrzne – powiedzieli. – Spotęgowane przez warunki atmosferyczne. Nie mogła pani nic zrobić inaczej".

Mnóstwo rzeczy mogłam zrobić inaczej.

– Wtedy to się zaczęło. Problemy z wychodzeniem na zewnątrz. Zespół stresu pourazowego. Nie potrafię... nie umiem sobie tego wyobrazić.

Mój Boże, jak się kuliłam ze strachu przed świetlówkami w szpitalu. Jak spanikowałam w radiowozie. Jak się przewracałam, kiedy po raz pierwszy spróbowałam wyjść z domu. Raz, drugi, potem jeszcze dwa, aż w końcu dosłownie doczołgałam się do drzwi.

I przekręciłam zamek.

I zamknęłam okna.

I przyrzekłam sobie, że będę trwała w ukryciu.

– Potrzebowała pani bezpiecznego schronienia. Rozumiem to. Niewiele brakowało, a zamarzłaby pani na śmierć. Przeżyła pani piekło.

Wbijam sobie paznokcie w spód dłoni.

– Doktor Fielding powiedział, że czasem ich pani... słyszy.

Zaciskam powieki jeszcze mocniej. Więcej, więcej ciemności. „Wie pan – wyznałam – to nie są halucynacje. Po prostu lubię od czasu do czasu udawać, że są tutaj. To taki sposób na przetrwanie. Wiem, że co za dużo kontaktu, to niezdrowo".

– I czasem im odpowiada.

Czuję słońce na karku. „Byłoby dobrze, gdyby nie pozwalała sobie pani na te rozmowy zbyt często – ostrzegł. – Nie chcielibyśmy, aby stały się dla pani stałą podporą".

– Poczułem się zdezorientowany, ponieważ z pani słów wynikało, że mąż i córka po prostu przebywają w innym miejscu.

Daruję sobie uwagę, że formalnie rzecz biorąc, to prawda. Nie ma we mnie woli walki. Jestem pusta jak butelka po winie.

– Powiedziała pani, że jej związek się rozpadł. I że córka jest z ojcem.

Kolejny szczegół formalny. Czuję się strasznie zmęczona.

– Ja usłyszałem od pani to samo.

Otwieram oczy. Pokój jest skąpany w słońcu, światło rozprasza cienie. Cała piątka stoi przede mną jak figury na szachownicy. Patrzę na Alistaira.

– Twierdziła pani, że mieszkają gdzie indziej – dodaje, wydymając usta.

Jest pełen odrazy. Nie zrobiłam tego, rzecz jasna – nie powiedziałam, że mieszkają gdzie indziej. Jestem ostrożna. Ale to już nieważne. Nic już nie ma znaczenia.

Little sięga przez wyspę i kładzie dłoń na mojej dłoni.

– Myślę, że ma pani za sobą bardzo, bardzo trudny okres. Myślę, że naprawdę wierzy pani w to, że poznała tę kobietę, tak jak wierzy pani w to, że rozmawia z Olivią i Edem. – Robi krótką pauzę przed ostatnim słowem, jakby nie był pewien imienia mojego męża; może po prostu zabrakło mu tchu.

Zaglądam mu w oczy. Są bez dna.

– Ale to, co się pani teraz wydaje, nie dzieje się naprawdę – mówi głosem miękkim jak śnieg. – Bardzo proszę, żeby przestała pani o tym myśleć.

Kiwam głową. Bo Little ma rację. Posunęłam się za daleko. „To się musi skończyć", powiedział Alistair.

– Wie pani, są ludzie, którym na pani zależy. – Zbiera moje palce i zamyka w dłoni. Strzelają kłykcie. – Doktor Fielding. Fizjoterapeutka.

„I?", mam ochotę powiedzieć. I?

– I…

Na chwilę serce mi rośnie; komu jeszcze na mnie zależy?

– …chcą pani pomóc.

Spuszczam wzrok na wyspę, na moją dłoń spoczywającą w jego dłoni. Wpatruję się w matowe złoto jego obrączki i przyglądam się swojej.

– Lekarz powiedział – odzywa się jeszcze ciszej – że lekarstwa, które pani przyjmuje, mogą wywoływać halucynacje.

I powodować depresję. I bezsenność. I samozapłon. Ale to n i e są halucynacje, tylko…

– Być może to pani nie przeszkadza. Wiem, że mnie by nie przeszkadzało.

– Jane Russell… – wtrąca Norelli.

Little daje jej znak wolną ręką, nie odrywając ode mnie spojrzenia, i Norelli milknie.

– Sprawdziliśmy ją – mówi. – Tę kobietę spod dwieście siedem. Wiemy, że jest tą, za którą się podaje.

Nie pytam, skąd to wiedzą. Już mnie to nie obchodzi. Jestem bardzo, bardzo zmęczona.

– A ta kobieta, z którą, jak się pani wydaje, spotkała się pani... Moim zdaniem to się nie wydarzyło.

Ku swemu zaskoczeniu zaczynam potakiwać. Ale wobec tego, skąd...

Little mnie uprzedza:

– Mówi pani, że ta kobieta pomogła jej na ulicy. Ale może to wszystko pani sama. Może... nie wiem, przyśniło się to pani.

„Jeśli śnią mi się rzeczy, kiedy nie śpię...". Gdzie ja to słyszałam?

Wyobrażam to sobie, jakbym oglądała film, jasno i wyraźnie: dźwigam się z ostatniego stopnia, wspinam po schodkach, wlokę się do środka, czołgam przez korytarz, do domu. Niemal to sobie p r z y p o m i n a m.

– Powiedziała pani, że ta kobieta grała z panią w szachy i narysowała pani portret. Ale znów...

Tak, znów. Mój Boże. Znów to widzę: butelki, opakowania leków, piony, królowe, starcie czarnych i białych armii, moje dłonie nad szachownicą, zawieszone jak śmigłowce. Moje palce brudne od tuszu z długopisu. Ćwiczyłam ten podpis, prawda? Bazgrałam jej imię na drzwiach kabiny prysznicowej, wśród pary i mgiełki, aż litery spływały po szkle, znikały na moich oczach.

– Pani lekarz twierdzi, że nic o tym nie wie. – Zawiesza głos. – Podejrzewam, że nie powiedziała mu pani o tym, ponieważ nie chciała... żeby ją od tego odwiódł.

Kręcę głową, potem kiwam.

– Nie wiem, czyj był ten krzyk, który pani słyszała...

Za to ja wiem. Ethan. Nie wyprowadził mnie z błędu. Tamtego popołudnia, kiedy widziałam go z nią w salonie, nawet na nią nie patrzył. Miał spuszczony wzrok, nie spoglądał na puste miejsce obok siebie.

Zerkam teraz na niego, widzę, jak delikatnie stawia Punca na podłodze. Ani na chwilę nie odrywa ode mnie wzroku.

– Nie jestem też pewien, o co chodzi z tym zdjęciem. Doktor Fielding powiedział, że zdarzają się pani gwałtowne reakcje albo może w ten sposób zwraca się pani o pomoc.

Czy to zrobiłam? Zrobiłam, prawda? Zrobiłam. Oczywiście. „Zgadnij kto" – tak witam się z Edem i Livvy. Witałam. „zgadnijktoanno".

– A co się tyczy tego, co pani zobaczyła tamtej nocy...

Wiem, co widziałam.

Zobaczyłam film. Wskrzeszony stary thriller, ożywiony w krwawym technikolorze. Zobaczyłam *Okno na podwórze*, zobaczyłam *Świadka mimo woli*, zobaczyłam *Powiększenie*. Zobaczyłam archiwalną składankę, wyciąg z setki klasycznych thrillerów o podglądaczach.

Zobaczyłam zbrodnię bez mordercy i ofiary. Zobaczyłam pusty salon i sofę, na której nikt nie siedział. Zobaczyłam to, co chciałam zobaczyć. „Nie czujesz się tu samotna?", spytał Bogey Bacall, spytał mnie.

„Widocznie urodziłam się samotna", odpowiedziałam.

Nie urodziłam się taka, lecz taka się stałam.

Skoro jestem na tyle obłąkana, że rozmawiam z Edem i Livvy, to na pewno też mogę zainscenizować w swojej głowie zbrodnię. Zwłaszcza z pomocą substancji chemicznych. Poza tym, czy przez cały ten czas nie opierałam się prawdzie? Czy nie naginałam, nie przycinałam, nie kształtowałam faktów?

Jane – prawdziwa Jane, Jane z krwi i kości... Oczywiście, że jest tą, za którą się podaje.

I jasne, że kolczyk w pokoju Davida należy do Katherine czy jak tam ona się nazywa.

I pewnie, że w nocy nikogo u mnie nie było.

Przewala się to przeze mnie jak fala. Rozbija się o brzeg, obmywa i cofa się, pozostawiając smugi szlamu niczym paluchy wyciągnięte ku morzu.

Myliłam się.

Mało tego: łudziłam się.

I jeszcze mniej: byłam za to odpowiedzialna. Jestem odpowiedzialna.

„Jeśli śnią mi się rzeczy, kiedy nie śpię, to znaczy, że tracę rozum". Już wiem, to z *Gasnącego płomienia.*

Cisza. Nie słyszę nawet oddechu Little'a.

Nagle odzywa się Alistair:

– Więc o to tu chodzi. – Kręci głową, rozchylając usta. – O rany. Wow. – Posyła mi surowe spojrzenie. – Ale naprawdę. Wow.

Przełykam ślinę.

Przygląda mi się jeszcze przez chwilę, ponownie otwiera usta i je zamyka. Raz jeszcze kręci głową.

W końcu daje znak synowi i rusza w stronę drzwi.

– Wychodzimy.

Ethan idzie za ojcem. Podnosi głowę i patrzy lśniącymi oczami.

– Strasznie mi przykro – odzywa się cicho.

Chce mi się płakać. Słyszę, jak z trzaskiem zamykają się za nimi drzwi.

Została nas tylko czwórka.

Z szeregu występuje David i mówi, wbijając spojrzenie w podłogę:

– Czyli ta mała ze zdjęcia na dole… nie żyje?

Nie odpowiadam.

– A kiedy chciałaś, żebym zachował te plany, to dla trupa?

Milczę.

– A… – Wskazuje drabinę, którą zabarykadowałam drzwi do piwnicy.

Nic nie mówię.

Kiwa głową, jakbym odpowiedziała. Potem poprawia plecak, odwraca się i wychodzi.

Norelli odprowadza go wzrokiem.

– Mamy z nim porozmawiać?

– Naprzykrza się pani? – pyta Little.

Kręcę głową.

– W porządku – mówi i puszcza moją rękę. – Nie mam kwalifikacji do tego, by zajmować się pani… problemem na dalszym etapie. Moim zadaniem jest zamknąć sprawę i zapewnić bezpieczeństwo wszystkim zainteresowanym. Pani również. Wiem, że jest pani ciężko. I że to był trudny dzień. Chciałbym, żeby zadzwoniła pani do doktora Fieldinga. Myślę, że to ważne.

Nie powiedziałam ani słowa od chwili, w której Norelli oznajmiła: „Pani mąż i córka są martwi". Nawet nie potrafię sobie wyobrazić, jak w tej chwili może brzmieć mój głos, w nowym świecie, w którym to zdanie zostało wypowiedziane i usłyszane.

– Wiem, że przeżywa pani trudne chwile i… – Little zawiesza głos. – Wiem, że jest pani ciężko – mówi cicho.

Przytakuję. On robi to samo.

– Mam wrażenie, że zadaję to pytanie za każdym razem, gdy panią odwiedzamy, ale czy poradzi sobie pani sama?

Powoli kiwam głową.

– Anno? – Przypatruje mi się. – Doktor Fox?

Wróciliśmy do „doktor Fox". Otwieram usta.

– Tak. – Słyszę swój głos, jakbym miała słuchawki na uszach; jest oddalony, przytłumiony.

– W świetle… – zaczyna Norelli, ale Little znów unosi dłoń i ją ucisza.

Ciekawe, co chciała powiedzieć.

– Ma pani mój numer – przypomina mi Little. – Tak jak mówiłem, niech pani zadzwoni do doktora Fieldinga. Bardzo proszę. On czeka na telefon. Proszę nie dawać nam powodów do zmartwień. To dotyczy nas obojga. – Wskazuje partnerkę. – Val zamartwia się z byle powodu.

Norelli mi się przygląda.

A Little zaczyna się wycofywać, jakby bał się odwrócić.

– I tak jak mówiłem, jeśli miałaby pani ochotę porozmawiać, znamy wielu dobrych ludzi.

Norelli odwraca się i znika w korytarzu. Słyszę stukot jej obcasów na płytkach. Słyszę otwieranie drzwi.

Zostaliśmy tylko ja i Little. Spogląda ponad moim ramieniem.

– Wie pani – odzywa się po chwili. – Nie mam pojęcia, co bym zrobił, gdyby coś się przytrafiło moim dziewczynkom. – Patrzy mi w oczy. – Nie wiem, co bym zrobił.

Odchrząkuje i podnosi rękę.

– Do widzenia. – Wychodzi na korytarz, zamykając za sobą drzwi.

Po chwili słyszę, że otwiera i zamyka drzwi wejściowe.

Stoję w kuchni i przyglądam się, jak w blasku słońca tworzą się i rozpadają galaktyki kurzu.

Moje palce suną ku szklaneczce. Ostrożnie podnoszę szkło, obracam je w dłoni. Zbliżam je do twarzy. Wącham.

A potem ciskam tym kurewstwem o ścianę i krzyczę tak, jak jeszcze nigdy nie krzyczałam.

76

Siedzę na brzegu łóżka i patrzę prosto przed siebie. Gra cieni na ścianie.

Zapaliłam świeczkę, małą, w słoiczku, zapachową, świeżo rozpakowaną, prezent gwiazdkowy od Livvy sprzed dwóch lat. *Figuier*. Uwielbia figi.

Uwielbiała.

Pokój nawiedza duch przeciągu. Płomień drży, klei się do knota.

Mija godzina. Potem kolejna.

Świeczka szybko się pali, knot jest do połowy zanurzony w miękkiej woskowej sadzawce. Osunęłam się tam, gdzie siedziałam. Włożyłam złożone dłonie między uda.

Ekran telefonu rozświetla się, aparat wibruje. „Julian Fielding". Jutro mamy się spotkać. Nie spotkamy się.

Noc opada jak kurtyna.

„Wtedy to się zaczęło – powiedział Little. – Problemy z wychodzeniem na zewnątrz".

W szpitalu stwierdzili, że doznałam szoku. Później szok przerodził się w strach. Następnie strach zmutował i stał się paniką. A kiedy na scenie pojawił się doktor Fielding, miałam już… Ujął to najprościej, najcelniej: „Głęboką agorafobię".

Potrzebuję znajomej zamkniętej przestrzeni swojego domu – ponieważ spędziłam dwie noce na obcym pustkowiu pod ogromnym niebem.

Potrzebuję środowiska, które mogłabym kontrolować – ponieważ widziałam, jak moja rodzina powoli umiera.

„Zapewne, Anno, zauważyłaś, że nie pytam, co się stało, że…", powiedziała. A raczej: powiedziałam sama do siebie.
Życie mnie taką uczyniło.

– Zgadnij kto?

Kręcę głową. Nie chcę teraz rozmawiać z Edem.

– Jak się czujesz, ochlapusie?

Kręcę głową raz jeszcze. Nie mogę rozmawiać, nie chcę.

– Mamo?

Nie.

– Mamusiu?

Wzdrygam się.

Nie.

W pewnym momencie przechylam się na bok, kładę na łóżku i zasypiam. Kiedy się budzę, mam obolałą szyję. Świeczka skurczyła się do malutkiego niebieskiego kleksa, ledwie migocze w chłodnym powietrzu. Pokój tonie w ciemności.

Siadam, po czym wstaję, skrzypiąc jak zardzewiała drabina. Sunę do łazienki.

Po powrocie zauważam, że dom Russellów świeci się jak lunapark. Na górze Ethan siedzi przy komputerze, w kuchni Alistair przesuwa nożem po desce. Kroi marchewki, które lśnią jak neony w jaskrawym blasku kuchennych lamp. Na blacie stoi kieliszek wina. Zasycha mi w gardle.

A w salonie, na kanapce w paski, siedzi ta kobieta. Chyba powinnam nazywać ją Jane.

Jane trzyma w dłoni telefon, palcami drugiej przesuwa i dźga ekran. Może ogląda rodzinne zdjęcia. Może stawia pasjansa albo w coś gra; dzisiaj w każdej grze musi być coś z owocami, przemyka mi przez myśl.

Albo przekazuje najświeższe nowiny przyjaciółkom. „Pamiętasz tę wariatkę z domu po drugiej stronie skweru…?".

Czuję ucisk w gardle. Podchodzę do okna i zaciągam zasłony.

I stoję w ciemności: zmarznięta, przejmująco samotna, pełna strachu i czegoś, co przypomina tęsknotę.

Wtorek, 9 listopada

77

Spędzam poranek w łóżku. Jakoś przed południem opuchnięta od snu wklepuję wiadomość do doktora Fieldinga. „Nie dzisiaj".

Dzwoni do mnie pięć minut później, nagrywa się. Nie odsłuchuję.

Mija południe. O trzeciej zaczyna ssać mnie w żołądku. Wlokę się na dół i wyjmuję obitego pomidora z lodówki.

Kiedy się w niego wgryzam, słyszę, że Ed próbuje ze mną porozmawiać. Potem odzywa się Olivia. Odwracam się do nich plecami. Miąższ płynie mi po brodzie.

Daję jeść kotu. Łykam temazepam. Biorę jeszcze jeden. Doprawiam trzecim. Kładę się do łóżka. Spać, chce mi się tylko spać.

Środa, 10 listopada

78

Budzi mnie głód. Idę do kuchni, wsypuję do miseczki trochę płatków i zalewam je mlekiem, któremu wczoraj minął termin przydatności do spożycia. Nawet nie lubię płatków; Ed lubi. Lubił. Mielę je w ustach, szorują mnie po podniebieniu i ranią gardło. Nie wiem, po co je jeszcze kupuję.

Oczywiście, że wiem.

Chcę wrócić do łóżka, ale nogi niosą mnie do salonu. Powoli podchodzę do stolika pod telewizorem, wysuwam szufladę. *Zawrót głowy*, myślę. Kogoś wzięto za kogoś innego, a raczej – wzięto jego tożsamość. Znam dialogi na pamięć. Mam dziwne poczucie, że ten film przyniesie mi ulgę.

„Co z panem? – huczy policjant na Jimmy'ego Stewarta, na mnie. – Daj pan rękę! Daj pan rękę!". Potem traci przyczepność i spada z dachu.

Osobliwie uspokajające.

W połowie filmu robię sobie drugą miseczkę płatków. Ed mruczy do mnie, kiedy zamykam lodówkę; Olivia mówi coś niezrozumiałego. Wracam na sofę i pogłaśniam telewizor.

„Jego żona? – pyta kobieta w zielonkawym jaguarze. – Biedactwo. Nie znałam jej. Proszę powiedzieć: czy to prawda, że wierzyła, iż…".

Osuwam się między poduszki. Przegrywam ze snem.

Jakiś czas później, podczas sceny przemiany („Nie chcę być ubrana jak nieboszczka!"), zaczyna buczeć telefon, dostaje niewielkiego ataku, brzęczy o szkło na ławie. Podejrzewam, że dzwoni doktor Fielding. Sięgam po aparat.

„Czy po to mnie tu sprowadziłeś? – krzyczy Kim Novak. – Żebyś mógł się poczuć, jakbyś był ze zmarłą kobietą?".

Na wyświetlaczu nazwisko: „Wesley Brill".

Zastygam na chwilę.

Potem wyciszam telewizor, przykładam kciuk do ekranu telefonu i przesuwam. Przystawiam aparat do ucha.

Odkrywam, że nie jestem w stanie wydobyć głosu. Nie muszę jednak. Wesley odzywa się po chwili milczenia:

– Słyszę twój oddech, Fox.

Minęło prawie jedenaście miesięcy, a jego głos nadal huczy jak zawsze.

– Phoebe mówiła, że dzwoniłaś – ciągnie. – Miałem odezwać się do ciebie wczoraj, ale byłem zajęty. Bardzo zajęty.

Nie odpowiadam. On też milczy przez dobrą minutę.

– Jesteś tam, prawda, Fox?

– Jestem. – Od kilku dni nie słyszałam własnego głosu. Brzmi obco, słabo, jakby ktoś mówił za mnie jak brzuchomówca za swoją lalkę.

– To dobrze. Tak podejrzewałem. – Mieli słowa; wiem, że miętosi papierosa w ustach. – Moja hipoteza okazała się słuszna. – Szum w słuchawce; to tylko Wesley wydmuchuje dym.

– Chciałam z tobą porozmawiać – zaczynam.

Milknie. Czuję, że coś się w nim przełącza, niemal to słyszę, wyławiam z oddechu. Wesley przestawia się na tryb psychologa.

– Chciałam ci powiedzieć…

Długa przerwa. Wesley odchrząkuje. Uświadamiam sobie, że jest zdenerwowany, i dla mnie to szok. Wesley Brilliant spięty?

– Kiepsko sobie radzę. – Powiedziałam to.

– Z czymś konkretnym?

Mam ochotę wrzasnąć: „Ze śmiercią męża i córki!".

– Z…

– Mhm. – Gra na zwłokę czy czeka na ciąg dalszy?

– Tamtego wieczoru… – Nie wiem, jak dokończyć zdanie. Czuję się jak igła kompasu, obracam się, szukam kierunku, na którym mogłabym się zatrzymać.

– O czym myślisz, Fox? – Takie szturchnięcie jest bardzo w jego stylu. Ja pozwalam pacjentom wypowiadać się w ich własnym tempie. Wesley nie lubi czekać.

– Tamtego wieczoru…

***

Tamtego wieczoru, tuż przed tym, jak zjechaliśmy z drogi, zadzwoniłeś do mnie. Nie obarczam cię winą. Nie próbuję cię w to wciągnąć. Chciałam tylko, żebyś wiedział.

Tamtego wieczoru było już prawie po wszystkim – kończyły się cztery miesiące okłamywania: Phoebe, która mogła się o nas dowiedzieć; Eda, który naprawdę się o nas dowiedział (tamtego grudniowego popołudnia, kiedy wysłałam mu SMS-a przeznaczonego dla ciebie).

Tamtego wieczoru żałowałam wszystkich naszych wspólnych chwil: poranków w hotelu za rogiem, kiedy słońce nieśmiało wyglądało zza zasłon; wieczorów, kiedy godzinami pisywaliśmy do siebie SMS-y. Dnia, w którym to wszystko się zaczęło od kieliszka wina w twoim gabinecie.

Tamtego wieczoru, kiedy prosiłam Eda, ale on twierdził, że nie może na mnie patrzeć, nasz dom już od tygodnia był wystawiony na sprzedaż, a agent umawiał potencjalnych kupców. „Miałem cię za uczciwą dziewczynę z sąsiedztwa".

Tamtego wieczoru…

***

Przerywa mi.

– Mówiąc szczerze, Anno…

Sztywnieję, bo choć Wesley rzadko bywa nieszczery, to jednak nieczęsto mu się zdarza zwrócić się do mnie po imieniu.

– …staram się o tym zapomnieć. – Zawiesza głos. – Staram się i nawet mi się udaje.

Aha.

– Po wszystkim nie chciałaś się ze mną zobaczyć. W szpitalu. Chciałem… Zaproponowałem, że odwiedzę cię w domu, pamiętasz? Ale ty nie… nie odezwałaś się. – Słowa mu umykają, potyka się, ślizga, jak człowiek, który brnie w śniegu. Jak kobieta, która krąży wokół swojego rozbitego auta. – Nie wiedziałem… Nie wiem, czy spotykasz się z kimś innym. To znaczy, z innym lekarzem. Z chęcią polecę ci kogoś. – Milknie. – A jeśli się leczysz, to… to dobrze. – Kolejna przerwa, tym razem dłuższa. I w końcu: – Nie bardzo wiem, czego ode mnie oczekujesz.

Myliłam się. Nie wszedł w rolę psychologa, nie próbuje mi pomóc. Dwa dni zbierał się, żeby do mnie oddzwonić. Szuka drogi ucieczki.

Ale w sumie *czego* od niego oczekuję? Dobre pytanie. Nie winię go, naprawdę. Nie nienawidzę. Nie tęsknię za nim.

Kiedy do niego zadzwoniłam – czy to na pewno było zaledwie dwa dni temu? – widocznie czegoś musiałam chcieć. Ale potem Norelli wypowiedziała zaklęcie i świat się zmienił. I teraz to już nie ma znaczenia.

Chyba powiedziałam to na głos.

– Co takiego nie ma znaczenia? – pyta.

Ty, myślę. Ale tego nie mówię.

Rozłączam się.

Czwartek, 11 listopada

79

Równo o jedenastej dzwonek do drzwi. Wyplątuję się z pościeli i wyglądam przez okno na ulicę. Bina. Jej czarne włosy lśnią w porannym słońcu. Zapomniałam, że byłyśmy na dziś umówione. W ogóle wypadło mi to z głowy.

Cofam się o krok, przyglądam się domom po drugiej stronie ulicy, przesuwam po nich wzrokiem ze wschodu na zachód: siostry Gray, Millerowie, Takedowie, pusty podwójny. Moje południowe imperium.

Znowu dzwonek.

Wlokę się na dół, podchodzę do drzwi na korytarz, widzę Binę na wyświetlaczu domofonu. Naciskam guzik głośnika.

– Źle się dzisiaj czuję – mówię.

Widzę, jak odpowiada:

– Mam wejść?

– Nie, nie trzeba.

– A czy m o g ę?

– Nie, dziękuję. Wolałabym zostać sama.

Zagryza wargę.

– Czy wszystko w porządku?

– Po prostu chcę zostać sama – powtarzam.

Kiwa głową.

– Okej.

Czekam, aż sobie pójdzie.

– Doktor Fielding powiedział mi o tym, co się wydarzyło. Policja się z nim skontaktowała.

Nie odpowiadam, tylko zamykam oczy. Długie milczenie.

– No dobrze. Czyli co? Do zobaczenia w przyszłym tygodniu – mówi Bina. – W środę, jak zwykle.

Może nie.

– Tak.

– Zadzwonisz, jeśli będziesz czegoś potrzebowała?

Nie zadzwonię.

– Tak.

Otwieram oczy, widzę, że znów kiwa głową. Odwraca się i schodzi po stopniach.

Załatwione. Najpierw doktor Fielding, teraz Bina. Ktoś jeszcze. *Ah, oui*. Yves, jutro. Napiszę do niego. *Je ne peux pas...*

Zrobię to po angielsku.

Zanim wrócę na górę, uzupełnię jeszcze Puncowi miskę z jedzeniem i miskę z piciem. Podbiega i wgryza się w mięso z puszki, po czym nastawia uszu – słychać bulgot w rurach.

David, na dole. Od jakiegoś czasu w ogóle o nim nie myślałam.

Zatrzymuję się przy drzwiach do piwnicy, odsuwam drabinę, pukam, wołam Davida.

Nic. Wołam raz jeszcze.

Tym razem słychać kroki. Przekręcam zamek i mówię głośniej:

– Odblokowałam drzwi. Możesz wejść. Jeśli chcesz – dodaję.

W następnej chwili drzwi się otwierają i staje w nich David, dwa stopnie niżej, w obcisłej koszulce i przecierających się dżinsach. Patrzymy na siebie.

Odzywam się pierwsza.

– Chciałam...

– Opróżniam mieszkanie – oznajmia.

Mrugam.

– Zrobiło się trochę... dziwnie.

Potakuję.

Sięga do tylnej kieszeni spodni, wyjmuje świstek i podaje mi go.

Przyjmuję bez słowa. Rozwijam.

„Nie wyszło. Przepraszam, że cię zdenerwowałem. Zostawiłem klucz pod drzwiami".

Ponownie kiwam głową. Słyszę tykanie zegara.
– No cóż – mówię.
– Oto klucz – mówi, wręczając mi go. – Zatrzasnę za sobą drzwi.
Biorę klucz. Znowu milczymy.
Patrzy mi w oczy.
– Kolczyk.
– Och, nie musisz…
– Należał do kobiety imieniem Katherine. Tak jak powiedziałem. Nie znam żony tego Russella.
– Wiem. Przepraszam.
Teraz on kiwa głową. I zamyka drzwi.
Nie przekręcam zamka.

Wracam do sypialni i wysyłam doktorowi Fieldingowi zwięzłą wiadomość: „Nic mi nie jest. Do zobaczenia w poniedziałek". Natychmiast oddzwania. Telefon brzęczy i brzęczy, aż w końcu cichnie.

Bina, David, doktor Fielding. Opróżniam mieszkanie.

Zatrzymuję się w drzwiach do łazienki i przyglądam prysznicowi tak, jak podziwia się obraz w galerii; dziś mnie na niego nie stać, uznaję. Sięgam po czysty szlafrok (muszę wyprać ten poplamiony, przypominam sobie, chociaż pewnie do tej pory wino zdążyło już na dobre wsiąknąć w tkaninę) i schodzę do gabinetu.

Siadam przed komputerem pierwszy raz od trzech dni. Kładę dłoń na myszce, przesuwam ją. Ekran się rozjaśnia, system woła o hasło. Wpisuję.

Znów widzę swoją pogrążoną we śnie twarz.

Odchylam się na krześle. Przez cały ten czas czaiła się tu, po ciemnej stronie ekranu, jak paskudny sekret. Trącam myszkę, jakbym odganiała węża. Przesuwam kursor w górny róg, zamykam zdjęcie.

Teraz patrzę na adres, w którym zostało przemycone. zgadnijktoanno.

Zgadnij kto. Nie przypominam sobie, żebym robiła to – jak to ujęła Norelli? – „małe selfie o północy". Z ręką na sercu. Nie pamiętam. Ale to moje słowa, n a s z e słowa. David ma alibi („alibi"; nigdy wcześniej nie znałam nikogo, kto by miał – albo nie miał – alibi), a nikt inny nie mógł mieć dostępu do sypialni. Nikt nie potraktował mnie jak Gregory Paulę w *Gasnącym płomieniu.*

Tylko czy zdjęcie nie powinno pozostać w pamięci aparatu?

Marszczę czoło.

Powinno. Chyba że pomyślałam, żeby je skasować. Ale... no właśnie: ale.

Nikon leży na brzegu biurka, pasek dynda nad podłogą. Sięgam po niego i przyciągam do siebie. Włączam aparat i sprawdzam pamięć.

Ostatnie zdjęcie przedstawia Alistaira Russella w zimowej kurtce, który wychodzi z domu i zbiega po schodkach. Data: sobota, szósty listopada. Od tamtej pory pusto. Wyłączam aparat i odkładam go na biurko.

Nie, nikon jest zbyt nieporęczny, żeby robić nim selfie. Wyjmuję telefon z kieszeni szlafroka, wstukuję PIN, wchodzę do galerii.

Jest. Pojawia się jako pierwsze. To samo ujęcie, pomniejszone tak, żeby pasowało do ekranu iPhone'a. Rozchylone usta, swobodnie opadające włosy, wybrzuszona poduszka – i godzina w rogu: „02.02 A.M".

Nikt poza mną nie zna PIN-u.

Muszę sprawdzić jeszcze tylko jedną rzecz. Ale już wiem, co się okaże.

Otwieram przeglądarkę, wpisuję adres: gmail.com. Ładuje się od razu z nazwą użytkownika w okienku logowania: zgadnijktoanno.

Naprawdę sama to sobie zrobiłam. Zgadnij kto. Anno.

To musiałam być ja. Nikt inny nie zna mojego hasła do komputera. Nawet jeśli ktoś był u mnie w domu – nawet jeśli zakradł się tu David – to i tak tylko ja znam hasło, tłumaczę sobie.

Pochylam nisko głowę.

Przysięgam, że nic a nic z tego nie pamiętam.

80

Wsuwam telefon z powrotem do kieszeni, robię głęboki wdech i loguję się na Agorze.

Wiadomości wysypują się ze skrzynki. Przeglądam je. W większości meldują się stali pacjenci: DiscoMickey, Pedro z Boliwii, Talia z Bay Area, a nawet Sally4ta; „w ciazy!!! – pisze – rodze w kwietniu!!!".

Przez chwilę wpatruję się w ekran. Boli mnie serce.

Przechodzę do nowych. Cztery osoby, wszystkie potrzebują pomocy. Moje palce zawisają nad klawiaturą. Dłonie opadają na kolana. Kim jestem, żeby doradzać innym, jak postępować w chorobie?

Zaznaczam wszystkie wiadomości. Wybieram „usuń".

Chcę się wylogować, ale zanim docieram kursorem do odpowiedniej ikonki, pojawia się okienko czatu.

BabuniaLizzie: Jak się masz, doktor Anno?

Czemu nie? Ze wszystkimi innymi już się pożegnałam.

lekarzprzyjmuje: Witaj, Lizzie! Synowie nadal w domu?
BabuniaLizzie: William tak!
lekarzprzyjmuje: Świetnie! A jak postępy?
BabuniaLizzie: Wręcz niewiarygodne. Regularnie wychodzę na zewnątrz. A co u ciebie?
lekarzprzyjmuje: Wszystko dobrze! Mam dziś urodziny.

Jezu, faktycznie. Zupełnie zapomniałam. Urodziny. Przez cały tydzień ani razu o tym nie pomyślałam.

BabuniaLizzie: Wszystkiego najlepszego! Okrągłe?
lekarzprzyjmuje: Ani trochę. Chociaż trójka i dziewiątka mają brzuszki!
BabuniaLizzie: Wiele bym dała, żeby znów mieć tyle...
BabuniaLizzie: Rodzina się odezwała?

Ściskam myszkę.

lekarzprzyjmuje: Muszę ci coś wyznać.
BabuniaLizzie:??
lekarzprzyjmuje: Moja rodzina zmarła w grudniu zeszłego roku.

Kursor miga.

lekarzprzyjmuje: Zginęła w wypadku samochodowym.
lekarzprzyjmuje: Miałam romans. Pokłóciliśmy się z mężem i zjechaliśmy z drogi.
lekarzprzyjmuje: Ja zjechałam z drogi.
lekarzprzyjmuje: Spotykam się z psychiatrą, który pomaga mi walczyć z poczuciem winy oraz agorafobią.
lekarzprzyjmuje: Chciałam, żebyś znała prawdę.

Muszę to zakończyć.

lekarzprzyjmuje: Muszę kończyć. Cieszę się, że robisz postępy.
BabuniaLizzie: Och, moja biedna

Widzę, że pisze dalej, ale nie czekam. Zamykam okienko i się wylogowuję.

To tyle, jeśli chodzi o Agorę.

81

Wytrzymałam trzy dni bez alkoholu.

Dociera to do mnie, kiedy myję zęby. (Moje ciało przeżyje brudne; zęby – nie). Trzy dni – kiedy ostatnio wytrwałam tak długo? I nawet zbytnio nie myślałam, żeby się napić.

Pochylam głowę. Wypluwam.

Apteczka jest pełna tubek, buteleczek i fiolek z lekarstwami. Wyjmuję cztery.

Schodzę w szarym wieczornym świetle, które wpada przez świetlik.

Siadam na sofie, wybieram jeden pojemniczek, przechylam i przesuwam po ławie. Powstaje szlak z tabletek jak trop z okruszków chleba.

Przyglądam się. Liczę. Układam na otwartej dłoni. Rozrzucam po blacie.

Zbliżam jedną do ust.

Nie – jeszcze nie teraz.

Noc zapada szybko.

Odwracam się do okna i posyłam długie spojrzenie na drugą stronę skweru. Ten dom. Scena dla mojego niespokojnego umysłu. Jakże to poetyckie, myślę.

Z okien bucha blask, jasny jak świeczki na torcie; pomieszczenia są puste.

Czuję się tak, jakby szaleństwo mnie uwolniło. Przechodzi mnie dreszcz.

Wchodzę na górę, idę do swojego pokoju. Jutro powrócę do niektórych spośród moich ulubionych filmów. *Mrocznych koronek. Zagranicznego korespondenta* – warto, choćby dla sceny z wiatrakiem. *23 kroków do Baker Street*. Może ponownie do *Zawrotu głowy*; ostatni seans przespałam.

A pojutrze…

Leżę w łóżku, sen powoli wypełnia mi głowę, a ja wsłuchuję się w rytm domu: dźwięk zegara szafkowego na dole, który wybija dziewiątą, skrzypienie podłóg.

– Wszystkiego najlepszego – mówią chórem Ed i Livvy.

Przewracam się na drugą stronę, odwracam od nich.

Przypominam sobie, że Jane też ma dziś urodziny. Urodziny, które sama jej wyznaczyłam. Jedenastego jedenastego.

Później, w środku nocy, kiedy budzę się na moment, słyszę kota krążącego po czarnej jak smoła klatce schodowej.

Piątek, 12 listopada

82

Słońce wlewa się przez świetlik, bieli schody, rozchodzi kałużą na podeście przy kuchni. Kiedy stawiam w niej stopę, czuję się jak oświetlona reflektorem punktowym.

Poza tym dom spowija ciemność. Zaciągnęłam wszystkie zasłony, opuściłam wszystkie żaluzje. Mrok jest gęsty jak dym, niemal wyczuwalny zmysłem powonienia.

Na ekranie rozgrywa się finałowa scena *Sznura* z 1948 roku. Dwóch przystojnych młodych mężczyzn, zamordowany kolega ze studiów, zwłoki ukryte w zabytkowej skrzyni, która stoi pośrodku salonu, i znów Jimmy Stewart. Wszystko nakręcone jakby w jednym ujęciu (w rzeczywistości zmontowano ze sobą osiem dziesięciominutowych fragmentów, ale efekt końcowy robi wrażenie; osiągnięto niezwykłą płynność jak na tamte lata). „Kot i mysz, kot i mysz – piekli się Farley Granger, kiedy pętla się zaciska. – Ale który to kot, a która mysz?". Wypowiadam te słowa razem z nim.

Mój kot leży rozwalony na oparciu sofy, ogon mu się majta jak zaczarowany wąż. Nadwerężył sobie lewą tylną łapkę; dziś rano zauważyłam, że mocno utyka. Nałożyłam mu do miski jedzenia na kilka dni, żeby nie…

Dzwonek do drzwi.

Wbijam się między poduchy. Obracam głowę w stronę wejścia.

Kogo niesie?

Nie Davida. Nie Binę. Na pewno nie doktora Fieldinga – zostawił mi co prawda kilka wiadomości, ale wątpię, żeby przyszedł bez uprzedzenia. Chyba że zapowiedział się w jednej z wiadomości, które zignorowałam.

Znowu dzwoni. Zatrzymuję film, stawiam stopy na podłodze i wstaję. Podchodzę do domofonu.

To Ethan. Trzyma ręce w kieszeniach. Szyję ma obwiązaną szalikiem. Jego włosy płoną w słońcu.

Naciskam guzik głośnika.

– Czy twoi rodzice wiedzą, gdzie jesteś? – pytam.

– Spoko – odpowiada.

Cisza.

– Zimno jest – dodaje.

Wduszam przycisk.

Po chwili wchodzi do salonu, a za nim wpada lodowate powietrze.

– Dzięki – rzuca, łapiąc oddech. – Zamarznąć można. – Rozgląda się. – Ciemno tu.

– To dlatego, że na zewnątrz jest tak jasno – odpowiadam. Ale wiem, że ma rację. Zapalam lampę stojącą.

– Czy mam podnieść żaluzje? – pyta.

– Jasne. Albo nie, tak jest dobrze, prawda?

– Okej.

Przysiadam na szezlongu.

– Czy mam tu usiąść? – pyta, wskazując na sofę. „Czy mam, czy mam". Strasznie grzeczny jak na nastolatka.

– Jasne. – Siada.

Punc zeskakuje z oparcia kanapy i szybko gramoli się pod nią.

Ethan rozgląda się po pokoju.

– Kominek działa?

– Jest na gaz, ale tak. Chcesz, żebym go włączyła?

– Nie, tak się tylko zastanawiałem.

Cisza.

– Na co te wszystkie leki?

Łypię na upstrzoną tabletkami ławę; na szklanej polance stoją zbite w kupkę cztery pojemniki, w tym jeden pusty.

– Tylko je przeliczam – wyjaśniam. – Napełniam od nowa.

– Aha. Okej.

Znowu cisza.

– Przyszedłem… – zaczyna, ale w tej samej chwili mówię:

– Ethanie… Jest mi strasznie przykro.

Przekrzywia głowę.

– Bardzo cię przepraszam. – Spuszcza wzrok, ale mówię dalej: – Za kłopoty, które ci sprawiłam. Za to, że wciągnęłam cię w to wszystko. Ale… byłam p e w n a. Byłam przekonana, że coś się dzieje.

Kiwa głową, wpatrując się w podłogę.

– Miałam… To był bardzo trudny rok. – Zamykam oczy. Kiedy je otwieram, widzę, że patrzy na mnie jasnym, badawczym wzrokiem.

– Straciłam męża i dziecko. – Przełykam ślinę. Powiedz to. – Umarli. Są martwi. – Oddychaj. Oddychaj. Jeden, dwa, trzy, cztery. – Zaczęłam pić. Więcej niż zwykle. Przyjmowałam leki według własnego widzimisię. To złe i niebezpieczne.

Bacznie mi się przygląda.

– To nie tak… Nie chodzi o to, że wierzyłam, że naprawdę się ze mną porozumiewają, wiesz, zza…

– Z drugiej strony – dopowiada.

– Właśnie. – Poprawiam się na szezlongu i pochylam. – Wiedziałam, że odeszli. Że są martwi. Ale lubiłam ich słuchać. I czuć… Bardzo trudno to wyjaśnić.

– Więź.

Potakuję. Niezwykły nastolatek.

– Co do reszty, to… Niewiele z tego pamiętam. Chyba chciałam po prostu nawiązać tę… więź z innymi ludźmi. Potrzebowałam jej. – Potrząsam głową; włosy drapią mnie po policzkach. – Sama tego nie rozumiem. – Patrzę mu w oczy. – Ale jest mi bardzo przykro. – Odchrząkuję i prostuję plecy. – Wiem, że nie przyszedłeś po to, żeby patrzeć, jak dorosła osoba płacze.

– Ja też przy pani płakałem – zauważa.

Uśmiecham się.

– No racja.

– Pożyczyła mi pani film, pamięta pani? – Wyjmuje pudełko z kieszeni kurtki i kładzie je na ławie. *Noc musi zapaść.*

Kompletnie zapomniałam.

– Udało ci się obejrzeć?
– No.
– I co o nim sądzisz?
– Odrażający facet.
– Robert Montgomery.
– To on grał Danny'ego?
– Tak.
– Naprawdę paskudny typ. Podobało mi się, kiedy pyta tę dziewczynę, e…
– Rosalind Russell.
– Czyli Olivię?
– Tak.
– Kiedy pyta ją, czy go lubi, ona, że nie, a on, że to „inaczej niż wszyscy". – Chichocze.
Uśmiecham się.
– Cieszę się, że ci się podobało.
– No.
– Czarno-białe kino nie jest takie złe.
– Nie, było całkiem w porządku.
– Możesz śmiało pożyczać ode mnie, co tylko chcesz.
– Dziękuję.
– Ale też nie chciałabym, żebyś miał kłopoty u rodziców.
Odwraca głowę, spogląda na palenisko.
– Wiem, że się wściekli.
Ciche prychnięcie.
– Mają własne problemy.
Znów na mnie patrzy.
– Trudno z nimi wytrzymać. Supertrudno.
– Sądzę, że wielu młodych ludzi myśli tak o swoich rodzicach.
– Ale naprawdę.
Kiwam głową.
– Nie mogę się doczekać, kiedy pójdę na studia – mówi. – Jeszcze tylko dwa lata. Nawet niecałe.
– Wiesz już, gdzie chcesz studiować?
Kręci głową.

– Nie za bardzo. W każdym razie gdzieś daleko. – Sięga ręką za plecy i zaczyna się drapać. – I tak nie mam tu żadnych przyjaciół.

– A masz dziewczynę? – pytam.

Kręci głową.

– Chłopaka?

Patrzy na mnie zaskoczony. Wzrusza ramionami.

– Jeszcze się nie zdecydowałem – wyjaśnia.

– Rozumiem. – Ciekawe, czy jego rodzice wiedzą.

Zegar bije raz, dwa, trzy, cztery razy.

– Wiesz – mówię – mieszkanie na dole jest puste.

Ethan marszczy brwi.

– Co się stało z tym facetem?

– Wyprowadził się. – Znowu odchrząkuję. – Ale... Jeśli chcesz, możesz korzystać. Wiem, jak to jest, kiedy człowiek potrzebuje własnej przestrzeni.

Czyżbym próbowała odegrać się na Alistairze i Jane? Nie sądzę. Naprawdę. Ale byłoby miło – *byłoby*, na pewno – mieć tu kogoś, jakąś młodą osobę, nawet gdyby miał nią być samotny nastolatek.

– Nie ma telewizora, ale mogę ci dać hasło do wi-fi – mówię dalej, jakbym zachwalała lokal. – Jest kanapa. – Pogodnie, wesoło, jakbym przekonywała samą siebie. – Miałbyś swoje miejsce, w którym mógłbyś się schronić, gdyby w domu zrobiło się nieciekawie.

Wpatruje się we mnie.

– Byłoby super.

Wstaję, zanim się rozmyśli. Klucz Davida leży na blacie w kuchni, w przyćmionym świetle wygląda jak kawałek srebra. Biorę go i wręczam Ethanowi, który podnosi się z kanapy.

– Super – powtarza, chowając klucz do kieszeni.

– Przychodź, kiedy będziesz chciał – instruuję go.

Zerka na drzwi.

– Chyba powinienem już wracać do domu.

– Oczywiście.

– Dziękuję za... – klepie się po kieszeni – ...i za film.

– Bardzo proszę. – Wychodzę z nim na korytarz.

Przed wyjściem odwraca się i macha w kierunku sofy.

– Kot był dzisiaj jakiś nieśmiały – zauważa, po czym zwraca się do mnie i oznajmia z dumą: – Dostałem telefon.

– Gratuluję.

– Chce pani zobaczyć?

– Pewnie.

Wyjmuje porysowanego iPhone'a.

– Używany, ale zawsze.

– Świetny.

– Której generacji jest pani iPhone?

– Nie mam pojęcia. A twój?

– Szóstej. Prawie najnowszy.

– Jest świetny. Cieszę się, że masz telefon.

– Zapisałem w nim pani numer. Chce pani mój?

– Numer?

– No.

– Jasne.

Przesuwa palcem po ekranie aparatu i po chwili czuję wibrowanie w przepastnej kieszeni szlafroka.

– Już – rzuca i się rozłącza.

– Dziękuję.

Kładzie dłoń na klamce, ale zaraz ją opuszcza i spogląda na mnie poważnym wzrokiem.

– Przykro mi z powodu wszystkiego, co się pani przytrafiło – mówi głosem tak cichym i delikatnym, że ściska mnie za gardło.

Kiwam głową.

Wychodzi. Zamykam za nim drzwi.

Wracam na kanapę. Mój wzrok pada na ławę usianą tabletkami jak niebo gwiazdami. Sięgam po pilota, wciskam „play".

„Szczerze mówiąc – odzywa się Jimmy Stewart – trochę mnie to przeraża".

Sobota, 13 listopada

83

Wpół do jedenastej. Czuję się inaczej.

Może to kwestia snu (dwa temazepamy, dwanaście godzin), a może żołądek daje o sobie znać (po wyjściu Ethana i po skończonym seansie zrobiłam sobie kanapkę; przez cały tydzień nie zjadłam nic, co przypominałoby porządny posiłek, zresztą kanapka też go nie przypomina).

Nieważna przyczyna, nieważne źródło. Czuję się inaczej.

Lepiej.

Biorę prysznic. Woda spływa mi po włosach, krople biją w ramiona. Mija kwadrans. Dwadzieścia minut. Pół godziny. Kiedy wreszcie wychodzę z kabiny, wyszorowana i wypucowana, czuję się, jakbym zyskała nową skórę. Wkładam dżinsy i sweter. (Dżinsy! Kiedy ostatnio miałam na sobie dżinsy?!).

Podchodzę do okna w sypialni i rozsuwam zasłony. Pokój zalewa blask słońca. Zamykam oczy, pozwalam promieniom, by mnie ogrzały.

Czuję się gotowa wziąć byka za rogi, gotowa stawić czoło dniu. Gotowa na szklaneczkę wina. Tylko jedną.

Schodzę, po drodze zaglądając do wszystkich pomieszczeń. Rozsuwam zasłony, podnoszę żaluzje. Światło wypełnia dom.

W kuchni nalewam sobie merlota na kilka palców. („Tylko szkocką mierzy się na palce", powiedziałby Ed. Trudno, nalewam sobie na jeszcze jeden palec).

A teraz: *Zawrót głowy*, drugie podejście. Moszczę się na sofie, cofam do początku, do tej zakończonej tragicznym finałem sekwencji na dachu. Jimmy Stewart wspina się po drabinie. Ostatnio spędzam z nim całkiem sporo czasu.

Godzinę później, przy trzeciej szklaneczce:

„Gotów był zamknąć swoją żonę w zakładzie – ogłasza monotonnym głosem sędzia przewodniczący rozprawie. – I oddać jej zdrowie umysłowe w ręce wykwalifikowanych specjalistów". Wiercę się, wstaję napełnić szklaneczkę.

Postanowiłam, że po południu zagram w szachy, wejdę na stronę o klasyce kina i może posprzątam w domu, bo pokoje na górze pokrywa gruba warstwa kurzu. Pod żadnym pozorem nie będę obserwowała sąsiadów.

Nawet Russellów.

Zwłaszcza Russellów.

Kiedy stoję przy oknie w kuchni, nawet nie patrzę na ich dom. Odwracam się do niego plecami, wracam na sofę, kładę się.

Mija kilka chwil.

„Wielka szkoda, że znając jej skłonności samobójcze…".

Łypię na wystawę leków na ławie. Siadam i zbieram je w garść.

„Sąd przysięgłych uznaje, że Madeleine Elster popełniła samobójstwo, nie będąc w pełni władz umysłowych".

Mylicie się, myślę. To nie było tak.

Wsypuję tabletki jedna po drugiej do opakowań. Porządnie zamykam pojemniczki.

Ciekawe, kiedy przyjdzie Ethan, myślę, rozsiadając się z powrotem na kanapie. Może będzie chciał jeszcze porozmawiać.

„Dalej nie zdołałem dotrzeć", mówi żałosnym tonem Jimmy.

– Dalej nie zdołałem dotrzeć – powtarzam za nim.

Mija kolejna godzina. Do kuchni wpadają ukośne promienie zachodzącego słońca. Jestem już nieźle podchmielona. Kot wchodzi do salonu, kuśtykając; kiedy próbuję obejrzeć jego łapkę, zaczyna przeciągle miauczeć.

Marszczę brwi. Czy przez cały ten rok choć raz pomyślałam o wizycie z Puncem u weterynarza?

– Jestem nieodpowiedzialna – zwierzam się Puncowi.

Mruga i sadowi mi się między nogami.

Na ekranie Jimmy zmusza Kim Novak do wejścia na dzwonnicę. „Nie byłem w stanie za nią pójść. Choć Bóg mi świadkiem, że próbowałem – wyznaje, chwytając Kim za ramiona. – Nieczęsto dostaje się drugą szansę. Chcę, żeby przestało mnie to dręczyć".

– Chcę, żeby przestało mnie to dręczyć – mówię. Zamykam oczy, powtarzam te słowa.

Głaszczę kota. Sięgam po szklaneczkę.

„To ona umarła, nie ty. Prawdziwa żona! – krzyczy Jimmy; trzyma dłonie na jej gardle. – Ty byłaś imitacją, fałszywką".

Coś mi dzwoni w głowie, brzmi jak pikanie radaru. To łagodny ton, wysoki i niezbyt głośny, delikatny, ale i tak mnie rozprasza.

Tylko przelotnie. Układam się wygodniej, popijam wino.

Zakonnica, wrzask, bicie dzwonu, koniec filmu.

– Tak chciałabym odejść – informuję kota.

Zwlekam się z kanapy, zestawiam Punca na podłogę; skarży się. Zanoszę szklaneczkę do zlewu. Muszę zacząć pilnować porządku w domu. Nie mogę zamienić się w pannę Havisham, skoro Ethan ma tu spędzać czas. (*Wielkie nadzieje* – kolejny wybór klubu Christine Gray. Powinnam się zorientować, co teraz czytają. Akurat w t y m nie ma chyba nic złego).

Idę na górę, do gabinetu, i zaglądam na forum szachowe. Mijają dwie godziny i do okna puka noc. Wygrywam trzy partie z rzędu. Pora to uczcić. Biorę butelkę merlota z kuchni – najlepiej gra mi się na rauszu – i wracam na górę, rozlewając wino na rattanie. Później zetrę.

Kolejne dwie godziny, kolejne dwa zwycięstwa. Ach, niepokonana ja! Przelewam ostatnie krople wina do szklaneczki. Wypiłam więcej, niż planowałam, ale jutro się poprawię.

Podczas szóstej partii zaczynam zastanawiać się nad ostatnimi dwoma tygodniami, nad tą gorączką, która mnie ogarnęła. Czułam się zahipnotyzowana jak Gene Tierney w *Wirze*; jakbym traciła zmysły jak Ingrid Bergman w *Gasnącym płomieniu*. Robiłam rzeczy, których n i e pamiętam.

Nie zrobiłam rzeczy, które pamiętam. Siedzący we mnie lekarz praktyk zaciera ręce: czyżbyśmy mieli do czynienia z prawdziwym rozszczepieniem osobowości? Doktor Fielding będzie...

Cholera.

Przypadkiem poświęciłam królową – bo pomyliłam ją z gońcem. Rzucam mięsem. Klnę po raz pierwszy od kilku dni. Badam fakturę przekleństwa, delektuję się jego smakiem.

No, ale szkoda królowej. Rook&Roll nie ma skrupułów i co oczywiste, natychmiast ją przygarnia.

„WTF??? – przysyła mi wiadomość. – To był błąd LOL!!!".

„Pomyliły mi się figury", wyjaśniam i podnoszę szklaneczkę do ust.

Zastygam w tej pozycji.

84

A jeśli...

Myśl.

Wypływa to ze mnie jak krew w wodzie.

Ściskam szklaneczkę.

A jeśli...

Nie.

Tak.

A jeśli:

Jane – kobieta, którą znałam jako Jane – w ogóle nie była Jane?

...Nie.

...Tak.

A jeśli:

Jeśli była kimś zupełnie innym?

Tak powiedział Little. Nie, to p o ł o w a tego, co powiedział. Stwierdził, że kobieta spod dwieście siedem, kobieta o lśniących włosach i wąskich biodrach, to ostatecznie i w sposób dający się udowodnić Jane Russell. W porządku. Przyjmuję to.

Ale co, jeśli kobieta, którą poznałam – czy też sądziłam, że poznałam – naprawdę istniała i była kimś, kto podał się za Jane? Figurą, którą pomyliłam z inną? Gońcem, którego wzięłam za królową?

Co, jeśli to o n a była imitacją – ta, która umarła? Jeśli to ona była fałszywką?

Odsuwam szklankę od siebie.

Tylko dlaczego?

Zastanów się. Przyjmij, że była prawdziwa. Tak. Unieważnij to, co mówił Little, odrzuć logikę i załóż, że przez cały czas –

no, przez większość czasu – miałaś rację. Ta kobieta istniała. Była tutaj. I była t a m, w domu Russellów. Dlaczego Russellowie zaprzeczyli jej istnieniu? Przecież mogli zachować wiarygodność, utrzymując, że to po prostu nie była Jane. Posunęli się jednak krok dalej.

Skąd mogła tyle o nich wiedzieć? I dlaczego w ogóle udawała kogoś innego, udawała Jane?

„Kim była?", podsuwa Ed.

Nie. Przestań.

Wstaję, podchodzę do okna, podnoszę wzrok na dom Russellów – na t e n dom. Alistair i Jane stoją w kuchni, rozmawiają; on trzyma laptopa, ona zakłada ręce na piersi. Niech spojrzą w moją stronę, jeśli chcą. Czuję się bezpieczna w ciemnym gabinecie. Czuję się anonimowa.

Kątem oka wychwytuję ruch. Zerkam na okno pokoju Ethana.

Stoi przy oknie, jego sylwetka jest jak wąski cień na tle blasku rzucanego przez lampę za jego plecami. Przykłada obie dłonie do szyby, wiem, że wytęża wzrok. Po chwili podnosi rękę i macha do mnie.

Tętno mi rośnie. Powoli odmachuję.

Kolejny ruch.

85

Bina odbiera po pierwszym dzwonku.

– Wszystko w porządku?

– Tak, tak...

– Dzwonił do mnie twój lekarz. Bardzo się o ciebie martwi.

– Wiem. – Siedzę na schodach w bladym świetle księżyca. Trzy stopnie niżej, tam gdzie wcześniej rozlałam wino, jest mokra plama. Muszę ją zetrzeć.

– Mówi, że nie może się do ciebie dodzwonić.

– To prawda. Nic mi nie jest. Powiedz mu, że wszystko u mnie gra. Posłuchaj...

– Piłaś?

– Nie.

– Trochę... trochę bełkoczesz.

– Nie. Po prostu spałam. Posłuchaj, myślałam...

– To nie spałaś?

Ignoruję tę uwagę.

– Myślałam o różnych rzeczach.

– Jakich? – pyta ostrożnie.

– O ludziach w domu po drugiej stronie skweru. O tej kobiecie.

– Och, Anno. – Wzdycha. – Kiedy przyszłam w czwartek, chciałam z tobą o tym porozmawiać, ale nawet mnie nie wpuściłaś.

– Wiem. Przepraszam. Ale...

– Ta kobieta nawet *nie istniała*.

– Nie, po prostu nie potrafię *udowodnić*, że istnieje. Istniała.

– Anno, to szaleństwo. Nie wracaj do tego.

Milczę.

– Nie ma czego udowadniać. – Zdecydowany, niemal wściekły ton; nigdy jej takiej nie słyszałam. – Nie wiem, co sobie myślałaś ani co się z tobą działo, ale to już koniec. Niszczysz sobie życie.

Słucham jej oddechu.

– Im dalej brniesz, tym dłużej będziesz się po tym podnosiła.

Cisza.

– Masz rację.

– Mówisz poważnie?

Wzdycham.

– Tak.

– Nie zrób niczego głupiego.

– Nie zrobię.

– Musisz mi obiecać.

– Obiecuję.

– Powiedz, że wszystko to wydarzyło się tylko w twojej głowie.

– To wszystko wydarzyło się tylko w mojej głowie.

Milczy.

– Bino, masz rację. Przepraszam. Nie wiem, co to było, jakiś szok następczy. Jak wtedy, kiedy neurony odpalają po śmierci.

– Na tym się akurat nie znam – odpowiada łagodniejszym tonem.

– Przepraszam. Chodzi o to, że nie zrobię nic głupiego.

– Obiecałaś.

– Obiecałam.

– Czyli kiedy przyjdę w przyszłym tygodniu, nie usłyszę od ciebie nic, no wiesz, niepokojącego?

– Oprócz tych niepokojących dźwięków, które zwykle wydaję? Nie.

Słyszę, jak się uśmiecha.

– Doktor Fielding mówi, że znów wyszłaś z domu. Dotarłaś aż do kawiarni.

Wieki temu.

– Zgadza się.

– I jak było?
– Och, okropnie.
– Ale mimo wszystko.
– Ale mimo wszystko.
Znów milczenie.
– Jeszcze raz…
– Obiecuję. To wszystko wydarzyło się tylko w mojej głowie.
Żegnamy się. Kończę połączenie.
Masuję się po karku, tak jak zwykle, kiedy kłamię.

86

Muszę się zastanowić, zanim zacznę działać. Nie mam marginesu błędu. I nie mam żadnych sprzymierzeńców.

No, może jednego. Ale nie zwrócę się do niego, na pewno jeszcze nie teraz. Nie mogę.

Myśleć. Muszę pomyśleć. Najpierw jednak muszę się wyspać. Być może to sprawka wina – pewnie tak – ale nagle czuję się wykończona. Zerkam na telefon. Prawie wpół do jedenastej. Ale ten czas leci.

Wracam do salonu, wyłączam lampę. Idę na górę, do gabinetu, usypiam komputer stacjonarny (wiadomość od Rook&Rolla: „Gdzie cię wywiało???"). I jeszcze wyżej, do sypialni. Punc, potykając się, drepcze za mną. Muszę coś zrobić z tą jego łapą. Może Ethan mógłby zabrać go do weterynarza.

Zaglądam do łazienki. Jestem zbyt zmęczona, żeby umyć twarz i zęby. Poza tym jedno i drugie zrobiłam rano; jutro nadrobię. Zrzucam ubranie, podnoszę kota i się kładę.

Punc obchodzi kołdrę i mości się w rogu łóżka. Słucham jego oddechu.

I znów, może to wina alkoholu – prawie na pewno to wina alkoholu – ale nie mogę zasnąć. Leżę na plecach, gapię się w sufit i wpatruję w fałd sztukaterii. Przewracam się na bok i mam przed sobą czarną dziurę korytarza. Obracam się na brzuch, chowam twarz w poduszce.

Temazepam. Nadal tam stoi, na ławie w salonie. Powinnam się zwlec z łóżka i stoczyć na dół. Tymczasem przewracam się tylko na drugi bok.

Teraz spoglądam na skwer, na jego drugą stronę. Dom Russellów poszedł spać: w kuchni ciemno, w salonie zaciągnięte zasłony, w pokoju Ethana jedynie widmowa poświata ekranu komputera.

Wpatruję się w nią, aż oczy odmawiają mi posłuszeństwa. „Co zamierzasz, mamusiu?".

Odwracam się, nurkuję w poduszkę, zaciskam powieki. Nie teraz. Nie teraz. Skup się na czymś innym, na czymkolwiek. Skup się na Jane.

Cofam taśmę. Odtwarzam rozmowę z Biną; wyobrażam sobie Ethana przy oknie, podświetlonego, kładącego rozcapierzone palce na szybie. Zmieniam szpulę, przewijam *Zawrót głowy* i wizytę Ethana. Samotne godziny tygodnia przelatują na wstecznym. Kuchnia zapełnia się gośćmi, najpierw detektywi, potem David, na końcu Alistair i Ethan. Teraz przyspieszam, wydarzenia się zamazują, jestem w kawiarni, jestem w szpitalu, mija ta noc, kiedy widziałam śmierć Jane, aparat odrywa się od podłogi i z powrotem trafia do moich rąk – dalej, dalej, aż do chwili, w której odwróciła się od zlewu i spojrzała na mnie.

„Stop". Obracam się na plecy, otwieram oczy. Sufit staje się ekranem.

Kadr wypełnia postać Jane – kobiety, którą poznałam jako Jane. Stoi przy oknie w kuchni, warkocz dynda jej między łopatkami.

Odtwarzam tę scenę w zwolnionym tempie.

Jane odwraca się, robię najazd na jej jasną twarz, elektryzujące spojrzenie, lśniący srebrny wisior. Oddalenie, szerszy plan: szklanka z wodą w jednej ręce, szklaneczka z brandy w drugiej. „Nie mam pojęcia, czy brandy cokolwiek pomoże", słyszę jej głos w dolby surround.

Zamrażam ujęcie.

Co by powiedział Wesley? „Uściślijmy tę kwestię, Fox".

Pierwsze pytanie: dlaczego przedstawia mi się jako Jane Russell?

Uzupełnienie do pierwszego pytania: czy na pewno to robi? Czy to nie ja odzywam się jako pierwsza i zwracam się do niej tym nazwiskiem?

Cofam do chwili, w której po raz pierwszy usłyszałam jej głos. Odwraca się w stronę zlewu. „Play": „Szłam do domu obok...".

Tak. To jest ten moment. Wtedy zdecydowałam, kim jest. Wtedy pomyliły mi się figury.

Drugie pytanie: jak brzmi jej odpowiedź? Przewijam do przodu, mrużę oczy, wpatrując się w sufit, skupiam się na jej ustach i słyszę własny głos: „Pani mieszka po drugiej stronie skweru. Pani jest Jane Russell".

Czerwieni się. Lekko rozchyla usta. Mówi...

Słyszę inny dźwięk. Nie pochodzi z tego filmu.

Dobiega z dołu.

To odgłos pękającego szkła.

87

Mogę wybrać numer alarmowy – ale ile czasu zajmie przyjazd policji? Mogę zadzwonić do Little'a – ale czy odbierze?

Odruchowo wyciągam rękę po aparat.

Nie ma go.

Obmacuję poduszkę, kołdrę. Nic. Nie ma go tu.

Myśl. M y ś l. Kiedy ostatni raz go używałam? Na schodach, rozmawiałam z Biną. A potem? Potem poszłam do salonu zgasić światło. Co zrobiłam z telefonem? Zaniosłam do gabinetu i tam zostawiłam?

Nieważne, dochodzę do wniosku. Liczy się to, że nie mam go przy sobie.

Ten dźwięk raz jeszcze przerywa ciszę. Brzęk tłuczonego szkła.

Wstaję z łóżka, stawiam stopy na dywanie. Sięgam po szlafrok przewieszony przez oparcie krzesła i go wkładam. Podchodzę do drzwi.

Ze świetlika sączy się szarość. Wychynąwszy na zewnątrz, przyklejam się plecami do ściany. Zaczynam schodzić krętymi schodami. Mam płytki oddech, a serce wali mi jak młotem.

Zatrzymuję się na najbliższym podeście. Na dole cisza.

Powoli, powoli, przenosząc ciężar z pięty na palce, wchodzę do gabinetu. Czuję pod stopami najpierw rattan, potem dywan. Stojąc w drzwiach, lustruję biurko. Nie ma na nim telefonu.

Odwracam się. Od potencjalnego napastnika dzieli mnie piętro. Jestem nieuzbrojona. Nie mam jak wezwać pomocy.

Z dołu znów dolatuje dźwięk pękającego szkła.

Przechodzi mnie dreszcz. Uderzam biodrem o klamkę schowka.

Schowek.

Łapię za klamkę, przekręcam gałkę i drzwi ustępują.

Otwiera się przede mną antracytowa ciemność. Wchodzę w nią.

W środku wyciągam rękę w prawą stronę i przesuwam palcami po półce. Sznurek żarówki obija się o moje czoło. Zaryzykować i włączyć? Nie, światło jest zbyt jaskrawe, byłoby je widać na schodach.

Idę dalej, wyciągając przed siebie obie ręce, jakbym grała w ciuciubabkę. W końcu natrafiam na chłodny metalowy przedmiot – skrzynka na narzędzia. Znajduję zatrzask, pstrykam, wkładam dłoń do środka.

Nóż introligatorski.

Wycofuję się ze schowka, trzymając w ręku broń, i zamykam za sobą drzwi. Ostrze noża wystaje z rękojeści, lśni w zabłąkanym promieniu księżyca. Ruszam w dół. Trzymam łokieć sztywno przy sobie i celuję ostrzem prosto przed siebie. Dłonią drugiej ręki przesuwam po poręczy.

Nagle przypominam sobie o telefonie stacjonarnym w bibliotece. Raptem kilka metrów stąd. Zawracam.

Zanim jednak zdążę postawić kolejny krok, słyszę dźwięk z dołu. Tym razem to czyjś głos.

– Pani Fox! – woła ktoś. – Proszę zejść tu do mnie do kuchni.

88

Znam ten głos.

Ostrze drży w mojej dłoni, kiedy powoli, ostrożnie schodzę, trzymając się gładkiej poręczy. Słyszę swój oddech. Słyszę swoje kroki.

– Właśnie tak. Szybciej, proszę.

Docieram na parter. Zatrzymuję się tuż przed drzwiami. Nabieram tyle powietrza, że raptem zanoszę się kaszlem. Próbuję go stłumić, choć przecież intruz wie, że tu jestem.

– Proszę wejść.

Wchodzę.

Kuchnię zalewa blask księżyca, barwi blaty na srebrno, wypełnia stojące przy oknie puste butelki. Kran połyskuje, zlew jest mieniącym się basenem. Lśni nawet drewniana podłoga.

W białym świetle widzę jego spłaszczoną przez cień sylwetkę. Opiera się o wyspę. Pod jego nogami skrzą się rozproszone po podłodze odłamki szkła. Na blacie obok niego stoi pobłyskująca w świetle księżyca wystawa butelek i szklaneczek, niczym linia dachów na tle nieba.

– Przepraszam za... – ogarnia gestem pomieszczenie – ... bałagan. Musiałem sprowadzić tu panią bez wchodzenia na górę.

Nie odpowiadam, tylko mocniej zaciskam palce na rękojeści noża.

– Byłem cierpliwy, pani Fox. – Alistair wzdycha, odwraca głowę tak, że widzę jego podkreślony światłem profil: wysokie czoło, stromy nos. – Albo d o k t o r Fox. Nie obchodzi mnie, jakiego tytułu pani używa. – Jego słowa ociekają alkoholem. Dociera do mnie, że jest bardzo pijany.

– Byłem cierpliwy – powtarza. – Wiele musiałem znieść. – Pociąga nosem. Bierze szklaneczkę i toczy nią pomiędzy dłońmi. – Wszyscy musieliśmy, ale zwłaszcza ja. – Teraz widzę go wyraźniej; zapiął kurtkę pod samą szyję i włożył ciemne rękawiczki. Czuję, jak coś ściska mnie w gardle.

Nadal nie odpowiadam. Przesuwam się w stronę włącznika światła, wyciągam rękę…

Szklaneczka wybucha kilka centymetrów od mojej dłoni. Odskakuję.

– Tylko, kurwa, spróbuj włączyć – warczy.

Stoję nieruchomo, trzymając się futryny.

– Ktoś powinien był nas przed tobą ostrzec. – Kręci głową, śmieje się.

Przełykam ślinę. Śmiech więźnie mu w gardle, gaśnie.

– Dałaś mojemu synowi klucz do swojego mieszkania. – Podnosi go. – Proszę, oddaję. – Klucz upada z brzękiem na blat wyspy. – Nawet gdybyś miała równo pod tym swoim cholernym sufitem, to i tak nie pozwoliłbym, żeby mój syn spędzał czas z dorosłą kobietą.

– Zadzwonię na policję – szepczę.

Prycha.

– Śmiało, dzwoń. Masz tu swój telefon. – Podnosi go z blatu i podrzuca w dłoni. Raz, drugi.

No tak, jednak został w kuchni. Przez chwilę mam wrażenie, że Alistair ciśnie nim o podłogę albo trzaśnie o ścianę, ale nie, on tylko kładzie aparat obok klucza.

– Policja uważa, że jesteś żałosna – mówi, robiąc krok w moją stronę.

Unoszę nóż.

– O! – Szczerzy się. – O! Niby co zamierzasz zrobić czymś t a k i m? – Stawia kolejny krok.

Też ruszam na niego.

– Wynocha z mojego domu – mówię.

Trzęsie mi się ręka, dygocze dłoń. Ostrze lśni w świetle księżyca, jest jak sopel ze srebra.

Zatrzymał się, przestał oddychać.

– Kim była ta kobieta? – pytam.

Nagle jego dłoń wystrzela do przodu i chwyta mnie za gardło. Pcha mnie ostro do tyłu, na ścianę, tak że mocno uderzam głową. Krzyczę z bólu. Jego palce wbijają mi się w skórę.

– Masz urojenia. – Jego ciężki od procentów oddech ogarnia płomieniem moje policzki i szczypie mnie w oczy. – Trzymaj się z daleka od mojego syna i od mojej żony.

Krztuszę się, zaczynam chrypieć. Łapię go za palce, którymi mnie dusi, i przejeżdżam mu paznokciami po nadgarstku. Drugą ręką zamachuję się nożem na jego bok, ale nie trafiam i broń ląduje na podłodze. Alistair przydeptuje ją nogą – i nadal ściska mnie za gardło. Zaczynam charczeć.

– Odpierdol się od nas wszystkich – syczy.

Mija kilka sekund.

I jeszcze parę.

Robi mi się ciemno przed oczami. Łzy płyną mi po policzkach.

Tracę przytom…

Puszcza mnie. Osuwam się po ścianie, z trudem łapiąc powietrze.

Stoi nade mną. Szybkim ruchem stopą posyła nóż w drugi koniec kuchni.

– Zapamiętaj to – mówi, dysząc. I dodaje cicho, delikatnym, łamliwym tonem: – Proszę.

Cisza. Patrzę na jego buty. Odwracają się, oddalają.

Mijając wyspę, szerokim gestem strąca wszystko, co na niej stoi. Przez podłogę przetacza się fala szkła, rozbija się na drobne kawałeczki. Próbuję krzyczeć, ale wychodzi mi marny świst.

Alistair podchodzi do drzwi na korytarz i ze wściekłością odsuwa rygiel. Potem słyszę, jak otwiera drzwi wejściowe i z trzaskiem zamyka je za sobą.

Jedną ręką dotykam gardła, drugą obejmuję się w pasie i łkam.

A kiedy, kuśtykając, przychodzi Punc i zaczyna mnie delikatnie lizać po dłoni, łkanie przechodzi w gwałtowny szloch.

Niedziela, 14 listopada

89

Oglądam swoje gardło w lustrze w łazience. Pięć ciemnosinych siniaków, jak ponura klamerka.

Patrzę na Punca, który leży zwinięty na podłodze i pielęgnuje swoją chromą łapkę. Niezła z nas para.

Nie zgłoszę tego, co zaszło. Nie zrobię tego, nie mogę. Mam, rzecz jasna, dowód w postaci odcisków palców na skórze, ale funkcjonariusze będą chcieli się dowiedzieć, z jakiego powodu Alistair Russell w ogóle przyszedł do mojego domu, a prawda jest taka, że… no cóż. „Nastoletniemu chłopakowi rodziny, którą prześladowałam i dręczyłam, zaproponowałam, żeby przychodził spędzać czas w mojej piwnicy. Wiecie państwo, jako substytut dla mojej nieżyjącej córeczki i nieżyjącego męża". Nie wyglądałoby to dobrze.

– Nie wyglądałoby dobrze – mówię, sprawdzam głos. Brzmi słabo, jakby usychał.

Wychodzę z łazienki i idę na dół. Telefon spoczywa głęboko w kieszeni szlafroka i obija mi się o udo.

Zmiatam szkło, sprzątam rozbite ciała butelek, szklanek i kieliszków, zbieram kawałki i odłamki z podłogi, wrzucam je do worka na śmieci. Staram się nie myśleć o tym, jak Alistair mnie chwycił i ścisnął. Jak stał nade mną. Jak tratował butami tę migoczącą ruinę.

Szuram kapciami po deskach z białej brzozy, które lśnią jak piasek na plaży.

Stoję przy stole w kuchni i przez chwilę bawię się nożem introligatorskim. Wsuwam i wysuwam ostrze, wsłuchuję się w odgłos, jaki wydaje.

Patrzę na drugą stronę skweru. Puste okna domu Russellów odwzajemniają spojrzenie. Ciekawe, gdzie teraz są – Russellowie. Ciekawe, gdzie on jest – Alistair.

Powinnam była lepiej wycelować. Uderzyć mocniej. Wyobrażam sobie, jak ostrze przechodzi przez kurtkę i zagłębia się w skórę.

Wtedy miałabyś w domu rannego mężczyznę. No tak.

Odkładam nóż i podnoszę kubek do ust. Nie mam herbaty – Ed nigdy za nią nie przepadał, a i ja wolałam inne rzeczy – dlatego sączę ciepłą wodę z odrobiną soli. Piecze mnie w gardle. Krzywię się.

Ponownie spoglądam w stronę skweru. Potem wstaję i opuszczam żaluzje.

Ostatnia noc wydaje mi się jak sen w malignie, jak kłąb dymu. Film na suficie. Wyraźny brzęk szkła. Otchłań schowka. Kręcone schody. I on – stał tam, wzywał mnie, czekał na mnie.

Dotykam gardła. „Nie mów mi, że to był sen, że on wcale tu nie przyszedł". Z czego to? A, tak; znowu z *Gasnącego płomienia.*

Ponieważ to nie był sen. („To nie sen! To się dzieje naprawdę!" – Mia Farrow w *Dziecku Rosemary*). Ponieważ naruszono mir mojego domu. Zniszczono moją własność. Grożono mi. Zaatakowano mnie. A ja nie mogę nic na to poradzić.

W ogóle nie mogę n i c poradzić. Już wiem, że Alistair jest brutalnym mężczyzną, i wiem, do czego jest zdolny. Ale ma rację: policja mnie nie wysłucha. Doktor Fielding uważa, że mam urojenia. Powiedziałam Binie, obiecałam jej, że odpuszczę. Ethan jest nieosiągalny. Wesley się ode mnie odciął. Nie ma nikogo.

„Zgadnij kto?".

Tym razem to ona, głos cichy, ale wyraźny.

Nie. Potrząsam głową.

„Kim była ta kobieta?", spytałam Alistaira.

Czy istniała?

Nie wiem. Nigdy się nie dowiem.

90

Pozostałą część poranka spędzam w łóżku, a po południu usiłuję wziąć się w garść i nie płakać, nie myśleć: o ostatniej nocy, dzisiejszym dniu, jutrze – o Jane.

Za oknem zbierają się chmury, nadymają ciemne brzuchy. Włączam aplikację pogodową w telefonie. Na wieczór zapowiadają burze.

Zapada ponury zmierzch. Zaciągam zasłony i otwieram pokrywę laptopa, kładąc go na kołdrze obok siebie. Włączam *Szaradę* w Internecie; kołdra się nagrzewa.

„Co mam zrobić, żebyś była zadowolona? – pyta Cary Grant. – Zostać kolejną ofiarą?".

Przechodzi mnie dreszcz.

Pod koniec filmu kleją mi się oczy. Narasta muzyka po finałowej scenie. Zamykam komputer machnięciem dłoni.

Jakiś czas później budzi mnie buczenie telefonu.

„Uwaga!

Ostrzeżenie przed podtopieniami w twojej okolicy. Obowiązuje do 3.00 czasu wschodniego. Unikaj zagrożonych obszarów. Na bieżąco sprawdzaj doniesienia".

Czujni są. Tak się składa, że z całą pewnością będę unikała zagrożonych obszarów. Ziewam szeroko, wstaję z łóżka i wlokę się do okna.

Na zewnątrz ciemno. Jeszcze nie pada, ale niebo jest ciężkie, chmury wiszą, zdawałoby się, tuż nad ziemią. Gałęzie platanów się poruszają. Słychać wiatr. Obejmuję się jedną ręką.

Po drugiej stronie skweru, w domu Russellów, zapala się światło w kuchni. Alistair podchodzi do lodówki. Otwiera ją, wyjmuje butelkę - chyba piwo. Ciekawe, czy znów się upije.

Moje palce odruchowo wędrują do gardła. Bolą mnie siniaki, które mi zostawił.

Zasuwam zasłonę i wracam do łóżka. Zamykam wiadomość z ostrzeżeniem i sprawdzam godzinę: za minutę wpół do dziesiątej. Mogłabym obejrzeć jeszcze jeden film. Mogłabym się jeszcze napić.

W roztargnieniu bębnię palcami po szybce telefonu. Drink, drinczek. Tylko jeden, bo przełykanie boli.

Ekran rozświetla się kolorami. Zerkam i widzę, że przypadkiem otworzyłam galerię. Serce mi staje: oto znowu ja, śpiąca. Zdjęcie, które rzekomo sama sobie zrobiłam.

Wzdrygam się. Kasuję je po krótkim wahaniu.

Jego miejsce od razu zajmuje poprzednie.

Z początku go nie rozpoznaję. Potem jednak sobie przypominam, że zrobiłam je z okna w kuchni. Sorbetowo pomarańczowy zachód słońca i wgryzające się w niego odległe budynki. Ozłocona światłem ulica. Na niebie samotny ptak, zastygły w pozie z rozpostartymi skrzydłami.

A w szybie odbicie kobiety, którą poznałam jako Jane.

91

Półprzejrzysta, niewyraźna sylwetka, bezsprzecznie należąca do Jane. Majaczy w dolnym prawym rogu jak zjawa. Patrzy prosto w obiektyw, ma rozchylone usta. Jedną ręką sięga poza kadr; pamiętam, że gasiła papierosa. Nad jej głową gęsty zawijas dymu. Godzina wdrukowana w zdjęcie: cztery po szóstej po południu, data: prawie dwa tygodnie temu.

Jane. Pochylam się nad ekranem, mam tak ściśnięte płuca, że brakuje mi tchu.

Jane.

„Świat to piękne miejsce", powiedziała.

„Nie zapominaj o tym", powiedziała.

„I niech ci nie umyka", powiedziała.

„Zuch dziewczyna", powiedziała.

Powiedziała to wszystko, wszystkie te słowa, ponieważ istniała, n a p r a w d ę istniała.

Jane.

Gramolę się z łóżka, ciągnąc za sobą kołdrę; laptop zsuwa się na podłogę. Podbiegam do okna, gwałtownym ruchem rozciągam zasłony.

Światło przeniosło się do salonu Russellów, do pomieszczenia, w którym wszystko się zaczęło. Siedzą tam oboje, na kanapce w paski, Alistair i jego żona. On zgarbiony, z piwem w ręku; ona z podwiniętymi pod pupę nogami, przeczesuje palcami lśniące włosy.

Kłamcy.

Patrzę na telefon, który trzymam w ręce.

Co mam z tym zrobić?

Wiem, co powiedziałby - co powie - Little. Że zdjęcie nie dowodzi niczego ponad to, że… jest, istnieje - i że widać na nim anonimową kobietę.

- Doktor Fielding też cię nie wysłucha - podpowiada Ed.

Och, zamknij się.

Ale ma rację.

Myśl. Myśl.

- Mamusiu, a Bina?

Przestańcie.

Myśl.

Pozostało mi tylko jedno. Moje spojrzenie wędruje z salonu do ciemnej sypialni na piętrze.

Przejąć piona.

- Halo?

Pisklęcy głos, słaby, kruchy, delikatny. Przebijam się wzrokiem przez ciemność, zaglądam do jego pokoju. Nie widzę go.

- Mówi Anna.

- Wiem - odpowiada prawie szeptem.

- Gdzie jesteś?

- W pokoju.

- Nie widzę cię.

Pojawia się w oknie jak chudy, blady duch w białej koszulce. Przykładam dłoń do szyby.

- Widzisz mnie? - pytam.

- Tak.

- Musisz do mnie przyjść.

- Nie mogę. - Kręci głową. - Nie wolno mi.

Zaglądam do salonu. Alistair i Jane nadal tkwią w tych samych pozach.

- Wiem, ale to bardzo ważne. B a r d z o, bardzo ważne.

- Tata zabrał mi klucz.

- Wiem.

Cisza.

- Skoro ja panią widzę… - odzywa się po chwili i urywa.

– Co?

– Skoro ja panią widzę, to oni też.

Robię pół kroku do tyłu, zaciągam zasłony i zostawiam tylko wąską szczelinę pomiędzy nimi. Zerkam na salon. Nic się nie zmieniło.

– Przyjdź, proszę. Nie jesteś…

– Słucham?

– Jesteś… Kiedy możesz wyjść z domu?

Znów milczenie. Widzę, że sprawdza coś w telefonie, po czym z powrotem przykłada go do ucha.

– O dziesiątej rodzice oglądają *Żonę idealną*. Może wtedy mi się uda.

Teraz ja rzucam okiem na telefon. Za dwadzieścia minut.

– Dobrze. Niech będzie.

– Wszystko w porządku?

– Tak. – Nie spłoszyć go. „Nie jesteś bezpieczny". – Muszę z tobą o czymś porozmawiać.

– Byłoby mi łatwiej zajrzeć jutro.

– To nie może czekać. Naprawdę…

Zerknięcie na salon. Jane, ściskając butelkę piwa, wpatruje się w swój podołek.

Nie ma przy niej Alistaira.

– Rozłącz się! – rzucam do słuchawki.

– Dlaczego?

– Natychmiast!

Ethan otwiera usta.

Nagle w jego pokoju robi się jasno.

Za plecami Ethana stoi Alistair. Trzyma dłoń na włączniku.

Ethan odwraca się i opuszcza rękę. Połączenie zostaje przerwane.

W ciszy przyglądam się temu, co rozgrywa się w domu po drugiej stronie skweru.

Alistair wisi w wejściu i coś mówi. Ethan przysuwa się bliżej, podnosi rękę i wygląda, jakby wskazywał coś telefonem.

Przez chwilę stoją i nic nie mówią.

Potem Alistair podchodzi do syna, odbiera mu aparat i przygląda mu się.

Patrzy na Ethana.

Obchodzi go, zmierza do okna, posyła gniewne spojrzenie, a ja wycofuję się, chowam głębiej w sypialni.

Rozkłada ramiona, łapie za okiennice i zatrzaskuje je.

Pokój zostaje odcięty.

Szach-mat.

92

Odwracam się od okna.

Nie potrafię sobie wyobrazić, co się tam dzieje. Z mojego powodu.

Idę, wlokę się na schody. Z każdym krokiem myślę o Ethanie, który został sam na sam z ojcem.

W dóóół, w dóóół.

Docieram do kuchni. Płuczę szklaneczkę pod kranem. Słychać niski pomruk grzmotu. Rozchylam listki żaluzji i wyglądam. Chmury mkną coraz szybciej po niebie, wiatr wzmaga się, zgina gałęzie drzew. Nadciąga burza.

Siedzę przy stole i popijam merlota. „Silver Bay, Nowa Zelandia" – tak jest napisane na etykiecie poniżej niewielkiego sztychu przedstawiającego wyrzucony na brzeg okręt. Może mogłabym przeprowadzić się do Nowej Zelandii i zacząć tam od nowa? Podoba mi się brzmienie tej nazwy: Silver Bay. Z chęcią bym tam pożeglowała.

O ile kiedykolwiek uda mi się opuścić dom.

Podchodzę do okna i delikatnie rozchylam żaluzje. Krople deszczu biją o szybę. Spoglądam na drugą stronę skweru. Okiennice w pokoju Ethana nadal są zamknięte.

Kiedy wracam do stołu, słyszę dzwonek do drzwi.

Przerywa ciszę, rozdziera ją jak wycie alarmu. Rozlewam odrobinę wina. Patrzę na drzwi.

To on. Alistair.

Ogarnia mnie panika. Wsuwam dłoń do kieszeni, zaciskam palce na telefonie. Drugą ręką sięgam po nóż introligatorski.

Powoli podchodzę do domofonu. Zbieram się w sobie i sprawdzam wyświetlacz.

Ethan.

Oddycham z ulgą.

Ethan kołysze się na piętach i obejmuje rękoma. Naciskam guzik i przekręcam zamek. Po chwili jest już w środku. Jego włosy lśnią od deszczu.

– Co tu robisz?

Patrzy na mnie zdziwiony.

– Przecież powiedziała pani, żebym przyszedł.

– Sądziłam, że ojciec…

Zamyka drzwi, przechodzi obok mnie i zmierza do salonu.

– Powiedziałem, że dzwonił znajomy z klubu pływackiego.

– Nie sprawdził numeru?

– Zapisałem panią pod innym nazwiskiem.

– A gdyby oddzwonił?

Ethan wzrusza ramionami.

– Ale nie oddzwonił. Co to? – Patrzy na nóż.

– Nic takiego. – Chowam ostrze do kieszeni.

– Mogę skorzystać z łazienki?

Kiwam głową.

Kiedy jest w czerwonym pokoju, wyjmuję aparat i przygotowuję się do wykonania ruchu.

Słychać szum spuszczanej wody, potem odkręcanego kranu w umywalce i po chwili Ethan znów jest ze mną.

– Gdzie Punc?

– Nie wiem.

– Jak jego łapka?

– W porządku. – W tej chwili nic mnie ona nie obchodzi. – Chcę ci coś pokazać. – Wręczam mu telefon. – Otwórz galerię.

Patrzy na mnie, marszcząc czoło.

– No, otwórz.

Wykonuje polecenie. Przyglądam mu się, obserwuję jego twarz. Zegar zaczyna wybijać dziesiątą. Wstrzymuję oddech.

Z początku nic. Obojętna mina, niewzruszona postawa.

– Nasza ulica. Wschód słońca – mówi. – A nie, chwileczkę, to zachodnia strona. Czyli nie wschód, a za…

Zawiesza się.

No, proszę.

Mija sekunda, dwie.

Podnosi na mnie wzrok. Ma szeroko otwarte oczy.

Szóste uderzenie, siódme.

Otwiera usta.

Ósme, dziewiąte.

– Co… – zaczyna.

Dziesiąte.

– Chyba wybiła godzina prawdy – informuję go.

93

Wybrzmiewa ostatnie uderzenie. Ethan stoi przede mną jak porażony, z trudem łapiąc powietrze. Biorę go za rękę i prowadzę na kanapę. Siadamy. Nadal trzyma w dłoni mój telefon.

Nic nie mówię, tylko patrzę. Serce rzuca mi się w piersi jak mucha uwięziona w słoiku. Składam dłonie na podołku, żeby nie było widać, jak bardzo się trzęsą.

– Co? – pyta szeptem Ethan. Odchrząkuje. – Kiedy to pani znalazła?

– Dziś wieczorem. Zaraz potem zadzwoniłam do ciebie.

Kiwa głową.

– Kim ona jest?

Nadal wpatruje się w aparat. Może nie usłyszał, myślę.

– Kim ona...

– To moja matka.

Marszczę brwi.

– Nie, detektyw Little powiedział, że twoją matką...

– Moja p r a w d z i w a matka. Biologiczna.

Otwieram szeroko oczy.

– Zostałeś adoptowany?

Nie odpowiada, tylko spuszcza wzrok i kiwa głową.

– Czyli... – Pochylam się, palcami przeczesuję włosy. – Czyli...

– Ona... Nawet nie wiem, od czego zacząć.

Zamykam oczy. Odsuwam na bok zdumienie i dezorientację. Ethana trzeba poprowadzić. Potrafię to zrobić.

Przysuwam się nieco bliżej, wygładzam szlafrok na udach i wbijam spojrzenie w chłopaka.

– Kiedy cię adoptowano?

Wzdycha i zapada się w kanapę; poduszki sapią pod jego ciężarem.

– Kiedy miałem pięć lat.

– Dlaczego tak późno?

– Ponieważ ona... brała narkotyki. – Niepewnie, ostrożnie, jak źrebię stawiające pierwsze kroki.

Zastanawiam się, ile razy o tym opowiadał.

– Brała narkotyki i była bardzo młoda.

To by wyjaśniało młodzieńczy wygląd Jane.

– Więc zamieszkałem z mamą i tatą.

Obserwuję jego twarz, język, którym zwilża usta, połyskiwanie kropel deszczu na skroniach.

– Gdzie się wychowałeś?

– Przed Bostonem?

– Tak.

– W San Francisco. Tam przejęli mnie rodzice.

Opieram się chęci dotknięcia go. Zamiast tego odbieram mu telefon i odkładam na ławę.

– Raz mnie odnalazła – mówi. – Kiedy miałem dwanaście lat. Namierzyła nas w Bostonie. Przyszła do domu i zapytała tatę, czy może się ze mną zobaczyć. Nie zgodził się.

– Nie miałeś okazji z nią porozmawiać?

– Nie. – Milknie i bierze głęboki wdech. Oczy mu błyszczą. – Rodzice się wściekli. Powiedzieli, że mam ich natychmiast powiadomić, jeśli kiedykolwiek będzie próbowała się ze mną skontaktować.

Kiwam głową, opieram się o zagłówek. Ethan zaczyna mówić swobodnie.

– Potem przeprowadziliśmy się tutaj.

– Ale twój ojciec stracił pracę.

– No tak – ostrożnie potwierdza.

– Dlaczego?

Wierci się.

– Chodziło o coś z żoną jego szefa. Nie wiem. Było o to dużo krzyku.

„Tajne przez poufne" – słowa Aleksa / Alex. Wszystko jasne. Romansik. Nic szczególnego. Ciekawe, czy było warto.

– Tuż po tym, jak się tu przeprowadziliśmy, mama wróciła po coś do Bostonu, musiała załatwić jakąś sprawę. I chyba chciała pobyć z dala od taty. Pojechał za nią. Zostawili mnie samego na jedną noc. Nie pierwszy raz. Wtedy się zjawiła.

– Twoja biologiczna matka?

– Tak.

– Jak ma na imię?

Pociąga nosem. Wyciera go dłonią.

– Katie.

– Przyszła do was do domu?

– No. – Kolejne pociągnięcie.

– Nie pamiętam. – Kręci głową. – Chociaż czekaj… to było w Halloween.

Wtedy ją poznałam.

– Powiedziała, że jest… „czysta". – Wymawia to słowo, jakby dwoma palcami podnosił mokry ręcznik z podłogi. – Że już nie bierze.

Kiwam głową.

– Powiedziała, że przeczytała w Internecie o przenosinach ojca i dowiedziała się, że przeprowadziliśmy się do Nowego Jorku. Postanowiła przyjechać za nami. Czekała, nie mogąc się zdecydować, co dalej, kiedy nagle nadarzyła się okazja, bo moi rodzice wyjechali do Bostonu. – Przerywa, drapie się po ręce.

– I co potem?

– Potem… – Zamyka oczy. – Potem przyszła do domu.

– Rozmawiałeś z nią?

– Tak. Wpuściłem ją.

– To było w Halloween?

– Tak. W ciągu dnia.

– Ja spotkałam się z nią po południu.

Kiwa spuszczoną głową.

– Poszła do hotelu po album. Chciała mi pokazać stare zdjęcia. Z czasów, kiedy byłem niemowlakiem, i takie tam. Wracając do mnie, zobaczyła panią.

Myślę o tym, jak mnie objęła, jak jej włosy musnęły mój policzek.

– Ale przedstawiła się jako twoja matka. Jako... Jane Russell.

Znów potakuje.

– Wiedziałeś o tym.

– No.

– Dlaczego? Czemu powiedziała, że jest kimś, kim nie była?

Wreszcie podnosi wzrok i patrzy na mnie.

– Powiedziała, że wcale tego nie zrobiła. Powiedziała, że to pani nazwała ją imieniem i nazwiskiem mojej mamy, a jej nie udało się na szybko znaleźć wymówki. Wie pani, jej tam w ogóle nie powinno być. – Ogarnia gestem salon. – Tutaj też nie. – Przerywa, znów drapie się po ręku. – Poza tym chyba lubiła udawać... wie pani. Moją mamę.

Trzask pioruna. Wrażenie, jakby pękało niebo. Oboje podskakujemy.

– I co się potem stało? – naciskam po chwili. – Po tym, jak mi pomogła?

Teraz zaczyna interesować się swoimi palcami.

– Przyszła i rozmawialiśmy. O tym, jaki byłem jako dziecko. I co robiła po tym, jak mnie oddała. Pokazała mi zdjęcia.

– A później?

– Wyszła.

– Wróciła do hotelu?

Powoli kręci głową.

– To dokąd poszła?

– Wtedy nie wiedziałem.

Czuję ucisk w żołądku.

– Dokąd poszła?

Podnosi głowę i spogląda mi w oczy.

– Tutaj.

Tykanie zegara.

– Jak to?

– Poznała tego faceta, który mieszka na dole. Mieszkał.

– Davida?

Potwierdza skinieniem głową.

Myślę o poranku po Halloween. O wodzie, która szumiała w rurach, kiedy z Davidem oglądaliśmy zdechłego szczura. O kolczyku na szafce nocnej. „Należał do kobiety imieniem Katherine". Katie.

– Była w mojej piwnicy – mówię.

– Dopiero później się o tym dowiedziałem – zaznacza.

– Ile czasu tu spędziła?

– Aż do momentu... – Głos więźnie mu w gardle.

– Tak?

Splata i wygina palce.

– Przyszła dzień po Halloween, trochę porozmawialiśmy i powiedziałem, że chcę oficjalnie oznajmić rodzicom, że będę się z nią widywał. Bo mam prawie siedemnaście lat, a kiedy skończę osiemnaście, będę mógł robić to, na co przyjdzie mi ochota. No więc następnego dnia zadzwoniłem do mamy i taty i powiedziałem im. – Tata dostał szału – ciągnie. – Mama była zła, ale tata... się wściekł. Natychmiast wrócił do domu i zaczął dopytywać, gdzie ona jest, a że nie chciałem mu powiedzieć, to... – Po jego policzku spływa samotna łza.

Kładę mu dłoń na ramieniu.

– Uderzył cię? – pytam.

Kiwa głową bez słowa. Siedzimy w milczeniu.

Ethan bierze głęboki wdech. Jeden, drugi.

– Wiedziałem, że była u pani – mówi drżącym głosem. – Widziałem was – zerka w stronę kuchni – ze swojego pokoju. W końcu mu powiedziałem. Przepraszam. Naprawdę przepraszam. – Zaczyna płakać.

– Och. – Moja dłoń zastyga nad jego plecami.

– Musiałem, żeby się ode mnie odczepił.

– Rozumiem.

– To znaczy... – Przesuwa palcem pod nosem. – Zobaczyłem, że wyszła od pani, więc wiedziałem, że jej tu nie znajdzie. Wtedy tu przyszedł.

– Tak.

– Obserwowałem panią. Modliłem się, żeby się na panią nie wściekł.

– Nie zrobił tego.

„Czy miała pani gości dziś wieczorem?", zapytał. A później wyjaśnił: „Szukałem mojego syna, nie żony". Kłamstwa.

– Potem, tuż po jego powrocie, ona... znowu przyszła. Nie wiedziała, że on jest już w domu. Miał wrócić dopiero następnego dnia. Zadzwoniła do drzwi, on kazał mi otworzyć i wpuścić ją do środka. Strasznie się bałem.

Nic nie mówię, tylko słucham.

– Próbowaliśmy do niego przemówić. Oboje.

– W salonie – mówię pod nosem.

Mruga zdziwiony.

– Widziała to pani?

– Widziałam. – Pamiętam ich: Ethana i Jane, Katie, na kanapie w paski. Alistair w fotelu naprzeciwko. „Kto wie, co się dzieje w rodzinie".

– Kiepsko nam poszło – opowiada urywanym głosem; dostaje czkawki. – Tata powiedział, że jeśli jeszcze raz ją tu zobaczy, zadzwoni na policję i każe ją aresztować za nękanie.

Nadal myślę o tym żywym obrazie w oknie: dziecko, ojciec, „matka". „Kto wie, co się dzieje...".

Przypominam sobie coś jeszcze.

– Następnego dnia... – zaczynam.

Kiwa głową, wpatrując się w podłogę. Wykręca palce dłoni, które trzyma na kolanach.

– Przyszła następnego dnia. Tata powiedział, że ją zabije. Złapał ją za gardło.

Milknie. Powtarzam w głowie jego słowa: „Zabije ją. Złapał ją za gardło". Wraca wspomnienie tego, jak Alistair zamknął moją szyję w uścisku i przyszpilił mnie do ściany.

– Krzyknęła – dodaję cicho.

– Tak.

– Wtedy zadzwoniłam do ciebie do domu.

Znowu potwierdza skinieniem głowy.

– Dlaczego nie powiedziałeś mi, co się dzieje?

– Bo on tam był. I bałem się – odpowiada, podnosząc głos. Ma mokre policzki. – C h c i a ł e m powiedzieć. Przyszedłem do pani, jak tylko ona wyszła.

– Wiem. Wiem, że to zrobiłeś.

– Próbowałem.

– Wiem.

– Potem, dzień później, z Bostonu wróciła moja mama. – Pociąga nosem. – I ona, Katie, też wróciła. Chyba myślała, że z mamą łatwiej się porozumie. – Zasłania twarz dłońmi i wyciera ją.

– Co się wydarzyło?

Milczy przez chwilę i tylko przygląda mi się kątem oka, niemal podejrzliwie.

– Naprawdę pani nie widziała?

– Nie. Widziałam tylko, jak… Widziałam, jak krzyczy na kogoś, a potem… zobaczyłam ją z… – Wskazuję swoją pierś. – …z czymś w… – Głos mi się rozjeżdża. – Nikogo więcej nie widziałam.

– Poszli na górę porozmawiać – odzywa się po chwili cichym, spokojnym głosem. – Tata, mama i ona. Byłem w swoim pokoju, ale wszystko słyszałem. Tata chciał wezwać policję. Ona… moja… Ona powtarzała, że jestem jej synem, że powinno jej być wolno widywać się ze mną i że oni, rodzice, nie powinni jej tego utrudniać. Mama krzyczała na nią, mówiła, że dopilnuje, żebym nigdy więcej jej nie zobaczył. Potem nagle zrobiło się cicho. Po minucie zszedłem i zobaczyłem…

Jego twarz marszczy się i Ethan wyrzuca z siebie szlochy, które wzbierają mu głęboko w piersi. Spogląda w lewo i wierci się, jakby nie mógł usiedzieć w miejscu.

– Leżała na podłodze. Ona wbiła jej nóż. – Teraz on wskazuje swoją pierś. – Nóż do papieru.

Zaczynam kiwać głową, ale nagle przestaję.

– Chwileczkę… kto wbił?

Ethan krztusi się łzami.

– Moja mama.

Patrzę na niego zdumiona.

– Powiedziała, że nie chce, żeby ktoś mnie jej odebrał. – Czkawka. – Żeby mnie zabrał.

Pochyla się, garbi, kładzie dłonie na czole, jakby osłaniał oczy przed słońcem. Wstrząsają nim spazmy płaczu.

„Moja mama". Pomyliłam się. Całkowicie się myliłam.

– Powiedziała, że długo czekała na dziecko i…

Zamykam oczy.

– …i że nie pozwoli jej drugi raz mnie skrzywdzić.

Słyszę, jak cicho łka.

Mija minuta, potem druga. Myślę o Jane, o prawdziwej Jane. Myślę o jej matczynym instynkcie opiekuńczym, o tym samym impulsie, który kierował mną w wąwozie. „Długo czekała na dziecko". „Nie chciała, żeby ktoś mnie jej odebrał".

Kiedy otwieram oczy, okazuje się, że Ethan już nie płacze, tylko łapczywie nabiera powietrza jak po wykańczającym sprincie.

– Zrobiła to dla mnie – mówi. – Chciała mnie chronić.

Mija kolejna minuta.

Ethan odchrząkuje.

– Zabrali ją… zabrali do domu, który mamy w północnej części stanu, i tam zakopali. – Kładzie dłonie na kolanach.

– Tam ją zostawili?

– Tak. – Głębokie, głośne oddechy.

– Co się wydarzyło, kiedy następnego dnia przyszła policja i zaczęła wypytywać?

– To było straszne – odpowiada. – Siedziałem w kuchni, ale słyszałem, jak rozmawiają w salonie. Powiedzieli, że poprzedniego wieczoru ktoś zgłosił zakłócanie spokoju. Rodzice wszystkiemu zaprzeczyli. A później, kiedy się dowiedzieli, że to pani dzwoniła, zrozumieli, że będzie ich, nasze słowo przeciwko pani słowu. Nikt inny jej nie widział.

– David ją widział. Spędził z nią… – szybko liczę w głowie – …cztery noce.

– Wtedy jeszcze o tym nie wiedzieliśmy. Dopiero kiedy przejrzeliśmy jej telefon, żeby sprawdzić, z kim mogła rozmawiać.

Tata powiedział, że i tak nikt nie posłucha gościa, który mieszka w piwnicy. No więc skończyło się na oni kontra pani. Tata powiedział, że pani... - Urywa.

- Że co?

Przełyka ślinę.

- Że pani jest niezrównoważona i za dużo pije.

Nie odpowiadam. Słucham kanonady deszczu na szybie.

- Wtedy jeszcze nie wiedzieliśmy o pani rodzinie.

Zamykam oczy i zaczynam liczyć. Jeden. Dwa.

Na trzy Ethan znów się odzywa napiętym głosem:

- Czuję, że za długo nosiłem w sobie wszystkie te tajemnice. Już tak nie mogę.

Otwieram oczy. W półmroku salonu, w wątłym świetle lampy, Ethan wygląda jak anioł.

- Musimy powiedzieć policji.

Pochyla się, obejmuje kolana i przyciska je do piersi. Potem prostuje się, wpatruje we mnie przez chwilę i odwraca wzrok.

- Ethanie.

- Wiem - odpowiada ledwie słyszalnym głosem.

Naraz słyszę płacz za plecami. Odwracam się i widzę, że siedzi za nami Punc. Przekrzywia łebek i miauczy.

- Jesteś. - Ethan sięga za oparcie sofy, ale kot się odsuwa. - Już mnie nie lubisz - stwierdza cicho Ethan.

- Posłuchaj. - Odchrząkuję. - To bardzo, bardzo poważna sprawa. Zadzwonię do detektywa Little'a, poproszę go, żeby przyjechał, a wtedy ty opowiesz mu to, co mi opowiedziałeś.

- Mogę najpierw im powiedzieć?

Ściągam brwi.

- Komu?

- Mamie i tacie.

- Nie. - Kręcę głową. - Musimy...

- Och, proszę. P r o s z ę. - Jego głos łamie się jak gałąź.

- Ethanie...

- Proszę, proszę. - Podnosi głos. Patrzę na niego: z oczu płyną mu łzy, skórę ma całą w plamach. Jest bliski paniki. Czy powinnam pozwolić mu to wykrzyczeć?

Zaczyna szybko mówić, z jego ust płynie potok bezładnych słów:

– Zrobiła to dla m n i e. – Potok łez. – Zrobiła to dla mnie. Nie mogę… nie mogę jej tego zrobić. Po tym, co dla mnie zrobiła.

Mam płytki oddech.

– Ale…

– Czy nie byłoby dla nich lepiej, gdyby sami zgłosili się na policję? – pyta.

Zastanawiam się nad tym. Lepiej dla nich, zatem lepiej też dla niego. Mimo to…

– Odchodzą od zmysłów, od kiedy to się stało. Naprawdę szaleją z rozpaczy. – Jego górna warga świeci od potu i smarków. Wyciera ją. – Tata powiedział mamie, że powinni pójść na policję. Posłuchają mnie.

– Nie…

– Posłuchają – powtarza z przekonaniem, głęboko oddychając. – Jeśli powiem, że rozmawiałem z panią i że pójdzie pani na policję, jeżeli oni tego nie zrobią.

– Czy jesteś pewien…? – Że możesz ufać swojej matce? Że Alistair cię nie zaatakuje? Że żadne z nich nie przyjdzie po mnie?

– Czy może pani zaczekać i pozwolić mi najpierw porozmawiać z nimi? Nie mogę… Jeśli policja przyjedzie teraz i zabierze ich, nie będę… – Spogląda na dłonie. – Po prostu nie mogę tego zrobić. Nie potrafiłbym… ż y ć ze sobą. – Jego głos znów wzbiera histerycznym płaczem. – Gdybym najpierw nie dał im szansy. Żeby pomogli samym sobie. – Ledwo mówi. – Ona jest moją m a t k ą.

Ma na myśli Jane.

Lata doświadczenia nie przygotowały mnie na coś takiego. Myślę o Wesleyu i zastanawiam się, co by doradził. „Rób, jak uważasz, Fox".

Czy mogę pozwolić mu wrócić do tamtego domu? Do tamtych ludzi?

Z drugiej strony, czy wolno mi skazywać go na życie w żalu? Wiem, jak to jest; znam ten nieustający ból, jego niekończące się pulsowanie. Nie chcę, żeby to czuł.

– W porządku – mówię.
– W porządku?
– Tak. Powiedz im.
Patrzy na mnie z niedowierzaniem. Po chwili odzyskuje rezon.
– Dziękuję.
– Tylko, proszę, bądź b a r d z o ostrożny.
– Będę. – Zaczyna wstawać.
– Co im powiesz?
Z powrotem siada i ciężko wzdycha.
– Chyba... wie pani. Że ma pani dowody. – Kiwa głową. – Powiem prawdę. Że opowiedziałem pani o tym, co się stało, i że pani zdaniem musimy zgłosić się na policję. – Głos mu drży. – Zanim pani to zrobi. – Pociera oczy. – Jak pani myśli, co z nimi będzie?
Zastanawiam się nad odpowiedzią.
– Sądzę, że policja weźmie pod uwagę to, że twoi rodzice byli nękani, że ona... Katie... tak naprawdę cię nachodziła. Prawdopodobnie naruszyła warunki uzgodnione podczas adopcji.
Ethan powoli kiwa głową.
– Poza tym – dodaję – powinni uwzględnić fakt, że do tego, co się stało, doszło w trakcie kłótni.
Zagryza wargę.
– Nie będzie łatwo.
Opuszcza wzrok.
– Nie – przyznaje szeptem. Potem podnosi głowę i wbija we mnie spojrzenie z taką siłą, że aż się wzdrygam. – Dziękuję.
– To...
– Naprawdę. – Przełyka ślinę. – Dziękuję pani.
Kiwam głową.
– Masz telefon?
Klepie się po kieszeni kurtki.
– Dzwoń, jeśli... Daj mi znać, że wszystko poszło dobrze.
– Okej. – Wstaje; podnoszę się razem z nim. Kieruje się w stronę drzwi.
– Ethanie...
Odwraca się.

– Muszę wiedzieć jeszcze jedną rzecz. Twój ojciec…

Wpatruje się we mnie.

– Czy on… był u mnie w nocy?

Marszczy czoło.

– Tak. Wczoraj. Myślałem…

– Nie, nie wtedy. Chodzi mi o zeszły tydzień.

Ethan nie odpowiada.

– Ponieważ powiedziano mi, że wmówiłam sobie, że coś się wydarzyło w twoim domu, a teraz wiem, że to była prawda. Powiedziano mi też, że narysowałam portret, choć tego nie zrobiłam. Chcę… muszę się dowiedzieć, kto mi zrobił to zdjęcie, kiedy spałam. Ponieważ – słyszę, że drży mi głos – naprawdę nie chciałabym, żeby się okazało, że to jednak byłam ja.

Cisza.

– Nie wiem – mówi w końcu. – Jak by tu wszedł?

Nie znam odpowiedzi na to pytanie.

Razem idziemy do drzwi. Kiedy Ethan kładzie dłoń na klamce, biorę go w ramiona, przytulam i mocno ściskam.

– Proszę, bądź ostrożny – szepczę.

Stoimy tak przez chwilę przy odgłosach plucia deszczu o szyby i syku wiatru na dworze.

Kiedy go puszczam, uśmiecha się smutno i wychodzi.

94

Rozsuwam palcami listki żaluzji i patrzę, jak Ethan wchodzi po schodkach, wkłada klucz do zamka, otwiera drzwi i znika w środku, zamykając je za sobą.

Czy postąpiłam słusznie, pozwalając mu wrócić do domu? Czy nie powinniśmy najpierw uprzedzić Little'a? Czy nie byłoby lepiej, gdybyśmy wezwali Alistaira i Jane do mnie?

Za późno.

Przyglądam się domowi po drugiej stronie skweru, jego pustym oknom i pokojom. Gdzieś w głębi tego budynku Ethan rozmawia z rodzicami, spuszcza młot na ich świat. Czuję się tak, jak czułam się przez każdy dzień życia Olivii. „Proszę, bądź ostrożny".

Gdybym miała wszystkie te lata pracy z dziećmi, całe to doświadczenie skondensować do jednej nauki, brzmiałaby ona tak: dzieci są wyjątkowo odporne. Są w stanie znieść zaniedbanie i przeżyć wykorzystywanie, wytrzymują, a nawet rozwijają się w sytuacjach, w których dorośli łamią się jak drzewa podczas burzy. Całym sercem jestem z Ethanem. Ta wytrzymałość będzie mu potrzebna. Musi to znieść.

Ależ historia – historia zła. Na samą myśl przechodzi mnie dreszcz. Wracam do salonu, wyłączam lampę. Biedna kobieta. Biedne dziecko.

I że Jane. Nie Alistair, tylko J a n e.

Łza spływa mi po policzku. Chcę otrzeć ją palcem, przywiera do skóry. Przyglądam się jej zaintrygowana, a potem wycieram palec o szlafrok.

Oczy mi się zamykają. Idę do sypialni, żeby tam się martwić. Żeby czekać.

Stoję w oknie, lustruję dom po drugiej stronie skweru. Ani śladu życia.

Obgryzłam paznokieć do krwi.

Chodzę po pokoju, wydeptuję ścieżkę w dywanie.

Zerkam na telefon. Minęło pół godziny.

Muszę się czymś zająć. Muszę uspokoić nerwy. Niech to będzie coś znajomego. Coś kojącego.

Cień wątpliwości. Scenariusz Thorntona Wildera. Ulubiony film Hitcha spośród jego własnych obrazów. Rzecz o naiwnej młodej kobiecie, która dowiaduje się, że jej bohater nie jest tym, za kogo się podaje. „Żyjemy sobie i nic się nie dzieje – skarży się dziewczyna. – Popadliśmy w okropną rutynę. Jemy, śpimy i nic ponadto. Nawet tak naprawdę nie rozmawiamy ze sobą". Wszystko się zmienia, kiedy składa jej wizytę Wujek Charlie.

Jak na mój gust trochę za długo pozostaje nieświadoma.

Oglądam film na laptopie, ssąc skaleczony kciuk. Po kilku minutach dołącza do mnie kot i wskakuje na łóżko. Syczy, kiedy dotykam jego łapki.

W miarę jak intryga się gmatwa, czuję, że coś we mnie narasta, jakiś niepokój, którego nie potrafię nazwać. Zastanawiam się, co się dzieje w domu po drugiej stronie skweru.

Telefon buczy i przesuwa się po poduszce tuż obok mojej głowy. Łapię go, zanim spadnie, i czytam:

„Idziemy na policję".

Trzy po wpół do dwunastej. Przysnęłam.

Wstaję z łóżka i odsuwam zasłony. Deszcz chłoszcze okna, bije ostro jak ogień artylerii.

Widoczny przez smugi wody na szybie dom po drugiej stronie skweru tonie w ciemności.

„Wielu rzeczy nie wiesz, wielu".

Film jeszcze się nie skończył; leci na ekranie laptopa za moimi plecami.

„Żyjesz we śnie – szydzi Wujek Charlie. – Jesteś lunatyczką, jesteś ślepa. Skąd miałabyś wiedzieć, jak wygląda świat? Czy wiesz, że jeśli zburzysz fasady domów, twoim oczom ukażą się świnie? Rusz głową. Naucz się czegoś".

Schodzę do łazienki w blasku słabego światła, które wpada przez okno. Muszę wziąć coś, co pomoże mi znów zasnąć – może melatoninę? Dziś mi się przyda.

Łykam pigułkę. Na ekranie ciało wypada z pociągu, lokomotywa przejeżdża z piskiem.

– Zgadnij kto.

Tym razem nie mogę go zbyć, ponieważ śpię, choć jestem świadoma rzeczywistości. Sen na jawie. Jawa we śnie.

Mimo to próbuję.

– Ed, zostaw mnie w spokoju.

– Ejże. Porozmawiaj ze mną.

– Nie.

Nie widzę go. Nic nie widzę. Chwileczkę… dostrzegam niewyraźny zarys sylwetki, właściwie cień.

– Chyba musimy porozmawiać.

– Nie. Idź sobie.

Ciemność. Cisza.

– Coś jest nie tak.

– Nie. – Ale ma rację, coś rzeczywiście jest nie tak. To nieokreślone uczucie, coś jakby niepokój.

– No, proszę, ten cały Alistair okazał się świrem tygodnia. Chyba się zgodzisz?

– Nie chcę o tym rozmawiać.

– Byłbym zapomniał. Livvy ma do ciebie pytanie.

– Nie interesuje mnie to.

– Tylko jedno. – Błysk uśmiechu; szczerzy się od ucha do ucha. – Proste pytanie.

– Nie.

– No, kochanie, zapytaj mamusię.

– Powiedziałam…

Ale jej usta są już przy moim uchu i sączą wrzące słowa do mojej głowy; mówi tym chrypiącym niby-szeptem, którego używa, kiedy powierza komuś tajemnicę.

– Jak jego łapka? – pyta.

Budzę się od razu trzeźwa, z jasnym umysłem, jakby ktoś chlusnął mi wodą w twarz. Otwieram szeroko oczy. Po suficie biegnie smuga światła; wygląda jak kręgosłup.

Zsuwam się z łóżka, boso podchodzę do okna i je odsłaniam. Pokój traci kolory. Przez okna, przez deszcz widzę dom Russellów, dźwiga na swych barkach ciemne niebo. Nad dachem pojawia się postrzępiony zygzak błyskawicy. Towarzyszy mu głęboki huk grzmotu.

Wracam do łóżka. Punc cicho jęczy, kiedy się kładę.

„Jak jego łapka?".

To jest to – ten węzeł w moim brzuchu, to dziwne uczucie.

Kiedy Ethan odwiedził mnie przedwczoraj i zobaczył kota rozwalonego na oparciu sofy, Punc zsunął się na podłogę i schował pod kanapą. Mrużę oczy, odtwarzam tę scenę z różnych ustawień kamery. Nie, Ethan nie widział, nie mógł zobaczyć, chromej łapki kota.

A może jednak? Przysuwam dłoń do Punca, zamykam jego ogon w dłoni. Ociera się o mnie. Sprawdzam godzinę na telefonie: dziesięć po pierwszej w nocy.

Cyfrowe światło drażni moje oczy. Zaciskam powieki, potem otwieram je i wpatruję się w sufit.

– Skąd wiedział o twojej łapce? – pytam kota.

– Stąd, że odwiedzam cię w nocy – mówi Ethan.

Poniedziałek, 15 listopada

95

Przechodzi mnie dreszcz zaskoczenia. Odwracam głowę w stronę drzwi.

Błyskawica rozświetla pokój, maluje go na biało. Ethan stoi w drzwiach, opiera się o framugę. Na jego głowie czapa deszczu, na szyi luźno wisi szalik.

– Myślałam, że poszedłeś do domu – rzucam pospiesznie.

– Poszedłem. – Mówi cicho, niskim tonem, ale wyraźnie. – Powiedziałem dobranoc. Zaczekałem, aż położą się spać. – Układa usta w miękki, łagodny uśmiech. – Potem wróciłem do ciebie. Często tu przychodzę – dodaje.

– Co? – Nie rozumiem, co się dzieje.

– Muszę ci powiedzieć, że poznałem wielu psychologów i wiele psycholożek i jesteś pierwszą, która n i e zauważyła u mnie zaburzeń osobowości. – Unosi brwi. – Chyba nie jesteś mistrzynią świata w swojej dziedzinie.

Moje usta zamykają się ze stuknięciem, a potem otwierają ze skrzypnięciem, jak wadliwe drzwi.

– Mimo to zaintrygowałaś mnie – mówi. – Naprawdę. Dlatego nadal do ciebie przychodziłem, choć wiedziałem, że nie powinienem. Interesują mnie starsze kobiety. – Marszczy brwi. – Przepraszam, czy to, co mówię, jest dla ciebie obraźliwe?

Nie jestem w stanie się ruszyć.

– Mam nadzieję, że nie. – Westchnienie. – Interesowała mnie żona szefa mojego taty. Jennifer. Lubiłem ją. A ona mnie, w pewnym sensie. Tylko że… – Przenosi ciężar, opiera swoje tyczkowate ciało o framugę z drugiej strony. – Doszło do pewnego… nieporozumienia. Tuż przed naszą przeprowadzką. Poszedłem do niej do domu. W nocy. I to jej się nie spodobało.

A przynajmniej tak twierdziła. – Rzuca gniewne spojrzenie. – Wiedziała, co robi.

Wtedy moje spojrzenie pada na przedmiot, który Ethan trzyma w dłoni. Srebrny, lśniący grot.

Ostrze. Nóż do papieru.

Ethan spogląda to na mnie, to na swoją dłoń. Strach ściska mi gardło.

– Poczęstowałem tym Katie – wyjaśnia pogodnie. – Ponieważ nie chciała zostawić mnie w spokoju. Powiedziałem jej to, mówiłem wiele, w i e l e razy, a ona... – kręci głową – ...nie potrafiła przestać. – Pociąga nosem. – Coś jak ty.

– Ale – chrypię – wieczorem przecież... – Zasycha mi w gardle. Milknę.

– Co takiego?

Oblizuję usta.

– Powiedziałeś...

– Powiedziałem tyle, żeby zamknąć ci usta. Jesteś naprawdę miła, dlatego przykro mi, że musiałem tak to ująć. Ale naprawdę musiałem cię uciszyć. Aż będę mógł się wszystkim zająć. – Wierci się. – Chciałaś zadzwonić na policję. Potrzebowałem trochę czasu. Wiesz, żeby się przygotować.

Kątem oka dostrzegam ruch. To kot – przeciąga się, leżąc na łóżku. Patrzy na Ethana i miauczy.

– Skaranie z tym kotem – mówi. – Uwielbiałem ten film, kiedy byłem mały. *Skaranie z tym kotem!* Kojarzysz? – Uśmiecha się do Punca. – Tak w ogóle to chyba złamał sobie łapkę. Przykro mi. – Wskazuje nożem łóżko. – Łaził za mną w nocy i trochę mnie poniosło. Poza tym, jak ci mówiłem, mam alergię. Nie chciałem kichnąć, bo mogłem cię obudzić. Przykro mi, że teraz nie śpisz.

– Byłeś tu w nocy?

Robi krok w moją stronę. W szarym świetle ostrze noża wydaje się płynne.

– Przychodzę prawie co noc.

Zatyka mnie.

– Jak?

Znów się uśmiecha.

– Wziąłem twój klucz. Wtedy, kiedy zapisywałaś mi swój numer. Już podczas pierwszej wizyty zobaczyłem, że wisi na haczyku, i dotarło do mnie, że nawet nie zauważysz jego zniknięcia. Bo przecież nawet go nie używasz. Dorobiłem i odłożyłem na miejsce. – Kolejny uśmiech. – Łatwizna.

Zaczyna chichotać; zasłania usta wolną ręką.

– Przepraszam. Chodzi o to, że… kiedy dziś do mnie zadzwoniłaś, byłem t o t a l n i e przekonany, że wszystko rozgryzłaś. Normalnie… nie wiedziałem, co robić. Na wszelki wypadek wziąłem to ze sobą. – Wskazuje nóż. – Grałem na zwłokę, jak tylko mogłem. Ale ty to kupiłaś. „Mój tatuś ma charakterek". „Och, ale się boję". „Och, nie pozwalają mi mieć telefonu". Szkoda, że siebie nie widziałaś. Aż ci ślinka ciekła. Ale mówię: marny z ciebie psychiatra. Słuchaj! – wykrzykuje nagle. – Mam pomysł: poddaj mnie psychoanalizie. Chcesz się czegoś dowiedzieć o moim dzieciństwie, zgadza się? Ich wszystkich interesuje moje dzieciństwo.

Kiwam głową w osłupieniu.

– To ci się spodoba. Wiesz, to jak marzenie terapeuty. Katie – wypluwa z pogardą – była ćpunką. Dawała dupy za heroinę. Nigdy się od niej nie dowiedziałem, kto był moim ojcem. A ona, słuchaj… ona w ogóle nie powinna była zostać matką.

Patrzy na nóż do papieru.

– Zaczęła brać, kiedy miałem roczek. Tak mi powiedzieli rodzice. Zresztą i tak większości nie pamiętam. Miałem pięć lat, kiedy jej mnie odebrali. Pamiętam tylko, że byłem strasznie głodny. Pamiętam igły. Pamiętam jej chłopaków, którzy spuszczali mi łomot, ilekroć naszła ich ochota.

Zawiesza głos.

– Założę się, że mój prawdziwy ojciec nie robiłby takich rzeczy.

Milczę.

– Pamiętam, że widziałem, jak jedna z jej znajomych przedawkowała. Umarła na moich oczach. To moje pierwsze wspomnienie. Miałem wtedy cztery lata.

Znów cichnie. Płytko wzdycha.

– Zacząłem się gorzej zachowywać. Próbowała mi pomóc albo może po prostu chciała mnie powstrzymać, ale była zbyt wyniszczona przez prochy. Potem trafiłem do rodziny zastępczej, a później wzięli mnie mama i tata. – Wzrusza ramionami. – Oni... dużo mi dali. – Kolejne westchnięcie. – Sprawiam im kłopoty, wiem o tym. Dlatego wypisali mnie ze szkoły. Tata stracił pracę, ponieważ chciałem... zbliżyć się do Jennifer. Wściekł się o to, ale wiesz... – Robi ponurą minę. – Trudno.

Trzask błyskawicy, jasność w pokoju, dudnienie grzmotu.

– Wróćmy do Katie. – Spogląda za okno, na drugą stronę skweru. – Jak już ci mówiłem, odnalazła nas w Bostonie, ale mama nie chciała jej pozwolić na rozmowę ze mną. A potem Katie namierzyła nas w Nowym Jorku i przyszła tego dnia, kiedy akurat byłem sam w domu. Pokazała mi medalion z moim zdjęciem. Porozmawiałem z nią, bo mnie zaciekawiła. Ale przede wszystkim dlatego, że chciałem się dowiedzieć, kto był moim ojcem.

Przenosi spojrzenie na mnie.

– Wiesz, jak to jest, kiedy człowiek się zastanawia, czy jego ojciec był tak samo popieprzony jak matka? Kiedy ma nadzieję, że jednak nie? Ale ona powiedziała tylko, że to bez znaczenia. Nie było go na jej zdjęciach. Bo rzeczywiście miała ze sobą zdjęcia. Wiesz, to wszystko była prawda. No dobrze. – Wygląda na zmieszanego. – N i e wszystko. Pamiętasz, jak usłyszałaś jej krzyk? Tamtego dnia złapałem ją za gardło i ścisnąłem. Nawet niezbyt mocno, ale wtedy już miałem jej serdecznie dość. Chciałem, żeby sobie poszła. Zaczęła szaleć. Gadała, gadała i nie chciała się zamknąć. Dopiero wtedy tata zorientował się, że ona tam jest. Powiedział: „Wynoś się, zanim on zrobi ci coś złego". Potem zadzwoniłaś i musiałem udawać, że się strasznie boję, późnej z n o w u zadzwoniłaś i tym razem tata udawał, że wszystko jest w porządku... – Kręci głową. – A ta głupia suka i tak następnego dnia wróciła. Zaczęła mnie już nudzić. I to tak, wiesz, nieźle nudzić. Miałem gdzieś jej zdjęcia. Nie obchodziło mnie, że nauczyła się żeglować, że chodziła na zajęcia języka migowego i tak dalej. Poza tym, jak już wspomniałem, milczała na temat ojca. Bo pewnie nawet go nie znała. – Prycha. – No więc wróciła. Byłem w swoim pokoju. Usłyszałem, jak kłóci się z tatą. Już nie mogłem tego znieść. Chciałem, żeby się wyniosła. Nie interesowała mnie jej żałosna historia. Nienawidziłem jej za to, co mi zrobiła, i za to, że nie chciała mi opowiedzieć o ojcu. Chciałem, żeby zniknęła z mojego życia. Złapałem to. – Macha nożem do papieru. – Leżał na biurku. Zbiegłem na dół, wpadłem na nią i... – Pokazuje, jak zadał cios. – To się stało tak szybko, że nawet nie krzyknęła.

Myślę o tym, co powiedział mi przed kilkoma godzinami – że to Jane wbiła Katie nóż. I przypominam sobie, jak łypnął w lewo.

Teraz oczy mu się świecą.

– To było... jakby... upajające. Miałem fart, że nie widziałaś, co się stało. Że nie widziałaś wszystkiego. – Mierzy mnie wzrokiem. – Ale zobaczyłaś wystarczająco dużo.

Powoli podchodzi do łóżka. Stawia jeden krok, potem drugi.

– Mama o niczym nie wie. Nie ma pojęcia. Nawet jej tam nie było, wróciła następnego dnia rano. Tata kazał mi przysiąc, że nic jej nie powiem. On chce ją chronić. Trochę mi go żal. Bo to całkiem poważna tajemnica jak na męża i żonę. – Trzeci krok. – Mama uważa, że jesteś niespełna rozumu.

Czwarty krok i już stoi przede mną. Trzyma ostrze na wysokości mojego gardła.

– No i? – odzywa się.

Jęczę ze strachu.

Nagle przysiada na brzegu materaca, dolną częścią pleców dotykając moich kolan.

– Zrób mi psychoanalizę. – Przekrzywia głowę. – Napraw mnie.

Wzdrygam się. Nie. Nie mogę tego zrobić.

„Ależ możesz, mamusiu".

Nie. Nie. To koniec.

„No już, Anno".

On jest uzbrojony.

„Rób, jak uważasz, Fox".

W porządku. Niech będzie.

Jeden, dwa, trzy, cztery.

– Wiem, kim jestem – odzywa się łagodnie, niemal kojąco, Ethan. – Czy to coś pomoże?

Psychopata. Powierzchowny urok, labilna osobowość, płaski afekt. Nóż do papieru w dłoni.

– Kiedy… kiedy byłeś mały, krzywdziłeś zwierzęta – mówię, próbując zapanować nad głosem.

– Tak. Ale to oczywiste. Dałem twojemu kotu szczura, którego pociąłem. Znalazłem go w piwnicy u nas w domu. Odrażające miasto. – Spojrzenie na ostrze. Spojrzenie na mnie. – Coś jeszcze? Przecież potrafisz.

Nabieram powietrza i podejmuję kolejną próbę.

– Lubisz manipulować innymi.

– No! I to bardzo! – Drapie się po karku. – To zabawne. I łatwe. Na przykład kierować tobą było n a p r a w d ę łatwo. – Puszcza do mnie oko.

Klepie mnie po ramieniu. Rzucam okiem i widzę, że telefon zsunął się z poduszki i opiera się o mój łokieć.

– Z Jennifer trochę przesadziłem. – Wygląda na zamyślonego. – Zrobiła się… To było dla niej za dużo. Niepotrzebnie się spieszyłem. – Kładzie nóż na udzie i zaczyna przesuwać go takim ruchem, jakby go ostrzył. Nóż szoruje po materiale spodni. – Nie chciałem, żebyś odebrała mnie jako zagrożenie. Dlatego powiedziałem, że brakuje mi znajomych. I udawałem chłopaka, który być może jest gejem. I tyle razy się, kurwa, rozbeczałem. Wszystko po to, żeby wzbudzić twoją litość i żebyś myślała, że jestem… – Urywa. – I dlatego, że jak już mówiłem, w pewnym sensie wciąż mam ciebie za mało.

Zamykam oczy. W głowie widzę jasno oświetlony telefon, niczym otoczony nimbem.

– Słuchaj, a zauważyłaś, jak się rozbieram przy oknie? Zrobiłem to kilka razy. Wiem, że przynajmniej raz mnie widziałaś.

Przełykam ślinę. Powoli przenoszę łokieć z powrotem na poduszkę, tak że telefon zsuwa się wzdłuż przedramienia w stronę dłoni.

– Co jeszcze? Może problemy z tatusiem? – Znów znaczący uśmieszek. – Wiem, że często o nim wspominam. O moim prawdziwym ojcu, nie o Alistairze. Alistair to smutny człowieczek.

Czuję na nadgarstku chłodny, śliski ekran aparatu.

– Nie…

– Tak?

– Nie szanujesz przestrzeni innych ludzi.

– Jestem tu, prawda?

Potakuję. Przesuwam kciukiem po szkle wyświetlacza.

– Mówiłem ci: zaintrygowałaś mnie. Dowiedziałem się o tobie od tej starej jędzy, która mieszka kawałek dalej. Oczywiście, nie powiedziała mi w s z y s t k i e g o. Od tamtej pory moja wiedza znacznie się poszerzyła. Przyniosłem tę świecę, bo chciałem cię poznać. Mama o niczym nie wiedziała. Nie pozwoliłaby mi. – Milknie. Przygląda mi się. – Założę się, że kiedyś byłaś ładna.

Przystawia mi nóż do twarzy. Wsuwa ostrze pod kosmyk włosów, który opadł na policzek, i odgarnia go. Wzdrygam się i wydaję cichy jęk.

– Powiedziała, że w ogóle nie wychodzisz z domu. I to mi się wydało interesujące. Ta osobliwa kobieta, która przez cały czas siedzi w domu. To dziwadło.

Zamykam telefon w dłoni. Włączę ekran blokady i wklepię PIN. Wprowadzałam te cyfry już tyle razy, że dam radę zrobić to w ciemności. Nawet przy Ethanie.

– Wiedziałem, że muszę cię poznać.

Teraz. Dotykam przycisku. Kaszlem maskuję piknięcie.

– Moi rodzice… – zaczyna, odwracając się do okna, i urywa.

Podążam za jego spojrzeniem i widzę to samo co on: odbicie blasku ekranu telefonu w szybie.

Jednocześnie gwałtownie nabieramy powietrza.

Przeskakuję na niego wzrokiem. Jego oczy wiercą we mnie dziurę.

Nagle uśmiecha się szeroko.

– Żartuję. – Nożem do papieru wskazuje aparat. – Zmieniłem PIN, kiedy spałaś. Nie jestem głupi. Przecież nie zostawiłbym ci działającego telefonu.

Nie mogę oddychać.

– I może dodam, że z tego w bibliotece wyjąłem baterie.

Krew odpływa mi z żył.

Wskazuje drzwi.

– W każdym razie chcę ci powiedzieć, że odwiedzam cię w nocy od jakichś dwóch tygodni. Chodzę po domu, przyglądam ci się. Podoba mi się tu. Tak cicho i ciemno. – Znowu jakby się zamyślił. – Interesuje mnie to, jak żyjesz. Czuję się, jakbym prowadził nad tobą badania. Jakbym kręcił o tobie film dokumentalny. – Uśmiecha się. – Nawet zrobiłem ci zdjęcie twoim telefonem. – Krzywi się. – Przesadziłem? Bo czuję, że trochę tak. Aha, zapytaj mnie, jak odblokowałem telefon.

Nic nie mówię.

– Zapytaj – powtarza groźnym tonem.

– Jak odblokowałeś mój telefon? – pytam szeptem.

Uśmiecha się od ucha do ucha, jak dziecko, które wie, że za chwilę powie coś mądrego.

– Sama mi zdradziłaś kod.

Kręcę głową.

– Nie.

Przewraca oczami.

– Niech ci będzie. Nie powiedziałaś tego m n i e. – Pochyla się. – Ale powiedziałaś tej staruszce z Montany.

– Lizzie?

Potwierdza.

– Śledziłeś nasze rozmowy?

Głęboko wzdycha.

– Boże, jakaś ty głupia. Skoro o tym mowa, to nie uczę upośledzonych dzieci pływania. Prędzej bym się zabił. Nie, Anno. To j a jestem Lizzie.

Szczęka mi opada.

– A raczej byłem. Ostatnio często wychodzi z domu. Jej stan chyba się poprawia. Dzięki synom – jak oni się nazywali?

– Beau i William – odpowiadam wbrew sobie.

Chichocze.

– Cholerka, nie wierzę, że pamiętasz – rzuca coraz mocniej rozbawiony. – „Beau". Słowo daję, że wymyśliłem to na gorąco.

Wpatruję się w niego.

– Kiedy byłem u ciebie po raz pierwszy, miałaś na laptopie otwartą tę stronę dla świrów. Jak tylko wróciłem do domu, od razu założyłem tam konto. Poznałem całą masę samotnych nieudaczników. Jakichś DickoMickeyów i innych. – Kręci głową. – Żałosne. Mickey skontaktował mnie z tobą. Nie chciałem od razu do ciebie uderzać. Bo mogłabyś się, wiesz, zacząć zastanawiać. Pokazałaś Lizzie, jak powinna kodować hasła. Ten numer z zamianą liter na liczby. Normalnie kosmiczna technologia.

Próbuję przełknąć ślinę, ale nie mogę.

– Albo weź datę urodzin, tak jej poradziłaś. A m n i e powiedziałaś, że twoja córka urodziła się w walentynki. Zero, dwa, jeden, cztery. W taki sposób dostałem się do twojego telefonu i zrobiłem ci zdjęcie, jak chrapiesz. Potem zmieniłem PIN, żeby się trochę z tobą zabawić. – Grozi mi palcem. – Zszedłem i zalogowałem się do twojego komputera stacjonarnego. – Pochyla się, mówi wolniej. – To o c z y w i s t e, że twoim hasłem jest imię córki. Do komputera i do poczty. I o c z y w i ś c i e po prostu podmieniłaś litery na cyfry. Dokładnie tak, jak powiedziałaś Lizzie. – Kręci głową. – Kurwa, czy naprawdę jesteś aż tak głupia?

Milczę.

Piorunuje mnie spojrzeniem.

– Zadałem pytanie. Czy naprawdę...

– Tak – odpowiadam.

– Co: tak?

– Tak, jestem.

– Co jesteś?

– Głupia.

– Jak bardzo?

– Bardzo.

Potakuje.

Deszcz nieustająco tłucze o szyby.

– Założyłem konto na Gmailu. Na twoim komputerze. Zwierzyłaś się Lizzie, że zaczynałaś rozmowę z rodziną od: „Zgadnij kto". Pomyślałem, że szkoda, żeby to się zmarnowało. Zgadnij kto, Anno? – Zaczyna chichotać. – Potem wysłałem ci zdjęcie. Żałuję, że nie mogłem zobaczyć twojej miny.

Brakuje mi powietrza.

– No i po prostu musiałem wstawić do wiadomości imię mojej mamy. Założę się, że to cię nakręciło. – Uśmiecha się z wyższością. – To nie wszystko, co powiedziałaś Lizzie. – Znów się nade mną pochyla i celuje nożem w moją pierś. – Miałaś romans, ty dziwko. I zabiłaś swoją rodzinę.

Nie jestem w stanie wydusić słowa. Już nic mi nie zostało.

– A potem odbiło ci w temacie Katie. Wariactwo. Zachowywałaś się jak wariatka. Ale w sumie cię rozumiem. Zrobiłem to na oczach ojca i on też dostał szajby. Chociaż, mówiąc szczerze, chyba mu ulżyło, że ma ją z głowy. Bo mnie ulżyło. Mówię: wkurwiała mnie. – Zbliża się do mnie. – Przesuń się.

Podciągam nogi, zapieram je o jego udo.

– Powinienem był sprawdzić okna, ale to stało się tak szybko… No i łatwo było się z tego wykpić. Łatwiej niż skłamać. Łatwiej niż powiedzieć prawdę. – Potrząsa głową. – Wiesz, szkoda mi go, naprawdę. On tylko chciał mnie chronić.

– Próbował chronić cię przede mną – mówię. – Chociaż wiedział, że…

– Nie – przerywa mi kategorycznym tonem. – Próbował chronić ciebie przede mną.

„Nie pozwoliłbym, żeby mój syn spędzał czas z dorosłą kobietą", powiedział Alistair. Nie przez wzgląd na Ethana, lecz na mnie.

– Ale wiesz… Cóż poradzić, prawda? Jeden z lekarzy powiedział moim rodzicom, że jestem zły, „po prostu zły". – Wzrusza ramionami. – A chuj. Niech mu będzie.

Złość i przekleństwa się potęgują. Spiętrzenie nerwów. Szum krwi w skroniach. Skup się. Przypomnij sobie. Myśl.

– Wiesz co, szkoda mi nawet policjantów. Ten detektyw miał do ciebie cierpliwość, nie powiem. Normalnie święty. – Pociągnięcie nosem. – Ale ta jego partnerka wyglądała na niezłą zołzę.

Prawie go nie słucham.

– Opowiedz mi o swojej matce – bąkam.

Patrzy na mnie.

– Co?

– Twoja matka – mówię, kiwając głową. – Opowiedz mi o niej.

Cisza. Przerywa ją uderzenie pioruna za oknem.

– Na przykład… co? – pyta niepewnie.

Odchrząkuję.

– Mówiłeś, że jej kochankowie źle cię traktowali.

Posyła mi gniewne spojrzenie.

– Powiedziałem, że spuszczali mi łomot.

– Tak. Na pewno często do tego dochodziło.

– No. – Nadal złość w oczach. – Bo co?

– Mówiłeś, że uważałeś się za „po prostu złego".

– Powiedziałem, że nazwał mnie tak jeden z lekarzy.

– Nie wierzę w to. Nie sądzę, żebyś był „po prostu zły".

Przekrzywia głowę.

– Nie?

– Nie. – Próbuję uspokoić oddech. – Uważam, że ludzie nie rodzą się źli. – Podsuwam się wyżej, wygodniej opieram się o poduszki i wygładzam kołdrę na udach. – I ty też się taki nie urodziłeś.

– Nie? – Trzyma nóż luźno w dłoni.

– Przydarzyły ci się różne rzeczy, kiedy byłeś mały. Innych rzeczy byłeś świadkiem. One działy się poza twoją kontrolą. – Mój głos nabiera siły. – Przetrwałeś je.

Drgnął.

– Masz rację, ona nie była dobrą matką.

Przełyka ślinę; robię to samo.

– Sądzę, że zanim adoptowali cię obecni rodzice, byłeś bardzo skrzywdzonym dzieckiem. Myślę, że… – Zaryzykować? –

Myślę, że im bardzo na tobie zależy. Nawet jeśli nie są doskonałymi rodzicami – dodaję.

Patrzy mi w oczy. Delikatna zmarszczka zniekształca jego twarz.

– Boją się mnie – mówi.

Potakuję.

– Sam to powiedziałeś – przypominam mu. – Mówiłeś, że Alistair próbował mnie chronić, nie dopuszczając cię do mnie. Rozdzielając nas.

Siedzi nieruchomo.

– Moim zdaniem bał się również o ciebie. I ciebie też chciał chronić. – Wyciągam rękę. – Myślę, że adoptując cię, tak naprawdę cię uratowali.

Przygląda mi się.

– Kochają cię – mówię. – Zasługujesz na miłość. Jestem przekonana, że jeśli z nimi porozmawiamy, oboje zrobią wszystko, co w ich mocy, aby cię ochronić. Wiem, że pragną… trafić do ciebie. – Zbliżam dłoń do jego ramienia. – Nie ponosisz winy za to, co przytrafiło ci się, gdy byłeś młodszy – szepczę. – I…

– Wystarczy tego pieprzenia. – Odsuwa się, zanim zdążę go dotknąć.

Cofam rękę. Straciłam go. Czuję, jak krew odpływa mi z twarzy. Zasycha mi w ustach.

Ethan pochyla się nade mną, zagląda mi w oczy, posyła jasne, poważne spojrzenie.

– Czym pachnę?

Kręcę głową.

– No już. Powąchaj. Czym pachnę?

Wciągam zapach. Myślę o naszym pierwszym spotkaniu, kiedy sprawdzałam aromat świecy. Była lawendowa.

– Deszczem – odpowiadam.

– I?

– Wodą kolońską – z trudem przechodzi mi przez gardło.

– Romance. Od Ralpha Laurena – dodaje. – Chciałem ci sprawić przyjemność.

Znów potrząsam głową.

– O tak. Nie mogę się zdecydować – mówi w zamyśleniu – czy to będzie upadek ze schodów, czy przedawkowanie. Ostatnio chodzisz bardzo smutna i w ogóle. Tyle tych proszków na ławie. Ale jesteś też jebanym wrakiem człowieka, więc mogłabyś się, wiesz, poślizgnąć.

Nie wierzę, że to się dzieje naprawdę. Spoglądam na kota. Znowu leży na boku i śpi.

– Jestem jedyną osobą, której będzie cię brakowało. Inni zauważą dopiero po pewnym czasie, a po wszystkim nikogo to nie będzie obchodziło.

Zwijam nogi pod kołdrą.

– No, może twojego psychiatrę, ale założę się, że już miał cię dość. Powiedziałaś Lizzie, że pomaga ci walczyć z agorafobią o r a z poczuciem winy. Jezus Maria. Kolejny święty pierdolnięty.

Zaciskam powieki…

– Patrz na mnie, suko, kiedy do ciebie mówię.

…i kopię z całej siły.

96

Trafiam go w brzuch. Zgina się wpół, a ja przymierzam się do kolejnego ciosu i kopię go po raz drugi, tym razem w twarz. Moja pięta z trzaskiem ląduje na jego nosie. Ethan zlatuje z łóżka na podłogę.

Zrywam z siebie kołdrę, zeskakuję z materaca i wybiegam na ciemny korytarz.

Krople deszczu walą w świetlik. Potykam się na chodniku i upadam na kolana. Wyciągam rękę i udaje mi się schwycić poręczy.

Nagle błyskawica zalewa klatkę schodową jaskrawobiałym światłem. Spoglądam przez tralki balustrady i przez chwilę widzę każdy stopień krętych schodów, wiją się w dóóół, w dóóół, aż do parteru.

W dóóół, w dóóół.

Mrugam i na schodach znów panują ciemności. Nic nie widzę, nic nie czuję, słyszę jedynie rytm wybijany przez deszcz.

Dźwigam się na nogi i zbiegam po stopniach. Na zewnątrz toczą się grzmoty. Nagle słyszę:

– Ty dziwko! – Potykając się, wychodzi na podest. – Ty dziwko! – Wpada na balustradę, która trzeszczy pod jego ciężarem.

Muszę się dostać do kuchni. Do noża introligatorskiego, który z wysuniętym ostrzem leży na stole. Do odłamków szkła, które mienią się w koszu na śmieci. Do domofonu.

Do drzwi.

– Ale czy zdołasz wyjść na dwór? – podszeptuje Ed.

Muszę. Zostaw mnie w spokoju.

– Dopadnie cię w kuchni. Nie zdążysz wyjść. A nawet jeśli…

Docieram piętro niżej i obracam się jak igła kompasu. Orientuję się. Cztery pary drzwi. Gabinet. Biblioteka. Schowek. Łazienka.

– Wybierz któreś.

Chwileczkę…

– Wybieraj.

Łazienka. Niebiański zachwyt. Łapię za klamkę, szarpię, wślizguję się do środka. Czaję się w drzwiach, oddycham płytko i szybko.

Ethan schodzi z góry. Wstrzymuję oddech.

Dociera na podest. Zatrzymuje się metr ode mnie. Czuję ruch powietrza.

Przez chwilę nie słyszę nic poza kanonadą deszczu. Pot spływa mi po plecach.

– Anno. – Niski, lodowaty ton.

Kulę się. Trzymając się futryny jedną ręką – trzymając tak mocno, że mogłabym ją wyrwać ze ściany – wystawiam głowę na ciemny podest.

Ledwo go widać, jest jak cień cienia, ale dostrzegam zarys ramion i bladą w mroku biel dłoni. Jest zwrócony plecami do mnie. Nie potrafię powiedzieć, w której ręce trzyma nóż.

Powoli się obraca. Teraz widzę go z profilu, stoi przodem do biblioteki. Patrzy przed siebie i się nie rusza.

Potem znów się obraca, tym razem szybciej, i nagle, zanim zdążę wycofać się z powrotem do łazienki, okazuje się, że patrzy prosto na mnie.

Ani drgnę. Nie jestem w stanie.

– Anno – mówi cicho.

Rozchylam usta. Serce mi wali.

Gapimy się na siebie. Już mam krzyknąć, ale wtedy… on znów się obraca.

Nie zauważył mnie. Jego wzrok nie przenika ciemności. Ja jestem do niej przyzwyczajona, do słabego oświetlenia, do braku światła. Widzę to, czego on…

Przemieszcza się. W jednej ręce błyska nóż; drugą wsuwa do kieszeni.

– Anno – powtarza. Wyjmuje dłoń z kieszeni i wyciąga ją przed siebie.

Spomiędzy jego palców strzela snop światła. Telefon. Latarka. Stojąc w drzwiach do łazienki, widzę, jak schody wyłaniają się z ciemności, a ściany z czarnych robią się białe. Gdzieś niedaleko uderza piorun.

Ethan znów się obraca. Światło latarki omiata klatkę jak promień latarni morskiej. Schowek idzie na pierwszy ogień. Ethan podchodzi do drzwi i otwiera je szarpnięciem. Świeci do środka telefonem.

Potem gabinet. Wchodzi do pokoju i przeczesuje go latarką jak szperaczem. Obserwuję jego plecy, szykuję się do sprintu. W dóóół, w dóóół.

– Ale przecież cię złapie.

Nie mam innego wyjścia.

– Ależ masz.

Jakie?

– Do góóóry, do góóóry.

Kręcę głową. Ethan wychodzi z gabinetu. Kolej na bibliotekę. Łazienka jest następna na liście. Muszę coś zrobić, zanim...

Ocieram się biodrem o gałkę, która obraca się z cichutkim skrzypnięciem.

Ethan odwraca się na pięcie. Snop światła przemyka przez drzwi do biblioteki i zatrzymuje się na mnie.

Oślepia mnie. Czas się zatrzymuje.

– Ach, tu jesteś – szepcze Ethan.

Zrywam się do biegu.

Wpadam na Ethana i trafiam go ramieniem w brzuch. Ze świstem wypuszcza powietrze. Popycham go na oślep i nagle...

Ethan znika. Słyszę, jak spada ze schodów. Promień latarki tańczy po suficie.

– Do góóóry, do góóóry – podszeptuje Olivia.

Nadal mam mroczki przed oczami. Ruszam w górę. Uderzam stopą o pierwszy schodek, potykam się, z trudem wdrapuję się na kolejny, jakoś doprowadzam się do pionu – i biegnę dalej.

Na podeście wykonuję obrót. Oczy powoli na nowo przyzwyczajają się do ciemności. Widzę wejście do sypialni; po drugiej stronie korytarza są drzwi do pokoju gościnnego.

– Do góóóry, do góóóry.

Ale na górze jest tylko drugi gościnny. I twoja sypialnia.

– Do góóóry.

Na dach?

– Do góóóry.

Ale jak to? Przecież nie dam rady.

– Nie masz wyboru, ochlapusie – zauważa Ed.

Dwa piętra niżej Ethan zaczyna szybką wspinaczkę. Odwracam się i pędzę wyżej. Rattan rani mi podeszwy stóp, poręcz skrzypi pod naporem mojej dłoni.

Wpadam na kolejny podest, uskakuję w kąt pod wyłazem. Wyciągam rękę, chwytam łańcuch i szarpię.

97

Kiedy otwieram wyłaz, uderzają mnie w twarz rozpędzone krople wody. Metalowa drabina zsuwa się z piskiem. Słyszę, jak Ethan krzyczy coś z dołu, ale jego słowa porywa wiatr.

Zamykam oczy przed deszczem i wspinam się. Jeden, dwa, trzy, cztery zimne, śliskie szczeble. Drabina trzeszczy pod moim ciężarem. Na siódmym szczeblu czuję, że moja głowa wyłania się z otworu w dachu.

Huk niemal zwala mnie z nóg. Burza ryczy, wyje jak dzikie zwierzę. Wiatr chwyta powietrze w swoje szpony i je rozdziera. Ostre jak kły krople deszczu wgryzają mi się w skórę. Woda chłoszcze mnie po twarzy i przylizuje włosy.

Ethan chwyta mnie za kostkę.

Wyrywam mu się i prędko wchodzę wyżej. Gramolę się z dziury, wypełzam na kawałek dachu pomiędzy wyłazem a świetlikiem. Opieram się dłonią o zakrzywioną szybę i z trudem wstaję. Otwieram oczy.

Świat się przechyla. Słyszę swój jęk na tle zgiełku burzy.

Nawet w ciemności nocy widać, że ogród na dachu rzeczywiście przypomina dżunglę. Rośliny porozsadzały doniczki i doprowadziły rabaty do ruiny. Pnącza wspinają się po ścianach. Bluszcz wziął w posiadanie wylot wentylatora. Mam przed sobą kadłub treliażu, całe trzy i pół metra, przechylony na bok pod ciężarem liści.

Deszcz nie tyle pada, co kłębi się wokół tego wszystkiego i nachodzi szerokimi falami. Spada całym swym ciężarem na dach i rozbija się o kamienie. Ubranie klei mi się do skóry.

Obracam się powoli, ledwo stojąc na nogach. Z trzech stron czterokondygnacyjna przepaść; od wschodu ściana szkoły św. Dymfny wznosi się jak kamienne lico góry.

Nadc mną niebo. Dokoła przestrzeń. Zwijam palce. Nogi się pode mną uginają. Rwie się oddech. Rumor nie traci na sile.

Widzę wyłaz – ciemną dziurę. Wyłania się z niej Ethan, jedną ręką osłaniając twarz przed deszczem.

Wychodzi na dach, czarny jak cień. W jego dłoni lśni srebrny kolec noża do papieru.

Chwieję się, potykam, cofam. Zaczepiam stopą o kopułę świetlika. Czuję, że się lekko przesuwa. „Licha – ostrzegał David. – Spadnie gałąź i ją wybije".

Cień się zbliża. Krzyczę, ale wiatr kradnie mi głos i porywa go jak suchy liść.

Ethan zatacza się, lekko zaskoczony. Potem wybucha śmiechem.

– Nikt cię nie usłyszy – przebija się przez opętańcze wycie. – Jesteśmy w...

Przerywa mu deszcz, który leje, jakby ktoś chlusnął wiadrem.

Nie mogę się dalej cofnąć, bo musiałabym stanąć na świetliku. Przesuwam się odrobinę w bok. Moja stopa ociera się o mokry metal. Zerkam w dół. Konewka, którą David trącił tamtego dnia, kiedy wyszedł na dach.

Ethan jest coraz bliżej. Całkiem przemókł. Dyszy i wbija we mnie spojrzenie jasnych oczu osadzonych w ciemnej twarzy.

Pochylam się, chwytam konewkę i biorę nią zamach, ale kręci mi się w głowie, nie potrafię utrzymać równowagi, do tego konewka wyślizguje się z palców i spada kawałek dalej.

Ethan robi unik.

Rzucam się do ucieczki.

Biegnę w ciemność, w zarośnięty ogród. Boję się nieba nad głową, przeraża mnie chłopak, który mnie ściga. Odtwarzam w pamięci układ ogrodu: po lewej rząd bukszpanu, za nim rabaty;

po prawej puste donice, a między nimi zgarbione i stojące niedbale jak grupa pijaczków worki z ziemią. Na wprost tunel treliażu.

Przetacza się grzmot. Błyskawica rozświetla chmury i obficie skrapia dach białym światłem. Przesuwają się roztrzęsione kurtyny deszczu. Biegnę prosto na nie. Niebo może w każdej chwili załamać się i mnie zmiażdżyć, a mimo to czuję, jak serce pompuje krew, ta zaś rozgrzewa mi żyły i pozwala pędzić w stronę treliażu.

Wejście zasłania wodny parawan. Przebijam się przez niego i wpadam do tunelu, ciemnego jak kryty most i wilgotnego jak las deszczowy. W środku, pod baldachimem gałęzi i brezentu, jest trochę ciszej; materiał przepuszcza tylko niektóre dźwięki. Słyszę swoje sapanie. Z boku stoi ławeczka. „Przez trudy do gwiazd".

Są w drugim końcu tunelu, tam, gdzie liczyłam. Biegnę do nich. Chwytam obiema dłońmi. Odwracam się.

Za wodospadem ukazuje się sylwetka. Przypominam sobie, że w taki sposób zobaczyłam go po raz pierwszy; jego cień rósł za mleczną szybą w drzwiach.

Przechodzi przez zasłonę.

– Doskonale. – Odgarnia mokre włosy z twarzy i rusza w moją stronę. Jego kurtka jest cała mokra, przemoczony szalik wisi smętnie na szyi. Ethan nadal trzyma w ręku nóż. – Zamierzałem skręcić ci kark, ale to nawet lepsze. – Unosi brew. – Byłaś tak pojebana, że skoczyłaś z dachu.

Kręcę głową.

Uśmiecha się.

– Co, nie podoba ci się? Co tam masz?

Dopiero teraz zauważa, „co tam mam".

Nożyce ogrodowe – są ciężkie, a mnie trzęsą się ręce. Mimo to podnoszę je na wysokość piersi i robię krok do przodu.

Już się nie uśmiecha.

– Odłóż to – mówi.

Znowu kręcę głową i podchodzę jeszcze bliżej. Waha się.

– Odłóż to – powtarza.

Krok do przodu – ciach!

Łypie na nóż, który trzyma w dłoni.

I cofa się do wodnej kurtyny. Przechodzi przez nią.

Odczekuję chwilę, ciężko dysząc. Rozpłynął się.

Powoli, bardzo powoli zbliżam się do wejścia do tunelu. Mgiełka wodospadu zrasza mi twarz. Zatrzymuję się i wysuwam nożyce przez ścianę deszczu, jakbym posługiwała się różdżką.

Teraz.

Wykonuję pchnięcie nożycami i przeskakuję przez kurtynę. Jeśli tu na mnie czeka, to...

Zastygam. Włosy kleją mi się do twarzy, a ubranie do ciała. Nie ma go.

Rozglądam się po dachu.

Nie widzę Ethana ani przy donicach, ani przy wentylatorze, ani przy rabatach. Błyskawica rozświetla otoczenie – pusto, jeśli nie liczyć gąszczu zaniedbanych roślin i strug lodowatego deszczu.

Nie ma go tutaj, a to znaczy, że...

Spada na mnie od tyłu, tak nagle i z taką siłą, że wypycha krzyk z moich płuc. Nogi odmawiają mi posłuszeństwa. Upuszczam nożyce i upadam razem z Ethanem. Walę skronią o mokry dach. Słyszę trzask i czuję, jak krew napływa mi do ust.

Toczymy się po papie, turlamy się raz, drugi, aż uderzamy o brzeg świetlika. Czuję, jak kopuła się trzęsie.

– Dziwko – warczy; czuję w uchu jego gorący oddech. Podnosi się i stawia mi stopę na gardle.

Zaczynam rzęzić.

– Nie leć ze mną w chuja – chrypi. – Skoczysz z dachu i koniec. A jak nie, to cię zepchnę. Wybieraj.

Krople deszczu kotłują się na papie obok mojej twarzy.

– Wolisz zlecieć na ulicę czy na skwer?

Zamykam oczy.

– Twoja matka... – szepczę.

– Co?

– Twoja matka.

Nacisk na szyję lekko słabnie.

– Moja matka?

Kiwam głową.

– Co z nią?

– Powiedziała mi…

Teraz ciśnie mocniej, prawie mnie dusi.

– Co powiedziała?

Oczy wychodzą mi z orbit. Usta się otwierają. Dławię się.

Znowu odpuszcza.

– Co powiedziała?

Nabieram powietrza.

– Powiedziała mi – mówię – kim jest twój ojciec.

Nieruchomieje. Strugi deszczu spływają mi po twarzy. Coraz wyraźniej czuję na języku ostry smak krwi.

– Kłamiesz.

Odkasłuję tak gwałtownie, że głowa podskakuje na papie.

– Nie.

– Nawet nie wiedziałaś, kim jest – mówi. – Wzięłaś ją za kogoś innego. Nie miałaś pojęcia, że zostałem adoptowany. – Zwiększa nacisk. – Więc skąd możesz…

– Powiedziała mi. Nie… – Przełykam ślinę; czuję, jak rośnie mi w gardle. – Nie zrozumiałam tego wtedy, ale powiedziała…

Milknie. Powietrze z sykiem ucieka z moich płuc; deszcz szumi na papie.

– Kto?

Nie odpowiadam.

– K t o? – Kopie mnie w brzuch.

Łykam powietrze, zwijam się w kłębek, ale Ethan łapie mnie za kołnierz i stawia na kolana. Osuwam się. Łapie mnie za gardło i ściska.

– Co powiedziała?! – wrzeszczy.

Palcami rozpaczliwie drapię szyję. Podnosi mnie – wstaję z nim, na drżących nogach, aż znajdujemy się na tym samym poziomie.

Ma pełne usta i włosy przyklejone do czoła. Wygląda bardzo młodo, w deszczu jego skóra jest niesamowicie gładka. „Bardzo miły chłopiec". Za jego plecami widzę przestrzeń skweru, a za nią wielki cień domu. Zaś pod stopami czuję wypukłość świetlika.

– Mów!

Próbuję, ale nie mogę.

– M ó w!

Krztuszę się.

Luzuje uścisk. Zerkam w dół; nóż do papieru nadal tkwi w jego dłoni.

– Był architektem – udaje mi się wycharczeć.

Przygląda mi się. Deszcz pada na nas, dokoła nas, między nami.

– Uwielbiał gorzką czekoladę. Nazywał twoją matkę „ochlapusem". – Ethan zabiera dłoń z mojego gardła.

– Lubił filmy. Oboje je lubili. Lubili…

Marszczy czoło.

– Kiedy ci to powiedziała?

– Tego wieczoru, kiedy mnie odwiedziła. Powiedziała, że go kochała.

– Co się z nim stało? Gdzie on jest?

Zamykam oczy.

– Umarł.

– Kiedy?

Kręcę głową.

– Jakiś czas temu. To bez znaczenia. Ważne, że umarł, a ona się rozsypała.

Znowu chwyta mnie za gardło. Otwieram oczy.

– Nie, to m a znaczenie. Kiedy…

– Ważne, że cię kochał – chrypię.

Zamiera. Raz jeszcze opuszcza rękę.

– Kochał cię – powtarzam. – Oboje cię kochali.

Piorunuje mnie wzrokiem i cały czas mocno ściska nóż. Biorę głęboki oddech.

I obejmuję go.

Sztywnieje, ale po chwili się rozluźnia. Stoimy w deszczu. Obejmuję go, a on trzyma ręce wzdłuż ciała.

Słaniam się i osuwam. Obracam się wokół niego, tak że zamieniamy się miejscami. Przytrzymuje mnie i pomaga mi wstać. Trzymam dłonie na jego piersi, czuję bicie jego serca.

– Oboje cię kochali – szepczę.

A potem napieram na niego całym ciężarem ciała, kładę się na nim i popycham go na świetlik.

98

Ląduje na plecach. Uderzenie wstrząsa świetlikiem.

Ethan nic nie mówi, tylko patrzy na mnie zdezorientowany, jakbym zadała mu wyjątkowo trudne pytanie.

Nóż wypadł mu z ręki i potoczył się na bok. Ethan przykleja dłonie do szkła i wspierając się na nich, zaczyna się podnosić. Serce bije mi coraz wolniej. Czas niemal staje w miejscu.

Wtedy nagle świetlik przestaje istnieć. Rozpływa się w powietrzu, a jego rozpadowi pośród szalejącej burzy nie towarzyszy żaden dźwięk.

W jednej chwili Ethan znika mi z oczu. I nawet jeśli krzyczy, to i tak tego nie słyszę.

Podchodzę do dziury, w której do tej pory znajdował się świetlik, i zaglądam do studni, w którą zmieniła się klatka schodowa. W powstałej pustce wirują drobinki deszczu, wyglądają jak iskry. Na najbliższym podeście zauważam migoczącą galaktykę potłuczonego szkła. Dalej nic nie widzę, bo jest zbyt ciemno.

Stoję oszołomiona wśród burzy i chlupoczącej pod nogami wody.

Potem robię krok do tyłu, ostrożnie okrążam świetlik i podchodzę do wciąż otwartego na oścież wyłazu.

Schodzę. W dóóół, w dóóół. Palce ślizgają mi się na szczeblach.

Stawiam stopy na całkowicie przemokniętym chodniku. Idę na schody, przechodząc pod otworem w suficie; kapie na mnie woda.

Docieram do pokoju Olivii. Zatrzymuję się. Zaglądam.

Moje kochanie. Mój aniołku. Bardzo cię przepraszam.

Po chwili zawracam i idę na dół. Rattan jest już suchy i szorstki. Na podeście znów się zatrzymuję, przechodzę pod wodospadem w dziurze po świetliku i cała mokra wchodzę do sypialni. Przesuwam spojrzeniem po łóżku, zasłonach, czarnym widmie domu Russellów po drugiej stronie skweru.

Znowu prysznic, znowu w dół i już jestem w bibliotece – Eda, mojej. Przyglądam się falom deszczu za oknem. Zegar na kominku wybija godzinę. Druga w nocy.

Odwracam wzrok i wychodzę.

Stojąc na podeście, dostrzegam jego zwłoki na podłodze, jego splątane ciało. Upadły anioł. Schodzę.

Na głowie ma ciemną koronę krwi. Jedna dłoń spoczywa na sercu. Jego oczy patrzą na mnie.

Odwzajemniam spojrzenie.

Obchodzę trupa.

Idę do kuchni.

Podłączam telefon stacjonarny, żeby móc zadzwonić do detektywa Little'a.

Półtora miesiąca później

99

Ostatnie płatki spadły godzinę temu i teraz na przejmująco niebieskim niebie – niebie, „które nie ma grzać ciała, lecz tylko cieszyć oko”*; Nabokov, *Prawdziwe życie Sebastiana Knighta* – zaczyna rządzić południowe słońce. Opracowałam własną listę lektur. Koniec z klubem książkowym na odległość.

Rzeczywiście cieszy oko. Podobnie jak ulica, nad którą wisi, lśniąca w słońcu intensywną bielą śniegu. Rano napadało trzydzieści centymetrów. Godzinami przyglądałam się temu spektaklowi przez okno w sypialni. Widziałam, jak lecą grube płatki i pokrywają chodniki, układają się pod drzwiami, piętrzą w donicach. Jakoś po dziesiątej Grayowie wysypali się z domu całą radosną gromadką. Zapiszczeli wśród podmuchów, przemknęli przez zaspy i pobiegli dalej, aż zniknęli mi z oczu. Po drugiej stronie ulicy Rita Miller, w szlafroku i z kubkiem w dłoni, wyszła przed drzwi, żeby popodziwiać pogodę. Za jej plecami ukazał się mąż, objął ją w pasie i oparł brodę na jej ramieniu. Pocałowała go w policzek.

Nawiasem mówiąc, dowiedziałam się, jak naprawdę ma na imię – Little mi powiedział, po tym jak przesłuchał sąsiadów. Otóż Rita to w rzeczywistości Sue. Rozczarowujące.

Skwer całkiem zasypało, jest jak mieniące się czystym światłem białe pole. Za nim stoi zgarbiony pod oślepiającym niebem budynek o zamkniętych okiennicach. Niektóre gazety, te bardziej histeryczne, pisały o nim: „Wart cztery miliony

* Vladimir Nabokov, *Prawdziwe życie Sebastiana Knighta*, przeł. Michał Kłobukowski, Muza, Warszawa 2003, s. 2.

dolarów dom nastoletniego mordercy!". Wiem, że kosztował mniej, ale przecież „trzy miliony czterysta pięćdziesiąt tysięcy" nie brzmi tak dobrze, jak okrągła sumka.

Teraz jest pusty. Stoi opuszczony od kilku tygodni. Little odwiedził mnie po raz drugi tamtego poranka, już po przyjeździe policji i po tym, jak karetka zabrała ciało. Ciało Ethana. Powiedział, że aresztowano Alistaira Russella i przedstawiono mu zarzut współudziału w morderstwie; przyznał się do winy, gdy tylko usłyszał o synu. Zeznał, że wszystko odbyło się tak, jak opisał to Ethan. Podobno Alistair się załamał; to Jane okazała się twardsza. Ciekawe, co tak naprawdę wiedziała. Ciekawe, czy w o g ó l e wiedziała.

– Jestem pani winien przeprosiny – bąknął Little, kręcąc głową. – A Val... Ona to dopiero ma za co przepraszać.

Nie zaprzeczyłam.

Następnego dnia też wpadł. Wtedy już dziennikarze pukali do moich drzwi i wisieli na domofonie. Ignorowałam ich. Co jak co, ale przez ostatni rok nabrałam ogromnej wprawy w ignorowaniu świata.

– Jak się pani czuje, Anno Fox? – spytał Little. – O, a to musi być ten słynny psychiatra.

Doktor Fielding wyszedł z biblioteki i stanął przy moim boku, gapiąc się na detektywa, na jego imponującą posturę.

– Cieszę się, że Anna ma kogoś takiego jak pan – powiedział Little, ściskając dłoń doktora.

– Ja też się cieszę – odparł Fielding.

I ja również. Przez te półtora miesiąca udało mu się doprowadzić mnie do stabilnego stanu, w znacznym stopniu naprostować. Zreperowałam świetlik. Zamówiłam profesjonalną firmę sprzątającą, która wypucowała cały dom. Biorę leki w odpowiednich dawkach, mniej piję. A właściwie to w ogóle nie piję, w dużej mierze dzięki wytatuowanej cudotwórczyni imieniem Pam.

– Miałam do czynienia z różnymi ludźmi, w różnych sytuacjach – powiedziała mi podczas pierwszej wizyty.

– To może być dla ciebie coś nowego – odparłam.

Próbowałam przeprosić Davida, dobijałam się do niego co najmniej tuzin razy, ale nie oddzwonił. Ciekawe, co porabia. I czy nic mu nie jest. Znalazłam jego słuchawki pod łóżkiem w piwnicy. Zabrałam je na górę i schowałam w szufladzie. Na wypadek, gdyby jednak się odezwał.

Kilka tygodni temu wróciłam na Agorę. To moja brać; coś jak rodzina. „Będę działała na rzecz zdrowia i dobrostanu".

Opieram się Edowi i Livvy. Nie zawsze mi się to udaje, nie do końca; bywają noce, kiedy słyszę ich i im odpowiadam. Ale przestałam prowadzić z nimi regularne rozmowy.

100

– No, dawaj.

Bina ma suchą dłoń. Moja jest mokra.

– Dalej, dalej.

Otworzyła drzwi do ogrodu. Do środka wpada wiatr, od którego przechodzą mnie dreszcze.

– Zrobiłaś to na dachu i w deszczu.

To było co innego. Wtedy walczyłam o życie.

– A teraz jesteś w ogrodzie i świeci słońce.

Prawda.

– A na nogach masz śniegowce.

Też prawda. Znalazłam je w schowku. Nie miałam ich na nogach od tamtego wieczoru w Vermoncie.

– Więc na co czekasz?

Na nic – już na nic. Czekałam na powrót rodziny, ale to nie nastąpi. Czekałam, aż minie mi depresja, ale to się nie stanie bez mojej pomocy.

Czekałam na to, kiedy powrócę do świata. To jest ten moment.

Teraz, kiedy słońce zalewa dom. Teraz, kiedy mam jasny umysł i spojrzenie. Teraz, kiedy Bina prowadzi mnie do drzwi, a potem na schodki.

Ma rację: zrobiłam to na dachu i w deszczu. Walczyłam o życie. Widocznie wcale nie chcę umrzeć.

A skoro nie chcę umrzeć, to muszę zacząć żyć.

„Na co czekasz?".

Jeden, dwa, trzy, cztery.

Puszcza moją dłoń i wychodzi do ogrodu, zostawiając ślady na śniegu. Odwraca się i przywołuje mnie skinieniem.

– No, dawaj.
Zamykam oczy.
Otwieram je.
I wychodzę na światło.

Podziękowania

Dziękuję:

Jennifer Joel, mojej przyjaciółce, agentce i nieocenionej przewodniczce.
Felicity Blunt, za cudotwórstwo.
Jake'owi Smithowi-Bosanquetowi i Alice Dill, którzy dali mi wszystko.
Pracownikom agencji ICM i Curtis Brown.

Jennifer Brehl i Julii Wisdom, moim bystrym, wielkodusznym orędowniczkom.
Pracownikom wydawnictw William Morrow i HarperCollins, a także zagranicznym wydawcom, z wyrazami wdzięczności.

Josie Freedman, Gregowi Mooradianowi, Elizabeth Gabler i Drew Reedowi.

Rodzinie i przyjaciołom.
Hope Brooks, przenikliwej pierwszej czytelniczce i niezmordowanej fance.
Robertowi Douglasowi-Fairhurstowi, odwiecznemu źródłu natchnienia.
Liate Stehlik, która powiedziała, że mogę.
George'owi S. Georgievowi, który powiedział, że powinnam.